aufbau taschenbuch
AUFBAU VERLAGSGRUPPE

MICHAEL WILCKE, Jahrgang 1970, lebt in der Nähe von Osnabrück und ist als Mediengestalter bei einer Zeitung tätig.

Von ihm erschienen bisher im Aufbau Taschenbuch Verlag: »Hexentage« sowie »Der Glasmaler und die Hure«.

Im Herbst 1647 zeichnet sich in den Kongreßstädten Münster und Osnabrück ein Friedensschluß zwischen Protestanten und Katholiken ab, der dem Dreißigjährigen Krieg ein Ende setzen soll. In einem Waldstück nahe der Straße, die beide Städte verbindet, wird die junge Magd Anneke Zeugin eines Mordes. Sie beobachtet, wie ein Botenreiter getötet wird, doch bevor er stirbt, trägt er Anneke auf, einen gewissen Magnus Ohlin in Osnabrück aufzusuchen. Anneke findet Ohlin zwar, aber sie muß enttäuscht feststellen, daß er nur ein Aufschneider und Weiberheld zu sein scheint. Dann aber wird Ohlin selbst überfallen, und er beginnt der Magd Glauben zu schenken.

Packend und mit viel Lokalkolorit erzählt – die Geschichte einer unglaublichen Verschwörung.

Michael Wilcke

Die Falken Gottes

Roman

Aufbau Taschenbuch Verlag

ISBN 978-3-7466-2321-4

Aufbau Taschenbuch ist eine Marke der
Aufbau Verlagsgruppe GmbH

1. Auflage 2007

Einbandgestaltung Dagmar und Torsten Lemme
unter Verwendung eines Gemäldes von G. Reni
»David und Abigail« um 1615, akg-images, Nördlingen
Satz LVD GmbH, Berlin
Druck und Binden C. H. Beck, Nördlingen
Printed in Germany

www.aufbau-taschenbuch.de

Osnabrück im siebzehnten Jahrhundert

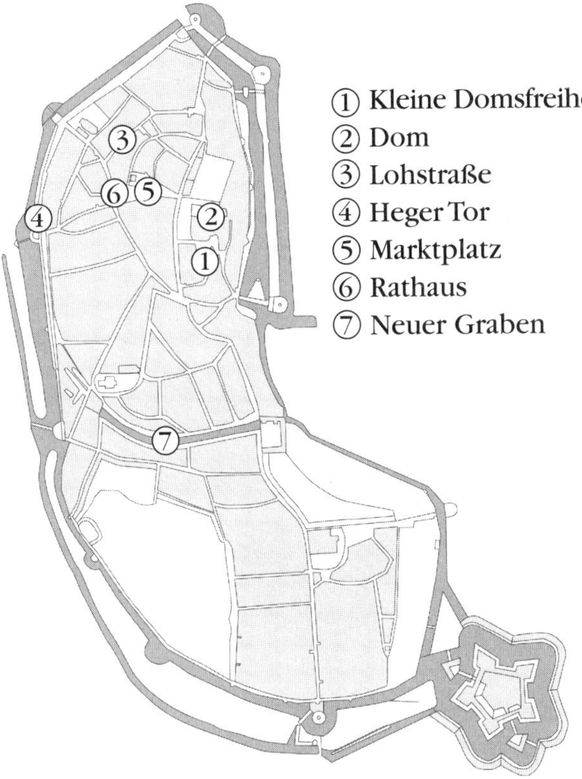

① Kleine Domsfreiheit
② Dom
③ Lohstraße
④ Heger Tor
⑤ Marktplatz
⑥ Rathaus
⑦ Neuer Graben

Münster im siebzehnten Jahrhundert

① Jesuitenkolleg
② Hörstertor
③ Prinzipalmarkt
④ Rathaus
⑤ Dom
⑥ Minoritenkloster

Kapitel 1

Eiligen Schrittes kämpfte sich Anneke durch das sperrige Unterholz des Waldes, bis sie den Bachlauf erreichte, in dem die Sonnenstrahlen, die sich durch die Baumkronen zwängten, im dahinströmenden Wasser funkelten. In der Nähe hörte sie eine Amsel singen. Ein sanfter Windhauch streichelte an diesem Spätsommertag über ihr Gesicht. Anneke schaute sich um und befand, daß dies ein guter Ort war, um die freie Zeit zu nutzen, die ihr der Schankwirt Seybert Monsbach gewährt hatte.

Sie setzte sich an den Bach, streifte ihre Holzpantinen ab und tauchte die schmutzigen Füße in das kühle Wasser. Aus ihrer Schurztasche zog sie ein Büchlein mit abgegriffenem Ledereinband hervor. Es war das Gebetbuch ihrer Dienstherrin. Anneke bereitete es Unbehagen, sich vorzustellen, welche Strafe sie erwarten würde, wenn Lucia Monsbach erfahren sollte, daß ihre Magd das Buch aus der Eichentruhe in ihrer Schlafkammer entwendet hatte. Auch wenn die Seiten des Gebetbuches bereits vergilbt und zum Teil eingerissen waren und der speckige Ledereinband an mehreren Stellen so dünn schimmerte, daß man die dahinterliegende Pappe erkennen konnte, wachte die Monsbach-Wirtin über dieses Buch – das einzige, das sich im ganzen Haus befand – so gewissenhaft, als hinge ihr Seelenheil von den bedruckten Seiten ab.

Stockhiebe, Ohrfeigen oder eine ohrenbetäubende Strafpredigt, deren Tonlage in etwa dem Bellen eines Hundes entsprach – Anneke vermied es, sich weitere Konsequenzen für ihr Vergehen auszumalen. All diese Strafen hatte sie schon für weit geringere Nachlässigkeiten über sich ergehen lassen müssen, und sie war nicht die einzige, die auf diese Weise unter den Launen der Monsbacherin litt. Sogar der Schankwirt Seybert bekam beizeiten den Jähzorn seines Eheweibes zu spüren. Es hieß, die Frau sei dem Manne untertan, weil Gott sie aus der Rippe Adams geschaffen habe. Nun, Anneke nahm an, daß dies für Lucia Monsbach nicht zutraf. Wenn Anneke die Monsbach-Wirtin und ihren Ehemann zusammen sah, kam ihr keine Rippe in den Sinn, sondern der Fuß, mit dem ihre Dienstherrin Seybert häufig in den Hintern trat.

Seybert war im Grunde ein gutmütiger Mensch. Er wirkte ein wenig grobschlächtig, und sein Gesichtsausdruck erinnerte Anneke an einen Ochsen. Sie war vor nunmehr fast zwei Jahren als Magd in die Dienste der Monsbachs getreten, und schon vom ersten Tag an war ihr nicht verborgen geblieben, wie oft er sie verstohlen anstarrte, wenn sein Weib sich nicht in der Nähe aufhielt. Dann und wann passierte es auch, daß er Anneke so nah kam, daß sie wie zufällig von seinem Oberarm oder seinem Knie gestreift wurde. Es hatte daher nicht lange gedauert, bis Anneke begriffen hatte, daß Seybert ihr so manchen Vorteil verschaffen würde, wenn sie nur ein wenig nett zu ihm war.

Obwohl Anneke die Nähe des rotwangigen und froschäugigen Schankwirtes anwiderte, spielte sie hin und wieder mit seiner allzu offensichtlichen Begierde. Sie zwinkerte ihm kokett zu oder lächelte scheu, was ihn schließlich ermunterte, sie stärker zu bedrängen.

Anneke hatte Seybert niemals zwischen ihren Beinen liegen lassen. Mit ihren siebzehn Jahren legte sie keinen Wert darauf, ihre Jungfräulichkeit an diesen plumpen Mann zu verlieren. Sie gestattete ihm auch nicht, sie zu küssen, selbst wenn er oftmals wie ein Kind darum bettelte. Doch sie trotzte ihm Gefälligkeiten ab, indem sie es zuließ, daß er sie berühren und an ihrer Haut riechen durfte.

Zumeist bestanden diese Aufmerksamkeiten darin, daß Seybert ihr aus der Stadt Honiggebäck oder kandierte Früchte mitbrachte. Er hatte seine knauserige Frau sogar davon überzeugt, Anneke für den Kirchgang am Sonntag neu einzukleiden, damit sie an diesen Tagen das abgewetzte Wollhemd ablegen konnte, das sie für gewöhnlich ständig trug und dem schon seit Monaten allzu deutlich der muffige Geruch ihres Schweißes und der Stallarbeit anhing.

Selten kam es vor, daß Seybert es ihr erlaubte, ihre Arbeit für eine gewisse Zeit ruhen zu lassen. Natürlich war dies nur möglich, wenn Lucia die Schenke für mehrere Stunden verließ – so wie auch heute, als die Wirtin in der Früh aufgebrochen war, um ihre erkrankte Schwester im nahen Ort Hagen aufzusuchen.

Anneke küßte den Ledereinband des Buches und bat Gott um Vergebung für die Sünde, die sie begangen hatte, damit sie sich mit diesem Buch in den Wald zurückziehen konnte. Sie hoffte, der Allmächtige würde Verständnis dafür aufbringen, daß sie sich heute morgen auf Seyberts Schoß gesetzt und seine Berührungen ertragen hatte. Seyberts Hände hatten grob ihre Brüste gedrückt, waren auf ihrem Hemd bis zur Hüfte gewandert und hatten sich über ihren Schenkeln in den Stoff der Schürze gekrallt. Als sie seine feuchte Zunge an ihrem Hals gespürt hatte und sein Atem in ein heftiges Schnaufen übergegangen war, hatte sie ihn schnell von sich gedrängt und ihre Belohnung eingefordert. Seyberts Erregung ängstigte sie. Das meiste, was sie über die körperliche Vereinigung wußte, hatte sie auf den Wiesen beobachtet, wenn die Feldhasen sich besprangen und in einem schnellen Stakkato für ihre Nachkommenschaft sorgten. Zwar bezweifelte Anneke, daß der behäbige Seybert jemals so flink wie ein Hase gewesen war, doch sie mußte auch an die Worte ihrer Mutter denken, die einmal zu ihr gesagt hatte, daß Männer sich in Tiere verwandelten, wenn sie von der Lust besessen waren.

Anneke schlug das Buch auf und fuhr mit einem Finger die Buchstabenreihen entlang. Mit lauter Stimme las sie den Text eines Psalms: »Ich … ha… be mir vor… ge… nom… men: Ich w… will mich hü… ten, daß ich n… nicht sün… di… ge mit mei… ner Zun… ge; ich will mei… nem Mund ei… nen Za… Zaum an… le… gen, solan… ge ich den Gott… lo… sen vor mir se… hen muß.«

Es ärgerte Anneke, daß sie die Buchstaben nur stockend zu Worten zusammenfügen konnte, und sie haderte einmal mehr mit dem bitteren Schicksal, das ihr früh den Vater genommen und ihr Leben in diese freudlose Richtung gelenkt hatte.

Anneke war davon überzeugt, daß sie ohne ihren Vater niemals den unablässigen Eifer entwickelt hätte, Lesen und Schreiben zu erlernen. Er hatte in Paderborn das Druckerhandwerk erlernt und war von den Wirren des Krieges nach Osnabrück verschlagen worden, wo er bald darauf geheiratet und als Geselle in die Dienste des einzigen in der Stadt ansässigen Buchdruckers Martin Mann getreten war.

Sie hatte sich oft in der Druckerei aufgehalten; sei es, weil ihre Mutter sie mit einem Auftrag zum Vater ausgeschickt hatte oder – was weitaus häufiger vorgekommen war – weil sie sich ganz einfach aus dem Haus davongestohlen hatte. Ihr Vater hatte sie dann zumeist nicht fortgeschickt, sondern sie auf eine Bank gesetzt und ihr erklärt, wie man eine Druckerpresse einrichtete und mit den lederüberzogenen Ballen die Farbe gleichmäßig auf die aus Bleilettern zusammengestellte Druckform auftrug. Wenn er anschließend die Abzüge auf die korrekte Ausrichtung der Absätze und Zeilen kontrolliert hatte und darauf, ob einzelne Lettern verdreht oder beschädigt waren, hatte er Anneke mit den Buchstaben des Alphabets vertraut gemacht. Wenn es ihr gelungen war, aus ihnen Wörter zu bilden, hatte er ihr hin und wieder auch eines der kleinen, vierkantigen Bleistäbchen geschenkt, an deren Kopfende sich eine winzige Drucktype befand. Anneke bewahrte diese Bleilettern in einem Holzkästchen auf und holte sie auch heute noch oft hervor, um die spiegelverkehrten Buchstaben zu betrachten.

Damals hatte ihr Vater oft davon gesprochen, daß er eine eigene Druckerei gründen wolle. Wenn nicht in Osnabrück, wo die Arbeit kaum für zwei Meister ausreichen würde, dann in einer anderen Stadt, in der noch kein Drucker ansässig war.

Vielleicht hätte auch sie dort das Handwerk ihres Vaters erlernen können. Anneke war sein einziges Kind, und auch wenn ihre Mutter sich oft über die Flausen beklagte, die ihrer Tochter in den Kopf stiegen, hatte der Vater Anneke niemals das Gefühl gegeben, daß sie für ihn weniger wert war als ein Sohn.

»Du bist mir so gut wie ein Junge«, hatte er einmal zu ihr gesagt, was Anneke sehr stolz gemacht hatte. Doch alle Träume und Hoffnungen lösten sich schon bald darauf in Luft auf.

Anneke war noch keine acht Jahre alt, als ihr Vater starb. Er trat auf einen rostigen Nagel, der sich in seinen Fuß bohrte. Die Wunde entzündete sich und vergiftete sein Blut. Ein Bader entschloß sich, den faulenden Fuß zu amputieren, doch die Entzündung hatte sich schon in seinem Bein ausgebreitet. Ein zweiter zu Rat gezogener Medicus wickelte die Eingeweide eines Wolfes um den Stumpf, um das Gift aus dem Körper zu ziehen, doch auch diese Behandlung konnte Annekes Vater nicht das Leben retten. Er starb im Herbst des Jahres 1637, und auch heute noch, zehn Jahre später, grübelte Anneke oft darüber nach, wie ihr Leben verlaufen wäre, wenn ihr Vater den Fuß nur eine Elle weiter zur Seite gesetzt und den Nagel verfehlt hätte.

Nach Ablauf der Trauerzeit hatte Annekes Mutter einen Knecht aus der Ortschaft Gellenbeck geheiratet, und sie waren aus Osnabrück fortgezogen. Zwar wurde es Anneke erlaubt, an einem Nachmittag in der Woche die Dorfschule zu besuchen, doch sie lernte dort zu ihrem Verdruß kaum etwas hinzu.

»Gott liebt die Fleißigen unter den Menschen«, hatte ihr Lehrer, der magere, hohlwangige Pfarrer Scheffler, stets behauptet. Wenn das wirklich stimmte, mußte der Allmächtige Scheffler gewiß sehr gram sein, denn zumeist hatte der Unterricht darin bestanden, daß der Pfarrer seinen Schülern einige einfache Aufgaben zugeteilt und daraufhin die Augen zu einem Schläfchen geschlossen hatte. Obwohl es Anneke selbst im Vergleich mit den älteren Kindern keine große Mühe bereitete, mit Buchstaben, Wörtern und auch Zahlen umzugehen, erhielt sie nur selten ein Lob von ihrem Lehrer. Sie bemerkte, daß es Scheffler weitaus leichter fiel, die Leistung der Knaben hervorzuheben, während ihm ein ermunterndes Wort zu einem der Mädchen so schwer über die Lippen kam, als würde er gezwungen, der Heiligen Mutter Kirche abzuschwören. Wahrscheinlich befand er es schlicht als Zeitverschwendung, diese Mädchen und jungen Frauen zu unterrichten, deren Wert doch vor allem darin bestand, dem Mann zu dienen, den Haushalt zu versorgen und Kinder zu gebären.

Wie es schien, glaubte Annekes Mutter dafür Sorge tragen zu müssen, daß ihre Tochter nicht von diesem vorherbestimmten Weg abwich. Kurz nach ihrem fünfzehnten Geburtstag wurde Anneke von ihr nach Lengerich geschickt, einem kleinen Ort zwischen Münster und Osnabrück, um dort in der Monsbach-Schenke als Magd zu arbeiten. Nun gab es keine Möglichkeit mehr, die Schule zu besuchen. Da für gewöhnlich ihr gesamter Tagesablauf nur mehr aus Arbeit bestand, bedurfte es Seyberts Wohlwollen und der passenden Gelegenheit, um sich für kurze Zeit mit einem Buch zu beschäftigen und den Erinnerungen an eine bessere Zeit nachzuhängen. Vielleicht war sie auch nur deshalb so versessen darauf, das Lesen und Schreiben zu beherrschen, weil sie nach dem Tod ihres Vaters zu oft gesagt bekommen hatte, daß es für ein Mädchen wie sie nur eine Zeitverschwendung sei, die Nase in Bücher zu stecken. Daher war genau das für Anneke eine Herausforderung. Auch wenn diese Fertigkeiten für ihre Arbeiten in der Küche und im Stall völlig unnötig waren, gab es ihr ein gutes Gefühl, wenn sie die gedruckten Wörter las oder sich mit dem Kohlestift, den sie in ihrer Kammer unter einem Dielenbrett versteckte, darin übte, Buchstaben auf Steine oder Bretter zu schreiben.

Anneke las den Psalm noch einmal über und erfaßte erst jetzt den Sinn der Wörter.

»Ich will meinem Mund einen Zaum anlegen«, wiederholte sie eine Passage und schmunzelte. Auch ihr fiel es schwer, ihre spitze Zunge zu zügeln. Lene, die Tochter der Monsbachs, hatte Anneke oft gewarnt, daß sie durch ihr loses Mundwerk eines Tages in arge Schwierigkeiten geraten würde.

Anneke blätterte einige Seiten um und konzentrierte sich auf einen weiteren Psalm.

»Aus Zi... Zion bri... bricht an d... der schö... ne Glanz Gottes. Un... ser Gott kommt u... und schwei... get nicht. Fes... seln ... des Feu... er g... geht vor i... ihm her und um i... ihn her e... ein mäch... ti... ges Wet... ter.«

Ein dutzendfaches Flügelschlagen riß Anneke aus ihrer Konzentration. In der Nähe stieg mit viel Geschrei ein Vogelschwarm über den Baumkronen auf.

Nur einen Augenblick später ließ ein Knall Anneke zusammenzucken. Vor Schreck glitt ihr das Buch aus den Händen, und es fiel auf den Boden. Sie vernahm das Getrappel von Hufen, ein Wiehern und Schnauben, dann war es plötzlich still.

Anneke langte nach dem Gebetbuch, drückte es in ihren Schoß und schaute um sich. Nun hörte sie erneut ein Wiehern. Die Straße nach Osnabrück zog sich nicht weit von hier durch den Wald. Wahrscheinlich hatte es einen oder mehrere Reiter in das Unterholz verschlagen.

Dieser Knall – jemand mußte eine Pistole abgefeuert haben. Vor einigen Wochen hatte ein betrunkener dänischer Offizier vor der Schankwirtschaft der Monsbachs übermütig mit seiner Pistole auf das Stalltor geschossen, und dieser Schuß hatte genauso wie das Getöse aus dem Wald geklungen.

Lauf einfach weg, ging es ihr durch den Kopf, doch gleichzeitig reizte es sie, einen Blick darauf zu werfen, was dort nahe der Straße vor sich gehen mochte.

Anneke horchte in Richtung des Schusses und glaubte, eine Stimme zu hören. Sie erhob sich und schlich geduckt darauf zu.

Sie hatte etwa zwanzig Schritte zurückgelegt, als sie eine Bewegung erhaschte. Anneke verbarg sich hinter dem Stamm einer Kiefer und konnte einen Steinwurf entfernt zwei Pferde und zwei Männer ausmachen. Einer der beiden war zu Boden gestürzt und kroch keuchend vorwärts. Von seinem Rücken stieg eine dünne Rauchfahne auf. Anneke stockte kurz der Atem, als sie die Blutspur bemerkte, die dieser Mann hinter sich ließ. Sie krallte vor Furcht die Finger in die Baumrinde, aber es war ihr nicht möglich, den Blick abzuwenden.

Der andere Kerl war von seinem Apfelschimmel heruntergestiegen und kam auf den Verwundeten zu. Er war mit einem abgewetzten Lederwams bekleidet, dessen Schnüre über der Brust zu Schluppen gebunden waren. Trotz seines breitkrempigen Filzhutes konnte Anneke das Gesicht des

Mannes sehen. Seine Augen standen eng zusammen. Er trug einen kurzgeschnittenen rötlichblonden Bart, doch ihr fiel vor allem seine Nase auf, die ihm so schief im Gesicht saß, als wäre sie schon häufig von Fäusten bearbeitet worden.

Mit ausdrucksloser Miene trat der Schiefnasige mit dem Stiefel gegen den vor ihm kauernden Mann. Der Verwundete stürzte ganz zu Boden, stöhnte laut und stieß einen kehligen Schrei aus, als der Schiefnasige seinen Stiefelabsatz in die Schußwunde bohrte. Ein weiterer Tritt drehte den Blutenden auf den Rücken. Der Mann beugte sich zu seinem Opfer herunter, entriß ihm eine Tasche, die der Verwundete an einem Ledergurt um den Körper trug, und rief ihm etwas zu. Anneke konnte die Worte von ihrem Versteck aus hören, aber sie verstand sie nicht. Es mußte sich um eine fremde Sprache handeln. Der Verwundete brachte mit der Verzweiflung eines Todgeweihten krächzend eine Erwiderung hervor, auf die der andere Mann mit einem Lachen reagierte und mit weiteren Worten, deren Tonfall keinen Zweifel daran aufkommen ließ, daß er sein Opfer verspottete. Schließlich richtete der Meuchler sich auf, zog einen Degen blank und trieb die Waffe dem am Boden liegenden Mann zuerst in die Brust und dann zweimal in den Bauch. Jeder Stich ließ den Sterbenden im Todeskampf zusammenzucken, und er jaulte auf wie ein Tier. Dann bewegte er sich nicht mehr.

Der Schiefnasige schleifte die Leiche in eine Senke, schob mit dem Stiefel Laub über den Körper und scheuchte das Pferd des Toten mit einem Schlag auf das Hinterteil davon. Er hängte sich die Tasche um und stieg auf seinen Apfelschimmel. Anneke hörte, wie sich der Hufschlag entfernte.

Sie atmete mehrmals tief ein und aus und wartete ab, bis sich ihr Herzschlag beruhigt hatte. Niemals zuvor hatte sie gesehen, wie ein Mensch getötet wurde, und das elendige

Jaulen, das dieser Mann vor seinem Tod von sich gegeben hatte, klang ihr noch immer in den Ohren.

Erst als sie davon überzeugt war, daß sich der Mörder außer Sichtweite befand, wagte sie sich aus ihrem Versteck hervor. Ihre Finger, mit denen sie noch immer das Gebetbuch wie einen schützenden Schild vor die Brust preßte, zitterten, und auch ihre Knie fühlten sich so weich an, daß sie ihre Schritte schwankend setzte.

Sie näherte sich der Senke, in die der Mörder sein Opfer geschleppt hatte, und hockte sich neben die Leiche. Anneke konnte unter der Laubschicht die Stirn des Mannes erkennen und auch den blutbeschmierten dunkelblauen Mantelstoff.

Obwohl sie sich vor dem Toten fürchtete, wischte sie das Laub von seinem Gesicht. Ein hübsches Antlitz kam dort zum Vorschein. Die Miene des jungen Mannes wirkte so unschuldig, als hätte er sich nur kurz schlafen gelegt.

Vorsichtig hob Anneke den Mantel an und betrachtete das schlichte Stoffwams darunter. Er war wie ein einfacher Bürger gekleidet. Womöglich handelte es sich um einen Postreiter, der eine so wichtige und gefährliche Nachricht mit sich geführt hatte, daß sie ihm zum Verhängnis geworden war.

Sie streckte die Finger nach dem Wams aus, doch in diesem Moment schlug der vermeintlich Tote die Augen auf. Anneke erschrak und stieß einen spitzen Schrei aus, denn er hatte nach ihrem Handgelenk gegriffen.

»Nicht!« keuchte Anneke heiser. »Laß ab von mir!«

Seine Finger drückten fester zu, während er einige Worte hervorbrachte.

»Nein, nein«, rief Anneke und versuchte sich aus seinem Griff zu lösen. »Ich verstehe deine Sprache nicht.«

»Geh zu ... Magnus Ohlin«, krächzte der Mann nun auf deutsch. Er hustete. Blutiger Speichel floß aus seinen Mundwinkeln. »Magnus Ohlin ... sag ihm ...«

Die Finger erschlafften. Seine Augen flackerten. Der Körper spannte sich, und er ließ seufzend den Atem entweichen.

Anneke stolperte zwei Schritte zurück und fiel auf den Boden. Nachdem sie den ersten Schrecken überwunden hatte, brach sie einen dünnen Ast ab und strich damit über das Kinn und die Wange des Mannes, doch der rührte sich nicht mehr.

»Bist wohl nun wirklich gestorben«, sagte sie leise. Anneke schlug rasch ein Kreuz über ihrer Brust, dann rannte sie davon.

Kapitel 2

Annekes hastige Flucht wurde jäh gestoppt, als sie über eine aus dem Boden ragende Baumwurzel stolperte und lang auf die Erde schlug. Stöhnend richtete sie sich auf und stellte mit Entsetzen fest, daß sie bei dem Sturz auf das Gebetbuch gefallen war und dabei die ohnehin schon lädierte Bindung so arg in Mitleidenschaft gezogen hatte, daß rings um sie herum lose Seiten verstreut lagen. Zudem war der Einband nun mit Erde und Dreck verschmiert. Wie, um Himmels willen, sollte sie jetzt Lucia Monsbach unter die Augen treten?

Sie wandte sich um und warf einen bangen Blick in die Richtung, in der sie den Toten zurückgelassen hatte. Die Stelle an ihrem Unterarm, an der dieser Mann sie festgehalten hatte, brannte so heftig, als hätte man sie mit Nesseln bestrichen. Womöglich war der Mann bereits tot gewesen, als er sich aus der Senke erhoben hatte. Ein Wiedergänger, dessen Blick sie verflucht hatte.

Anneke klaubte die Seiten zusammen und legte sie zwischen die Buchdeckel, dann rannte sie weiter. Ihre Füße schmerzten, als sie endlich den Gasthof erreichte, der am Rande der Lengericher Ortschaft direkt an der Straße von Osnabrück nach Münster lag. Die Monsbach-Schenke bestand aus einem Haupthaus und einer großen Stallung. Seybert Monsbach hatte das Fachwerkgebäude vor zehn Jahren errichten lassen. Seitdem war es an vielen Stellen erweitert und umgebaut worden. Da Osnabrück und Münster vor einigen Jahren zu den Schauplätzen eines wichtigen Friedenskongresses bestimmt worden waren, fanden sich in Lengerich immer wieder Reisende aus aller Herren Länder ein, die auf ihrem Weg von einer Kongreßstadt zur anderen oftmals zu einer Rast oder zur Nachtruhe in die Monsbach-Schenke einkehrten. Hier erwartete sie nur wenig Komfort, aber ein kräftig gebrautes Bier, mit dem sich Seybert bis über die Osnabrücker Grenzen hinaus einen guten Ruf erworben hatte.

Seybert hatte Anneke gegenüber keinen Hehl daraus gemacht, wie gut sich seine Geschäfte seit dem Beginn des Kongresses entwickelt hatten. Anneke indes wußte nur wenig über das Kongreßgeschehen. Sie hatte vor einiger Zeit beiläufig aufgeschnappt, daß die Altgläubigen und die Protestanten größtenteils getrennt voneinander die Gespräche führten und daß die katholischen Fürsten darum mit den Franzosen, Spaniern und den Vertretern der niederländischen Generalstaaten in Münster Quartier bezogen hatten, während die schwedische Delegation mit den evangelischen Reichsständen in Osnabrück untergebracht worden war. Auch in Lengerich, das auf der Mitte des Weges zwischen den beiden Kongreßstädten lag, waren die Gesandten schon des öfteren zu Verhandlungen zusammengetroffen.

Anneke hatte nie recht verstanden, warum sich der Kongreß über Jahre hinzog. Allem Anschein nach waren die Monsbachs aber davon überzeugt, daß die Diplomaten noch eine weitere lange Zeit in Münster und Osnabrück verweilten, denn nachdem Seybert und Lucia im vergangenen Jahr zwei neue Schlafräume zur Beherbergung eingerichtet hatten, planten sie nun bereits eine Erweiterung des engen und stickigen Schankraums.

Anneke lief am Brunnen und am großen Dunghaufen vorbei und blieb dann vor der Stallung abrupt stehen. Sie fluchte leise, denn dieser Tag hielt weiteres Ungemach für sie bereit.

Vor ihr führte der Knecht Wendel die gescheckte Stute

Charlotta in den Stall. Also war Lucia Monsbach früher von dem Besuch bei ihrer Schwester heimgekehrt, als Anneke es erwartet hatte. Das beschädigte Buch in ihrer Hand wurde plötzlich schwer wie ein Stein. Annekes Magen verkrampfte sich. Die Monsbach-Wirtin würde es gewiß bemerkt haben, daß ihre Magd sich von der Arbeit entfernt hatte.

Doch noch weit mehr flößte Anneke der Apfelschimmel, der an ein Gatter neben der Stallung angebunden worden war, Furcht ein. Sie ging auf das Pferd zu und streichelte über dessen Mähne. Es gab keinen Zweifel. Dies war das Pferd des Mörders aus dem Wald. Wahrscheinlich hielt er sich nun in der Schankstube auf.

»Wo bist du gewesen?«

Anneke drehte sich um und sah Lene auf sich zulaufen. Die vierzehnjährige Tochter der Monsbachs machte wie so oft ein ängstliches Gesicht. Anneke wußte nur zu gut, wie sehr das Mädchen unter den Launen ihrer Mutter litt.

Lene verschränkte die Arme vor der Brust und wiederholte ihre Frage. »Wo warst du?« Stirnrunzelnd betrachtete sie das verschmutzte Gebetbuch.

Anneke wußte ihr keine Antwort zu geben. Lene brauchte nicht zu erfahren, daß ihr Vater diese Gefälligkeit erlaubt hatte, weil sie sich auf seinen Schoß gesetzt und seine Berührungen ertragen hatte. Sie rang einen Moment nach Worten, dann entgegnete sie nur: »Fort.«

»Fort?« Lene zog die Stirn kraus. »Meine Mutter hat gemerkt, daß du nicht aufzufinden warst.« Sie deutete auf das Buch. »Sie ist wütend, und wenn sie sieht, was du mit ihrem Buch angestellt hast, wird sie dich grün und blau schlagen.«

Die Sorge um eine körperliche Züchtigung kümmerte Anneke im Moment kaum. Sie wandte ihren Kopf zum Stall, wo der Apfelschimmel schnaubte und den Kopf schüttelte.

»Wo ist der Mann, der mit diesem Pferd angekommen

ist?« wollte sie von Lene wissen, deren Aufmerksamkeit jedoch noch immer voll und ganz auf das lädierte Buch gerichtet war.

»Hast du es gestohlen? Was findest du nur daran, diese Buchstaben zu Wörtern zusammenzusetzen, bis dir die Augen brennen? Mein Vater sagt, wir Frauen würden mit der Zeit erblinden, wenn wir zu oft in die Bücher schauen.«

»Dein Vater ist ein Idiot«, meinte Anneke. Sie faßte Lene an die Schultern. »Und der Mann, dem dieses Pferd gehört, ist ein Mörder. Ich habe gesehen, wie er im Wald einen Mann getötet hat.« Sie flüsterte. »Wo ist der Kerl? Hält er sich im Schankraum auf?«

Lene nickte.

»Ich will ihn sehen.« Anneke wandte sich um und lief auf den Eingang der Schenke zu, doch in diesem Moment tauchte der Schiefnasige unter dem Türbalken auf. Er maß Anneke mit einem mürrischen Blick und drängte sie unsanft zur Seite.

»Geh mir aus dem Weg, du Tölpel«, sagte er. Aus seinem Akzent war herauszuhören, daß das Deutsche nicht seine Muttersprache sein konnte. Er band sein Pferd los und stieg in den Sattel.

Anneke verfolgte jede Bewegung des Mannes und starrte vor allem auf die Ledertasche, die er dem Toten im Wald abgenommen hatte.

»Anneke!« Die keifende Stimme ließ sie zusammenzucken. Wütend trat die Wirtin auf sie zu und zog sie in die Schenke. Lucia Monsbachs Finger bohrten sich schmerzhaft in Annekes Oberarm. Das Gesicht unter der schwarzen Haube ließ Zornesröte erkennen. Wie immer, wenn die Monsbacherin sehr erregt war, blähten sich ihre Nasenlöcher wie die Nüstern eines schnaubenden Pferdes auf, und ihre ohnehin ausgeprägten Wangenknochen schienen noch stärker hervorzutreten.

»Was lungerst du hier vor der Tür herum wie ein lahmer Köter?« schimpfte Lucia. »Kaum bin ich fort, schleichst du dich von der Arbeit davon. Dir werde ich helfen, du faules Stück.«

Auch Seybert Monsbach trat in den Schankraum. Er trug ein kleines Faß vom Speicher, hielt auf der Treppe inne und verfolgte das Gekeife. Erst da wurde Anneke sich darüber bewußt, daß sie noch immer das Gebetbuch in ihren Händen hielt. Wie dumm von ihr! Es wäre besser gewesen, das Buch einfach zu verstecken, doch durch die unerwartete Begegnung mit dem Schiefnasigen hatte sie nicht mehr daran gedacht.

»Und was ist das?« rief die Monsbacherin. Sie griff nach dem verschmutzten und beschädigten Gebetbuch und nahm es an sich. Seybert kam die Treppe hinuntergeeilt. Anneke wagte nicht zu hoffen, daß der Wirt sie in Schutz nehmen würde, denn damit hätte er vor seiner Frau eingestehen müssen, daß er es gebilligt hatte, daß Anneke ihren Pflichten nicht nachkam.

Obwohl sie also keine Hilfe von ihm zu erwarten hatte, traf sein Schlag sie überraschend. Die klatschende Ohrfeige, die er ihr verpaßte, schleuderte sie gegen die Wand.

»Und jetzt rauf mir dir! An die Arbeit!« sagte er scharf, faßte sie grob am Arm und zog sie mit sich die Treppe hinauf in die Braustube. Als er die Tür hinter sich geschlossen hatte, beruhigte er sich und beendete das Schauspiel. Er schaute sie vorwurfsvoll an und raunte ihr zu: »Verdammt, du hättest nicht so weit von der Schenke fortlaufen dürfen. Wo hast du nur gesteckt?«

Anneke betastete ihre schmerzende Wange. Sie fühlte sich gedemütigt, doch sie war auch erleichtert, daß Seybert sie hier in die Braustube geschafft hatte – fort von seinem herrischen Weib, das Anneke gewiß mit dem Stock geprügelt hätte, wenn Seybert sie nicht mit sich genommen hätte.

Vielleicht, so machte sie sich Mut, würde die Wut der Monsbach-Wirtin in einigen Stunden bereits ein wenig verraucht sein.

Sie trat zu dem kleinen runden Fenster, von wo aus sie auf den Hof schauen konnte, und sah, wie der Schiefnasige auf der Straße davonritt.

»Wer war dieser Mann, dem ich auf dem Hof begegnet bin?« wollte sie wissen. Seybert antwortete nicht sofort, und so fragte sie noch einmal: »Wer war das?«

»Was fragst du mich?« meinte er. »Er hat nur einen Krug Bier getrunken. Ich habe ihn weder nach seinem Namen noch nach seinem Reiseziel oder seinem Familienstand ausgefragt. Nicht jeder ist so neugierig wie du.«

»Er hat im Wald einen Mann getötet.«

Seybert hob nur beifällig die Schultern. »So, hat er das?«

»Ich habe es mit meinen eigenen Augen gesehen. Soll ich Euch zu der Leiche führen? Er hat sie in einer Senke im Wald zurückgelassen.«

»Halt bloß dein Maul«, fuhr Seybert sie an. »Im ganzen Land sterben die Menschen wie die Fliegen. Was schert mich da eine Leiche im Wald? Kein Wort mehr darüber, sonst bleibt es nicht bei der einen Ohrfeige. Soll meine Frau noch weiteren Verdacht schöpfen? Ich weiß doch schon nicht, wie ich es ihr erklären soll, warum du das Buch bei dir getragen hast.«

»Ihr findet gewiß die richtigen Worte«, meinte sie, wohlwissend, daß Seybert ohnehin alle Schuld auf sie schieben würde.

»Wir werden sehen.« Der Schankwirt legte eine Hand auf ihren Hintern, griente und zeigte dabei mehrere faule Zahnstümpfe. Anneke drängte seine Finger fort und machte sich mit einem abfälligen Schnaufen an die Arbeit.

Kapitel 3

Die Finger schnappten nach Annekes Handgelenk und hielten es in einem festen Griff gefangen. Sie wurde nach unten gezogen, ihr Kopf sank zum Waldboden, dorthin, wo das wächserne Gesicht des Toten sich aus dem Laub erhob. Er starrte sie an. Seine Stimme drang an ihr Ohr, obwohl die blassen Lippen geschlossen blieben.

Magnus Ohlin, hallte es in ihrem Kopf.

Magnus Ohlin.

Magnus Ohlin.

Anneke spürte eine Hand an ihrer Schulter und schrak aus dem Schlaf auf.

Nur langsam wurde ihr bewußt, daß der Tote sie einmal mehr in ihren Träumen heimgesucht hatte und daß Lenes Gesicht, das sich über sie beugte, zu der wirklichen Welt gehörte.

Anneke atmete beherzt aus, erleichtert darüber, daß sie sich in ihrer Kammer befand, in der sie sich mit Lene ein Bett teilte. Sie zitterte. Lene beruhigte sie, indem sie ihr über das Haar strich. »Wieder dieser Mann?« fragte die Monsbach-Tochter.

»Der Tote aus dem Wald.« Anneke nickte matt. »Er kommt jede Nacht zu mir. Lene, ich fürchte, er hat mich verflucht.« Sie seufzte. Sieben Tage waren vergangen, seit sie den Mord beobachtet hatte, und seitdem war sie in jeder Nacht von den Alpträumen heimgesucht worden.

»Du hast im Schlaf gesprochen.«

Anneke richtete sich auf. »Wieder diesen Namen?«

»Magnus Ohlin.«

Anneke rieb über ihr Gesicht und stieg aus der Bettstatt. Ein einzelnes Talglicht warf einen schalen Schimmer in die kleine Kammer. Sie schaute zum Fenster. Durch das Butzenglas konnte sie erkennen, daß es draußen noch stockdunkle Nacht war. Aus dem Nebenraum, den am gestrigen Abend drei Schweden bezogen hatten, drang das Geräusch eines dumpfen Hustens zu ihnen.

»Zum Teufel mit diesem Magnus Ohlin«, meinte Anneke. Im nächsten Moment zuckte sie zusammen, als eine Faust gegen die Tür hämmerte. Für einen Augenblick glaubte Anneke, der Tote wäre aus seinem Grab gestiegen und ihr bis zur Schenke gefolgt, doch die herrische Stimme der Monsbacherin erlöste sie von dieser Sorge.

»Raus mit euch, oder wollt ihr schlafen, bis die Sonne am Himmel steht? An die Arbeit! Rasch!«

Lene sprang aus dem Bett und kämmte eilig ihr Haar, während Anneke den Inhalt des Nachtgeschirrs aus dem Fenster schüttete.

»Glaubst du das wirklich?« wollte Lene wissen.

Anneke runzelte die Stirn. »Was?«

»Daß dieser Mann dich mit einem Fluch belegt hat.«

»Er hat mich im Moment seines Todes festgehalten.« Anneke rieb über ihren Unterarm. Bildete sie es sich nur ein, oder spürte sie dort auch jetzt noch ein leichtes Brennen auf der Haut? »Wer weiß, welche Kräfte er gegen mich angewandt hat?«

»Vielleicht war er ein Hexenmeister«, raunte Lene. Sie legte eine Hand vor den Mund und zog ein Gesicht, als wäre sie über diese Erkenntnis erschrocken. Anneke dachte über diese Vermutung nach. Ihr Vater hatte stets behauptet, die Furcht vor Hexen und Zauberern beruhe auf Aberglauben und Einbildung. Doch vor etwa zehn Jahren hatte man in Osnabrück eine umfassende Verschwörung von Zauberinnen aufgedeckt. Mehr als sechzig Frauen waren damals des

Verbrechens der Hexerei überführt und hingerichtet worden. Ein Nachbarsbursche hatte ihr damals so schauerliche Dinge über die heidnischen Zusammenkünfte der Teufelsbuhlen erzählt, daß Anneke sich eine Zeitlang vor jedem alten Weib gefürchtet hatte.

Auch wenn diese Ereignisse lange zurücklagen, war es nicht ausgeschlossen, daß der Mann im Wald, der für einen kurzen Augenblick von den Toten zurückgekehrt war, mit dem Teufel im Bunde gestanden hatte.

Der Nachbarsjunge hatte behauptet, daß jeder Diener Luzifers ein Mal an seinem Körper trug, das der Teufel als äußeres Zeichen für die Besiegelung des unseligen Paktes hinterlassen habe. Konnte es möglich sein, daß man in den Bann dieser Dämonen geriet, ohne wissentlich auf die Seite des Bösen zu treten?

Kurzentschlossen drückte Anneke Lene das Talglicht in die Hand und zog ihr Hemd aus. Nun stand sie nackt vor Lene und wies sie an: »Versuche mit dem Licht ein Stigma zu finden.«

Lene führte das Licht so nah an Annekes Haut entlang, daß sie ab und an vor der Flamme zurückzuckte. Nachdem Lene Annekes Bauch und die Schultern abgesucht hatte, stutzte sie und fragte: »Wie sieht denn so ein Stigma überhaupt aus?«

»Was weiß denn ich?« meinte Anneke. »Es könnte ein auffälliger roter Fleck sein. Eine Warze oder eine Narbe, die zuvor nicht da war.«

»Und woher soll ich wissen, welche dieser Warzen und Narben vorher nicht da waren?« murrte Lene. »Oft sehe ich dich nicht so nackt vor mir stehen.«

Anneke hob ihre Brüste an. »Schau vor allem an den Stellen nach, an denen man ein solches Mal nicht sofort erkennen würde. Hier unter meinen Brüsten, unter den Achseln oder zwischen den Hinterbacken.«

Lene verzog angewidert das Gesicht. »Soll ich dort wirklich alles mit dem Talglicht ausleuchten?«

»Nun stell dich nicht so an«, erwiderte Anneke. »Das hier ist wichtig. Und eil dich, sonst überrascht uns noch deine Mutter.«

Lene schwieg und setzte die Suche fort. Nachdem sie Annekes gesamten Körper in Augenschein genommen hatte, reichte sie ihr das Hemd und sagte: »Du hast drei Leberflecken auf dem Rücken, eine kleine Warze am Hals und einen übelriechenden Anus.« Sie drückte mit zwei Fingern ihre Nase zu. »Also nichts Ungewöhnliches für einen Menschen.«

Anneke kleidete sich an und kämmte sich. »Vielleicht war es also doch kein Hexenmeister«, sagte sie. »Aber es ist möglich, daß die Seele dieses Mannes keine Ruhe findet, weil seine Leiche nicht begraben wurde.« Niemand hatte sich um den Toten gekümmert. Seybert Monsbach und auch dessen Frau hatten Anneke verboten, jemandem von dem Mord zu erzählen. Sie wollten nichts mit diesem Vorfall zu schaffen haben, und so hatte Anneke einzig mit Lene darüber gesprochen und fortan einen großen Bogen um den Ort gemacht, an dem der Mann gestorben war. Lucia Monsbach hatte sich ohnehin weitaus mehr darüber aufgeregt, daß Anneke das Gebetbuch an sich genommen hatte. Diese Verfehlung war mit zwanzig Stockhieben auf Annekes Finger abgestraft worden. Die Monsbach-Wirtin hatte so fest zugeschlagen, daß Annekes Hände auch nach fünf Tagen noch schmerzten.

»Ich glaube, er findet keine Ruhe und sucht dich in deinen Träumen heim, weil er dir einen Auftrag erteilt hat, um den du dich aber nicht kümmerst«, vermutete Lene.

»Du meinst, daß ich Magnus Ohlin aufsuchen soll?« Anneke zog die Stirn kraus. Gewiß – der Mann hatte ihr gesagt, sie solle zu diesem Magnus Ohlin gehen, doch er war gestorben, bevor er ihr verraten hatte, wo sie Ohlin finden konnte. Warum also sollte sie sich die Mühe machen, nach dieser Person zu suchen, wo es ihr doch nicht erlaubt war, sich von der Schenke zu entfernen.

»Du mußt ihn finden, Anneke.« Lene zog eine ernste Miene. »Ansonsten wird dich dieser Geist so lange im Schlaf heimsuchen, bis du dem Wahnsinn anheimfällst.«

Anneke schob sie zur Tür. »Laß uns endlich nach unten gehen, sonst wird mich deine Mutter heimsuchen, und ich frage mich, welche Plage schlimmer wäre.«

Sie verließen die Kammer und eilten die Treppe hinab. In der Küche nahmen sie mit den Wirtsleuten und dem Knecht Wendel die Morgensuppe zu sich, dann wurden Anneke und Lene in den Stall zu den Kühen geschickt. Anneke fühlte sich müde und erschlagen. Noch immer schwirrten die düsteren Traumbilder wie in einem wilden Reigen durch ihren Kopf. Sie schloß die Augen, massierte das Euter, legte dann Daumen und Zeigefinger an die Zitzen und ließ die Milch in den Holzeimer strullen.

»Ich habe es satt«, murrte Anneke.

»Was meinst du?« wollte Lene wissen, deren Kopf hinter dem massigen Hinterteil der Kuh verschwand.

Anneke seufzte. »Jeder Tag ist wie der andere. Wir stehen in der Frühe auf, verrichten die Arbeit im Stall, dann helfen wir deinem Vater in der Braustube oder gehen deiner Mutter in der Küche zur Hand. Arbeit, Arbeit, Arbeit, bis der Abend hereinbricht.«

Sie hörte Lene glucksen. »Was erwartest du? Du bist eine Dienstmagd. Und ich bin die Tochter eines Schankwirtes. Wenn Gott uns gewogen ist, werden wir irgendwann einen Mann heiraten, der es gut mit uns meint, und eine eigene Familie haben.«

»Das ist mir nicht genug«, erwiderte Anneke.

»Du bist seltsam.«

Mag sein, überlegte Anneke. Aber was war eigentlich so seltsam daran, mehr vom Leben zu erhoffen als ständige Mühsal und einen Ehemann, den man vielleicht nur deshalb liebgewann, weil er recht selten die Hand gegen einen erhob. Lag es denn nicht in der Natur des Menschen, darauf zu hoffen, ein wahrlich erfülltes Leben zu bestreiten?

Das monotone Plätschern machte sie schläfrig. Ihr Kopf sackte gegen das Hinterteil der Kuh, und hätte sie nicht von draußen die Männerstimmen vernommen, wäre sie wohl eingeschlafen. Sie spitzte die Ohren, ließ die Hände ruhen und hörte den Schweden zu, die sich laut schwatzend am Brunnen aufhielten. In den vergangenen Monaten hatte Anneke es gelernt, die verschiedenen Sprachen der Gäste zu unterscheiden. Da die Friedensverhandlungen in zwei Städten abgehalten wurden, reisten die Gesandten oder deren Boten oft von Münster nach Osnabrück oder in die andere Richtung. Dieser rege Verkehr zwischen den Kongreßstädten brachte es mit sich, daß Spanier, Franzosen, Schweden, Dänen oder Italiener häufig die Monsbach-Schenke aufsuchten und hier nicht selten auch die Nacht verbrachten. Anneke verstand natürlich nicht, worüber diese Fremden miteinander redeten, aber am Klang weniger Worte konnte sie mittlerweile bestimmen, aus welchem Land sie stammten.

Die Kerle dort am Brunnen sprachen schwedisch, und als Anneke ihnen zuhörte, war sie sich plötzlich gewiß, daß auch der Mörder im Wald in dieser Sprache geredet hatte.

»Warum machst du nicht weiter?« fragte Lene. »Was ist mit dir?«

»Nur eine Idee, die mir durch den Kopf geht«, raunte Anneke und wandte sich wieder der Arbeit zu.

In die Tat umsetzen konnte Anneke diese Idee erst, als sie

sich nach dem Melken in den Schankraum begab. Wie sie es erwartet hatte, saßen die Schweden mittlerweile an einem der Tische und nahmen vor ihrer Abreise noch eine Morgenmahlzeit ein. Ein Duft nach Möhreneintopf und geräuchertem Speck hing unter der niedrigen Decke. Anneke stieß mit dem Fuß einige Hühner davon, die auf dem Bretterboden nach Brotkrümeln pickten, und trat in die angrenzende Küche.

Der Monsbach-Wirtin lief sie nicht über den Weg. Wahrscheinlich schaute die in der Speisekammer nach dem rechten. Anneke blickte durch die Tür zu den Schweden, die geräuschvoll den Eintopf schlürften. Sie zögerte kurz, dann nahm sie eine Flasche vom Regal, entkorkte diese und ging zum Tisch der Schweden. Die drei Männer hielten in ihrer Mahlzeit inne, kauten aber weiter und musterten sie neugierig.

Ohne ein Wort füllte Anneke ihre Becher mit dem Birnenschnaps, der im Grunde nur zu besonderen Gelegenheiten ausgeschenkt wurde. Die Schweden grienten, hoben die Becher zum Mund und tranken sie in einem Zug leer. Der älteste unter ihnen, ein grauhaariger, spitzbärtiger Kerl, wischte sich die Lippen ab und sagte in einem gut verständlichen Deutsch: »Welch herrliches Gesöff, Mädchen! Warum gibst du uns nicht die ganze Flasche mit auf den Weg? Wir haben einen anstrengenden Ritt vor uns.«

Anneke stellte die Flasche in die Mitte des Tisches. Der Schwede, der dem Grauhaarigen gegenübersaß, wollte danach greifen, doch Anneke schob seine Finger zurück.

»Ich verlange etwas dafür.«

Der Grauhaarige nestelte an seinem Spitzenkragen. »Und was könnte das sein?«

»Eine Auskunft.«

»Du willst uns eine Frage stellen? Nur heraus damit.«

»Ist Euch ein Mann namens Magnus Ohlin bekannt?«

Anneke hatte kaum zu hoffen gewagt, daß die Schweden ihr helfen könnten, doch die Antwort des Grauhaarigen überraschte sie.

»Magnus Ohlin?« meinte er. »Solltest dich vor dem Kerl in acht nehmen. Du bist jung und schön rund an den richtigen Stellen.«

Sie ignorierte es, daß er auf ihre Brüste starrte, und wollte wissen: »Wo hält sich dieser Ohlin auf? In Osnabrück?«

Der Schwede nickte. »Er steht als juristischer Berater in den Diensten der Hauptgesandten Salvius und Oxenstierna. Diese Namen sind dir gewiß bekannt.«

Anneke schüttelte den Kopf.

»Johan Adler Salvius und Graf Johan Oxenstierna vertreten die Interessen des schwedischen Staates bei den Friedensverhandlungen in Osnabrück. Ohlin ist ein naher Verwandter von Salvius, und nur diesem Umstand verdankt er wohl seine Teilnahme an diesem Kongreß. In letzter Zeit soll es aber zu Unstimmigkeiten zwischen den beiden gekommen sein, und es heißt, Ohlin lecke nun Oxenstierna den Arsch, damit dieser seine schützende Hand über ihn hält.«

Anneke wurde von einem Klappern abgelenkt. Die Monsbacherin kehrte zurück. Es wurde Zeit, das Gespräch zu beenden.

»Und wo kann ich diesen Magnus Ohlin nun finden?« drängte Anneke.

Der Schwede runzelte die Stirn. »Wenn ich mich nicht irre, hat Ohlin ein Haus in der Lohstraße in Osnabrück bezogen. Du willst ihn aufsuchen? Dann laß dir nicht den Kopf von ihm verdrehen. Der Taugenichts hat schon nach vielen hübschen Mädchen die Finger ausgestreckt. Man sagt, daß er sogar die Königin von Schweden mit seinen Schmeicheleien um den Finger gewickelt hat.«

Nun meldete sich auch dessen Nebenmann zu Wort.

»Die einzige Frau, die er nicht anrührt, ist angeblich sein Eheweib.«

Die Männer lachten auf. Anneke drückte dem Grauhaarigen rasch die Flasche in die Hand und bedeutete ihm, sie unter dem Tisch verschwinden zu lassen, denn sie hatte Schritte in der Tür vernommen. Im nächsten Moment zerrte Lucia Monsbach sie auch schon rüde vom Tisch fort.

»Was palaverst du hier mit den Gästen herum?« zischte die Wirtin und schickte Anneke hinaus. »Mach, daß du in die Braustube kommst!«

Die Zurechtweisung durch die Wirtin schien die Männer zu amüsieren, denn Anneke konnte noch auf der Treppe das Gelächter der Kerle hören. Sie kümmerte sich nicht weiter darum und stieg in die Braustube, die sich über der Küche befand. Hier gab es einen großen Raum, in dem die Braukessel standen und auch mehrere Bottiche, in denen das Korn geweicht wurde. Neben den Gefäßen hockte Lene und schrubbte mit einer Bürste die Wannen und Zuber sauber, während Seybert sich am anderen Ende des Raumes darangemacht hatte, einen Sack Malz zu schroten.

Anneke erschnupperte den würzigen Geruch der Grut, einer Kräutermischung, die für den Geschmack des Bieres sorgte und nach Wacholder, Schlehen, Schafgarbe und Rosmarin duftete. Seybert Monsbach war dafür bekannt, ein besonders kräftiges Bier zu brauen. Er stellte weitaus mehr davon her, als er in seiner Taverne ausschenken konnte, und verkaufte aus diesem Grund einige Fässer auf dem Osnabrücker Markt. Obwohl in Osnabrück, anders als in vielen norddeutschen Städten, das Brauen als freies Gewerbe galt und Dutzende Bürger in den heimischen Stuben ihr eigenes Bier herstellten, fand Seyberts schmackhaftes Gebräu auf dem Markt dennoch einen reißenden Absatz.

»Da bist du ja endlich«, sagte Seybert, als er sich zu

Anneke umdrehte. »Geh Lene zur Hand! Ich werde die Zuber bald brauchen.«

»Was hat dich aufgehalten?« flüsterte Lene, nachdem Anneke sich neben sie gehockt hatte.

»Ich weiß, wer dieser Magnus Ohlin ist«, raunte Anneke im Tonfall eines Verschwörers. »Er lebt in Osnabrück und steht in den Diensten eines Mannes namens Ochsenstern.«

»Ochsenstern?«

»So oder ähnlich.« Anneke machte sich daran, einc besonders hartnäckige Maischekruste von einem der Zuber abzuschrubben.

Lene hielt inne. »Ich sehe es deinem Gesicht an, daß du dir wieder irgendeinen unsinnigen Plan überlegt hast.«

»Ich will mit ihm sprechen«, flüsterte Anneke.

»Mit diesem Ochsenstern?«

»Nein, du Dummkopf. Mit Magnus Ohlin. Wahrscheinlich hast du recht, Lene. Der Tote wird mich verfolgen, bis ich diesen Ohlin aufgesucht und ihm von dem Mord berichtet habe.«

Lene schaute skeptisch drein. »Schön und gut, aber wie, um Himmels willen, willst du nach Osnabrück kommen? Zu Fuß würdest du einen ganzen Tag unterwegs sein, und meine Eltern lassen dich ohnehin nicht gehen.«

»Das stimmt.« Anneke schaute zu Seybert. Ihr war nicht verborgen geblieben, daß er sie die ganze Zeit über beobachtete, und es fiel ihr nicht schwer, seine Gedanken zu erraten. »Aber bald ist Markttag, und dein Vater wird sein Bier in die Stadt schaffen. Vielleicht kann er eine helfende Hand gebrauchen«, sagte sie so leise, daß Seybert es nicht hören konnte, und zwinkerte ihm kokett zu.

Kapitel 4

Der einsetzende Nieselregen machte die holprige Fahrt nach Osnabrück zu einer Strapaze. Anneke zog die Leinendecke enger um die Schultern und betrachtete die langsam hinter dem Regenschleier hervortretende Silhouette der Stadt.

Seybert Monsbach, der die Zügel des Wagens führte, trieb die beiden Ochsen mit der Gerte schneller voran. Seitdem es regnete schimpfte er über die widrige Witterung, doch die Nässe hatte ihn nicht davon abgehalten, auf der Hälfte der Strecke das Pferd zu zügeln und von Anneke die versprochene Gefälligkeit einzufordern.

Der Preis dafür, daß sie ihn zum Markttag nach Osnabrück begleiten durfte, war hoch gewesen. Widerwillig hatte sie ihm einen Kuß zugestanden, und als er sie an sich gezogen und seine Zunge in ihren Mund gedrängt hatte, waren ihr plötzlich Zweifel gekommen, ob es dieser Magnus Ohlin wirklich wert war, daß sie eine solche Bürde auf sich nahm. Wäre sie sich bewußt gewesen, welch Ekel sie in diesem Moment überkam, hätte sie wohl darauf verzichtet, Seybert diesen Kuhhandel anzubieten. Aus seinem Maul hatte es scharf nach Zwiebeln gerochen. Er hatte erregt gekeucht, während seine Zunge wie ein Fisch in ihrem Mund zuckte. Ihr war übel geworden, doch sie hatte ihn gewähren lassen. Erst als sich seine Finger zwischen ihre Beine gedrängt hatten, hatte sie ihn von sich gedrückt. Der lüsterne Ausdruck in seinen Augen hatte sie erschreckt, und einen bangen Augenblick lang befürchtete sie, daß sie den Bogen überspannt hatte und er nun wie ein Tier über sie herfallen würde. Doch schließlich hatte Seybert von ihr abgelassen und die Fahrt wieder aufgenommen.

Während der Wagen auf die dem Stadttor vorgelagerte Bastion zurumpelte, schaute Anneke gebannt auf den hohen Steinwall, der die Stadt umgab. Hinter den Mauern lugten die Dächer der Bürgerhäuser und der Stadtkirchen hervor. Es waren fast zehn Jahre vergangen, seit sie Osnabrück verlassen hatte, und in all dieser Zeit war sie nicht ein einziges Mal zurückgekehrt. Schon jetzt, bevor sie das Stadttor hinter sich gebracht hatte, machte ihr die Erinnerung an den Vater das Herz schwer.

Der Wagen polterte heftig durch ein Schlagloch und schüttelte sie durch. Anneke fragte sich, warum niemand auf die Idee gekommen war, die Unebenheiten der Zufahrtswege mit Steinen oder Erde auszubessern. Immerhin wurde doch ein so wichtiger Kongreß in der Stadt abgehalten, und sie überlegte, ob wohl auch die edlen Herren mit schmerzendem Rücken und wundem Hinterteil in Osnabrück angekommen waren.

Sie erreichten die Heger Pforte. Seybert grüßte den Torwächter und hielt an, um den Warenzoll zu entrichten. Anneke betrachtete die engen Gassen. Zwar boten die hochragenden Hausgiebel einen gewissen Schutz vor der Nässe, doch nach der langen Zeit, die sie in einem Dorf gelebt hatte, kam es ihr so vor, als wollten die Wände sie schier erdrücken. Auch der Dunst der zahlreichen Misthaufen und der Gestank des Kotes, den die streunenden Hunde und Schweine hinterließen, schienen zwischen den Häusern kaum entweichen zu können und stiegen ihr säuerlich und schwer in die Nase.

Anneke wunderte sich darüber, daß ihr nur wenige Menschen auf der Straße entgegenkamen. Sie hatte erwartet, daß eine Stadt, die Schauplatz eines solchen Kongresses war, nach den Einquartierungen der Gesandten und deren

Dienstpersonal schier aus allen Nähten platzen mußte. Doch da nach der Neutralisierung Osnabrücks die mehrere hundert Mann starke schwedische Garnison inzwischen abgezogen war, lebten im Grunde wohl nicht mehr Menschen zwischen diesen Mauern als zehn Jahre zuvor. Angelockt hatte dieser Kongreß aber augenscheinlich vor allem zwielichtiges Gesindel und Bettler. Die abgerissenen Gestalten lungerten in den Straßen herum, viele von ihnen verstümmelt und auf Krücken gestützt, um Mitleid zu erheischen.

Je weiter sie sich dem Marktplatz näherten, desto schwieriger wurde es dann aber doch, voranzukommen. Oft verstopften mehrere Kaleschen und Kutschen die Straßen. Viele dieser Gefährte waren reich verziert und geschmückt. Die Sitze waren inwendig mit rotem Samt ausgeschlagen, und die Kutscher trugen prachtvolle Kleidung aus schwarzem oder blauem Tuch, geschmückt mit breiten weißen Schnüren. Die meisten Kutschen wurden zudem von einer Handvoll livrierter Pagen oder einer bewaffneten Garde begleitet, die lautstark bemüht waren, den Karossen Platz zu schaffen.

In diesen Gefährten saßen also die Edelleute, die in der Stadt über einen Frieden verhandelten und sich anscheinend zu fein waren, einen Fuß auf die Straße zu setzen. Anneke vermutete, daß sie schon eine Kutsche anspannen ließen, wenn sie nur ihren Nachbarn aufsuchen wollten.

Seybert lächelte selig. »Gott gebe, daß diese eitlen Pfauen noch lange in dieser Gegend bleiben.« Er schaute Anneke an. »Sie tragen mir soviel Geld in meine Kasse, daß ich jeden Abend vor dem Herrn auf die Knie sinke und darum bete, daß ihre Differenzen unlösbar sein mögen.«

Anneke dachte an die zahlreichen Gäste aus Osnabrück und Münster, die Seyberts Schankwirtschaft in den vergangenen Jahren aufgesucht hatten. Sie konnte verstehen, warum er sich darum sorgte, daß die hohen Herren allzuschnell einen Frieden abschließen würden. Mit dem Ende dieses Kongresses würde Seyberts Schenke nicht mehr als eine schlichte Dorftaverne sein, in der nur noch selten ein Gast eintraf.

»Wie lange dauern diese Verhandlungen schon an?« fragte Anneke.

Seybert überlegte kurz. »Es müssen an die vier Jahre vergangen sein, seit die ersten hohen Herren eingetroffen sind. Man sagt, die blasierten Gecken hätten zu Beginn des Kongresses Monate damit verbracht, sich darüber einig zu werden, in welcher Reihenfolge sie zu den Beratungen die Säle betreten durften.«

»Und es käme Euch gewiß sehr gelegen, wenn die Herren nach einem Friedensschluß noch ein weiteres Jahr in Osnabrück und Münster verweilen würden, um herauszufinden, in welcher Abfolge sie in ihre Heimatländer abreisen sollen.«

Seybert lachte auf. »Das hast du gut erkannt. Übrigens könnte auch für dich der eine oder andere Pfennig abspringen, wenn meine Geschäfte weiterhin so gut laufen.«

Anneke ahnte, daß Seybert keineswegs vorhatte, ihr das Geld zu schenken. Der Gedanke, ihn noch einmal zu küssen, widerte sie an, und sie biß sich auf die Zunge, um sich die Bemerkung zu verkneifen, daß er sein Geld doch besser zu den Huren tragen solle, wenn ihn sein Weib nicht mehr zu reizen vermochte.

Endlich erreichten sie den Marktplatz, der von dem Rathaus und der Kirche St. Marien umrahmt wurde. Anneke erinnerte sich daran, daß sich das Rathaus zur Zeit ihrer Kindheit in einem bedauernswerten Zustand befunden hatte. Inzwischen waren das Dach repariert und die Fenster gestrichen worden. Zudem waren an den Außenwänden Stangen angebracht worden, an denen mehrere wappengeschmückte Flaggen träge im Wind schaukelten.

Trotz der zahlreichen ausländischen Gäste war der Markthandel nicht mehr so ausgeprägt, wie Anneke ihn in Erinnerung hatte. Auf dem Marktplatz waren deutlich weniger Stände als zur Zeit ihrer Kindheit aufgestellt worden. Schon auf der Fahrt durch die Stadt war Anneke aufgefallen, daß viele Geschäftsleute und Handwerker ihre Waren auf Tischen vor den eigenen Häusern auslegten. Auch dies war mit ein Grund dafür, daß die Kutschen und Wagen oft in den Straßen feststeckten.

Seybert führte sechs Bierfässer mit sich, die er einem Schankwirt in der Hasestraße verkaufen wollte. Zudem hatte er vor, auf dem Markt Kräuter für die Grut sowie einige Säcke Gerste und Malz zu besorgen. Als Anneke ihm sagte, daß sie sich alleine in der Stadt umsehen wollte, brummte er nur ungehalten: »Bleib besser in meiner Nähe! Womöglich verläufst du dich in den Gassen, oder du wirst von einer der Kutschen zerdrückt.«

»Ich weiß auf mich aufzupassen«, meinte Anneke. »Wenn Ihr die Stadt verlaßt, werde ich mich am Tor einfinden.«

Seybert deutete zum Kirchturm. »Wenn es zur elften Stunde schlägt, hast du dort zu sein. Ansonsten wirst du laufen müssen. Ich warte nicht auf dich.«

Anneke nickte. Ihr blieben fast eineinhalb Stunden. Gewiß genug Zeit, um in der Lohstraße nach Magnus Ohlin zu suchen.

»Ich werde dort sein«, rief sie und machte sich auf den Weg.

Eine Weile trödelte sie noch auf dem Markt herum und verfolgte das bunte Treiben der Kaufleute und Höker. Die vielen fremden Sprachen, die hier an ihre Ohren drangen, wiesen darauf hin, daß der Markt vor allem von den Bediensteten der Gesandtschaften besucht wurde. Anneke lief zwischen den Ständen der Salzhändler und Bierbrauer, Fleischhacker und Fischverkäufer umher, betrachtete die Auslage eines Gewürzkrämers, der exotische Waren wie Feigen, Zitronen,

Reis, Tabak und Alaun anbot, und einen Moment darauf zuckte sie erschrocken zusammen, als ein Mann neben ihr eine Feuerfontäne in den Himmel spuckte und anschließend mit brennenden Fackeln jonglierte. Anneke hatte so etwas nie zuvor gesehen und verfolgte gebannt die Vorführung. Neben dem Jongleur hatte ein anderer Kerl mit Fässern und Blockbohlen ein Podest errichtet, von dem aus er auf die Menge schaute und die umstehenden Bürger anlockte, indem er mit einem Schlegel kräftig gegen einen kupfernen Mörser schlug. In einem Sprechgesang intonierte er einige freche Verse, in denen er sich als Doktor der Medizin pries, der angeblich durch Arabien und Italien gereist war und sich dort ein umfangreiches Wissen angeeignet hatte.

Anneke kannte den Mann. Im vergangenen Winter hatte er die Herberge der Monsbachs besucht und Seybert eine Salbe verkauft, die dessen Hämorrhoidenleiden heilen sollte. Seybert hatte daraufhin eine Woche bitterlich geschimpft, weil sein Arsch wie Feuer brannte, und er hatte lauthals geschworen, diesen Quacksalber in Stücke zu reißen, wenn er ihn in die Finger bekäme. Sie überlegte, ob sie den Scharlatan vor Seyberts Zorn warnen sollte, aber sie entschied, daß es Wichtigeres für sie zu tun gab.

Nach nur wenigen weiteren Schritten machte sie einen Buchhändler aus, der seinen Verkaufsstand unter einem Bogengang aufgebaut hatte, um das kostbare Papier vor dem Regen zu schützen.

Seit den Tagen in Martin Manns Druckerei hatte Anneke nicht mehr so viele Bücher auf einem Haufen gesehen. Mit einem melancholischen Gefühl betrachtete sie die geschnürten Papierballen, die Fässer, in denen sich die Bücher stapelten, und die gespannten Seile, an denen mit Klammern Flugblätter und Kupferstiche befestigt worden waren. Sie schmunzelte, als sie einen der Stiche näher betrachtete. Auf dem Blatt waren in zwölf langen Versen die

Eigenschaften eines boshaften und widerspenstigen Weibes festgehalten worden. Über diesen Versen befand sich eine Zeichnung, auf der ein sichtlich geplagter Hausvater von seinem Weib respektlos an den Ohren gezogen wurde. Diese Szene amüsierte Anneke, weil das Bild sie sehr an Seybert und Lucia Monsbach erinnerte.

Sie trat einen Schritt zur Seite und strich ehrfürchtig mit der Hand über einen großen, mit einem Ledereinband umspannten Folianten, was ihr einen Klaps auf die Finger einbrachte, denn mittlerweile war der Händler auf sie aufmerksam geworden, und es schien ihm überhaupt nicht zu gefallen, daß sie seine Bücher berührte. Der schlaksige Mann verzog das Gesicht und sagte: »Laß besser die Finger davon, Mädchen. Frauenhände sind nicht für diese kostbaren Werke geschaffen.«

Anneke wollten seine Bedenken nicht einleuchten. Welchen Unterschied gab es denn in dieser Hinsicht zwischen einer Männer- und einer Frauenhand? Doch sie erwiderte nur: »Ich bin vorsichtig.«

Der Händler zog den Folianten ein Stück von ihr fort. »Kann eine wie du überhaupt die Buchstaben auseinanderhalten?«

Anneke nickte. »Wenn Ihr wollt, lese ich Euch aus einem dieser Bücher vor.«

»Das wird nicht nötig sein.«

Annekes Blick fiel auf ein Gebetbuch, das der Ausgabe ähnelte, die sich im Besitz der Monsbacherin befand. Auch dieses Buch wies Gebrauchsspuren auf, aber es befand sich in einem guten Zustand, und vor allem war die Bindung intakt. Sie blätterte darin und stellte sich vor, wie leicht sie mit diesem Buch den Zorn der Monsbach-Wirtin besänftigen könnte.

»Für fünf Schillinge gehört das Buch dir«, meinte der Händler. Sein ironischer Tonfall ließ keinen Zweifel daran aufkommen, wie sehr er davon überzeugt war, daß Anneke nicht einen Pfennig besaß.

Fünf Schillinge – das entsprach dem Tageslohn eines Handwerkers. Anneke arbeitete in der Schenke ausschließlich für ihre Mahlzeiten und einen Platz zum Schlafen. Es war nicht üblich, daß Dienstmägde mit Geld entlohnt wurden.

Sie benutzte eine Lüge, um sich ein wenig Respekt zu verschaffen. »Ich werde meinen Ehemann bitten, dieses Buch zu erwerben.«

Der Händler schaute sich um. »Und wo ist er ... Euer Ehemann?«

»Nicht hier, wie Ihr unschwer erkennen könnt.«

Der Händler musterte sie aus schmalen Augen, doch Anneke nahm an, daß ihr kleiner Schwindel sehr überzeugend gewirkt haben mußte. Zumindest wählte er inzwischen eine höflichere Form der Anrede und behandelte sie nicht mehr ganz so herablassend.

»Wenn Euer Mann das Geld springen läßt, dann besucht meinen Laden in der Neustadt. Ihr findet mich dort in der Rosenstraße. Fragt nach Anselm Hartiger!« Er nahm Anneke das Buch aus den Händen und legte es fort. »Fünf Schillinge und keinen weniger.«

»Ich werde mit ihm reden«, sagte Anneke und wandte sich um. Sie seufzte, betrübt darüber, daß es keinen Ehemann gab, der dieses Buch für sie bezahlen würde.

Es wurde nun Zeit, die Lohstraße aufzusuchen. Glücklicherweise lag ihr Ziel nicht allzuweit vom Markt entfernt. Anneke ließ das Treiben auf dem Platz hinter sich und bog in eine Gasse ein. Von hier aus gelangte sie auf die Bierstraße, die in die Lohstraße mündete. Die Häuser hier machten allesamt einen recht schlichten Eindruck. Da Anneke keine Ahnung hatte, in welchem davon sie Magnus Ohlin finden konnte, klopfte sie an die erstbeste Tür.

Niemand öffnete ihr. Auch am Eingang des Nachbarhauses war ihr kein Erfolg beschieden. An der dritten Tür sprach sie mit einer alten Frau, die jedoch den Namen Magnus Ohlin noch nie gehört hatte. Im nebenstehenden Haus konnte ihr endlich jemand weiterhelfen, der sie zu einem Haus in der Mitte der Straße schickte, das seines Wissens nach vor einiger Zeit von einem schwedischen Justizrat namens Ohlin mitsamt dessen Ehefrau und ihrem Gesinde bezogen worden war.

Anneke lief zu dem dreistöckigen Fachwerkhaus, auf das der Mann gewiesen hatte, und benutzte einen gußeisernen Türklopfer, um auf sich aufmerksam zu machen. Kurz darauf hörte sie Schritte, und ein zierliches Dienstmädchen öffnete ihr.

»Ist dies das Haus von Magnus Ohlin?« fragte Anneke.

Das Mädchen nickte. »Ganz recht.« Sie maß Anneke mit prüfendem Blick vom Kopf bis zu den Füßen. »Was willst du von ihm?« Auch wenn die Magd ein gutes Deutsch sprach, war ihr schwedischer Akzent deutlich herauszuhören.

»Ich muß ihn in einer dringlichen Angelegenheit sprechen.«

Das Mädchen runzelte die Stirn. »Was kann eine wie du Herrn Ohlin schon Wichtiges mitzuteilen haben?« Ihr Tonfall klang spöttisch.

»Das werde ich ihm schon selber sagen«, erwiderte Anneke spitz.

Die Magd schüttelte den Kopf. »Herr Ohlin möchte nicht gestört werden. Komm morgen wieder!«

»Das geht nicht.« Anneke schaute an dem Dienstmädchen vorbei über die Tenne. Die Hintertür des Hauses stand offen. Sie konnte bis zum Hof schauen, wo in diesem Moment ein Mann in herrschaftlicher Kleidung einen Holzschuppen betrat und die Tür hinter sich schloß.

»Ist er das dort hinten?« Sie deutete zum Hof und machte einen Schritt in die Tenne, woraufhin das Dienstmädchen sie sofort zurückdrängte. »Und wenn schon! Mach, daß du fortkommst!« Ohne eine Antwort abzuwarten, schlug sie Anneke die Tür vor der Nase zu. Anneke ärgerte das anmaßende Verhalten dieser Magd, die sich vor ihr wie eine Dame von hohem Stand aufspielte. Sie klopfte noch einmal an die Tür, doch niemand reagierte darauf.

Anneke trat mißmutig die Straße entlang und blieb vor einer schmalen Gasse stehen, die am Hinterhof eines der nebenstehenden Häuser entlangführte. Sie betrachtete die mannshohe Mauer, die den Zugang zu den Gärten verhindern sollte. Wenn es ihr gelang, diese Mauer zu überwinden, würde sie auch Ohlins Hof erreichen und den Stall betreten können, in dem sie den Schweden vermutete. Natürlich konnte sie sich großen Ärger einhandeln, wenn jemand sie in den fremden Gärten aufgreifen und für eine Diebin halten würde, doch nach allem, was sie auf sich genommen hatte, um nach Osnabrück zu gelangen, ließ sie sich von diesen Bedenken nicht abschrecken.

Einen Versuch ist es wert, sagte sie sich und lief in die Gasse.

Die Mauer war ohne Hilfe kaum zu überwinden, doch in der Nähe befand sich ein Apfelbaum, dessen Äste über die Barriere ragten. Anneke war von Kindesbeinen an eine geübte Kletterin, und so stieg sie mühelos von Ast zu Ast bis in die Baumkrone. Sie kämpfte sich vorsichtig voran und balancierte auf einem der dünneren Äste, der sich bereits gefährlich unter ihrem Gewicht neigte, über die Mauer. Schließlich verlor sie ihren Halt und glitt mit den Füßen ab. Sie vernahm ein reißendes Geräusch, dann fand sie sich auf der harten Erde wieder. Als sie sich stöhnend aufrappelte, stellte sie fest, daß ihr Rock und das Unterkleid gerissen waren. Anscheinend hatte sich der Stoff vor ihrem Sturz in einem Zweig verfangen. Der Riß reichte bis zur Hüfte. Anneke kümmerte sich nicht weiter darum, huschte über den Hof, der zu ihrem Glück menschenleer war, zwängte sich durch eine Hecke in den angrenzenden Garten und lief von dort zum Hinterhof des Hauses von Magnus Ohlin. Der Platz wirkte alles in allem aufgeräumter als die mit Gerümpel zugestellten Höfe der Nachbarhäuser. An der gegenüberliegenden Mauer war sogar ein hübscher Rosengarten angelegt worden. Daneben befanden sich Stachel- und Wacholderbeersträucher.

Anneke vernahm ein Geräusch und hockte sich rasch neben das Abtritthäuschen. Die Tür zum Haus öffnete sich mit einem Quietschen. Eine füllige Frau trat nach draußen, leerte einen Eimer aus und zog sich wieder zurück, ohne Anneke zu bemerken.

Anneke wartete einen Moment ab, dann faßte sie sich ein Herz und lief zum Stallgebäude. Erleichtert stellte sie fest, daß die Tür nicht verschlossen war. Sie trat ein und schaute sich um. Zu beiden Seiten des Eingangs befanden sich leere Gatter, weiter hinten stand eine Kutsche. Das Gefährt wirkte bei weitem nicht so prächtig wie die Karossen der hohen Herrschaften, die sie in der Stadt zu Gesicht bekommen hatte. Am Dach der Kutsche blätterte die Farbe bereits an mehreren Stellen ab, und auch der goldene Lack, mit dem die Holzverzierungen einst gestrichen worden waren, glänzte wohl schon lang nicht mehr.

Wo aber hielt sich Magnus Ohlin auf? Hatte er das Stallgebäude bereits wieder verlassen? Plötzlich hörte sie ein Geräusch. Es schien aus der Kutsche zu ihr zu dringen. Anneke machte einen Schritt auf das Gefährt zu.

Nun vernahm sie es erneut. Ein Stöhnen.

Sie schlich zum hinteren Wagenfenster und lugte vorsichtig in das Innere der Kutsche. Anneke sah dort einen Mann und eine Frau.

Die Frau hatte ihr den Rücken zugewandt und beugte

ihren Kopf tief in den Schoß des Mannes. Anneke konnte erkennen, daß der Mann ein besticktes Wams und eine seidene Hose trug. Es handelte sich also gewiß nicht um einen Knecht, sondern wohl eher um den Herrn des Hauses.

Anneke schaute direkt in sein Gesicht, doch da er die Augen geschlossen hielt, bemerkte er sie nicht. Seine Hände umfaßten den Hinterkopf der Frau und preßten ihren Kopf weiter nach unten. Wieder stöhnte er laut. Es klang fast so, als leide er Schmerzen, doch schon im nächsten Augenblick lächelte er selig.

Wenn dies Magnus Ohlin war, dann war er jünger als Anneke es erwartet hatte. Er mochte an die dreißig Jahre alt sein. Das blonde Haar fiel ihm bis auf die Schultern, sein Schnurr- und Kinnbart wirkte penibel gepflegt, und die blasse Haut zeugte davon, daß dieser Mann die meiste Zeit des Tages in geschlossenen Räumen verbrachte.

Noch immer verfolgte Anneke gebannt das lustvolle Treiben in der Kutsche. Sie überlegte, ob es besser wäre, sich abzuwenden, doch im nächsten Moment war es dazu bereits zu spät, denn der Mann schlug die Augen auf und fuhr zusammen, als er Anneke erblickte.

»Heiliger Jesus!« krächzte er und drückte den Kopf der Frau von sich fort. Sie gab ein murrendes Geräusch von sich und drehte ihr Gesicht zum Fenster. Es handelte sich um die schnippische Magd, die Anneke an der Tür abgewiesen hatte. Nun aber schaute sie Anneke nicht herablassend an, sondern regelrecht zornig.

Rasch drehte Anneke sich um und wandte den Blick ab. Die Tür zur Kutsche öffnete sich quietschend. Der großgewachsene Mann stieg aus und rief Anneke zu: »Wer, zum Teufel, bist du, und was hast du hier verloren?« Er baute sich vor ihr auf und nestelte an den Bändern seiner Hose. »Bist du stumm, oder hat dir unser Anblick nur die Sprache verschlagen?«

Sie räusperte sich. »Seid Ihr der Justizrat Magnus Ohlin?«

»Der und kein anderer.«

Erst jetzt fiel Anneke auf, wie aufwendig sein Wams mit bunten Rosetten, Perlenstickereien und Galons verziert war. Jeder Mann von Adel trug gerne seinen Wohlstand zur Schau, doch diese Aufmachung kam einem Geckenkostüm gleich. Zudem hing Ohlin ein süßlicher Geruch an. Anneke hatte schon des öfteren einen ähnlichen Parfümdunst an den herrschaftlichen Herbergsgästen in der Monsbach-Schenke wahrgenommen, aber noch nie war ihr ein so penetranter Duft in die Nase gestiegen wie in der Nähe dieses Mannes.

Inzwischen war auch die Magd aus der Kutsche gestiegen. Die obersten Knöpfe ihres Hemdes standen offen, und ihre Haube war so verrutscht, als wäre sie durch einen Sturm gelaufen. Ihre Augen funkelten noch immer wütend.

»Jagt diesen Bauerntrampel fort«, rief sie. »Oder besser noch, ruft die Büttel herbei. Vielleicht wollte sie Euch bestehlen.«

»Halt dein Maul, Ebba«, wies Ohlin die Magd zurecht. »Willst du, daß die halbe Stadt davon erfährt, was wir hier getan haben?«

Ebba verzog beleidigt das Gesicht. »Wen würde das denn überhaupt interessieren?« Sie deutete auf Anneke. »Aber wenn Ihr meint, dann nehmt Euch doch die vor, um Euch Erleichterung zu verschaffen.« Trotzig verschränkte die Magd ihre Arme vor der Brust und verließ mit einem Schnauben den Stall.

Ohlin betrachtete Annekes zerrissenen Rock. Er streckte seine Hand aus und zog ihn zur Seite, so daß sein Blick auf ihre Beine fiel. Es schien ihm zu gefallen, was er dort sah, denn er lächelte und meinte: »Vielleicht ist diese Idee gar nicht mal so übel.«

Anneke schlug erbost seine Hand fort. »Untersteht Euch, mich anzufassen!«

»Du bist ein rechter Wildfang«, stellte Ohlin fest.

»Ich bin nicht zu Euch gekommen, um mich begaffen zu lassen.«

»Ach nein?« meinte er in gespielter Überraschung. »Womöglich hat meine Frau dich geschickt, um zu verhindern, daß ich Ebba allzulang von der Arbeit abhalte.«

Die blasierte Art, wie dieser eitle Kerl mit ihr sprach, mißfiel Anneke. Sie wollte nur noch fort von hier. Darum würde sie jetzt hinter sich bringen, weswegen sie Ohlin aufgesucht hatte, und dann konnte sie endlich zu Seybert zurückkehren.

»Wollt Ihr nun hören, was ich Euch zu sagen habe?«

Ohlin strich über seine Haare. »Verrate mir zuerst, wer du eigentlich bist.«

»Mein Name ist Anneke. Ich arbeite als Dienstmagd in einer Schenke in Lengerich. In einem Waldstück nahe der Ortschaft wurde ich zur Zeugin einer Mordtat. Ein Mann, wahrscheinlich ein Botenreiter, ist ermordet worden.«

Ohlin lachte. »Aber womöglich hast du dir das alles auch nur eingebildet, um dich aufzuspielen.«

»Nein, ich ...«

Aus der Ferne erklangen Trompetenfanfaren. Ohlins Kopf schnellte zur Seite, und Anneke stockte mitten im Satz.

»Oh, verdammt, der Graf begibt sich bereits an seine Tafel. Kann es denn schon so spät sein?« Er hastete zum Ausgang des Stalls. Anneke folgte ihm und versuchte ihn aufzuhalten. Er durfte noch nicht gehen, nicht, bevor sie ihm alles berichtet hatte. Der Tote mußte seinen Frieden finden.

»Wartet!« meinte sie, doch er eilte schon über den Hof. Sie lief ihm nach, durchquerte die Tenne und stand dann mit Ohlin auf der Straße.

Der Schwede hielt inne und faßte sich an den Kopf.

»Mein Hut«, stöhnte er. Ohlin rannte zurück in das Haus und kehrte bald darauf mit einem breitkrempigen Filzhut zurück, der mit bunten Straußenfedern geschmückt war.

»Nun hört mir doch bitte zu«, sagte sie, als Ohlin an ihr vorbeilief und die Straße entlanghastete. Bis zum Ende der Straße versuchte sie mit ihm Schritt zu halten, dann gab sie es auf, blieb keuchend stehen und rief ihm hinterher: »Bevor der Mann im Wald starb, hat er mir aufgetragen, Euch aufzusuchen. Er hat mir Euren Namen genannt. Hört Ihr? Euren Namen.«

Ohlin hatte sich bereits einige Hausreihen von ihr entfernt. Sie wußte nicht, ob er ihre Worte verstanden hatte, und es war ihr nun auch egal. Wenn dieser blasierte Parvenü nicht hören wollte, was sie ihm mitzuteilen hatte, dann konnte sie nichts dagegen ausrichten.

Enttäuscht wandte Anneke sich um und schlug den Weg zurück zum Markt ein.

Kapitel 5

Während Magnus Ohlin über den Domvorplatz lief, fragte er sich noch immer, was dieses seltsame Mädchen, das ihn mit Ebba in der Kutsche überrascht hatte, von ihm gewollt hatte. Sie hatte ihm etwas von einem Toten hinterhergerufen, einem Mord im Wald und einem Mann, der sie zu ihm geschickt hatte. Magnus nahm an, daß ihr Geist verwirrt war. Das Mädchen mochte nicht klar bei Verstand gewesen sein, aber nichtsdestotrotz hatte ihm durchaus gefallen, was er gesehen hatte, als ihm ihr zerrissener Rock einen Blick auf das rosige junge Fleisch ihrer Schenkel ermöglicht hatte.

Er wandte sich um und stellte erleichtert fest, daß sie ihm nicht länger folgte.

Kurz darauf erreichte Magnus das schwedische Gesandtenquartier an der Domsfreiheit und die Hofanlage des Hauptgesandten Johan Oxenstierna. Hinter einer flachen Mauer, auf der ein mannshohes Eisengitter ungebetene Besucher vom Betreten der Residenz abhalten sollte, lag das dreigeschossige Haupthaus, dessen Bauweise eher schlicht wirkte, das aber bis zur Neutralisierung Osnabrücks und dem Abzug der schwedischen Garnison auch schon dem Statthalter Gustav Gustavson als Wohnsitz zur Verfügung gestanden hatte. Als die meisten der Gesandten mit ihrem Gefolge vor vier Jahren in Osnabrück eingetroffen waren, hatte in der Stadt kein Mangel an leerstehenden Häusern bestanden, wohl aber an repräsentativen Wohnanlagen. Es war kein Geheimnis, daß Johan Oxenstierna sich des öfteren bitterlich darüber beklagt hatte, wie unangemessen dieses Haus seinem Status als Hauptgesandter der schwedischen Regierung war. Oxenstiernas Unmut über sein Quartier wurde einzig dadurch gemildert, daß Johan Adler Salvius, der zweite schwedische Hauptgesandte, in einem noch bescheideneren Haus auf der Domsfreiheit untergekommen war.

Sie nahm beizeiten groteske Züge an, diese offensichtliche Rivalität der beiden Hauptgesandten, die nach Osnabrück geschickt worden waren, um gemeinsam die Angelegenheiten Schwedens bei diesen schwierigen Verhandlungen zu vertreten und die sich vom ersten Tag ihrer Zusammenarbeit an nicht ausstehen konnten.

Magnus wußte aus leidiger Erfahrung, daß die beiden Residenten schwierige Charaktere waren. Salvius, sein Onkel und Förderer, hatte vor dem Kongreß eine wichtige Rolle bei der Finanzierung der schwedischen Kriegskosten gespielt. Er galt als ein bürgerlicher Karrierist, der bei den Planungen zu den Friedensverhandlungen die Fäden in der Hand gehalten hatte. Oxenstierna hingegen, der ehrgeizige Aristokrat und Sohn des schwedischen Kanzlers, ertrug es nur zähneknirschend, daß Salvius ihm gleichgestellt war, denn insgeheim sah er sich als Leiter der schwedischen Friedenskommission an.

Dieser Standesdünkel war gewiß der ausschlaggebende Grund dafür, daß Oxenstierna bemüht war, seinem Domizil einen pompösen, höfischen Glanz zu verleihen. Er hatte die Zimmer mit Seidengobelins und Tapisserien schmücken lassen und zudem ein 72teiliges silbernes Besteckservice aus Schweden mitgebracht, damit er dieselbe Zahl an Gästen bewirten konnte wie der kaiserliche Gesandte Johann Ludwig Graf von Nassau. Sein Haushalt beschäftigte 144 Berater, Pagen, Köche, Gardisten und andere Bedienstete, die ihm jeden Wunsch erfüllten. Wenn er in der sechsspännigen königlichen Karosse eine Ausfahrt unternahm, begleiteten ihn ein Dutzend Hellebardiere und ebenso viele Lakaien.

Magnus verschnaufte einen Moment vor dem Tor und holte aus seiner Manteltasche ein kleines Leinensäckchen hervor. Er schnürte es auf und schüttete einige Bittermandeln auf seine Hand. Während des anstehenden Gelages mußte er versuchen, einen einigermaßen klaren Kopf zu behalten. Die Bittermandeln konnten die Wirkung des Alkohols zwar nicht völlig neutralisieren, aber sie würden ihm helfen, die zu erwartende Zecherei der nächsten Stunden zu überstehen.

»Habt Ihr ein wenig davon für mich übrig?« erklang eine Stimme hinter ihm, und im nächsten Augenblick drängte sich auch schon der fette Wanst des Justizrates Erland Gyllenhammer gegen seinen Rücken. Magnus begrüßte Gyllenhammer und teilte den Inhalt des Säckchens mit ihm. Magnus konnte schon jetzt einen auffälligen Weindunst in Gyllenhammers Atem riechen. Der Justizrat hatte die Bittermandeln also wohl noch nötiger als er.

»Die verdammten Trompeten haben mich aus meiner Konzentration gerissen«, beschwerte sich Gyllenhammer. »Die Formulierung eines Schriftsatzes über die Ansprüche der Reformierten am Augsburger Religionsfrieden kann einem schnell Kopfschmerzen bereiten. Dummerweise vergaß ich, daß der Graf uns heute an seine Tafel geladen hatte.«

»Die Aufgaben wachsen einem schnell über den Kopf«, erwiderte Magnus und dachte an das abrupt beendete Schäferstündchen mit der Magd Ebba.

Gyllenhammer hielt eine der Bittermandeln vor seine Augen. »Vielleicht sollte man besser auf diese Mittel verzichten. Die cholerischen Ausbrüche des Grafen sind im Grunde nur im Suff zu ertragen.«

Magnus nickte nur. Sie schluckten die Bittermandeln hinunter. Gyllenhammer hatte schon oft derartig abfällige Bemerkungen über Oxenstierna von sich gegeben, aber

Magnus wußte, daß der korpulente Justizrat sich stets in einen unterwürfigen schwanzwedelnden Hund verwandelte, sobald ihnen der Graf gegenüberstand.

Die beiden traten durch das Tor und sprachen mit einem Pagen, der sie in das Gebäude führte. Hier in einem Vorraum hielten sich mehrere bewaffnete Gardisten auf und zudem drei junge Männer, wahrscheinlich Studenten, die wohl darauf gehofft hatten, daß der Graf sie empfangen würde, um einen lateinischen Spruch und seine Signatur in ihre Stammbücher zu schreiben. Es gab viele dieser jungen Burschen, die aus dem ganzen Land nach Münster und Osnabrück reisten, um die Unterschriften der Gesandten des Friedenskongresses zu sammeln. Für gewöhnlich kamen die hohen Herren dieser Bitte gerne nach, und manche von ihnen nutzten diese Sprüche sogar, um gewisse Spitzen gegen andere Gesandte zu verteilen. Diesen Burschen war heute jedoch kein Glück beschieden, denn sie wurden höflich aber bestimmt von einem Kammerdiener fortgeschickt und auf den folgenden Tag vertröstet.

Magnus und Gyllenhammer wurden in den ersten Stock geleitet, in dem sich ein kleiner Saal befand, den Oxenstierna als Repräsentationsraum nutzte. Sie passierten mehrere Korridore und traten über kostbare Teppiche zum Eingang des Saales, wo sie ihre Mäntel ablegten. »Wie steht es übrigens um das Befinden Eurer werten Gemahlin?« fragte Gyllenhammer, bevor sie eintraten.

»Sie fühlt sich wohl.« Magnus mußte sich eingestehen, daß er nicht genau wußte, ob Svante sich tatsächlich auf dem Weg der Besserung befand. In der Öffentlichkeit behauptete er zumeist, daß die fremde Umgebung und der heiße Sommer seine Frau erschöpft hätten, doch der Arzt, der Svante vor zwei Wochen untersucht hatte, hatte ihm erklärt, daß die ziehenden Schmerzen in Svantes Unterleib, die gleichzeitig Erschöpfung, Reizbarkeit und Gemütsverstimmungen verursachten, mit einer Entzündung der Schleimhäute in der Gebärmutterhöhle zu erklären waren. Der Arzt hatte Svante viel Ruhe und warme Sitzbäder verordnet sowie den Verzicht auf allzu schwere Speisen, um die Körpersäfte in Einklang zu bringen. Zudem hatte er Magnus zur Seite genommen und ihn darauf hingewiesen, daß der geschlechtliche Verkehr in den kommenden Wochen zu vermeiden sei. Dies bedeutete für Magnus kein großes Opfer, denn es waren ohnehin wohl an die zwei Jahre vergangen, seit er zum letzten Mal bei seiner Frau gelegen hatte.

»Seid so gut und richtet ihr meine Genesungswünsche aus«, bat Gyllenhammer. Im nächsten Moment öffnete auch schon ein weiterer Page die Tür zum Audienzsaal. Magnus und der Justizrat betraten den Raum, dessen Wände mit Ledertapeten verkleidet waren. In der Mitte befand sich eine langgestreckte Tafel, an deren Ende ein mit rotem Samt überzogener Sessel stand, der auf ein hölzernes Podest gestellt worden war, damit Oxenstierna hier ein wenig erhöht sitzen konnte und seine Gäste zu ihm aufschauen mußten. Der Graf war nicht der einzige Gesandte dieses Kongresses, der Wert auf eine solche Demonstration seines Ranges legte, wenn in den jeweiligen Quartieren verhandelt wurde. Die Versammlungen zwischen den Gesandten fanden nur selten im großen Saal des Rathauses statt. Zumeist trafen kleine Gruppen in den Residenzen zusammen, und während dieser Unterredungen gefiel sich der Hausherr für gewöhnlich in der Rolle des Souveräns, den er bei diesem Kongreß repräsentierte.

Der Graf war bislang noch nicht im Audienzzimmer eingetroffen, doch drei andere Männer hatten sich bereits an der Tafel versammelt. Einer von ihnen war Malkolm Arvidson, der den schwedischen Hauptgesandten ebenso wie Magnus und auch Gyllenhammer seit dem Beginn des Kongresses als

Berater in juristischen Fragen zur Seite stand. Arvidsons verkniffener Gesichtsausdruck ließ einmal mehr keinen Zweifel daran, daß er auf Magnus' Anwesenheit an dieser Tafel liebend gerne verzichtet hätte. Wann immer sie zusammentrafen, fixierten Arvidsons Augen Magnus mit einem Ausdruck selbstgefälliger Verachtung, und Magnus fragte sich häufig, ob Arvidson nur an seiner juristischen Kompetenz zweifelte oder ob er sich ihm so ablehnend gegenüber verhielt, weil er ahnte, daß Magnus' Anbiederung an den Grafen Oxenstierna und der Versuch, dessen Vertrauen zu gewinnen, nur eine ausgefeilte Charade war, die er zusammen mit seinem Onkel Johan Adler Salvius ersonnen hatte.

Die beiden anderen Männer waren hingegen erst am Abend zuvor in Osnabrück eingetroffen. Es handelte sich um den Geheimen Hof- und Kriegsrat Alexander Erskein und dessen Adlatus Gustav Bielka. Erskein hatte sich bereits im Juni einige Tage in Osnabrück aufgehalten und war dann nach Böhmen aufgebrochen, um in der Grenzstadt Eger im schwedischen Feldlager über die Militärsatisfaktion zu verhandeln.

Die Forderungen der schwedischen Generalität galten als das größte Hindernis auf dem Weg zu einem möglichen Frieden. Der Krieg war ein einträgliches Geschäft für viele Kommandeure, die ihre Verbände auf rein kommerzieller Basis aufstellten. Vor einem Friedensschluß galt es jedoch, mit den eigenen Offizieren ein *Satisfactio militium* über die Zahlung der Auslagen, die versprochenen Belohnungen, den rückständigen Sold und eine Entschädigung für die Schäden, die die Kommandeure durch den Krieg an ihren Privatvermögen erlitten hatten, zu erlangen. Und diese schwierige, ja fast unmögliche Aufgabe oblag Alexander Erskein, der nun nach Osnabrück zurückgekehrt war, um den beiden schwedischen Hauptgesandten das Ergebnis dieser Unterredungen mitzuteilen.

Magnus begrüßte die Anwesenden mit einem knappen Nicken, dann ließ er sich mit Gyllenhammer an der Tafel nieder, wo bereits silberne Platten mit Kalbfleisch, Heringen, getrockneten Lachsen, Brot und allerlei Konfekt aufgetragen worden waren.

Der etwa fünfzigjährige, elegant gekleidete Erskein flüsterte seinem Adlatus etwas zu. Magnus nahm an, daß er sich darüber mokierte, daß der Gesandte Oxenstierna seine Gäste wieder einmal warten ließ. Kurz darauf wurde auf der gegenüberliegenden Seite des Raumes jedoch eine Tür aufgestoßen, die krachend gegen die Wand schlug. Für gewöhnlich kündigte ein Page den Grafen Oxenstierna an, doch nun trat der Hauptgesandte forsch in das Zimmer, gefolgt von seinem Sekretär Erik Sonnert. Alle Augen richteten sich auf den hochgewachsenen Grafen, dessen längliches, rotwangiges Gesicht von einer langen und spitzen Nase geprägt wurde. Sein glattes, schulterlanges Haar glänzte seidig, der Schnurr- und Kinnbart waren wie immer sorgfältig getrimmt. Das geschlitzte Wams und die Hose des Grafen waren aus schwarzer Seide gefertigt und mit aufwendigen Goldstickereien versehen worden. Oxenstierna liebte den Prunk, mit dem er zu verbergen suchte, daß er den scharfen Intellekt seines Vaters vermissen ließ. Der Sohn des Kanzlers galt als launisch und entscheidungsschwach, man fürchtete aber seinen Hochmut und sein cholerisches Temperament.

Alle Anwesenden erhoben sich, zogen ihre Hüte mit schwungvollen Bewegungen vom Kopf und verbeugten sich tief. Jeder von ihnen wußte, daß Johan Oxenstierna großen Wert auf die Etikette legte. Eine versäumte Verbeugung konnte das ohnehin hitzige Temperament des Grafen arg in Wallung bringen. Vor allem in Kreisen der internationalen Diplomatie war man von zeremoniellen Richtlinien geradezu besessen.

Gyllenhammer schien sich Oxenstiernas Vorliebe für eine strenge Etikette besonders zu Herzen genommen zu haben. Er trat auf den Grafen zu und fiel so tief vor ihm auf die Knie, daß Magnus befürchtete, der korpulente Justizrat würde das Gleichgewicht verlieren und stolpern. Er mußte an die abfälligen Bemerkungen denken, die Gyllenhammer noch vor wenigen Momenten über den Grafen von sich gegeben hatte, und belächelte die Unterwürfigkeit, die der Justizrat plötzlich an den Tag legte.

»Eure Exzellenz fühlt sich hoffentlich erfrischt?« fragte Gyllenhammer.

»Das muß Euch nicht kümmern«, erwiderte Oxenstierna. Er wedelte mit der Hand, als wolle er Gyllenhammer wie eine lästige Fliege abschütteln, trat an ihm vorbei zu seinem Sessel und setzte sich. Ein weiterer Wink bedeutete den Gästen, wieder die Plätze einzunehmen.

Die Mägde schenkten nun aus großen Korbflaschen Wein ein. Oxenstierna blickte wie gewohnt recht mürrisch in die Runde. Wahrscheinlich schlug es ihm ein wenig auf den Magen, daß nach den verhandlungsintensiven Monaten des Frühjahres im Sommer ein Stillstand im Kongreß eingetreten war. Eine militärische Offensive Schwedens im nördlichen Westfalen, in deren Verlauf Vechta, Fürstenau und Wiedenbrück erobert worden waren, hatte einen möglichen Friedensschluß in weite Ferne rücken lassen, und Magnus nahm an, daß Oxenstierna sich schlicht und einfach unausgelastet fühlte.

Der Graf ließ sich die Platte mit dem Kalbfleisch reichen und auch Wein nachschenken, nachdem er seinen Pokal bereits in wenigen Zügen geleert hatte.

»Nun, werter Erskein, welche Nachrichten bringt Ihr uns aus Eger«, wandte er sich an den Kriegsrat, während er das Fleisch zerteilte.

Erskein räusperte sich. »Die Forderung des Oberbefehlshabers und der Generalität werden Euch hoffentlich nicht den Appetit verderben.«

»Zum Teufel mit Wrangel und seinem widerlichen Geschmeiß«, rief Oxenstierna wütend aus und warf sein Besteck auf den Boden. Das Scheppern ließ die Anwesenden zusammenzucken, obwohl den meisten von ihnen die zornigen Ausbrüche des Grafen nicht fremd waren. Sofort eilte eine Magd herbei, sammelte Messer und Gabel auf und legte neues Besteck für Oxenstierna bereit.

Magnus konnte den Unmut des Grafen über den schwedischen Oberbefehlshaber Wrangel verstehen. Jeder an dieser Tafel wußte, welche Schwierigkeiten ein Friedensschluß für den schwedischen Staat mit sich brachte, denn bizarrerweise entschied einzig das komplizierte System der Kriegsfinanzierung darüber, wann die Waffen schweigen würden. Ein umfassender Friede hätte zur Folge, daß Schweden sämtliche Kredite und Schulden, die sich während des jahrelangen deutschen Feldzuges angesammelt hatten, zurückzahlen mußte, und dies konnte den Staatsbankrott des Reiches bedeuten, wenn es nicht gelang, den letzten Taler aus den Truhen der Gegenseite herauszupressen.

Wann immer Verhandlungen über einen teilweisen Waffenstillstand aufgenommen worden waren, wurden diese von Carl Gustav Wrangel sabotiert. Wrangel verfolgte dabei vor allem seine Privatinteressen, denn ihm war der Posten des Oberbefehlshabers erst vor einigen Monaten anvertraut worden, während die meisten seiner Offiziere in den vergangenen Jahren bereits recht ansehnliche Vermögen angehäuft hatten. Auf der Suche nach Beute hatte Wrangel seine Armee darum nach Böhmen geführt und belagerte seit Wochen die Stadt Eger.

Ein Frieden konnte aber erst geschlossen werden, wenn die Armeeführer bereit waren, ihre Truppen aus dem Feld zu führen. Aus diesem Grund hatte die Königin von Schweden den Kriegsrat Erskein abgeschickt, um über die Ansprüche der Generalität zu verhandeln. Und als der Unterhändler nun dem Grafen Oxenstierna das Ergebnis dieser Verhandlungen mitteilte, sorgte dies für einen weiteren Wutausbruch des Hauptgesandten.

»Zwanzig Millionen Taler?« Oxenstierna schlug mit der Faust auf den Tisch. An seiner Schläfe schwoll eine Ader an, und sein Gesicht färbte sich rot. »Wer könnte diese Summe jemals aufbringen?« ereiferte er sich.

»Der Betrag muß entrichtet werden, um die Ansprüche der Generalität zu unterbinden. Unser seliger König Gustav Adolf und nicht zuletzt Euer Vater haben unsere Offiziere stets mit großzügigen Schenkungen bedacht, nun fordert der Generalstab die Bistümer Minden, Hildesheim, Paderborn, Osnabrück, Teile von Münster, Schwednitz, Jauer, Sagan und Glogau sowie die Zahlung des rückständigen Soldes ihrer Mannschaften und der eigenen Auslagen.«

»Erwartet Ihr, daß unser Volk diese Gelder aufbringt?« spottete Oxenstierna. »Andere Völker führen Kriege, weil sie reich sind, Schweden aber, weil es arm ist.«

Magnus überlegte, ob er Oxenstierna darauf hinweisen sollte, daß er soeben Adler Salvius zitiert hatte, doch im nächsten Moment erhob sich bereits Gyllenhammer neben ihm und rief vom Wein beflügelt: »Der deutsche Kaiser ist uns auf dem Feld unterlegen. Wir müssen ihn dazu bringen, daß er und die katholischen Reichsstände für die Kriegskosten aufkommen.«

Alexander Erskein zog eine ablehnende Miene. »Wenn Ihr auf eine solche Lösung unserer Probleme hofft, werdet Ihr weitere dreißig Jahre auf einen Frieden warten müssen. Die Kassen des Kaisers wurden in diesem Krieg nicht minder gebeutelt wie die des schwedischen Staates.«

»Und was schlagt Ihr vor?« wollte Oxenstierna wissen.

»Schröpft die Reformierten! Sie wollen die *Confessio*

Augustana für sich in Anspruch nehmen, also laßt sie für dieses Privileg zahlen.«

»Unsere Bundesgenossen werden nicht in der Lage sein, solch gewaltige Summen aufzubringen«, schaltete sich Magnus ein. Es erstaunte ihn immer wieder, daß die Kluft zwischen den verschiedenen protestantischen Parteien während dieses Kongresses oft deutlicher hervortrat als die Gegensätze zwischen den eigentlichen Kriegsgegnern, auch wenn es natürlich viele offene Fragen gab. Der seit fast einhundert Jahren währende Augsburger Religionsfriede hatte den deutschen Protestanten den Schutz des Reiches zugesichert, aber es war niemals eindeutig geklärt worden, ob diese Rechte auch auf die reformierte Lehre angewandt werden konnten. Jahrzehntelang war man diesen Unstimmigkeiten mit Stillschweigen ausgewichen, erst vor etwa zehn Jahren, während der Verhandlungen zum Frieden von Prag, waren diese Fragen wieder zu einem Thema geworden.

»Ihr nehmt die Reformierten in Schutz?« meldete sich nun auch Malkolm Arvidson zu Wort. Er richtete einen Finger auf Magnus. »Hier spricht der Günstling einer Königin, die Lutheraner, Reformierte und womöglich gar die aufrührerischen Calvinisten als gleichwertige Parteien betrachtet.«

Natürlich steckte in Arvidsons Bemerkung ein Kern Wahrheit, auch wenn er wie so häufig zur Übertreibung neigte. Im Gegensatz zu den Oxenstiernas, die dem Lager der streng Lutherischen angehörten, wurden die junge schwedische Königin Christina wie auch Johan Adler Salvius zu den Unionisten gezählt, die dem Streben der Reformierten nach dem Schutz des Reiches weitaus differenzierter gegenüberstanden.

»Die Königin will einen Frieden um jeden Preis«, setzte Arvidson nach und fixierte Magnus mit einem abfälligen

Blick. »Es heißt, Ihr kennt die Stellen, an denen man die Königin kitzeln muß, um ihre Entscheidungen zu beeinflussen. Vielleicht könnt Ihr sie dazu bringen, sich an den Geldbörsen der Reformierten schadlos zu halten.«

»Aber laßt ein Licht brennen, wenn Ihr der Königin nahe kommt, sonst verwechselt Ihr Christina womöglich mit einer ihrer Stuten«, sagte Gyllenhammer. Er lachte laut, hob seinen Pokal und prostete Magnus zu.

Magnus reagierte auf diese Schmähung mit einem gequälten Lächeln und wartete vergeblich darauf, daß Oxenstierna gegen die Beleidigung der Königin einschreiten würde.

Daß er von dem Grafen keine Unterstützung erhielt, verwunderte ihn nicht. Magnus war klar, daß Oxenstierna weder an seinem Rat interessiert war noch daß er ihm vertraute. Er saß nur aus einem einzigen Grund an dieser Tafel: Oxenstierna wußte um das angespannte Verhältnis, das sich seit einiger Zeit zwischen Magnus und Salvius aufgebaut hatte, und es schien ihm Vergnügen zu bereiten, Salvius ein wenig damit zu provozieren, daß er sich mehr und mehr die Dienste seines Neffen sicherte und diesen auf seine Seite zog. Nicht zuletzt deshalb, weil er wohl hoffte, von Magnus die eine oder andere vertrauliche Information aus dem Umfeld des Salvius zu erhalten.

Während weiter lebhaft über das Problem der *Satisfactio militium* disputiert wurde, schenkten die Mägde stetig den Wein nach. Gyllenhammer und Arvidson lallten bereits auffällig, und auch Magnus spürte, daß ihm der Rheinwein zu Kopf stieg. Zu den beiden fülligen, älteren Mägden gesellte sich mittlerweile ein recht hübsches, blondes Dienstmädchen, dem Magnus zuvor noch nicht in Oxenstiernas Haushalt begegnet war. Ihm fiel auf, daß sie ihn immer wieder verstohlen betrachtete. Wenn er dann diese Aufmerksamkeit erwiderte, senkte sie schnell den Blick. Magnus bedachte sie mit einem Lächeln, doch die Magd verzog keine Miene und ging weiter ihren Pflichten nach.

Er kümmerte sich nicht weiter um sie und verfolgte aus den Augenwinkeln, daß Alexander Erskein und der Sekretär Sonnert leise miteinander sprachen, während sich nun auch Erland Gyllenhammer mit dröhnender Stimme über die Anmaßungen des Militärs beklagte.

Der Blick auf Sonnert erinnerte Magnus daran, daß er nicht in Oxenstiernas Haus gekommen war, um sich an dessen Tafel zu betrinken und spöttische Bemerkungen über sich ergehen zu lassen. Er erhob sich, spielte den Betrunkenen, indem er auffällig schwankte, und brachte lallend hervor: »Ich ... ich werde auf dem Abtritt darüber nachdenken, wer für diesen Krieg bezahlen muß.«

»Ihr wäret nicht der erste, dem dort eine gute Idee gekommen ist«, schickte Gyllenhammer ihm hinterher, als er vom Audienzzimmer auf den Korridor taumelte. Dort versuchte er sich zu orientieren. Zwar war er nicht so betrunken, wie er es den anderen glauben machen wollte, aber die Bittermandeln konnten auch nicht völlig verhindern, daß sein Geist vom Wein vernebelt wurde.

Er eilte am Treppenabsatz vorbei zu der Tür am Ende des Korridors, wo sich Sonnerts Arbeitszimmer befand. Wie Magnus es erwartet hatte, war der Raum verschlossen. Hastig kramte er in seiner Wamstasche nach dem kleinen Metallstift mit schlangenförmiger Spitze und nach dem Spanner, einem Draht, dessen Kopf in einem rechten Winkel gebogen war. Mit diesen Werkzeugen würde es ihm keine Schwierigkeiten bereiten, dieses recht simple Türschloß zu öffnen. Es brauchte nur ein wenig mechanisches Feingefühl, etwas Geschicklichkeit und natürlich die nötige Konzentration, um mit dem richtigen Druck auf die Stifte im Schloß die Verriegelung zu lösen.

Magnus schaute sich noch einmal auf dem Korridor um

und vergewisserte sich, daß sich niemand in der Nähe aufhielt, dann machte er sich ans Werk. Es dauerte keine Minute, bis er mit dem Spanner das richtige Drehmoment gefunden hatte und das Schloß sich mit einem Klacken öffnete. Magnus trat in den Raum und verschloß die Tür.

Das Zimmer war eng mit Möbeln zugestellt. Neben einem Schreibpult, auf dem Feder und Tinte bereitstanden, gab es hier noch einen breiten Tisch, zwei Regale, die mit Schriftrollen und Büchern gefüllt waren, eine große Eichentruhe und mehrere kleine Kisten mit Eisenverschlägen.

Magnus machte sich zunächst daran, die Papiere auf dem Schreibpult einzusehen. Es handelte sich jedoch nur um Rechnungen und Inventaraufstellungen, die ihn nicht interessierten.

Er prüfte einige der aufgerollten Dokumente aus dem Regal, fand aber auch hier nicht das, wonach er suchte. Magnus hob den Deckel der großen Truhe an und drückte ihn rasch wieder hinunter, als ihm ein schwerer Uringeruch entgegenschlug. In der Truhe stand ein Nachtgeschirr, das wohl schon seit mehreren Tagen nicht mehr ausgeleert worden war.

Nun blieben nur noch die kleineren Kisten übrig. Magnus öffnete mit seinen Werkzeugen das Schloß des ersten Kastens und stieß auf einige lose Papiere, auf denen lange Zahlenreihen niedergeschrieben worden waren. Bei dem Text handelte es sich eindeutig um eine Chiffre. Genau danach hatte er gesucht. Salvius würde mit ihm zufrieden sein.

Magnus zog ein unbeschriebenes Papier hervor, tauchte am Schreibpult den Federkiel in das Tintenfäßchen und begann, die Zahlen zu kopieren. Einen Augenblick später hielt er erschrocken inne, denn auf dem Korridor hörte er Schritte und auch die Stimme von Erik Sonnert.

Ihm blieb keine Zeit mehr, den Raum zu verlassen. Fieberhaft suchte Magnus nach einem Versteck. Sein Blick fiel auf die große Truhe. Er steckte das Papier unter sein Wams und klappte den Deckel hoch. Der Gestank ließ ihn zögern, doch als ein Schlüssel im Türschloß klapperte, kletterte Magnus rasch in die Truhe, die gerade groß genug war, daß er sich hineinkauern konnte. Unmittelbar bevor die Tür geöffnet wurde, zog er den Deckel nach unten und versuchte in der Enge eine einigermaßen erträgliche Sitzhaltung zu finden – wobei er natürlich vor allem darauf bedacht war, mit seinen Füßen nicht den Urintopf umzustoßen.

Schritte näherten sich. Magnus vernahm dumpf Oxenstiernas Stimme.

»Gyllenhammers Wortschwall läßt meinen Kopf dröhnen, als schlüge ein Hammer zwischen meinen Ohren«, klagte der Graf.

»Es scheint, als hätte Ohlin ebenfalls vor seinen dümmlichen Bemerkungen die Flucht ergriffen«, entgegnete Sonnert.

»Und vor Arvidsons spitzer Zunge.« Magnus hörte das Rascheln von Papier. »Aber wir sind nicht hier, um über Salvius' törichten Neffen zu sprechen. Ihr wolltet mich darüber unterrichten, welche Nachricht Wrangel an mich persönlich abgeschickt hat.«

Magnus atmete so flach wie möglich. Der Gestank des Urins ließ ein Gefühl der Übelkeit ausgehend von seinem Magen aufsteigen. Er zwang sich zur Ruhe und versuchte sich auf die Worte zu konzentrieren, die zwischen Oxenstierna und Sonnert gewechselt wurden. Dieses Gespräch, das er hier so unverhofft belauschen durfte, versprach interessantere Einsichten in Oxenstiernas Machenschaften als jede Chiffre.

»Erskein hat mir heute morgen eine vertrauliche Depesche überreicht, in der Wrangel Euch eine Donation von zwölftausend Talern in Aussicht stellt«, sagte Sonnert.

Ein kurzes Schweigen trat ein, dann wollte Oxenstierna wissen: »Was verlangt er für dieses Geld von mir?«

»Nicht viel. Wrangel verweist auf den Aufstand der bayerischen Armeeoffiziere. Er würde es begrüßen, wenn in nächster Zeit so hohe Forderungen an Kurfürst Maximilian gestellt werden, daß er sich empört dazu entschließt, den Waffenstillstand mit Schweden aufzukündigen.«

Magnus hatte schon seit längerem vermutet, daß Oxenstierna sich die Taschen mit Bestechungsgeldern füllte. Es gab eigentlich kaum einen Gesandten hier oder in Münster, der nicht mit kleinen oder großen Geschenken in seiner Meinung zu beeinflussen war, doch daß Oxenstierna für Geld den Waffenstillstand mit Bayern aufs Spiel setzen würde, verwunderte Magnus.

Der Separatfrieden war im März dieses Jahres zwischen Bayern auf der einen sowie Frankreich und Schweden auf der anderen Seite vereinbart worden. Nicht jedem hatte dieser Frieden geschmeckt, und so hatte der bayerische Armeeführer, der ein ebenso geschäftstüchtiger Kriegsgewinnler wie der schwedische Oberbefehlshaber war, einen Aufstand angezettelt und war zum deutschen Kaiser übergelaufen. Diese Meuterei hatte den bayerischen Kurfürsten Maximilian aufgeschreckt, und es war zu erwarten, daß er den Frieden aufkündigen würde, wenn Schweden oder Frankreich mit überzogenen finanziellen Forderungen an ihn herantraten.

»Zwölftausend Taler«, sagte Oxenstierna. Es klang, als würde er sich diese Summe auf der Zunge zergehen lassen. »Im Grunde ist es ohnehin eine Dummheit, unseren protestantischen Bundesgenossen eine solche Bürde aufzuerlegen. Sollen die Bayern zahlen. Sie haben sich diesen Frieden herbeigewünscht.«

Nun sprachen die beiden leiser miteinander, und Magnus schnappte nur noch einzelne Wortfetzen auf. Ihm fiel das Atmen zunehmend schwerer. Er wagte kaum Luft zu holen, denn der Gestank drohte ihn zu einem Husten zu zwingen.

Dann endlich vernahm er, daß Oxenstierna und Sonnert den Raum verließen. Er hörte die Tür zufallen und klappte den Deckel auf. Gierig schnappte er nach Luft und kletterte aus der Truhe.

Er überlegte, ob er einen zweiten Versuch unternehmen sollte, die Chiffre zu kopieren, entschied sich aber dagegen, denn die unerwartete Störung hatte ihn viel Zeit gekostet, und sein allzu langes Fernbleiben von Oxenstiernas Tafel würde schon bald Mißtrauen erregen.

Magnus war dennoch nicht unzufrieden mit dem, was er so unerwartet erfahren hatte. Seinen Onkel Salvius würden diese Informationen gewiß interessieren.

Magnus lauschte an der Tür, ob sich noch jemand auf dem Korridor aufhielt, dann verließ er unverzüglich das Zimmer. Er hatte noch keine fünf Schritte zurückgelegt, als er auf dem Korridor der blonden Magd über den Weg lief, die ihn vorhin so neugierig beäugt hatte. Magnus schlüpfte erneut in die Rolle des Betrunkenen und fragte mit schwankender Stimme: »Der Abtritt – wo finde ich diesen vermaledeiten Abtritt?«

»Ihr lauft in die falsche Richtung, Herr Ohlin«, sagte die Magd, die zum Treppenabsatz wies. »Geht nach unten! Dort findet Ihr neben der Küche die Tür zum Hof.«

Erst jetzt, als er die Frau aus der Nähe betrachtete, fiel Magnus eine kleine Narbe unter ihrem linken Auge auf. Sie war auch nicht so jung, wie er sie zunächst eingeschätzt hatte, sondern mochte in seinem Alter sein.

»Ich danke dir.« Er hoffte, daß sie nicht gesehen hatte, daß er sich in Sonnerts Arbeitszimmer aufgehalten hatte.

Magnus wollte gehen, doch dann stutzte er und fragte sie: »Woher kennst du meinen Namen?«

»Jemand an der Tafel hat ihn erwähnt«, entgegnete die Magd und trat an ihm vorbei.

Magnus stieg die Treppenstufen hinab und lief über den

Hof zum Abtritt. Dort an der Tür des Bretterverschlages hielt er inne und schaute zum Haus. Hinter einer der Butzenscheiben machte er eine Bewegung aus. Jemand beobachtete ihn, und er vermutete, daß es sich um die neugierige Magd handelte. Nicht zuletzt deshalb, weil er davon überzeugt war, daß sein Name kein einziges Mal während der Unterredung an der Tafel gefallen war.

Kapitel 6

Als Magnus die Residenz des Grafen Oxenstierna verließ und sich zurück in die Lohstraße begab, schlug die Turmuhr bereits zur fünften Nachmittagsstunde. Mittlerweile taumelte er auffällig, denn ihm war inzwischen doch arg schwindelig von den ungezählten Bechern Wein, die er an der Tafel des Grafen gezecht hatte. Eine Zeitlang hatten die Bittermandeln verhindert, daß der Alkohol seine Sinne betäubte, doch nachdem sein Becher immer rascher gefüllt und zu späterer Stunde auch noch einige Gläser Aquavit eingeschenkt worden waren, hatte sich irgendwann jede Maßnahme, bei klarem Verstand zu bleiben, als hinfällig erwiesen.

Magnus klammerte sich an einen Baumstamm und erbrach sich, nachdem er nur wenige Schritte gelaufen war. Alles in seinem Kopf drehte sich wie ein Kreisel. In seinem Hals brannte es sauer. Er wischte sich mit dem Ärmel den Mund ab und stolperte weiter.

Nun ließ er die Domsfreiheit hinter sich und steuerte auf eine Säule zu, auf der ein seltsames Fabeltier thronte. Er hatte sich schon oft gefragt, welche Bedeutung hinter diesem steinernen Abbild eines Hundes mit einem Löwenkopf stecken mochte. Doch heute war gewiß nicht der richtige Tag, um sich über diese Frage den Kopf zu zerbrechen, zumal die ganze Umgebung so schwankte, daß Magnus fürchtete, der Hybride würde ihm auf den Schädel fallen, wenn er hier stehenblieb.

Hinter seiner Stirn hallten die Stimmen von Oxenstierna, Gyllenhammer, Arvidson, Erskein und Sonnert wider, und er hörte ein Echo ihres Gelächters, das ausgestoßen worden war, als er vom Abtritt zurückgekehrt war und behauptet hatte, er wäre dort kurz eingeschlafen.

Hatten sie ihm seine Lügen abgenommen? Zumindest Arvidsons skeptischer Blick ließ ihn daran zweifeln.

Magnus lief weiter und erreichte bald darauf die Lohstraße. Er kramte in seinen Wamstaschen, fand aber nicht den Schlüssel zu seiner Haustür. Nachdem er dreimal mit der Faust vor den Eingang geschlagen hatte, öffnete ihm Ebba. Er fiel der Magd in die Arme, und sie schleppte ihn in die Küche, wo seine Frau Svante einen Brotteig knetete, während die füllige Köchin Agnes schmutziges Geschirr in einer Zuberwanne schrubbte.

Magnus stellte fest, daß jede der drei Frauen ihn mit einem unterschiedlichen Ausdruck betrachtete. Die Köchin wirkte verlegen, Ebba quittierte seinen bemitleidenswerten Zustand mit einem Anflug von Häme, und Svante verhielt sich wie immer so unbeteiligt, als hätte sie ihn überhaupt nicht bemerkt.

Er gab Ebba und Agnes ein Zeichen, die Küche zu verlassen. »Hinaus mit euch! Laßt uns allein!«

Die beiden Frauen verließen die Küche. Als Ebba an ihm vorbeitrat, trug sie ihre Nase so hoch, als käme sie sich wie die heimliche Herrin dieses Hauses vor. Es schien ihr ein wenig zu Kopf zu steigen, daß er sie dann und wann in sein Bett holte. Allmählich war es wohl an der Zeit, daß er die dumme Gans zurück auf den Boden der Tatsachen beförderte.

Svante drehte sich um, nahm aus einem Bottich ein Tuch und warf es ihm zu.

»Wisch dir das Kinn ab, der Inhalt deines Magens klebt daran«, sagte sie und fuhr dann fort, den Teig zu kneten.

Magnus putzte um seinen Mund, beugte sich zu Svante und faßte ihr Handgelenk. Er konnte spüren, wie sich ihr ganzer Körper unter dieser Berührung spannte.

»Gott sei es geklagt, Svante. Du verrichtest schon wieder

die Aufgaben einer Magd. Wie oft habe ich dir schon gesagt, daß ich dich nicht mit einer schmutzigen Schürze in der Küche sehen will«, sagte er.

Auch wenn es ihn auf eine gewisse Weise erleichterte, daß Svante zumindest dann und wann ihre Trägheit hinter sich ließ, störte es ihn, daß sie so häufig diese niederen Arbeiten verrichtete. Seiner Frau stand es an, die Aufgaben des Gesindes zu überwachen und die Ausgaben zu kontrollieren. Magnus hätte es auch gerne gesehen, wenn Svante sich die Zeit öfter in ihrem Rosengarten oder mit Besuchen bei anderen Frauen der Gesandtschaftsmitglieder vertrieben hätte, doch statt dessen verbrachte sie entweder den ganzen Tag in ihrem Bett, oder sie ließ sich dazu herab, sich an den Herd zu stellen, die Wäsche zu scheuern oder mit der Bürste den Boden zu schrubben.

Svante verzog das Gesicht, als sein Atem sie streifte. »Du stinkst nach Wein.« Sie wirkte traurig und müde. Seit Magnus mit ihr vor nunmehr zwei Jahren Schweden verlassen und dieses Haus in Osnabrück bezogen hatte, war Svante so gut wie immer kränklich gewesen. Zunächst hatte sie an einem hartnäckigen Husten gelitten, dann an immer wieder auftretendem peinigendem Kopfweh und nun an den Schmerzen in ihrem Unterleib. Svante ertrug dieses Ungemach jedoch, ohne zu klagen, und sie hielt ihm auch nicht seine Verfehlungen mit den Mägden und anderen Frauen vor, die ihr sicher nicht verborgen geblieben waren. Es schien ihr egal zu sein, so wie ihr in der letzten Zeit einfach alles gleichgültig war, und dieser Umstand gab Magnus Anlaß zur Sorge.

Er legte seine Hände auf ihre Schultern. Sie wehrte sich nicht dagegen.

»Entschuldige meinen Zustand«, lallte er und stieß leise auf. »Aber du weißt, daß ich es nicht mag, wenn ich dich wie ein Dienstmädchen schuften sehe. Du mußt dich schonen. Das hat auch der Arzt gesagt.«

»Und darum willst du eine neue Magd einstellen?«

Magnus stutzte. »Wie kommst du darauf?«

»Vor etwa einer halben Stunde hat mich eine junge Frau aufgesucht, die du zu uns geschickt hast, damit sie sich als neues Dienstmädchen vorstellen soll.« Svante senkte betrübt den Blick. »Sie ist hübsch. Du hast ein Auge dafür.«

»Wovon sprichst du nur?« Magnus rieb sich die Stirn und fragte sich, was hier vor sich ging. Er war nie auf die Idee gekommen, eine weitere Dienstmagd ins Haus zu holen. Svante war wohl davon überzeugt, daß er eine weitere Frau für sein Bett suchte, doch daran hatte Magnus in letzter Zeit keinen Gedanken verschwendet. So schnippisch und hochnäsig sich Ebba auch oft verhalten mochte, war sie doch stets willig, seine Lust zu befriedigen.

Ihm kam in den Sinn, daß es sich bei der Frau nur um dieses seltsame Mädchen handeln konnte, das ihn und Ebba im Stall überrascht hatte. Was, um Himmels willen, hatte diese Person, die nicht recht bei Verstand zu sein schien, mit ihm zu schaffen?

»Wo ist die Frau jetzt?« wollte er wissen.

Svante zuckte mit den Schultern. »Sie hat in der Küche auf dich gewartet, dann ließen Agnes und ich sie kurz allein, und als wir zurückkehrten, war sie verschwunden.«

Hoffentlich für immer, dachte er. »Ich habe keine Ahnung, wer diese Frau sein mag«, meinte Magnus. »Denn ich kann dir versichern, daß ich nicht vorhabe, eine neue Magd in unserem Haushalt zu beschäftigen.«

Svante nahm die Antwort regungslos hin. Ihr schien es egal zu sein, welche Versprechen er ihr gab. Mittlerweile brummte Magnus' Kopf so heftig, daß er sich nur noch nach seinem Bett sehnte. Er küßte Svantes Hand und zog sich dann zurück.

Auf der Treppe mußte er husten und so sauer aufstoßen, daß er kurz befürchtete, sich noch einmal übergeben zu müssen. Himmel, warum nur setzte ihm der Alkohol derart zu? Auch die anderen Männer an Oxenstiernas Tafel waren sturzbetrunken gewesen, als er sich verabschiedet hatte, aber Magnus zweifelte daran, daß sie sich ähnlich elend fühlten wie er.

Auch wenn er sich am liebsten sofort schlafen gelegt und vor dem nächsten Morgen nicht mehr aufgestanden wäre, wollte er doch zunächst in der Schreibstube die kopierte Chiffre des Sekretärs Sonnert ablegen. Er taumelte in das Zimmer und stellte erstaunt fest, daß auf dem Boden mehrere Papiere verstreut herumlagen. Auch der Deckel der Truhe, in der er viele Schriftstücke aufbewahrte, war hochgeklappt worden. Jemand hatte den Raum durchstöbert.

Bevor Magnus einen weiteren klaren Gedanken fassen konnte, machte er aus den Augenwinkeln eine Bewegung aus. Er hatte sich noch nicht halb umgewandt, da traf ihn auch schon ein harter Fußtritt in den Magen.

Magnus stöhnte auf und sackte auf die Knie. Ein zweiter Tritt, diesmal vor die Brust, zwang ihn ganz zu Boden. Er rollte sich schwerfällig auf die Seite und erhaschte einen Blick in das Gesicht einer Frau, die sofort darauf auf das offene Fenster zustürzte und auf ein Vordach sprang.

Keuchend kroch Magnus auf allen vieren zum Fenster und schaute der Frau nach, die wohl über einen der Erker in den Hof geklettert war und nun hinter der Hecke des nebenliegenden Gartens verschwand.

Magnus fluchte gepreßt und rieb seinen schmerzenden Bauch. Es grämte ihn, daß er zu betrunken gewesen war, um sich gegen die Tritte dieser Frau zu wehren. Vor allem aber sorgte er sich darum, daß Johan Oxenstierna nun endgültig das falsche Spiel, das Magnus seit Monaten mit ihm trieb, durchschaut hatte, denn er hatte das Gesicht der Frau erkannt, bevor sie geflohen war.

»Oxenstiernas Magd«, brachte er stöhnend hervor.

Kapitel 7

Das helle Scheppern der Schiffsglocke weckte Ove Dahlgren. Er schlug die Augen auf, doch das schwache Licht, das in das Unterdeck der *Vedia* fiel, ließ ihn zweifeln, ob der Tag schon angebrochen war. Dahlgren hörte polternde Schritte und aufgeregte Stimmen. Er nahm an, daß sie endlich die deutsche Küste erreicht hatten.

Stöhnend setzte er sich auf. Die Decke, auf der er geschlafen hatte, war naß, und die kalte Feuchtigkeit war wie Blei in seine Knochen gezogen. Es war unmöglich, hier auf dem Unterdeck eine trockene Stelle zu finden. Die Nässe verfolgte ihn wie ein Schatten. Das Wasser tropfte durch die Ritzen der Schiffswände oder wurde bei starkem Seegang vom Oberdeck nach unten gespült. Wenn das Schiff allzu heftig schlingerte, schlugen zudem die Wein- und Wasserfässer leck. Zwischen all den Pfützen und Lachen huschten die Ratten umher, die einzigen Kreaturen, die sich in dieser Umgebung wohl zu fühlen schienen.

Dahlgren hatte gehofft, die Überfahrt in weniger als fünf Tagen hinter sich zu bringen, doch schon bald nachdem die *Vedia* aus dem Hafen von Norrköping abgelegt hatte, war ein Sturm aufgezogen, der das Schiff vom Kurs abbrachte und es bis an die Küste Gotlands spülte. Das Wetter machte solch eine Reise unberechenbar, und obwohl der Sturm bald abgeflaut war, harrte er nun bereits die zwölfte Nacht in diesem Verschlag aus.

Die Verpflegung an Bord war miserabel. Ein alter Matrose reichte ihm ab und an getrocknetes Fleisch oder gesalzenen Fisch, den Dahlgren zumeist bald darauf erbrach.

Auch der Zwieback, den er bei sich führte, war feucht geworden und schmeckte sauer.

Trotz der widrigen Umstände hatte Dahlgren sich zumeist hier auf sein Lager im Frachtraum zurückgezogen und während der Reise kaum ein Wort gesprochen. Er war kein Gefangener, aber er fühlte sich so. Die Jahre im Karzer von Stockholm hatten ihn unempfindlich für die Dunkelheit gemacht. Auf das Oberdeck war er nur ein einziges Mal getreten, als unter der Besatzung ein Ficber ausgebrochen war und der Kapitän die Räume unter Deck mit Schwefel und Wacholder ausräuchern ließ, um die Gefahr einer Infektion einzudämmen.

Die Männer, die hier auf dem Unterdeck arbeiteten oder herumlungerten, beachteten ihn kaum. Wenn sie ihre Tranfunzeln entzündeten, zog Dahlgren sich weiter in die Dunkelheit zurück, so daß er unsichtbar blieb und seine Ruhe fand.

In den Tagen und Nächten, die er hier zwischen den Frachtkisten gekauert hatte, waren seine Gedanken oft an seine erste Überfahrt nach Deutschland zurückgekehrt, die er im Gefolge der Armee des schwedischen Königs unternommen hatte. Siebzehn Jahre waren vergangen, seit er eingeengt zwischen Dutzenden Leibern die Ostsee überquert hatte, um mit vierzehntausend anderen Soldaten in einen heiligen Krieg zu ziehen. Inmitten eines Unwetters waren sie am Strand von Usedom an Land gegangen, wo ihr König auf die Knie gefallen war und ein Gebet gesprochen hatte, während über ihm Blitz und Donner tobten.

Dahlgren erhob sich schwerfällig von seinem Lager. Das Schlingern des Schiffes ließ ihn gegen einen Stapel Holzkisten taumeln. Jemand mit einer Lampe betrat das Unterdeck und rief: »Land in Sicht! Wir sehen die Küste.« Dahlgren hörte ein mehrstimmiges Johlen und Lachen und sah einige Männer eilig die Leiter hinaufstürmen. Er atmete tief durch, sofern dies in diesem fauligen und stickigen Schiffsrumpf überhaupt möglich war, dann stieg auch er auf das Oberdeck.

Obwohl die Sonne von einem Nebelschleier verhüllt wurde, schmerzte das Tageslicht in seinen Augen. Die Luft schmeckte nach Salz. Über der *Vedia* kreisten Möwen. Die Küste mußte sich tatsächlich in der Nähe befinden, davon zeugte auch die Unruhe auf Deck. Zahlreiche Matrosen kletterten die Wanten hinauf und holten die Segel ein oder bereiteten die Entladung der Frachträume vor.

Auf wackligen Beinen begab sich Dahlgren auf das Halbdeck und klammerte sich an den Besanmast, um nicht hinzufallen. Der Nebel löste sich langsam auf, und er glaubte, am Horizont hinter dem Dunst einen Küstenstreifen und den Hafen von Stralsund zu erkennen. Dahlgren wünschte sich nichts sehnlicher, als festen Boden unter die Füße zu bekommen. Gott hatte ihn nicht geschaffen, um die Meere zu bereisen, das war ihm auch während dieser Überfahrt wieder einmal bewußt geworden.

Auf dem Festland würde ihn eine mehrtägige Reise quer durch den Norden der Deutschen Lande erwarten. Dahlgren fühlte sich schwach. Eine Nacht in einem richtigen Bett sowie einige stärkende Mahlzeiten würden ihm gewiß die Kraft geben, seinen Auftrag auszuführen.

Nachdem die *Vedia* im Hafen von Stralsund vor Anker gegangen war, verließ Dahlgren als einer der ersten das Schiff. Neben ihm rollten Matrosen mit Schießpulver gefüllte Fässer auf die Mole, andere trugen Kanonenrohre kleineren Kalibers und Munitionskisten dazu. In den nächsten Tagen würden diese Nachschubgüter auf Frachtkähnen über die Elbe transportiert werden, um zu der schwedischen Armee zu gelangen, die sich an der böhmischen Grenze aufhielt.

Dahlgren rümpfte die Nase. Der Krieg ging bald in sein

dreißigstes Jahr. Er selbst hatte fast vierzig Monate lang auf deutschem Boden gekämpft und für die reine Lehre Gottes Blut vergossen. Er war einem Mann gefolgt, den sie wie einen Heiligen verehrt hatten. Inzwischen führte jedoch kein von Gott gesandter König, sondern der schwedische Kanzler diesen Krieg fort – ein Politiker, der sein Volk ausbluten ließ, um Land, Geld und Macht zu erlangen und den Worten des Herrn dabei keine Beachtung schenkte.

Dahlgren verließ die Mole und suchte zunächst einen Geldwechsler auf. Er erkundigte sich nach der Poststation und wurde in die Nähe der St.-Jakobs-Kirche geschickt, wo sich an eine Stallung eine Postmeisterei anschloß. Er trat durch die Tür, über der ein Holzschild angebracht war, auf dem ein Posthorn prangte. In dem kleinen Gebäude traf er auf einen jungen Burschen, der ihn an einen Mann namens Peter Sandberg verwies, den Vorsteher der Postmeisterei, der sich zumeist bei den Pferden im Stall aufhielt.

»Seid Ihr Peter Sandberg?« rief Dahlgren, als er im Stall einem Mann begegnete, der seine Stiefel bürstete und so auffällig schielte, daß Dahlgren nicht hätte sagen können, ob der Kerl ihm ins Gesicht oder über die Schulter schaute. An der Stirn des Mannes prangte eine häßliche Beule.

Der Kerl nickte nur und verfolgte grimmig, wie Dahlgren sich einem der fünf Pferde näherte, die hier untergebracht waren. Es handelte sich um einen kräftigen Falben, der laut schnaubte, als Dahlgren ihm über die Nüstern strich.

»Ich bin auf dem Weg nach Osnabrück«, sagte Dahlgren. »Könnt Ihr mir sagen, wann eine Kutsche in diese Richtung abfährt?«

Sandberg richtete sich auf. »Ihr seid Schwede?«

Dahlgren brummte eine Zustimmung.

»Mit Euresgleichen habe ich vor kurzem übelste Erfahrungen gemacht.« Sandberg deutete auf die Beule über dem rechten Auge.

»Was ist Euch widerfahren?« wollte Dahlgren wissen.

»Vor acht Tagen suchte mich ein fremder Schwede auf, der am Tag zuvor in Stralsund eingetroffen war. Der Mistkerl schlug mich nieder und stahl mir einen Apfelschimmel – eines meiner besten Tiere. Hätte ich nicht einen so harten Schädel, läge ich wohl jetzt noch krank darnieder.« Sandberg schnaufte wütend und hob drohend einen Finger. »Aber eines ist gewiß: Sollte dieser Galgenvogel mir noch einmal unter die Augen treten, werde ich ihm seine schiefe Nase mit der Faust richten.«

Diese Bemerkung ließ Dahlgren aufhorchen. »Der Mann hatte eine schiefe Nase?«

»So krumm, als wäre sie ihm schon mehrmals gebrochen worden. Und das wohl zu Recht.«

Kjell Ekholm war also schon vor sieben Tagen in Stralsund eingetroffen. Nun zeigte sich, daß es richtig gewesen war, auf verschiedenen Schiffen zu reisen. Wahrscheinlich war Ekholm inzwischen bereits in Osnabrück angekommen, und womöglich hatte er Bernadis Boten aufhalten können.

»Seid Ihr mit diesem Lump womöglich bekannt?« fragte Sandberg argwöhnisch, und sein Blick fiel auf einen Axtstiel, der neben ihm an einem Gatter lehnte.

Dahlgren verschränkte die Arme. »Ihr habt meine Frage noch nicht beantwortet. Wann fährt eine Kutsche nach Osnabrück ab?«

»Das hier ist eine Poststation. Hier treffen Boten ein, die zu Pferde oder auf ihren Füßen Mitteilungen und Korrespondenzen in die entfernten Städte schaffen. Wenn Ihr mit einer Kutsche reisen wollt, müßt Ihr Euch in der Stadt umhören, ob einer der reichen Pfeffersäcke vorhat, in nächster Zeit nach Osnabrück zu reisen.« Sandberg maß Dahlgren mit skeptischem Blick. »Ich glaube aber kaum, daß diese Leute viel Wert darauf legen werden, einen Fremden mit sich zu nehmen, selbst wenn Ihr einen Dukaten für jede Meile bezahlt, die Ihr zurücklegt.«

Nach dieser ernüchternden Auskunft verließ Dahlgren die Poststation und kehrte zurück in die Hafengegend, wo er eine Herberge aufsuchte, um endlich ein wenig Ruhe zu finden.

In der Schankstube stärkte er sich mit einem Gerstenbrei und einer Milchsuppe. Danach mietete er eine Kammer für die folgende Nacht. Der Schankwirt wollte ihn zunächst auf ein Zimmer schicken, in dem noch sieben andere Kerle untergekommen waren, doch nachdem Dahlgren bereit war, eine angemessene Summe zu entrichten, bezog er eine schmale Kammer, in der er für sich allein sein konnte. Sein Lager bestand zwar nur aus einer Schütte Stroh, über die eine fleckige Leinendecke ausgebreitet worden war, doch das würde genügen, um einige Stunden Ruhe zu finden.

Nach den Tagen auf der *Vedia* hing Dahlgren ein fauliger Geruch an. Er ließ sich einen Krug Wasser, eine Schale und ein Tuch bringen, dann zog er seine Kleidung aus und wusch den Schmutz ab. Drei Jahre lang hatte er einst im Stockholmer Karzer inmitten von Flöhen, Läusen und übelriechenden Exkrementen wie ein stinkendes Tier dahinvegetiert. Später hatte er das Gefühl gehabt, dieser Gestank würde wie Teer an ihm haften, auch wenn er sich häufig wusch. Man hatte ihn ob seiner Reinlichkeit oftmals verspottet oder gar behauptet, daß es der Gesundheit schaden würde, sich mehr als einmal im Monat zu waschen, doch Dahlgren, der seinen Körper als ein Geschenk Gottes sah, scherte sich nicht um solchen Spott oder dumme Ratschläge.

Im flackernden Kerzenlicht betrachtete Dahlgren die zahlreichen Narben, die der Krieg an seinem Körper hinterlassen hatte. An seiner Hüfte war er von dem Splitter einer Kartätsche verletzt worden, seinen linken Oberarm hatte ein Degen durchbohrt, der Stoß mit einer Pike hatte ihn zwei Zehen gekostet, und ein Musketenschuß hatte sein Bein gestreift und eine Handbreit Haut von seinem Schenkel gerissen.

Dahlgren war in den Krieg gezogen, weil er sein Leben als leer und trist empfunden hatte. Er hatte eine tiefe Sehnsucht nach Gott verspürt, aber dessen Kraft und Wärme nie in sich gefunden. Als die Schweden von ihrem König Gustav Adolf zu den Waffen gerufen worden waren, hatte Dahlgren sein Studium an der Universität von Uppsala abgebrochen und nicht gezögert, sich dem Feldzug anzuschließen. Der König zog für den protestantischen Glauben in den Krieg, und Ove Dahlgren folgte ihm bereitwillig. Auf deutschem Boden hatte Dahlgren in vielen Schlachten und Scharmützeln immer wieder sein Leben aufs Spiel gesetzt, und erst hier, in unmittelbarer Nähe des Todes, hatte er endlich zu Gott gefunden.

Den feindlichen Reihen Auge in Auge gegenüberzustehen, unter dem Beschuß der Kugeln und Kartätschen voranzustürmen, die ringsherum die Leiber der Kameraden zerfetzten, und vor allem die Ekstase, in einem wilden Schlachtgetümmel Mann gegen Mann zu kämpfen und dabei alle Fesseln der Moral und der Barmherzigkeit zu sprengen – in diesen Momenten hatte Dahlgren eine seltsame Ruhe erfaßt, und er hatte die Kraft Gottes in sich gespürt, die ihn scheinbar unverwundbar gemacht hatte.

Dennoch wäre er im Sommer des Jahres 1631 fast gestorben. In vielen Truppenteilen der schwedischen Armee grassierte der Typhus, und auch Dahlgren wurde bald von blutigen Durchfällen und einem hohen Fieber geschwächt. Vielleicht war aber auch dies als ein Teil von Gottes Plan anzusehen, denn Dahlgren glaubte fest daran, daß ein Mensch erst im Angesicht des Todes die nötige Ruhe erreichte, um die Stimme des Allmächtigen zu verstehen. Gott schickte ihm einen Traum – Bilder, die von diesem Tag an oft wiederkehrten, und in denen Dahlgren sich in einen Falken verwandelte, der über das Land flog und majestätisch mit ausgebreiteten Flügeln durch die Luft glitt, bis sich sein Weg mit dem eines Raben kreuzte, der vor ihm die Flucht ergriff. In seinem Traum wußte er, daß er den Raben töten mußte. Er flog auf ihn zu, stürzte sich mit den Klauen auf ihn und trieb die Krallen in seinen Hals, woraufhin der Rabe blutend zu Boden taumelte.

Zunächst verwirrte Dahlgren der Traum, und er wußte ihn nicht zu deuten. Erst als er darüber mit Vater Anthonis sprach, einem Geistlichen, der ihn auf dem Krankenbett pflegte, erfuhr er, warum Gott ihm die Bilder von dem Falken und dem Raben eingab.

Vater Anthonis, ein überzeugter Calvinist, erläuterte ihm, daß nichts auf der Welt zufällig geschah. Gott würde Dahlgren nicht am Typhus sterben lassen, denn er hatte ihn zu seinem Werkzeug erwählt. Diese Prädestination zeigte sich durch das Traumbild, in dem Gott zu ihm in Symbolen sprach. Der Falke, so vermutete Vater Anthonis, war der himmlische Vogel, der aus dem Dunkel in das Licht geführt wurde und den Raben tötete, der die Abtrünnigkeit und die Blasphemie verkörperte.

Dahlgren gefiel der Gedanke, daß Gott ihn erwählt und ihm einen Auftrag erteilt hatte, wenngleich er nicht wußte, wann der Zeitpunkt kommen würde, diese Pflicht zu erfüllen. Doch so wie Vater Anthonis es vorausgesagt hatte, überstand er den Typhus und konnte das Lazarett bald verlassen. Seine Träume kehrten in unregelmäßigen Abständen zurück, und einige Monate später stieß er bei einem der Krämer, die sich dem Armeetroß angeschlossen hatten, auf eine im Grunde recht unscheinbare Waffe: einen schlicht gearbeiteten Dolch, dessen Klinge aber mit einem Ornament geschmückt war, das den Kopf eines Falken darstellte.

Dahlgren erwarb die Waffe, und von jenem Tag an veränderte sich sein Traum. Er blieb der Falke, doch wenn er nun auf den Raben traf, verwandelte er sich in den Dolch, der wie eine Musketenkugel auf den Raben zupreschte und in dessen Herz stieß.

Im Jahr darauf entging er erneut nur knapp dem Tode. Die Armee trug vor der Stadt Lützen eine weitere Schlacht aus. Eine Pistolenkugel streifte Dahlgrens Kopf und riß ihm fast das rechte Ohr ab. Nun erst begriff er, daß Gott ihm eine Warnung geschickt hatte, damit er sich von der Armee und den blutigen Kämpfen fernhielt. Dahlgren kehrte zurück nach Schweden und hoffte auf ein weiteres Zeichen des Herrn. Er wartete Wochen, Monate, schließlich Jahre. Gezweifelt hatte er an seiner Bestimmung jedoch nie, und dann endlich, fast sechzehn Jahre nachdem er zum ersten Mal von dem Falken geträumt hatte, offenbarte Gott sich ihm und zeigte ihm auf, welche Person der Rabe verkörperte und aus welchem Grund Dahlgren die beschwerliche Reise nach Deutschland auf sich nehmen mußte.

Er glaubte, daß er dieser Person einen Schritt voraus war. Nun besaß er einen Vorteil, der es möglich machen würde, deren Verrat zu verhindern. Allein aus diesem Grund befand er sich nun in dieser Herberge, wo er seinen geschundenen Körper mit dem feuchten Tuch abrieb und sich dann nackt zu der Ledertasche hinunterkniete, in der sich die wenigen Dinge befanden, die er auf dieser Reise mit sich führte. Neben einem Gebetbuch waren das nur eine Radschloßpistole mit dazugehörigem Pulver und Munition sowie der Dolch mit dem Falkenornament, den er in Leinenstoff gewickelt hatte.

Er holte den Dolch hervor und strich mit der kühlen Klinge über seine Haut. Bedächtig führte er die Spitze von seiner Leiste über den Bauch bis zu seinem Herzen. Das Spiel mit der Klinge erregte ihn. Rasch lenkte er sich von diesen Reizen ab, indem er mehrere Vaterunser hintereinander betete, dann verstaute er die Waffe wieder in der Tasche und legte sich schlafen.

Er erwachte erst, als die Sonne schon hoch am Himmel stand. Vermutlich waren viele Stunden vergangen. Die Strapazen der Überfahrt hatten ihren Tribut gefordert. Nun durfte er keine weitere Zeit verlieren. Er fühlte sich erfrischt und bereit, den Ritt nach Osnabrück hinter sich zu bringen.

Dahlgren begab sich noch einmal in den Stall der Poststation, wo er außer den Pferden niemanden antraf. An einer Wand hingen an Haken mehrere Sättel und Zaumzeug. Dahlgren zögerte nicht, hob einen der Sättel herunter und trat damit zu dem Falben, der unruhig schnaufte, als er merkte, daß er reitfertig gemacht werden sollte.

Eine Stimme ließ Dahlgren innehalten.

»Dreckige Heringsfresser. Einer wie der andere.«

Dahlgren wandte sich um und sah Peter Sandberg nähertreten. Der Postmeister richtete drohend den Axtstiel auf seine Brust.

»Habe ich es doch geahnt, daß Ihr mit dem Hundsfott unter einer Decke steckt. Es wäre besser gewesen, ich hätte Euch schon gestern an die Büttel übergeben.« Er verzog das Gesicht. »Ihr Schweden seid wie eine Plage über unser Land gekommen. Ihr brennt seit Jahren unsere Städte nieder, vergeht Euch an unseren Frauen und raubt alles, was ihr tragen könnt.«

Dahlgren ließ den Sattel zu Boden fallen. »Ich wäre für das Pferd aufgekommen, wenn ich die Mittel dazu hätte«, erwiderte er ruhig und verfolgte jede Bewegung des Postmeisters.

»Die einzigen Mittel, die ein Dieb wie du bald brauchen wird, sind schmerzstillende Salben.« Sandberg holte mit dem Knüppel aus und wollte auf Dahlgren einschlagen, doch der reagierte schneller, machte einen Schritt nach vorne und griff nach Sandbergs Schlaghand, so daß dessen Arm in der ausholenden Position verharrte. Dahlgren ballte die andere Hand zur Faust und schlug Sandberg damit so hart ins Gesicht, daß er spüren konnte, wie dessen Nase brach. Vor Schreck ließ Sandberg den Axtstiel fallen und taumelte zurück. Dahlgren langte nach dem Knüppel und ließ ihn wuchtig auf Sandbergs Stirn niederfahren. Der Postmeister sank mit einem erstickten Schrei zu Boden, dann war Dahlgren auch schon über ihm und drückte Sandberg den Holzstiel auf die Kehle. Der Postmeister röchelte. Seine Arme und Beine zappelten, doch er war hilflos wie ein Fisch, der aus dem Wasser gezogen wurde. Er verdrehte die Augen. Am Ende japste er nur noch. Schließlich erschlaffte er, und sein Gesicht wandelte sich in eine schmerzverzerrte aber starre Maske.

Dahlgren ließ von dem Toten ab und sattelte nun endlich das Pferd. Er nahm an, daß der Falbe kräftig genug war, um mit ihm innerhalb von drei oder vier Tagen nach Osnabrück zu reiten.

Als er das Pferd auf den Hof schaffte, war dort keine Menschenseele zu sehen. Dahlgren rieb dem Tier aufmunternd über den Hals, dann stieg er auf und trabte auf die Hauptstraße zu.

Kapitel 8

Die Arbeit an der Malzmühle erforderte viel Kraft. Anneke war körperliche Anstrengungen gewohnt, doch nachdem sie an diesem Morgen bereits mehrere Stunden lang das Mühlrad gedreht und ständig das Malz aus den schweren Säcken nachgeschüttet hatte, tropfte ihr der Schweiß in die Augen, die Arme wurden ihr lahm, und sie rang nach Luft.

Wehmütig dachte sie an den Ausflug nach Osnabrück zurück. Auch wenn ihre Begegnung mit Magnus Ohlin vor zwei Tagen kein Erfolg gewesen war, hatte der Aufenthalt in der Stadt für sie eine willkommene Abwechslung von der tristen Arbeit in der Schenke bedeutet. Seybert Monsbach hatte auf der Rückfahrt zu ihr gesagt, daß er froh sei, dem hektischen Treiben in der Stadt wieder den Rücken kehren zu können, doch Anneke hatte es genossen, über den Marktplatz zu streifen und das Treiben der Komödianten, Händler und Quacksalber zu verfolgen. Gerne hätte sie auch am Tisch des Buchhändlers noch einmal einen Blick auf die Folianten und Nachrichtenblätter geworfen, doch als sie von der Lohstraße zum Markt zurückgekehrt war, hatten allzuschnell die Kirchenglocken zur elften Stunde geschlagen, woraufhin sie unverzüglich zum Stadttor geeilt war.

Und Ohlin? Sie grämte sich, daß er ihr nicht hatte zuhören wollen. Aber was hatte sie denn erwartet? Daß dieser hochgestellte Herr ihr seine Aufmerksamkeit schenken und ihr glauben würde, was sie ihm zu berichten hatte?

»Hochgestellt«, zischte sie aufgebracht, während sie sich gegen das Mühlkreuz stemmte. Alles, was an diesem eingebildeten Pfau hochgestellt sein mochte, war wohl sein

Geschlecht, wenn er sich zwischen die Beine seiner schnippischen Magd drängte.

Trotz allem war Anneke davon überzeugt, daß das Aufeinandertreffen mit Ohlin den Fluch des Toten von ihr genommen hatte. In den vergangenen beiden Nächten hatte er sie nicht mehr in ihren Träumen verfolgt, und sie hoffte, daß die unheilvollen Bilder nun für immer aus ihrem Kopf verbannt worden waren.

»Anneke«, erklang laut die Stimme der Wirtin aus der Schankstube. »Anneke, komm sofort zu mir!«

Anneke löste die Finger von der Mühle. Sie warf einen fragenden Blick zu Seybert, der in einem Faß die Maische mit einem Stecken umrührte. Der Schankwirt hob die Schultern und bedeutete ihr mit einem Handzeichen, der Anweisung seiner Frau nachzukommen.

Anneke war froh, eine Pause einlegen zu können, doch der barsche Tonfall der Monsbacherin bedeutete gewiß nichts Gutes. Sie stieg die Treppe hinab, begab sich in den Schankraum und stutzte, als sie sah, welcher Gast sich hier eingefunden hatte. Neben der Wirtin stand Magnus Ohlin und neigte den Kopf.

»Dieser Herr hat nach dir verlangt«, sagte die Wirtin. Sie beäugte Ohlin skeptisch. Seine elegante Kleidung wies ihn als einen wohlhabenden Mann aus, und die Monsbacherin schien es zu verwundern, was so ein Herr mit einem Dienstmädchen zu schaffen haben könnte. »Ihr dürft mit Anneke sprechen, aber haltet sie mir nicht allzulang von der Arbeit ab«, meinte die Wirtin.

»Ich möchte, daß Ihr sie den ganzen restlichen Tag in meine Obhut gebt«, erwiderte Ohlin.

Die Monsbacherin schüttelte den Kopf. »Das Mädchen muß ihre Pflichten erledigen.«

»Entbindet sie dies von ihren Pflichten?« Ohlin hielt der Wirtin drei Schillinge vor die Nase. Einen Moment lang betrachtete die Wirtin die Münzen, als könne sie nicht recht begreifen, daß dieser Mann bereit war, sie für die Zeit mit Anneke derart großzügig zu entlohnen. Dann aber griff sie nach dem Geld und steckte es in ihre Schurztasche.

»Nehmt sie mit Euch! Aber bringt sie mir am Abend wohlbehalten heim.«

»Natürlich.«

Anneke hatte den Handel stumm mitverfolgt und fühlte sich wie ein Stück Vieh, das für eine angemessene Summe den Besitzer wechselte.

»Nun geh schon!« drängte die Wirtin und schob Anneke zur Tür, als könne sie sie plötzlich nicht schnell genug loswerden. »Aber kehrst du nicht bis Sonnenuntergang zurück, lasse ich dich den Stock spüren.«

»Ich werde sie rechtzeitig heimbringen«, erwiderte Ohlin und trat mit Anneke aus der Schenke. Anneke, die bislang stumm geblieben war, stemmte nun die Hände auf die Hüfte, starrte Ohlin an, der sein Pferd losband, und rief ungestüm: »Was, in Gottes Namen, soll das bedeuten?«

Ohlin kniff die Augen zu und hob abwehrend eine Hand. »Sprich leiser, Mädchen! Es ist zu früh am Morgen, um dein Gekeife zu ertragen.«

»Ihr habt dafür bezahlt, daß ich Euch begleite«, entgegnete Anneke und senkte ihre Stimme keinen Deut. »Dann werdet Ihr mich auch aushalten müssen. Außerdem ist inzwischen schon fast die Mittagszeit angebrochen.«

Ein grantiger Blick traf Anneke. »Genug geschwatzt. Komm jetzt!« sagte Ohlin.

»Wohin?«

»Du wirst mich zu der Leiche führen.«

Anneke versteifte sich. Wenn es einen Ort gab, den sie meiden wollte, dann war das die Senke im Wald, in der sie den Toten zurückgelassen hatte.

»Nun mach schon!« drängte Ohlin. »Und behaupte

nicht, daß das, was du mir in Osnabrück gesagt hast, nur Aufschneiderei gewesen wäre. Ich erkenne eine Lüge, und dir sieht man an, daß du zu Tode erschrocken bist.«

»Ich werde mich nicht noch einmal in die Nähe dieser Leiche begeben. Niemals mehr.«

Ohlin grinste. »Wovor hast du Angst? Daß sich der Tote aus seinem Grab erhebt und dich zu ihm hinabzieht?«

»Genau das habe ich in meinen Träumen gesehen.«

»Unsinn.« Ohlin langte in seine Wamstasche und schnippte einen Schilling in Annekes Richtung. »Es soll dein Schaden nicht sein, wenn du mir hilfst.«

Anneke fing die Münze auf und betrachtete sie. »Warum seid Ihr so versessen darauf, die Leiche zu sehen? Vor zwei Tagen habt Ihr Euch einen Dreck um meine Worte geschert. Ihr habt mich behandelt wie ein dummes Kind.«

»Und das bist du doch auch.« Er schmunzelte. »Nun ja, gewisse Vorfälle, auf die ich nicht näher eingehen möchte, haben mich neugierig gemacht. Ich will diese Leiche sehen, und du wirst mich zu ihr führen.«

»Woher wußtet Ihr, wo Ihr mich finden konntet?«

»Du selbst hast mir doch gesagt, daß du hier in der Lengericher Schenke arbeitest.«

Er hatte recht. Sie hatte davon gesprochen. Anneke spielte mit der Münze zwischen ihren Fingern und fragte sich, ob sie seiner Bitte Folge leisten sollte.

»Nun setz schon deine Füße in Bewegung«, meinte Ohlin. »Wir haben nicht den ganzen Tag Zeit.«

Anneke verspürte nicht die geringste Lust, seiner Aufforderung nachzukommen. Sie wußte nicht, was sie mehr abschreckte – die Abscheu, sich noch einmal der Leiche zu nähern, oder der Gedanke, mehrere Stunden in der Nähe dieses geckenhaften Aufschneiders zu verbringen.

Jede Mühsal hatte ihren Preis. Und sie war nicht gewillt, sich so billig zu verkaufen.

»Ich will fünf Schillinge von Euch.«

Ohlin zog die Stirn in Falten. »Wie bitte?«

»Ich verlange fünf Schillinge. Außerdem werdet Ihr mit mir nach Osnabrück reiten und mich vor Sonnenuntergang wieder heimbringen, damit die Wirtin keinen Wutanfall bekommt.«

»Verlangen? Du kannst nichts verlangen. Sei dankbar, daß ich dir diesen einen Schilling zugestehe. Immerhin mußte ich schon deine Dienstherrin bezahlen, um dich von deiner Arbeit zu befreien.«

»Pah!« Anneke spuckte auf die Münze in ihrer Hand und warf sie ihm vor die Füße.

Er zögerte. »Wofür braucht jemand wie du soviel Geld?« wollte er wissen.

»Ich will ein Buch kaufen.«

Ohlin lachte. »Eine Dienstmagd, die ein Buch kaufen will? Das nenne ich wirklich Verschwendung.« Er strich über sein Gesicht, dann sagte er: »Also gut, du sollst fünf Schillinge bekommen. Aber erst, wenn ich die Leiche gesehen habe.«

»Gebt mir Euer Wort darauf.«

»Du mißtraust mir?«

»Gewiß.« Sie streckte ihre Hand aus. »Fünf Schillinge und der Ritt nach Osnabrück.«

Er schlug ein und meinte zerknirscht: »Das sollst du bekommen.«

Ohlin saß auf. Anneke lief neben dem Pferd her und führte ihn auf die Straße nach Osnabrück. Zunächst wechselten sie kein Wort. Erst nach einer Weile sagte Ohlin: »Du bist so still geworden. Hast du deine Stimme verloren?«

Anneke richtete ihren Blick stur geradeaus. »Es gefällt mir nicht, daß ich zu Euch aufschauen muß, wenn ich mit Euch rede. Ihr scheint Euch auf Eurem Pferd wie ein König auf dem Thron zu fühlen.«

»Stolze Worte für ein Dienstmädchen.«

Anneke war der Spott in seiner Stimme nicht verborgen geblieben. Ärgerlich erwiderte sie: »Ich arbeite hart – Tag für Tag. Und Ihr? Was leistet Ihr, außer unter die Röcke Eurer Mägde zu kriechen?«

Ohlin schaute sie erstaunt an, dann grinste er. »Du schaffst es wirklich, mich zu amüsieren.«

»Ihr habt meine Frage nicht beantwortet, Herr Ohlin. Welcher sinnvollen Aufgabe geht Ihr hier in Osnabrück nach? Hat es mit diesem Kongreß zu tun, der schon seit Jahren andauert?«

»Ich berate die beiden schwedischen Hauptgesandten in juristischen Fragen. Reicht dir das als Antwort? Mehr würdest du ohnehin nicht verstehen.«

»Ihr haltet mich also für dumm?«

»Frauen besitzen nicht die geistige Reife der Männer. Schon Aristoteles weist darauf hin, daß die Schöpfung auf den Mann ausgerichtet wurde. Wenngleich ich zugeben muß, daß du für ein Dienstmädchen recht aufgeweckt zu sein scheinst.«

Anneke gab ein abfälliges Zischen von sich. »Ich weiß zwar nicht, wer dieser Aristoles, oder wie auch immer dieser Kerl heißen mag, ist, aber wenn ich an die vielen tumben Burschen hier im Dorf denke, die ihre Finger zu Hilfe nehmen müssen, wenn sie zwei und vier zusammenzählen sollen und nicht einmal in der Lage sind, ihren Namen zu schreiben, fühle ich mich wahrlich nicht als fehlgeleitete Schöpfung.«

Ohlin seufzte. »Du langweilst mich. Es ist müßig, weiter über dieses Thema zu disputieren.«

»Euch ist es müßig – mir nicht.« Anneke war keineswegs gewillt, sich den Mund verbieten zu lassen. »Was ist mit Eurem Eheweib?« wollte sie wissen. »Haltet Ihr sie ebenfalls für dumm? Das ist anzunehmen, denn sonst würdet Ihr nicht auf so dreiste Art und Weise das Sakrament der Ehe verletzen.«

»Wie ich mit meiner Frau umgehe, braucht dich nicht zu kümmern«, erwiderte er gereizt.

Sie verfielen wieder in ein Schweigen, das erst endete, als Anneke ihn von der Straße in das Unterholz des Waldes führte.

»Wir sind nur noch etwa fünfzig Schritte von der Leiche entfernt.« Anneke trat beherzt voran.

»Wann sagtest du, ist dieser Mord geschehen?«

»Vor neun Tagen.«

Ohlin rümpfte die Nase. »Es hat oft geregnet in den vergangenen Tagen. Der Kerl wird kein schöner Anblick mehr sein. Wahrscheinlich fault ihm bereits das Fleisch von den Knochen, und das Ungeziefer und die Füchse haben sich über ihn hergemacht.«

Kurz darauf gab Anneke das Zeichen, stehen zu bleiben. Sie deutete auf die Senke, die in Sichtweite vor ihnen lag. Ein halbes Dutzend Krähen flatterte dort herum und pickte auf den Körper ein. Anneke klatschte mehrmals laut in die Hände. Zunächst reagierten die Vögel darauf nur mit einem protestierenden Kreischen. Erst als sie einen Stein in ihre Richtung warf, flatterten sie davon.

Anneke konnte in der Senke den blauen Mantelstoff erkennen und auch die Stiefel des Toten, die aus dem Laub ragten. Ohlin saß ab und stellte sich neben sie.

»Warum seid Ihr so versessen darauf, diesen Toten zu sehen?« fragte sie. »In Osnabrück hat Euch dieser Kadaver keinen Deut interessiert.« Ein flaues Gefühl breitete sich in Annekes Magen aus, als ihr ein süßlich-fauler Geruch in die Nase stieg.

»Die Dinge ändern sich«, meinte Ohlin nur, zog ein spitzenbesetztes Tuch hervor und trat auf die Senke zu.

Als der Schwede den Toten erreicht hatte und sich zu ihm hinabbeugte, zuckte er zurück und hustete. Rasch preßte er das Tuch auf die Nase. Der Gestank mußte unerträglich sein.

»Grundgütiger!« hörte sie ihn klagen, dann kniete er sich auch schon hin und schob das Laub zur Seite.

Anneke wollte sich abwenden, doch wie gebannt richtete sie ihren Blick auf Ohlin und verfolgte mit, wie dieser sich über den Toten beugte und dessen Mantel aufknöpfte. Er schob die Finger seiner rechten Hand unter das Wams der Leiche und drückte mit der anderen weiterhin das Tuch vor die Nase. Der faulige Geruch machte nun auch ihr das Atmen schwer, und es verwunderte sie, daß Ohlin, den sie doch für einen aufgeblasenen Gecken hielt, so unerschrocken diesen verwesenden Kadaver abtastete. So wie sie Ohlin bislang kennengelernt hatte, war sie davon überzeugt gewesen, daß er sogar von einem Misthaufen mindestens zwanzig Schritte Abstand halten würde.

»Hilf mir!« rief Ohlin ihr zu.

Anneke rührte sich nicht.

»Nun hilf mir schon, dann können wir um so schneller von hier verschwinden.«

Sein Drängen und die Aussicht, diesen Ort so rasch wie möglich zu verlassen, brachte Anneke schließlich dazu, näherzutreten. In diesem Moment erfaßte Ohlin die Schulter des Toten und richtete ihn in eine sitzende Position auf. Anneke schlug erschrocken die Hände vor die Augen, lugte aber durch die Fingerspalten auf das Gesicht der Leiche. Am Tag seines Todes waren ihr die hübschen Züge dieses Burschen aufgefallen, doch nun hatte sich sein Antlitz in eine häßliche, verwesende Fratze verwandelt. Die Krähen hatten ihm die Augen aus dem Kopf gerissen, sein aufgedunsenes Fleisch warf gelbliche Blasen, und eine schwarze Zunge glitt aus seinem Mund, als der Kopf zur Seite rutschte.

»Halt ihn fest, damit ich ihn durchsuchen kann«, verlangte Ohlin. Anneke vermied es zu atmen und legte angewidert ihre Hände an die Schultern des Toten, die sich unter dem Mantelstoff seltsam weich anfühlten.

»Heiliger Jesus«, wimmerte sie.

»Asche zu Asche, Staub zu Staub«, brachte Ohlin hinter seinem Tuch lakonisch hervor. »Wenn es doch nur so simpel wäre.«

Anneke kniff die Augen zu, hielt die Luft an, bis ihre Lunge schmerzte, und als sie schließlich doch einatmen mußte, ließ der faulige Dunst Übelkeit in ihr aufsteigen. Sie befürchtete, sich übergeben zu müssen, doch nun endlich ließ Ohlin von dem Toten ab und zog sie mit sich fort.

Sie liefen einige Schritte und husteten elendig. Eine deutliche Blässe hatte Ohlins Gesicht überzogen. Anneke nahm an, daß es ihr nicht besser erging.

»Ich kenne diesen Mann nicht«, meinte Ohlin kurz darauf. »Soweit ich das in diesem Zustand der Verwesung überhaupt ausmachen konnte.«

»Vielleicht war er ein Postreiter«, mutmaßte Anneke.

Ohlin schüttelte den Kopf. »Alle Reiter der Taxis-Post tragen einen doppelköpfigen Adler auf der Brust, dieser Mann hingegen ist mit einem gewöhnlichen Wams bekleidet.«

»So oder so«, sagte Anneke, »der Mann hat mir Euren Namen genannt.«

Ohlin hielt ein gefaltetes Papier hoch. »Ich habe dies hier bei ihm gefunden. Vielleicht bringt das ein wenig Licht in die seltsame Angelegenheit.« Er faltete es auseinander. Anneke streckte sich und konnte erkennen, daß keine Wörter, sondern nur eine lange Reihe Buchstaben scheinbar ohne jeden Zusammenhang darauf niedergeschrieben worden war.

»Was soll das bedeuten?« fragte sie.

»Es handelt sich um eine Nachricht.« Ohlin griente. »Und jemand hat sich die Mühe gemacht, den Text vor uns zu verbergen.«

»Eine Nachricht? Aber was soll denn das für eine Sprache sein?«

»Das muß sich noch herausstellen.« Er steckte das Papier

ein. »Der Inhalt wurde verschlüsselt. Es würde jedoch zu weit führen, dir das erklären zu wollen.«

Anneke war völlig gleichgültig, welche Bedeutung diese Buchstaben haben mochten. Sie hatte genug von Ohlin, dieser Leiche und allem, was damit zusammenhing. »Was soll nun mit dem Toten geschehen?« fragte sie.

»Na was schon. Er bleibt hier. Den Krähen wird's recht sein.«

»Das ist herzlos. Der Mann verdient ein christliches Begräbnis.«

»Dann kümmere dich halt darum.« Ohlin holte die restlichen vier Schillinge hervor, die er ihr versprochen hatte, und legte sie in Annekes Hand. »Kehre zurück in die Schenke und bitte den Wirt, die Leiche ins Dorf zu schaffen. Irgend jemand wird sie schon unter die Erde bringen.«

»Nichts da!« Anneke schloß die Finger um die Münzen. »Ihr habt mir Euer Wort gegeben, mich nach Osnabrück zu bringen.« Sie schob ihn zur Seite, trat auf sein Pferd zu und setzte einen Fuß auf den Steigbügel. Zweimal versuchte sie vergeblich, sich hochzustemmen, dann endlich bekam sie genug Schwung und saß auf.

Ohlin schwang sich weit geübter hinter ihr in den Sattel.

»Untersteht Euch, mich anzufassen«, warnte Anneke ihn. Es war ihr unangenehm, daß sie im Sattel so eng aneinander gepreßt wurden und daß sie spüren konnte, wie Ohlins Atem über ihren Nacken strich.

»Und was soll ich machen, wenn du aus dem Sattel rutschst?« meinte Ohlin. »Soll ich dich dann auf die Straße fallen lassen? Du könntest dich verletzen.«

»Ich werde nicht fallen.« Anneke hielt sich am Sattelknauf fest, während Ohlin das Tier zurück auf die Straße führte. Hinter ihnen flatterten die Krähen bereits wieder in die Senke und zerrten mit ihren Schnäbeln an der Kleidung des Toten.

Kapitel 9

Nach einem anstrengenden Ritt – Ohlin hatte sein Pferd je nach Beschaffenheit der Straße mal in gemächlichem Trab geführt, dann aber auch immer wieder in zügigem Galopp vorangetrieben – erreichten sie eine Anhöhe, von der aus sie auf Osnabrück schauen konnten.

Ohlin zügelte das Pferd. »Steig ab«, meinte er. »Ich werde mich nicht zum Gespött der Leute machen, indem ich mit einer Dienstmagd durch die Straßen der Stadt reite.«

Anneke rutschte aus dem Sattel und rieb ihren schmerzenden Hintern. Der Ritt auf dem harten Leder hatte sich als äußerst beschwerlich erwiesen, aber sie war vor allem darüber erleichtert, daß sich Magnus Ohlins Brustkorb nicht länger gegen ihren Rücken drückte.

Ohne Eile näherten sie sich einem der Stadttore. »Du hast bekommen, was du wolltest«, sagte Ohlin. »Ich hoffe, du bist zufrieden.«

»Nicht ganz«, erwiderte Anneke. »Ihr habt versprochen, mich wieder heimzubringen.«

»Das habe ich wohl.« Ohlin war anzumerken, daß er keine allzu große Lust verspürte, noch einen weiteren Ritt an diesem Tag zu unternehmen. Dennoch war Anneke überzeugt, daß er sein Versprechen einhalten würde. So geckenhaft und überheblich dieser Magnus Ohlin sich auch häufig aufspielte, glaubte sie mittlerweile doch, daß er ein Mann war, der zu seinem Wort stand. Schließlich hatte er ihr die fünf Schillinge bezahlt und sie nach Osnabrück gebracht.

»Ich frage mich, warum du so versessen darauf bist, in die

Stadt zu kommen«, sagte Ohlin, als sie das Tor hinter sich gelassen hatten.

»Das habe ich Euch doch erklärt«, meinte Anneke. »Ich will ein Buch kaufen und …«

»Ein Buch kaufen – ja, das hast du mir gesagt. Aber ist das auch die Wahrheit?«

»Ich lüge nicht«, erwiderte Anneke gereizt.

Ohlin grinste. »Ich vermute eher, es gibt hier in der Stadt einen Mann, den du treffen möchtest. Einen jungen Burschen, der dir den Kopf verdreht hat.«

»Unsinn.« Anneke rollte die Augen. Es sah Ohlin ähnlich, daß er eine solche Vermutung anstellte. »Wann würde solch ein Kerl mich denn schon zu Gesicht bekommen?«

»Mir ist es gleich, wofür du das Geld verschwendest. Ohlin deutete zu einer Turmuhr. »Aber du hast dich zur vierten Stunde wieder hier am Tor einzufinden.« Er schnalzte mit der Zunge, trieb das Pferd voran und war bald darauf aus Annekes Blickfeld verschwunden.

Anneke wollte keine Zeit verlieren und suchte eiligen Schrittes die Rosenstraße auf. Sie überquerte den Neuen Graben, ein stehendes Gewässer zwischen Alt- und Neustadt, in das viele Bürger ihre Exkremente schütteten und das darum zu einer regelrechten Kloake geworden war. Der Gestank dieses Gewässers verfolgte sie bis an ihr Ziel.

Der Laden des Buchhändlers Hartiger erwies sich als enge, stickige Kammer, in der sich Dutzende Bücher, Drucke und Nachrichtenblätter in Kisten und Fässern stapelten oder in Regalen verstaut lagen. Hartiger selbst hockte an einem Pult inmitten dieser Papierhöhle und erkannte Anneke sofort wieder, als er sie bemerkte.

»Schau an, die gute Frau, die hoffentlich ihren Ehemann überredet hat, seine Geldbörse für sie zu öffnen«, rief er und winkte sie zu sich heran. Anneke nickte und fragte sich, ob er ihre kleine Lüge längst durchschaut hatte. Im Grunde war es ja nicht einmal eine richtige Lüge. Sie hatte nur ein wenig die Gegebenheiten verdreht. Immerhin hatte sie tatsächlich jemanden überredet, seine Geldbörse zu öffnen, auch wenn es sich nicht um einen Ehemann handelte.

»Wundert Euch nicht über die Unordnung«, sagte Hartiger, während er in einem Bücherstapel wühlte. »Ich werde morgen in der Früh nach Fürstenau aufbrechen und muß am Abend meinen Wagen beladen. Da schaut es dann immer so aus.« Er zog eines der kleineren Bücher hervor und reichte es Anneke. »Dies guterhaltene Büchlein hatte es Euch angetan, wenn ich mich recht entsinne.«

Annekes Blick fiel auf das Gebetbuch, das sie schon am Markttag in den Händen gehalten hatte. Sie nickte. »Der Preis beträgt fünf Schillinge?«

»Könnt Ihr das bezahlen?«

Anneke fischte die Münzen aus ihrer Schurztasche und zählte sie Hartiger einzeln in die Hand. Der schaute äußerst zufrieden aus und meinte: »Euer Mann muß Euch wirklich sehr in sein Herz geschlossen haben.«

»Gewiß«, erwiderte Anneke, und es schauderte sie immer noch, wenn sie daran dachte, daß nicht ein großes Herz, sondern eine verwesende Leiche der Grund dafür war, daß sie nun dieses Buch besaß.

Der Händler ließ die Münzen schnell in seiner Tasche verschwinden. »Kann ich sonst noch etwas für Euch tun? Habt Ihr Verwendung für Postpapier? Ich würde Euch zehn Bögen gutes Schreibpapier für nur zwei Groschen überlassen. Einen besseren Preis werdet Ihr in der Stadt kaum finden.«

Anneke lehnte sein Angebot dankend ab, da sie nun keinen einzigen Pfennig mehr besaß, und verabschiedete sich. Als sie auf die Straße trat, betrachtete sie das Gebetbuch und überlegte, was sie nun damit tun sollte. Sie hatte das Buch gekauft, um damit die Wut der Monsbach-Wirtin zu mildern, indem sie es ihr als Ersatz für das beschädigte Exemplar überließ. Andererseits hatte die Monsbacherin sie für dieses Vergehen aber doch auch schon mehr als angemessen abgestraft. Dieser Zorn würde bald verrauchen, und darum spielte Anneke plötzlich mit dem Gedanken, das Buch vor ihrer Dienstherrin zu verstecken und es für sich zu behalten. Es war immer schon Annekes Wunsch gewesen, ein eigenes Buch zu besitzen, auch wenn ihr bei der anstrengenden Arbeit in der Monsbach-Schenke kaum Zeit bleiben würde, ihre Nase zwischen die Seiten zu stecken.

Sie schob das Buch in ihre Schurztasche. Zufrieden damit, daß sie bekommen hatte, was sie wollte, lief sie zurück in die Altstadt. Da das Geschäft mit Anselm Hartiger zügig erledigt worden war, hatte sie nun noch ein wenig Zeit, und sie überlegte sogar, ob sie einen Abstecher in die Dielinger Straße machen sollte, wo sie einst mit ihren Eltern gewohnt hatte, um nach all den Jahren das Haus wiederzusehen, mit dem sie so viele Kindheitserinnerungen verbanden. Dann aber sagte sie sich, daß es besser wäre, sich nicht allzusehr diesen melancholischen Sentimentalitäten hinzugeben, und schlenderte gemächlichen Schrittes durch die Straßen und Gassen, betrachtete die Waren, die die Handwerker und Krämer vor ihren Häusern ausstellten, und steckte ihre Finger immer wieder in die Schurztasche, um sich zu vergewissern, daß das Buch auch wirklich noch da war.

Pünktlich zur vierten Stunde fand sie sich am Stadttor ein, das auf die Straße nach Lengerich führte. Magnus Ohlin ließ sich jedoch nicht blicken. Anneke lief ungeduldig auf und ab, reckte den Hals und schaute ständig zur Kirchturmuhr, die sie von hier so eben noch erkennen konnte. Als es zur halben Stunde schlug, glaubte sie nicht mehr daran, daß Ohlin sein Wort halten würde.

Was sollte sie nun tun? Zu Fuß zurück zur Monsbach-Schenke laufen? Dann würde sie jedoch erst in der Nacht heimkehren, und die Monsbacherin hätte einen neuen Grund gefunden, sie mit weiteren Stockhieben zu strafen.

Nein, so leicht wollte sie es Magnus Ohlin nicht machen. Er hatte ihr versprochen, sie heimzubringen, und vielleicht mußte er nur daran erinnert werden. Anneke wartete noch einige Minuten ab, dann trat sie kurzentschlossen in die Lohstraße und klopfte an die Tür von Ohlins Haus.

Sie rechnete damit, daß die schnippische Magd Ebba versuchen würde, sie abzuweisen. Heute jedoch öffnete ihr eine andere Frau. Sie war einige Jahre älter als Ebba und wirkte ein wenig ausgezehrt und kränklich.

»Was kann ich für dich tun?« fragte die Frau und musterte Anneke mit müden Augen.

Bevor Anneke antworten konnte, mischte sich Ebba ein, die plötzlich hinter der anderen Frau auftauchte.

»Schickt sie fort!« meinte Ebba. »Das ist nur ein Bettelmädchen, das vor einigen Tagen schon einmal hier herumlungerte.«

»Ich bin kein Bettelmädchen«, verteidigte sich Anneke.

»Was führt dich dann an unsere Tür?« wollte die kränkliche Frau wissen.

Erst da wurde Anneke bewußt, daß sie keine Ahnung hatte, wie sie erklären sollte, warum sie Magnus Ohlin aufsuchte. Über den Mord im Wald durfte sie nicht sprechen und auch nicht über die fünf Schillinge, die Ohlin dafür bezahlt hatte, daß sie ihn zu der Leiche geführt hatte. Darum antwortete sie nur: »Ich muß mit Magnus Ohlin reden.«

»Mein Mann hat sich in seine Schreibstube zurückgezogen und möchte nicht gestört werden.«

Dies war also tatsächlich Ohlins Ehefrau. »Bitte laßt mich nur kurz mit ihm sprechen«, sagte Anneke.

»Scher dich fort!« rief Ebba, doch Ohlins Frau brachte die Magd mit einem ärgerlichen Blick zum Schweigen.

Im ersten Stock hörte Anneke das Knarren einer Tür, und

kurz darauf trat Magnus Ohlin auf die Treppe. Er trug Mantel und Hut und eilte auf die Tenne. Als er Anneke mit seiner Frau und Ebba an der Tür sah, stutzte er.

»Du?« fragte er überrascht. »Verdammt, ich habe die Zeit vergessen.«

Frau Ohlin nahm diese seltsame Situation völlig ungerührt hin und verzog keine Miene. Anneke hatte zwar nie einen Gedanken daran verschwendet, was für ein Mensch Ohlins Ehefrau sein mochte, aber diese träge Person überraschte sie dennoch. Wie sie dort neben Magnus Ohlin stand, den Blick gesenkt hielt und die Schultern hochzog, als wolle sie es tunlichst vermeiden, ihm zu nahe zu kommen, konnte Anneke kaum glauben, daß dies zwei Eheleute sein sollten.

Nach einem Moment des verlegenen Schweigens faßte Frau Ohlin Ebba am Arm und zog sie mit sich zurück. Nun, wo sie allein unter dem Türbalken standen, machte Ohlin ein mürrisches Gesicht und raunte Anneke zu: »Was willst du hier?«

Es scherte Anneke nicht, ob Ohlin vor seiner Frau in Erklärungsnot geriet. »Ihr habt versprochen, mich heimzubringen. Als Ihr nicht zur vereinbarten Zeit am Stadttor erschienen seid, dachte ich mir, es wäre ratsam, Euch an diese Verpflichtung zu erinnern.«

Ohlin zupfte nachdenklich an seinem Kinnbart. »Ich kann dich jetzt nicht zur Schenke bringen. Du wirst noch ein wenig warten müssen. Ich habe ein dringendes Gespräch zu führen.«

»Ich will nicht länger warten.«

»Dir bleibt keine andere Wahl. Also vertreib dir noch ein wenig die Zeit in der Stadt.«

Er wollte sie aus der Tür schieben, doch Anneke weigerte sich. »Dann werde ich hier auf Euch warten.«

»Mißtraust du mir?«

»Ja.«

Er schaute sie aus schmalen Augen an. »Du bist wahrlich eine Plage, Anneke.«

»Und wenn schon! Ihr habt mir Euer Wort gegeben. Ist Euch das nur einen Hundefurz wert?«

Ohlin kaute unentschlossen auf seiner Unterlippe, dann gab er sich endlich geschlagen und winkte sie zu sich. »Ich werde meiner Frau erklären müssen, wer du bist und was du mit mir zu schaffen hast«, flüsterte er. »Am einfachsten wird es sein, wenn ich Svante gegenüber behaupte, ich hätte dich beauftragt, mir Informationen über die Frau zu beschaffen, die vor zwei Tagen in dieses Haus eingedrungen ist.«

»Welche Frau denn?«

»Das braucht dich nicht zu interessieren. Sollten dir Svante oder Ebba Fragen stellen, sagst du einfach, ich hätte dir verboten, darüber zu sprechen.«

»Und wie lange werdet Ihr fort sein?«

»Vielleicht eine Stunde. Danach wird noch genügend Zeit sein, dich vor Sonnenuntergang nach Lengerich zu schaffen.«

Er brachte Anneke in die Küche, wo sie sich auf eine Bank setzte und die verstohlenen abschätzigen Blicke der Magd Ebba auf sich spürte.

Ohlin sprach mit seiner Frau auf der Diele, aber Anneke konnte nicht verstehen, welche Lügengeschichten er ihr auftischte. Kurz darauf hörte sie die Tür schlagen, und Svante Ohlin kehrte in die Küche zurück. Die beiden Frauen gingen schweigend ihrer gewohnten Arbeit nach. Einerseits war Anneke froh, daß sie hier niemandem Rede und Antwort stehen mußte, doch sie fühlte sich auch unwohl unter den Augen dieser beiden Frauen, und sie fragte sich, ob es wirklich eine gute Idee gewesen war, hier in dieser Küche auf Magnus Ohlin zu warten.

Kapitel 10

In der Residenz seines Onkels an der Domsfreiheit traf Magnus nur den Legationssekretär Mylonius Biörenklou an, von dem er die Auskunft erhielt, daß Johan Adler Salvius eine Unterredung mit Johann Balthasar Schneider, dem Vertreter der elsässischen Städte, in der Löwenapotheke am Markt führe. Die Apotheke wurde von den Gesandten des Friedenskongresses sehr häufig als Herberge, Versammlungsort oder als geselliger Treffpunkt in Anspruch genommen. Es war kein Geheimnis, daß der Apotheker Heinrich Ameldung nicht nur gängige Arzneimittel vertrieb, sondern auch einen hervorragenden Aquavit brannte und dazu einen feurigen Malvasier ausschenkte, der zahlreiche Freunde unter den Kongreßteilnehmern gefunden hatte.

Magnus wollte nicht unverrichteter Dinge heimkehren, also lief er zum Marktplatz und betrat die Apotheke. Hinter dem breiten Verkaufstresen der Offizin schaute der kahlköpfige Apotheker Ameldung auf, der damit beschäftigt war, einen Stoß Salbentöpfe aus Keramik zu putzen.

»Ah, der werte Herr Ohlin.« Ameldung legte seine Arbeit beiseite und kam hinter dem Tresen hervor. »Wie kann ich Euch helfen? Seid Ihr auf der Suche nach einem Elixier für Euren empfindlichen Magen, nach einem süffigen Rheinwein oder eher nach einem der Duftwässerchen, die den Geist der Frauen betören.«

»Weder noch«, erwiderte Magnus. Da er häufig die Dienste des Apothekers in Anspruch nahm, wußte Ameldung inzwischen genau, wonach es ihn für gewöhnlich verlangte. »Ich bin hier, um mit dem Gesandten Salvius zu sprechen.«

Ameldung deutete mit einem Finger nach oben. »Seine Exzellenz führt ein vertrauliches Gespräch mit dem Vertreter der elsässischen Städte. Ihr werdet warten müssen, bis einer von beiden den Raum verläßt.«

Magnus nickte und verschränkte die Arme hinter dem Rücken. Eine Zeitlang wanderte er in der Offizin auf und ab, betrachtete die bronzenen Mörser und Stößel auf den Regalen und die bauchigen Gläser, die mit lateinischen Bezeichnungen von Kräutern, Pulvern und verschiedenen Arzneien etikettiert worden waren. Heinrich Ameldung wandte sich unterdessen wieder seinen Salbentöpfen zu und arbeitete schweigend weiter.

Glücklicherweise dauerte es nicht allzulang, bis Magnus Schritte und Stimmen vernahm. Johan Adler Salvius und der Gesandte Schneider traten in den Verkaufsraum. Magnus hielt sich bedeckt, bis Salvius den elsässischen Vertreter verabschiedet hatte, dann begrüßte er seinen Onkel mit einer tiefen Verbeugung und bat um eine Unterredung.

Salvius brummte zustimmend und winkte ihn mit sich zur Treppe. In den vergangenen Wochen hatte Magnus bemerkt, daß sein Onkel die Schritte immer schwerer setzte und oftmals ein Stöhnen von sich gab, wenn er eine Treppe hinaufsteigen mußte oder sich aus einem Sessel erhob. All die Jahre hatte er Salvius als tatkräftigen und energischen Mann erlebt, der als der fähigste Diplomat des schwedischen Reiches galt und dessen Verhandlungsgeschick legendär war. Nun jedoch wirkte der knapp Sechzigjährige, der für Magnus seit seiner Jugend ein Vorbild und Förderer gewesen war, schwach und melancholisch. Seine angeschlagene Konstitution begründete Salvius zumeist mit den ungewöhnlich kalten Wintern und den zahlreichen Regenstürmen in dieser Region, doch Magnus ahnte, daß sein Onkel vor allem darunter litt, daß er sich von Johan Oxenstierna, der ihm an Geist und Charakter weit unterlegen war, an die zweite Stelle innerhalb der schwedischen Friedenskommission gedrängt sah. In den vergangenen Monaten hatte sich ein zermürbender Konflikt zwischen den beiden entwickelt, der zur Folge hatte, daß die beiden Diplomaten mehr Politik gegeneinander als miteinander betrieben. Während sich Salvius gemäß dem Auftrag der Königin Christina um einen baldigen Friedensschluß bemühte, vertrat Johan Oxenstierna die Vorstellungen seinen Vaters, des Kanzlers, möglichst umfangreiche Zugewinne für Schweden zu erzielen.

Es betrübte Magnus, die Kräfte seines Onkels dahinschwinden zu sehen, denn er fühlte sich ihm zu Dank verpflichtet, weil dieser sein Leben in eine entscheidende und sinnvolle Richtung gelenkt hatte. Die Torheit der Jugend hatte Magnus weit häufiger in die Tavernen und Hurenhäuser getrieben als in die Schulen. Mit gerade einmal siebzehn Jahren hatte er so ausgiebig den Freuden des Weines und den Wonnen seiner Lenden gefrönt, daß sein Vater keine andere Möglichkeit mehr gesehen hatte, als ihm die Vernunft und den Fleiß mit Prügeln einzubleuen. Im nachhinein brachte Magnus dafür sogar Verständnis auf. Welcher Mann aus der bürgerlichen Oberschicht wollte schon einen Säufer und Hurenbock großziehen? Damals jedoch hatte jeder einzelne Stockhieb Magnus' Stolz verletzt und ihn noch aufsässiger werden lassen, bis er einen regelrechten Haß auf seinen Vater entwickelt hatte. Vielleicht wäre dieser Streit folgenschwer eskaliert, wenn die Mutter ihn nicht in die Obhut ihres Bruders, des Hofkanzlers und Geheimen Rates Johan Adler Salvius gegeben hätte. Im Gegensatz zu den Methoden des Vaters maßregelte Salvius seinen Neffen mit Worten und Argumenten statt mit Schlägen, und er vertraute Magnus an, daß er einen scharfen Intellekt an ihm entdeckt habe, der mit einer gewissen Disziplin in eine sehr nützliche Richtung gelenkt werden könne. Das Vertrauen, daß sein Onkel vom ersten Tag an in ihn gesetzt hatte, hatte Magnus beeindruckt, und auch wenn er bis heute sein Faible für hübsche Frauen und den verlockenden Wein nicht gänzlich abgelegt hatte, war er doch fortan bereit gewesen, Salvius' Erwartungen zu erfüllen. Sein Onkel schickte ihn schon bald nach Rostock, wo Magnus ein Studium der Jurisprudenz aufnahm. Salvius sorgte darüber hinaus dafür, daß Magnus in die Geheimnisse der Kryptographie – der Kunst, Nachrichten zu chiffrieren und fremde Verschlüsselungen zu lösen – ausgebildet wurde, und wie sich herausstellte, erwies sich Magnus bald als wahrer Meister darin, chiffrierte Texte zu entschlüsseln.

Auch nach dem Abschluß seines Studiums hatte Salvius weiter seine Schritte gelenkt. Magnus fühlte sich jedoch zu keiner Zeit von seinem Onkel bevormundet, denn ihm war klar, daß er nur als Schützling eines mächtigen und starken Mannes rasch Karriere machen konnte. Johan Adler Salvius wurde zu seinem Patron, und Magnus, als Klient dieses hohen Patrons, unterwarf sich ihm und erhielt dafür Hilfe und Schutz. Salvius arrangierte seine Ehe mit Svante Giöken, er machte ihn mit Königin Christina von Schweden bekannt, verschaffte ihm eine Position als juristischer Berater auf dem westfälischen Friedenskongreß und erwartete im Gegenzug von Magnus, daß dieser die kleine Charade mitspielte, die Magnus Einlaß in den engsten Kreis des Johan Oxenstierna verschaffen sollte.

Die sorgsam gestreuten Gerüchte über Unstimmigkeiten zwischen Magnus und Salvius, ein fingierter Streit, der Oxenstierna in Windeseile zugetragen wurde, und dessen Vergnügen daran, Salvius zu reizen, indem dessen in Ungnade gefallener Neffe und Klient von Oxenstierna mit offenen Armen aufgenommen wurde – all das sorgte dafür, daß Magnus sich von nun an häufig an der Tafel des Grafen aufhielt und von dort die eine oder andere Information an seinen Onkel weitergeben konnte. Er glaubte nicht daran, daß Oxenstierna ihm wirklich vertraute, also bedurfte es ab und an ein wenig Eigeninitiative, wie das Eindringen in das Arbeitszimmer des Sekretärs Sonnert, um an wertvolle Informationen zu gelangen.

»Du weißt, daß meine Zeit knapp bemessen ist«, sagte Salvius, als sie die kleine Stube betraten. Der Gesandte ließ sich mit einem Ächzen in einem der Sessel nieder. »Also nehme ich an, daß du mir wichtige Neuigkeiten bringst.«

»Ihr werdet das alles sehr interessant finden.« Magnus setzte sich neben Salvius und schilderte ihm, wie er sich von der Unterredung an Oxenstiernas Tafel entfernt hatte, um nach chiffrierten Aufzeichnungen zu suchen, und dabei das Gespräch zwischen Oxenstierna und dem Sekretär belauscht hatte.

»Zwölftausend Taler«, seufzte Salvius, nachdem Magnus ihm den Inhalt des Gespräches dargelegt hatte. »Wrangel setzt wirklich alles daran, diesen Krieg am Leben zu erhalten.«

»Aber Ihr wirkt nicht unbedingt überrascht«, meinte Magnus.

»Sollte es mich verwundern, daß Oxenstierna den Waffenstillstand mit Bayern nur allzu bereitwillig aufs Spiel setzt? Dieser törichte Emporkömmling fühlt sich so geschmeichelt, daß jemand bereit ist, Geld in seine wohlwollende Haltung zu investieren, daß er Wrangel gewiß bereits für die Hälfte der Donation seine Unterstützung gewährt hätte.«

Ihr Gespräch wurde unterbrochen, als Heinrich Ameldung ihnen eine Probe seines selbstgebrannten Aquavits sowie eine Schale mit Konfekt und kandierten Früchten servierte. Nachdem der Apotheker die Stube verlassen hatte, sprach Magnus über die Vorfälle, die der eigentliche Grund waren, daß er diese Zusammenkunft mit Salvius gesucht hatte.

»Während der Unterredung an Oxenstiernas Tafel ist mir eine Frau aufgefallen, die als Magd in Oxenstiernas Diensten steht. Sie schien mich nicht aus den Augen zu lassen.«

»Ist das so ungewöhnlich?« erwiderte Salvius und ließ einen gewissen Spott anklingen.

Magnus schmunzelte, wurde dann aber wieder ernster. »Als ich am Abend in mein Haus zurückkehrte, überraschte ich diese Frau dabei, wie sie meine Schreibstube durchstöberte.«

Salvius machte ein erstauntes Gesicht. »Hast du sie zur Rede gestellt?«

Magnus schüttelte den Kopf. »Sie floh durch ein Fenster, bevor ich sie aufhalten konnte.« Er vermied es zu erwähnen, wie mühelos sie ihn zu Boden gestreckt hatte. Daß eine Frau ihn überwältigt hatte, war ihm unangenehm und Salvius brauchte nicht davon zu erfahren.

Salvius trank seinen Aquavit und steckte sich ein Konfekt in den Mund. »Was konntest du über diese Frau in Erfahrung bringen?« wollte er wissen.

»Ich habe mich in Oxenstiernas Haushalt nach ihr erkundigt. Natürlich erwähnte ich mit keinem Wort, daß diese Frau in mein Haus eingedrungen ist. Ich mußte allerdings erfahren, daß die Magd seit dem besagten Abend verschwunden ist. Eine Köchin veriet mir, ihr Name sei Ingrid Andersson und sie sei erst vor zwei Wochen in den Dienst des Grafen getreten.«

»Und konntest du noch mehr über sie herausfinden?«

»Nicht viel. Angeblich stammt sie aus der Stadt Nyies und wurde auf Empfehlung des Reichskanzlers in den Haushalt seines Sohnes geschickt. Aber ich bezweifle das. Solch eine Empfehlung könnte ohne weiteres gefälscht worden sein.«

Salvius rieb sich nachdenklich das Kinn. »Glaubst du, sie hat in Oxenstiernas Auftrag gehandelt?«

»Es wäre möglich. Aber ich habe von einem weiteren Vorfall erfahren, der eine sehr viel radikalere Handschrift als die der Oxenstiernas trägt. Und auch hier scheint es eine Verbindung zu mir zu geben.«

Magnus berichtete Salvius von der Schankmagd, die ihn von dem Mord an dem Botenreiter unterrichtet hatte, und davon, daß dieser Mann sie in den letzten Momenten seines Lebens zu ihm geschickt hatte. Er bedauerte es, daß er ihr nicht sofort Glauben geschenkt und sich erst dann von ihr zu der Leiche hatte führen lassen, nachdem Oxenstiernas Magd in sein Haus eingedrungen war.

»Ich habe dies hier bei dem Toten gefunden.« Magnus reichte Salvius, der aufmerksam seinen Schilderungen gefolgt war, ein Papier. »Es ist die Abschrift einer chiffrierten Nachricht.«

Salvius faltete das Papier auseinander und las mit einem Stirnrunzeln den Text. »Du hast ihn so rasch entschlüsseln können?«

»Es wurde eine gebräuchliche monoalphabetische Verschlüsselung angewandt. Darum war es nicht allzu schwierig, sie zu durchschauen.«

Salvius ließ das Papier sinken. »Viele Analytiker würden Tage benötigen, um eine solche Chiffre zu lösen. Du bist wahrlich begabt.« Er gab Magnus den Zettel zurück. »Es handelt sich bei dieser Nachricht also um das Grußwort des Paters Gregor Vigan aus Münster, der den Boten und einen später eintreffenden Gast im Kolleg der Jesuiten willkommen heißt.«

»Leider teilt er uns nicht den Namen des Gastes mit, den er erwartet.«

»Der Brief wurde an einen Mann mit Namen Bernadi abgeschickt.« Salvius rieb sein Kinn. »Ich habe den Namen nie gehört. Allerdings ist mir dieser Pater bekannt. Er wurde mir vor einigen Monaten während einer Versammlung in Münster vorgestellt. Dieser Vigan ist ein recht verkniffener Jesuit, der sich während der Diskussionen zumeist zurückgehalten hat.«

»Welche Verbindung könnte zwischen mir und diesem Gregor Vigan bestehen?« wollte Magnus wissen.

»Das wirst du selbst herausfinden müssen. Begib dich nach Münster und sprich mit Vigan. Ich habe kein gutes Gefühl, was diesen geheimnisvollen Gast betrifft. Jemand wollte mit allen Mitteln verhindern, daß Vigan eine Antwort auf sein Schreiben erhält.« Salvius erhob sich und trat an das Fenster. Einen Moment lang schaute er nachdenklich durch die Butzenscheiben, dann sagte er: »Vielleicht besteht ein Zusammenhang zwischen all diesen seltsamen Vorgängen. Wrangels Pakt mit den Oxenstiernas, die Frau, die in dein Haus eingedrungen ist, und der Tote im Wald. Du mußt Gregor Vigan so schnell wie möglich aufsuchen. Ich werde dir einen Schutzbrief ausstellen und dir eine offizielle Aufgabe in Münster zuweisen. Und diese Schankmagd wird dich begleiten.«

»Das kann nicht Euer Ernst sein«, entrüstete sich Magnus. »Warum sollte ich mich mit diesem Bauernmädchen abplagen?«

»Dieses Bauernmädchen«, entgegnete Salvius spitz, »ist die einzige Person, die diesen Meuchler erkennen würde, und darum könnte sie dir in Münster durchaus von Nutzen sein.« Er trat auf Magnus zu und legte ihm eine Hand auf die Schulter. »Und seit wann ist dir die Gesellschaft einer jungen Frau unangenehm?«

Magnus blieb skeptisch. Der Gedanke, mehrere Tage mit dieser störrischen, scharfzüngigen Magd zu verbringen, gefiel ihm nicht. »Und wenn sie sich weigert, mit mir zu kommen?« fragte er.

»Du wirst sie zu überzeugen wissen. Ganz gleich, ob du ihr Geld versprichst oder sie mit schmeichelnden Worten betörst – du wirst schon einen Weg finden.« Salvius lachte leise und verließ die Stube.

Kapitel 11

Anneke fühlte sich noch immer äußerst fehl am Platz in der Küche, in der sie untätig herumsaß, während Ohlins Frau und die Magd Ebba unentwegt damit beschäftigt waren, Brennholz heranzuschleppen und die Abendmahlzeit vorzubereiten.

Niemand sprach auch nur ein Wort mit ihr. Anneke war so gelangweilt, daß sie den beiden mit Freude zur Hand gegangen wäre, um sich abzulenken.

Wie lange war Ohlin bereits fort? Es mochte eine Stunde vergangen sein, doch Anneke fiel es schwer, die Zeitspanne abzuschätzen. Durch das Fenster konnte sie erkennen, daß es noch heller Tag war, trotzdem sorgte sie sich darum, daß sie zu spät in die Schenke zurückkehren und damit den erneuten Zorn der Monsbacherin auf sich ziehen würde.

Ab und an musterte sie Svante Ohlin. Die Frau des Hauses wirkte ruhig und in sich gekehrt. Wenn sie mit Ebba sprach, dann flüsterte sie, und an Anneke hatte sie nicht ein einziges Mal das Wort gerichtet. Was mochte sie von ihr halten? Schenkte sie den Geschichten Glauben, die Ohlin ihr aufgetischt hatte, oder hielt sie sie womöglich nur für eine weitere amouröse Eskapade ihres Ehemannes?

Anneke fiel ein, daß sie das Gebetbuch bei sich trug. Sie langte in ihre Schurztasche, holte es hervor und klappte es auf. Es war nicht einfach, sich hier auf den Text zu konzentrieren, doch sie genoß den erstaunten Ausdruck auf Ebbas Gesicht, die es ihr gewiß nicht zugetraut hatte, daß sie sich wie ein Mädchen aus herrschaftlichem Haus mit Büchern beschäftigte.

Ein Geräusch an der Tür ließ Anneke aufhorchen. Sie hörte Schritte und steckte das Buch schnell wieder ein. Magnus Ohlin trat unter den Türbalken. Anneke atmete auf. Endlich wurde sie erlöst und konnte zur Schenke zurückkehren.

Ohne Ebba oder seiner Frau Beachtung zu schenken, winkte Ohlin Anneke mit sich. »Komm«, sagte er nur und trat zur Treppe. Anneke folgte ihm hinauf in die Schreibstube, wo Ohlin die Tür hinter ihnen schloß. Er kam ihr sehr ernst und entschlossen vor.

»Wir werden nach Münster reisen«, sagte er. »Du und ich. Schon morgen.«

Anneke stutzte. »Ihr könnt nicht recht bei Trost sein, wenn Ihr glaubt, daß ich mich mit Euch nach Münster begebe.« Sie versuchte, die Worte überzeugend hervorzubringen, doch insgeheim versetzte Ohlins Aufforderung sie in helle Aufregung. Es war für sie schon ein Abenteuer, sich hier in Osnabrück aufzuhalten. Münster hatte sie noch nie besucht, und wenn es stimmte, daß die Stadt noch größer war als Osnabrück, würde diese Reise zu einem unvergeßlichen Erlebnis werden. Doch sie wollte es Ohlin nicht zu einfach machen, und darum verhielt sie sich zunächst störrisch und baute sich entrüstet vor ihm auf. »Meine Dienstherrin würde es niemals erlauben, daß ich mit einem Mann über Nacht fortbleibe.«

»Sie hat dir auch gestattet, daß du mich nach Osnabrück begleitest. Meine Geldbörse wird sie zu überzeugen wissen.« Ohlin nahm ihre Hand und sagte: »Anneke, ich erbitte deine Hilfe.«

Das waren Töne, die ihr gefielen. Auch wenn sie keinen blassen Schimmer besaß, wie sie ihm von Nutzen sein sollte.

»Ich wüßte nicht, wie ich Euch helfen kann«, meinte sie.

»Du bist die einzige, die das Gesicht des Mannes, der den

Boten im Wald getötet hat, erkennen würde. Ich bin davon überzeugt, daß dieser Kerl sich noch in Münster aufhält.«

»Das könnt Ihr doch nicht wissen.« Plötzlich fiel ihr das seltsame Papier ein, das Ohlin bei dem Toten gefunden hatte. »Ihr seid auf einen Hinweis in dem Brief gestoßen, den der Bote bei sich trug.«

Er nickte. »Und dieser Hinweis führt nach Münster.«

»Warum seid Ihr vorhin fortgegangen? Mit wem habt Ihr Euch besprochen?«

»Das braucht dich nicht zu interessieren«, wiegelte er ihre Neugier ab. »Es ist nur wichtig, daß du mich nach Münster begleitest.«

»Und die Frau, die Ihr erwähnt habt? Ihr sagtet, sie wäre in Euer Haus eingedrungen. Was hat das alles mit dem ermordeten Boten zu tun?«

»Ich weiß es nicht.« Ohlin hob die Schultern. »Aber genau das möchte ich in Münster herausfinden.«

Anneke schwieg kurz. Dann fragte sie: »Was wäre es Euch wert, wenn ich mit Euch reise?«

»Du verlangst einen Lohn von mir?«

»Einen Doppelschilling für jeden Tag, den ich an Eurer Seite verbringen muß.«

Es war eine unverschämte Forderung, die Ohlin nur ein abfälliges Brummen und ein Kopfschütteln entlockte. »Anneke, du bist gieriger als ein jüdischer Pfandleiher.«

»Dann werdet Ihr allein nach Münster reisen müssen«, erwiderte Anneke und überlegte sogleich, wie weit sie von ihrer Forderung abzurücken bereit war, wenn er stur blieb.

»Du sollst das Geld bekommen«, sagte er, ohne noch länger zu zaudern.

Anneke glaubte ihren Ohren kaum zu trauen und streckte rasch die Hand zu ihm aus. »Wenn das so ist, werde ich Euch begleiten.«

Ohlin schlug ein und griente verkniffen. »Wenn ich bedenke, daß ich auch noch deine Dienstherrin entschädigen muß, fürchte ich, daß ich von dir in den Ruin getrieben werde.«

Sie begaben sich in die Küche, wo Ohlin seine Frau von der bevorstehenden Reise unterrichtete. Statt eine vernünftige Erklärung für seine Pläne vorzubringen, machte er nur vage Andeutungen über eine Person, die er in Münster mit Anneke aufsuchen wolle, und daß Anneke ihn begleiten müsse, weil er nur mit ihrer Hilfe die Spur zu der Frau verfolgen könne, die seine Schreibstube durchstöbert hatte. Svante Ohlin schien es nicht unbedingt zu kümmern, daß ihr Mann mehrere Tage mit einer fremden Frau in Münster verbringen würde. Sie nickte nur und zeigte die gleiche ausdruckslose Miene wie immer. Die einzige Person, die damit ein Problem zu haben schien, war Ebba, die Anneke einmal mehr mit neidvollen Blicken strafte.

»Laß uns noch einen Becher Wein trinken, bevor ich dich zur Monsbach-Schenke zurückbringe«, schlug Ohlin vor und wies Ebba an: »Schenk uns von dem Malvasier ein.«

Ebba brummte mürrisch, holte eine Korbflasche aus einem Regal hervor und schenkte den Wein in die Becher ein, die Svante Ohlin auf den Tisch gestellt hatte.

»Wie werden wir reisen?« fragte Anneke.

»Ich lasse die Kutsche anspannen.« Magnus hob den Becher zum Mund und nahm einen Schluck. »Halte dich morgen in der Früh bereit. Ich werde bald nach Sonnenaufgang in Lengerich eintreffen.«

Auch Anneke führte den Becher an ihre Lippen, doch Ohlins Gesichtsausdruck ließ sie innehalten.

Er wirkte verstört, runzelte die Stirn und schnupperte an dem Wein.

»Diese fremde Frau – habt ihr sie hier allein in der Küche

gelassen?« Seine Stimme klang so gepreßt, als schnüre ihm etwas die Kehle zu.

»Ja, für eine kurze Zeit war sie hier allein«, antwortete Ebba.

Noch einmal roch er an seinem Wein. Auf Ohlins Stirn glänzten Schweißtropfen, und seine Hand zitterte. Anneke stellte ihren Becher zurück auf den Tisch und verfolgte erschrocken, wie Ohlin sich plötzlich krümmte. Der Becher fiel aus seiner Hand, und der Wein ergoß sich über den Tisch und tropfte zu Boden.

»Schafft einen Arzt herbei«, krächzte Ohlin. »Schnell!« Seine Frau eilte auf ihn zu und fing ihn auf, bevor er von seinem Stuhl rutschte. Anneke erhob sich und schaute in sein verzerrtes Gesicht. Er preßte die Hand auf seine Kehle und würgte elendig.

»O nein, nein!« rief Svante Ohlin laut und klammerte sich noch fester an ihn. Dann wandte sie sich zu Ebba um und drängte: »Nun lauf schon!«

Endlich löste sich Ebba aus ihrer Starre und machte sich auf, den Arzt zu holen.

Anneke schaute erschrocken auf ihren Becher. Sie hatte noch nicht von dem Wein getrunken, und ihr Zögern hatte sie womöglich vor Schaden bewahrt.

Ohlin rang keuchend um Atem. Als er den Mund öffnete, konnte Anneke erkennen, daß seine Zunge geschwollen war. Er wand sich vor Schmerzen, zuckte heftig, und sein Blick irrte flackernd ins Leere.

Er schien dem Tod nahe zu sein.

Kapitel 12

Ein stechender Schmerz jagte Ove Dahlgrens Rücken hinauf, als er sich streckte, um sein Kreuz mit einer kühlenden Salbe aus Pferdefett einzureiben. Dahlgren hatte die Strecke von Stralsund nach Osnabrück in gerade einmal drei Tagen zurückgelegt, aber nun bezahlte er seine Hast damit, daß ihm jeder einzelne Knochen im Körper weh tat. Vor einigen Jahren, als er noch Soldat gewesen war, hätte ihm eine solche Anstrengung kaum zu schaffen gemacht, doch nun, in einem Alter, in dem seine Haare bereits die ersten grauen Stellen aufwiesen, mußte er sich eingestehen, daß ihm ein eiliger Ritt über mehrere Stunden auf der holprigen Straße stärker zusetzte, als er befürchtet hatte.

Dahlgren war in einer schlichten Herberge in der Osnabrücker Neustadt untergekommen. Nachdem er sein Pferd im angrenzenden Stall untergebracht und mit frischem Hafer versorgt hatte, hatte er sich in seine Kammer zurückgezogen, wo er aus einem schmalen Fenster einen Blick über die Stadt werfen konnte, die allmählich von der Dämmerung eingehüllt wurde. In der Ferne machte er am Stadtrand eine Zitadelle aus. Auch hier in Osnabrück waren die Stadtoberen offensichtlich davon überzeugt, daß solch steinerne Bollwerke Schutz vor feindlichen Truppen oder dem Zorn der eigenen Bürgerschaft bieten konnten. Niemand wollte begreifen, daß dies ein lächerlicher Irrglaube war. Dahlgren schaute auf seine Finger. Schon eine einzige Hand – ein entschlossener Wille – konnte über das Schicksal eines ganzen Volkes entscheiden.

Dahlgren hatte sich noch nie zuvor in Osnabrück aufgehalten, und es gab nichts, was ihn an der Stadt beeindrucken konnte. Alles in allem war dies ein recht provinzieller Ort, in dem die Stadtoberen wohl bemüht waren, durch den Friedenskongreß, der hier abgehalten wurde, den Eindruck zu erwecken, Osnabrück käme einer europäischen Metropole gleich. Doch so wie ein Bauer, den man in einen seidenen Umhang kleidete, trotzdem ein Bauer blieb, so konnte sich auch Osnabrück nicht allein durch die Anwesenheit der Gesandten mit den schillernden Zentren Europas messen.

Ein Klopfen riß Dahlgren aus seinen Gedanken. Er stellte den Salbentopf auf den Tisch, zog sich ein Hemd über und öffnete die Tür.

Die Botschaft, die er direkt nach seiner Ankunft an sie abgeschickt hatte, war also angekommen. Er hatte gehofft, daß sie seiner Bitte, ihn hier in der Herberge aufzusuchen, nachkommen würde, und doch war er erleichtert, sie nach all den Jahren wirklich vor sich zu sehen. Ihre Augen leuchteten erwartungsvoll, und einen Moment lang standen sie sich nur stumm gegenüber und schauten sich an.

Sein Gefolge war geschrumpft. Die »Falken Gottes«, deren Namen er wegen seines immer wiederkehrenden Traums gewählt hatte, zählte kaum noch drei Dutzend Anhänger. Aber Dahlgren wußte, daß er sich auf die Menschen verlassen konnte, die wie er fest davon überzeugt waren, daß Gott sie erwählt hatte, um seinen Willen und sein Wort gegen die Blasphemie des Adels und des Klerus zu verteidigen.

Nachdem die meisten von ihnen verfolgt und getötet worden waren, hatte die Obrigkeit angenommen, die »Falken Gottes« zerschlagen zu haben. Doch so wie aus einem einzigen Samen ein mächtiger Baum erwachsen konnte, dessen Äste bis zum Himmel ragten, würde auch er mit wenigen Getreuen wie dieser Frau oder Kjell Ekholm, mit dem er schon auf dem deutschen Feldzug gemeinsam gekämpft hatte, sein Ziel erreichen und das Opfer einfordern, mit dem er verhinderte, daß Gottes Werk besudelt wurde.

»Komm herein«, bat er sie.

Sie huschte in die Kammer, und er drückte die Tür zu. Dahlgren streichelte über ihr blondes Haar. Sie nahm seine Hand und küßte demütig jede einzelne Fingerkuppe.

»Meine Sonne.« Er benutzte den Kosenamen, den er ihr gegeben hatte, als sie noch seine Schülerin gewesen war. Schon damals hatte sie ihn wie einen Heiligen verehrt. Doch es gab keinen Grund, warum sie sich ihm zu unterwerfen hatte, und darum zog er seine Hand zurück.

»Hat Kjell Ekholm dich aufgesucht?« fragte er sie.

Sie nickte. »Er hat mir berichtet, aus welchem Grund Ihr nach Deutschland gekommen seid. Ist es wahr, daß sich der Gast auf dem Weg nach Münster befindet?«

»Ich befürchte es.« Er setzte sich auf einen Stuhl. »Wann hat Ekholm Osnabrück verlassen?«

»Vor sieben Tagen.«

»Gut.« Dahlgren streckte sich und spürte wieder die stechenden Schmerzen in seiner Wirbelsäule. »Dann ist Ekholm also bereits in Münster eingetroffen.«

Er sah ihr an, daß da etwas war, das ihr Sorgen bereitete. »Was bedrückt dich?« wollte er wissen.

Sie biß kurz auf ihre Unterlippe, dann sagte sie: »Magnus Ohlin hat von dem Gast erfahren. Er hat keine Ahnung, um wen es sich dabei handelt, aber er hatte vor, nach Münster zu reisen, um Vigan aufzusuchen.«

Einen Moment lang verschlug ihm der Ärger die Sprache, dann rief er wütend: »Wie konnte das geschehen?«

»Ich weiß es nicht, aber ich kann Euch versichern, daß er unseren heiligen Auftrag nicht mehr gefährden wird.«

»Warum?«

Sie trat näher, nahm den Tiegel mit dem Pferdefett an sich

und roch daran. »Ich habe Schierling in seinen Wein gefüllt.«

»Das könnte ihn umbringen.«

»Ich weiß.« Sie zog Dahlgren das Hemd aus, schmierte ihre Hand mit dem Fett ein und massierte seine Schultern. »Wann werdet Ihr aufbrechen?« fragte sie.

Dahlgren beugte sich vor, so daß sie seinen gesamten Rücken einreiben konnte. »Morgen früh. Der Gast wird bald im Kolleg eintreffen. Ich werde vor ihm Münster erreichen.«

»Und Ihr werdet diesen Verrat mit dem Tode abstrafen«, meinte sie. »Gott hat Euch zum Richter bestimmt.« Ihre Finger ruhten auf seinem Nacken. Dahlgren schloß die Augen und genoß die Wärme, die sich unter ihrer Hand ausbreitete.

Kapitel 13

Müde und ausgelaugt trat Anneke von der Schenke zum Stall. In der Hand hielt sie eine zweizinkige Forke. Der Gedanke daran, daß sie bis Sonnenuntergang stinkenden Kuhmist schaufeln mußte, hatte ihr schon beim Aufstehen die Laune verdorben. Es war noch früher Morgen, doch schon kündigte sich ein warmer Tag an, der Schwärme von Fliegen in den Stall locken würde.

Anneke seufzte. Fünf Tage waren seit ihrer Rückkehr aus Osnabrück vergangen. Und fünf Tage lang hatte sie härtere Arbeiten verrichtet als jemals in ihrem Leben zuvor.

Aber durfte sie sich beklagen? Sie hatte gegen die Abmachung der Monsbacherin verstoßen, war nach ihrem Fußmarsch erst spät in der Nacht aus Osnabrück heimgekehrt und hatte sich die letzten Stunden bis zum Morgengrauen in eine Ecke des Hinterhofes gekauert, da alle Türen der Schankwirtschaft verschlossen gewesen waren.

Sie hatte befürchtet, Lucia Monsbach würde sie für diese Verfehlung wieder einmal mit schmerzhaften Stockhieben bestrafen, da Anneke ihr keine Erklärung geben wollte, warum sie erst in der Nacht heimgekehrt war. Dieses Verhalten hatte ihre Dienstherrin wohl erst recht davon überzeugt, daß Anneke auf die eine oder andere Art Unzucht mit diesem fremden schwedischen Herrn getrieben hatte. Zunächst war sie aber nur mit einer lautstarken Strafpredigt bedacht worden.

»Ich kenne die Dämonen, die euch Mädchen umtreiben«, hatte Lucia Monsbach ihr vorgehalten, begleitet von einem strengen Blick aus verkniffenen Augen. »Die sündige Lust kriecht euch die Schenkel hinauf und pflanzt sich in euch wie ein Fieber. Kaum juckt es euch zwischen den Beinen, laßt ihr euch allzu bereitwillig von den Männern betören. Gott hat die Weiber schwach erschaffen. Er stellt sie fortwährend auf die Probe, und nur die wenigsten sind in der Lage, den Verlockungen des Fleisches zu widerstehen.«

Es kommt mir vor, als spräche sie über Seybert, hatte Anneke gedacht, und sie hatte sich gefragt, ob Lucia Monsbach sie vor dem wohligen Kribbeln warnte, das sie beizeiten in der Nacht heimsuchte, wenn ihr lustvolle Gedanken in den Kopf stiegen. Manchmal hatte Anneke sich dann vorgestellt, wie es wäre, bei einem Mann zu liegen. Doch auch wenn diese Gedanken ihr Blut in einigen Nächten so sehr in Wallung gebracht hatten, daß sie kaum in den Schlaf gefunden hatte, wäre sie doch niemals auf die Idee gekommen, sich einem Fremden an den Hals zu werfen. Schon gar nicht diesem Magnus Ohlin.

Auch wenn die Monsbacherin darauf verzichtet hatte, sie mit Stockhieben abzustrafen, wollte sie doch dafür Sorge tragen, daß Anneke von den sündigen Gelüsten, die ihre Seele vergifteten, befreit wurde. Und diese Schwäche, so wurde Anneke schnell klar, gedachte die Wirtin mit harter Arbeit zu heilen, als wäre sie davon überzeugt, daß sich die Sünde mit dem Schweiß aus dem Körper treiben ließ.

Vielleicht hätte Anneke den Zorn ihrer Dienstherrin mildern können, wenn sie ihr das Gebetbuch überlassen hätte, das sie in Osnabrück gekauft hatte. Doch während ihres Fußmarsches in der Nacht hatte Anneke lange darüber gegrübelt, ob sie das Buch wirklich aus den Händen geben sollte, und mit jedem Schritt hatte sich ihr Entschluß gefestigt, daß sie es für sich behalten wollte, da sie ohnehin eine Strafe erwarten würde.

Fünf Tage lang hatte die Monsbacherin Anneke zum alten Steinweg geschickt, wo sie nun die Arbeit verrichtete, mit der sich zuvor der weitaus kräftigere Knecht Wendel abgeplagt hatte. Sie hatte die Steine aus der Erde gestemmt, sie in eine Holzkarre geladen und um das Hauptgebäude herum zum Stall geschoben, wo im Herbst eine neue Mauer errichtet werden sollte. Die Arbeit war kräfteraubend. Ihr Schweiß floß in Strömen, doch Anneke zweifelte daran, daß diese Schinderei für ihr Seelenheil von Nutzen sein würde. Schon am Abend des ersten Tages waren ihre Hände zerschrammt, und mehrere Blasen hatten sich auf der Haut gebildet. Anneke hatte ihre Arbeit erst nach Sonnenuntergang einstellen dürfen, und sie war nach der Plackerei des ersten Tages zu geschafft, um ihre Abendmahlzeit einzunehmen. Sie hatte nur schlafen wollen, doch Lene hatte sie bedrängt, ihr zu erzählen, was am Tag zuvor vorgefallen war. Also hatte Anneke ihr mit matter Stimme berichtet, daß Magnus Ohlin die Leiche im Wald durchsucht und einen Brief gefunden hatte. Sie erzählte Lene davon, wie sie mit Ohlin nach Osnabrück geritten war und daß der Schwede später in seiner Küche zusammengebrochen war, weil jemand seinen Wein vergiftet hatte.

»Ist er denn gestorben?« hatte Lene wissen wollen.

»Ich weiß es nicht«, war Annekes Antwort gewesen. »Wir trugen ihn in seine Schlafkammer und legten ihn auf das Bett, während seine Frau an seiner Seite Gebete sprach und die Magd Ebba ein kleines Holzkreuz über ihn schwenkte. Als der Arzt eintraf, verabreichte er Ohlin ein Pulver, woraufhin der sich sofort erbrach. Danach zitterte Ohlin noch heftiger und jaulte wie ein geprügelter Hund. Ich konnte das nicht länger mitansehen und bin davongelaufen. Ich wußte, daß sich der Fußmarsch nach Lengerich bis in die Nacht hinziehen würde, aber was sollte ich tun?«

Sie hatte Lene allerdings verschwiegen, daß sie vor allem deshalb Ohlins Haus verlassen hatte, weil Ebba sie die ganze Zeit über mit einem solch vorwurfsvollen Blick fixiert hatte, als wäre sie fest davon überzeugt gewesen, daß Anneke für das Gift in Ohlins Wein verantwortlich sei. Anneke hatte befürchtet, daß die schwedische Magd diese Beschuldigung laut aussprechen und man sie daraufhin festhalten würde. Die Vorstellung, die Büttel würden sie in den Bucksturm oder in den Bürgergehorsam sperren und einem Verhör unterziehen, um ihr ein Geständnis abzupressen, hatte ihr Angst gemacht. Darum hatte sie sich davongestohlen und Osnabrück verlassen, bevor sich die Stadttore schlossen. Den ganzen langen Weg hatten sie die Bilder von Magnus Ohlins schmerzverzerrtem Gesicht verfolgt, seine weitaufgerissenen Augen, die verfärbten Lippen und das Stöhnen, als er sich auf dem Bett gekrümmt hatte.

Die folgenden Tage hatte sie wieder von früh bis spät an der Steinkarre geschuftet, bis ihr alle Knochen im Leib schmerzten. Zu allem Überfluß hatte Wendel sich des öfteren einen Spaß daraus gemacht, sich mit einem Krug Bier in ihre Nähe zu stellen und sie grinsend bei der Arbeit zu beobachten. Anscheinend hatte er erfahren, daß die Monsbacherin mit dieser Strafe Annekes körperlichen Gelüsten entgegenzuwirken suchte, denn mehrmals faßte er sich provozierend zwischen die Beine und meinte, er wüßte einen besseren Weg als diese üble Plackerei, um Anneke wieder einen klaren Kopf zu verschaffen. Erst als Anneke wie zufällig ein schwerer Stein aus den Händen rutschte und auf seinen Fuß fiel, entfernte er sich schimpfend und hielt von ihr Abstand. Ab und an tauchte Lene auf und brachte ihr Wasser, doch sobald die Monsbacherin es mitbekam, daß Anneke eine kurze Pause einlegte, wurde sie auch schon wieder zurück an die Arbeit geschickt. Seybert hingegen schenkte ihr kaum Beachtung, und Anneke fragte sich, ob er es ihr vielleicht übelnahm, daß sie sich diesem schwedischen Herrn scheinbar ohne weiteres an den Hals geworfen hatte, während sie sich ihm gegenüber stets geziert hatte.

Nach fünf Tagen hatte sie dann endlich alle Steine säuberlich neben dem Stall aufgeschichtet. Als Anneke an diesem Morgen geweckt worden war, hatte sie sich so zerschunden gefühlt, daß sie kaum auf die Füße kam. Doch Lucia Monsbach zeigte sich unerbittlich. Sie dachte nicht daran, ihre Magd zu schonen, und trug ihr die nächste schwere Arbeit auf. So begab sich Anneke also in den Kuhstall und schaufelte mit müden Armen den schweren Kuhmist in eine Karre, die Wendel dann zum Dunghaufen schob. Der Gestank lockte wie erwartet unzählige Fliegen an, die surrend Annekes Kopf umkreisten. Sie war niemals zimperlich gewesen, was die Arbeit im Stall betraf, doch nach der Schufterei der vergangenen Tage und der Hitze, die den Dunst der Fäkalien fast unerträglich machte, befürchtete Anneke, daß sie schon bald vor Anstrengung hier im Kuhmist zusammenbrechen würde.

Irgendwann lehnte sie sich gegen eine Kuh, und ihr fielen erschöpft die Augen zu. Sie mußte an das Gebetbuch denken, das sie in ihrer Kammer versteckt hatte. Zumindest das war ein kleiner Lohn für ihre Mühen. Anneke hoffte inständig, die Monsbach-Wirtin würde ihr zumindest am morgigen Sonntag ein wenig Ruhe gönnen.

Ruhe … einfach nur schlafen …

Schlafen …

Ihr Kopf wurde schwer und sank herab. Von draußen drang das Poltern einer Kutsche an ihr Ohr. Wahrscheinlich trafen neue Herbergsgäste ein, doch die waren Anneke völlig egal. Sie wollte nur für einen Moment die Augen schließen.

Aus dieser Schläfrigkeit wurde sie jäh gerissen, als jemand ihr rüde gegen das Bein trat. Sie schlug die Augen auf und sah Wendel vor sich stehen.

»Bist nicht hier, um zu dösen«, schimpfte der Knecht und schleuderte mit der Fußspitze schmutziges Stroh gegen ihre Beine.

Wütend preßte Anneke ihre Hände um den Griff der Forke.

»Träumst wohl von diesem feinen Herrn und davon, was du mit ihm im Wald getrieben hast«, spottete Wendel und spuckte verächtlich aus.

»Dieser feine Herr schert mich einen Dreck«, verteidigte sich Anneke. Es reizte sie, Wendel die Häme mit einer Handvoll Kuhmist aus dem Gesicht zu reiben, doch bevor sie diesen Gedanken in die Tat umsetzen konnte, zog eine vertraute Stimme ihre Aufmerksamkeit auf sich.

»Einen Dreck also ... das sind betrübliche Worte, die ich da vernehmen muß.«

Anneke ließ vor Schreck die Forke aus den Händen fallen, als sie Magnus Ohlin in der Stalltür stehen sah. Sein Gesicht war blaß, die Wangen wirkten ausgezehrt, und Schweiß glänzte auf seiner Stirn. Als er seiner Bemerkung jedoch ein gequältes Lächeln folgen ließ, war ihr klar, daß dies keine Erscheinung sein konnte. Ohlin lebte.

»Herr Ohlin«, sagte sie ungläubig.

Der Schwede wandte sich an Wendel. »Laß uns allein, Bursche.«

Wendel schien nicht recht zu wissen, was er von dieser Sache halten sollte. Er zog die Stirn kraus und rührte sich nicht. Erst als Anneke ihn anstieß und ein »Nun geh schon!« zischte, entfernte er sich brummend.

Magnus Ohlin schaute sich im Stall um. Seine Augen blieben an dem Stroh und dem Kuhmist hängen, der an Annekes Rock und Schürze klebte.

»Nicht die angenehmste Arbeit, besonders an einem warmen Tag.«

Anneke hob die Forke auf und konnte noch immer nicht

fassen, daß Ohlin vor ihr stand. »Ich hatte befürchtet, Ihr wäret gestorben«, sagte sie.

»Du hast es befürchtet? Vorhin hast du gemeint, du scherst dich einen Dreck um mich.«

»Niemand hätte solch ein klägliches Ende verdient.«

Ohlin zog ein Tuch hervor und tupfte sich den Schweiß von der Stirn. »Der Arzt hat mich drei Tage lang erbrechen lassen, bitteren Sud eingeflößt und Klistiere verabreicht. Am vierten Tag war ich noch immer kraftlos wie ein Greis, aber immerhin konnte ich bereits ohne Hilfe aus dem Bett aufstehen. Heute morgen endlich habe ich mich kräftig genug gefühlt, die Kutsche zu besteigen.«

Kräftig wirkte er nun wirklich nicht, dachte Anneke. Man konnte auf den ersten Blick, erkennen, daß Ohlin noch immer unter den Folgen des Giftanschlags litt.

»Ich will, daß du mit mir nach Münster kommst«, sagte Ohlin.

»Seid Ihr dazu denn überhaupt in der Lage?« meinte Anneke. »Ihr macht auf mich den Eindruck, als würdet Ihr jeden Moment zusammenbrechen. Eure Frau muß sehr in Sorge um Euch sein.«

»Um ehrlich zu sein: Ich habe mich wie ein Dieb vor ihr davongestohlen.«

»Sie weiß nicht, daß Ihr nach Münster reist?« fragte Anneke überrascht.

»Svante hätte mich niemals gehen lassen. Ich habe ihr einen Brief zurückgelassen.«

Wer hätte nicht versucht, ihn in dieser Verfassung zurückzuhalten? überlegte Anneke.

»Also, Anneke«, sagte Ohlin, »meine Offerte hat nach wie vor Bestand. Zwei Schillinge für jeden Tag, den wir fort sind. Die gleiche Summe muß ich übrigens auch an die übellaunige Vettel zahlen, die in der Schenke das Regiment führt.«

»Die Monsbacherin hat also bereits zugestimmt, daß ich Euch begleite?«

Ohlin nickte. »Sie war zunächst ein wenig störrisch, doch die klingende Münze hat ihre Meinung rasch geändert.«

Anneke mußte an die eindringliche Moralpredigt denken, die Lucia Monsbach ihr gehalten hatte, und wie rasch diese Worte doch ihre Bedeutung verloren, wenn eine gewisse Summe Geld ins Spiel kam.

Sie hob ihre dreckige Schürze an. »Soll ich etwa so in Eure Kutsche einsteigen?«

»Besitzt du noch saubere Kleidung?«

»Für den Sonntag.« Das gute Hemd und der schwarze Rock, die sich in einer Truhe in Annekes Kammer befanden, trug sie für gewöhnlich nur zum Kirchgang am Tag des Herrn, doch in dieser besonderen Situation würde es keine Sünde sein, die Kleidung schon am Samstag anzuziehen.

»Dann wechsle rasch deine Sachen«, meinte Ohlin. »Ich werde bei der Kutsche auf dich warten.«

Anneke trat aus dem Stall und sah, daß vor der Schenke eine Kutsche bereitstand. Es war das Gefährt, in dem sie Ohlin und die Magd Ebba bei ihrem Liebesspiel überrascht hatte. Auf dem Kutschbock hockte ein grobschlächtiger Kerl mit einer Pfeife im Mund, der zum Gruß die Hand an die Krempe seines Schlapphutes hob.

»Das ist Karl«, stellte Ohlin den Kutscher vor. »Manchmal ein wenig griesgrämig, aber du brauchst keine Angst vor ihm zu haben.«

»Warum sollte ich vor ihm Angst haben?« meinte Anneke. »Ihr seid meiner Dienstherrin begegnet. Schlimmer kann Euer Kutscher nicht sein.«

Anneke eilte in die Schankwirtschaft und in ihre Kammer, wo sie die schmutzigen Kleider abstreifte und gegen den Rock und das Hemd aus der Truhe wechselte. Sie hatte gerade die Bänder über ihrer Brust zurechtgezogen, als Lene durch die Tür trat.

»Wendel hat mir gesagt, daß dieser Ohlin hier aufgekreuzt ist. Was will er von dir?« fragte sie aufgeregt.

Anneke faßte Lene bei den Händen. »Ich werde mit ihm nach Münster gehen.«

»Aber warum denn?«

»Das ist mir egal. Ich will nur für einige Tage der Willkür deiner Mutter entkommen. Sonst läßt sie mich noch schuften, bis ich tot umfalle.«

»Und ich bleibe allein zurück«, jammerte Lene.

»Es ist ja nicht für lange. Ich bin nur ein paar Tage fort.«

»Ich beneide dich.«

Anneke lächelte und schloß Lene in die Arme. Nun aber tauchte die Monsbacherin unter dem Türbalken auf und zog Lene von Anneke fort.

»Mach, daß du in die Küche kommst!« rief die Wirtin. Sie schlug ihrer Tochter auf den Hinterkopf, stieß sie aus der Kammer und zog die Tür zu. Dann wandte sie sich zu Anneke um.

Einen Moment lang standen sie sich nur abschätzend gegenüber. Anneke wich den Augen, die sie aufgebracht anfunkelten, nicht aus, und sie war es auch, die als erste das Wort ergriff.

»Ihr habt zugestimmt, daß ich Herrn Ohlin begleite.« Es war mehr eine Feststellung als eine Frage.

»Als deine Dienstherrin obliegt es mir, mich um dein Wohl zu kümmern«, zischte die Monsbacherin. »Doch ich werde mich dem Wunsch dieses Herrn nicht entgegenstellen.«

Der Wirtin war deutlich anzumerken, wie sehr es ihr mißfiel, Anneke mehrere Tage in die Obhut dieses Fremden zu geben. Dennoch betete sie in ihrer Gier gewiß darum, Anneke möge lange fernbleiben, denn die Entlohnung, die sie für jeden Tag ihrer Abwesenheit erhielt, war mehr als großzügig.

»Gut denn«, meinte Anneke und wollte sich entfernen, doch die Monsbacherin krallte die Finger in ihren Oberarm und hielt sie zurück.

»Weiß der Himmel, was ihr dort in Münster treibt«, sagte die Wirtin. »Aber laß dir eines gewiß sein: Schleppst du uns einen Bankert ins Haus, schicke ich dich zurück zu deiner Mutter.«

Sie glaubte also noch immer, daß Anneke mit Ohlin Unzucht treiben wollte. Nichts wäre Anneke leichter gefallen, als das Versprechen zu geben, die Finger von dem Schweden zu lassen. Trotzdem sagte sie kein Wort und verließ die Kammer.

Draußen vor der Schenke hatte Ohlin bereits die Kutschentür geöffnet und winkte Anneke in das Gefährt. Bevor sie einstieg, hielt sie kurz inne, schaute ihn an und fragte: »Dieser Mord im Wald und der Anschlag auf Euer Leben … Kann es für uns gefährlich werden in Münster?«

Er schürzte die Lippen. »Ja, vielleicht bringe ich uns in Gefahr.«

Sie zögerte nur kurz. »Es soll mir recht sein«, entgegnete sie und setzte sich in die Kutsche.

Kapitel 14

Ein heftiges Rumpeln und Schütteln ließ Anneke aufschrecken. Sie schlug die Augen auf und blickte zu Magnus Ohlin, der ihr in der Kutsche gegenübersaß.

»Was war das?« fragte Anneke.

»Nur ein Stein oder ein Wegloch«, beruhigte er sie. »Es wundert mich, daß du überhaupt schlafen kannst, während dein Kopf ständig von der einen zur anderen Seite geworfen wird.«

Anneke hörte eine Peitsche knallen und vernahm die heisere Stimme des Kutschers, der die Pferde antrieb. Der Wagen schaukelte wie ein Kahn auf einem reißenden Flußstrom, und die Räder polterten so laut über die Straße, daß sie ihre eigenen Worte kaum verstehen konnte. Zumindest dämpften die mit weichem Leder überspannten Sitze die Erschütterung unter dem Hinterteil. Konnte man die kurvigen und unebenen Wege, die eigentlich nur aus zwei Radspuren bestanden, überhaupt als eine Straße bezeichnen? Anneke nahm an, daß sie sich glücklich schätzen konnten, daß es nicht regnete, denn sonst hätten sich diese grabenähnlichen Rinnen gewiß in kurzer Zeit in Schlamm verwandelt und ihr Vorankommen erschwert, wenn nicht sogar ganz verhindert.

Sie schaute aus dem Seitenfenster. Die Sonne stand noch immer hoch am Himmel.

»Wie lange habe ich geschlafen?«

»Nur kurz. Wir haben noch keine halbe Meile zurückgelegt.«

Es ärgerte Anneke, daß die Müdigkeit sie übermannt

hatte, kaum daß sie aufgebrochen waren, denn sie gierte danach, jeden Moment dieser Reise in sich aufzunehmen. Nun streckte sie ihren Kopf aus dem Fenster und sog beherzt die frische Luft ein. Als sie wieder zurück auf ihren Sitz sank und mit einem wohligen Seufzer ausatmete, schaute Ohlin sie verwundert an und meinte: »Wenn man dich so sieht, könnte man fast glauben, die Luft hier wäre besser als in deinem Ort.«

Anneke lächelte. »Sie ist besser. Es ist die Luft einer Gegend, in der ich nie zuvor in meinem Leben gewesen bin. Je weiter wir uns von der Schenke entfernen, desto befreiter fühle ich mich.«

»Eine Freiheit, für die ich dich teuer bezahle«, brummte Ohlin, doch er wirkte nicht verstimmt, sondern eher amüsiert.

Bald darauf bat Anneke um eine kurze Rast, da ihre Blase zwickte. Die Kutsche hielt neben einem Waldstück, in das sich Anneke zurückzog, um sich ungestört zu erleichtern. Als sie wieder aufstand und Rock und Unterkleid zurechtzog, vernahm sie in der Nähe ein lautes Würgen und Husten. Sie bewegte sich vorsichtig auf die Geräusche zu und beobachtete aus sicherer Entfernung, wie Magnus Ohlin sich gebeugt an einem Baum abstützte, während er sein Gesicht wie unter Krämpfen verzog und klägliche Laute hervorbrachte. Er spuckte aus und legte dann beide Hände auf seinen Bauch, als er sofort darauf von einem noch stärkeren Würgen geschüttelt wurde.

Anneke gab sich nicht zu erkennen. Rasch lief sie zurück zur Kutsche, wo Karl einige Zuckerrüben an die Pferde verfütterte. Der vierschrötige Kutscher schien ihr die Sorgen aus den Augen abzulesen, und als aus dem Wald einer der gräßlichen Laute sogar bis zu ihnen drang, schüttelte er nur den Kopf und meinte: »Möchte wissen, was den gnädigen Herrn in diesem Zustand nach Münster treibt. Der Mann gehört ins Bett und unter die pflegenden Hände seiner Frau.«

»Ihr mögt Recht haben«, pflichtete Anneke ihm bei, »aber Herr Ohlin scheint darüber anderer Meinung zu sein.«

Karl verzog das Gesicht. »Dieser Schwede ist ein unbelehrbarer Sturkopf. Als er mich in der Früh anwies, die Kutsche für eine Reise nach Münster anzuspannen, habe ich mit Engelszungen auf ihn eingeredet, sich nicht einer solchen Anstrengung auszusetzen. Man sieht doch auf den ersten Blick, wie dreckig es ihm geht, und ich bete darum, daß ich ihn nicht als toten Mann zu seiner Frau zurückbringen muß.«

Svante Ohlin war wirklich zu bedauern. Wahrscheinlich würde sie die folgenden Nächte vor Sorge um ihren Mann kaum in den Schlaf finden. Auch wenn Anneke den Eindruck gewonnen hatte, daß die Eheleute Ohlin nicht unbedingt allzu herzlich miteinander umgingen, mußte sie an die erschrockene Reaktion der Schwedin denken, als ihr Mann in der Küche seines Hauses zusammengebrochen war. So verhielt sich niemand, den das Schicksal eines Menschen nicht kümmerte.

Es dauerte nicht lange, bis Ohlin aus dem Wald zurückkehrte. Er setzte seine Schritte schwankend und atmete schwer. Anneke musterte ihn verstohlen und versuchte abzuschätzen, wie besorgniserregend sein Zustand war.

Ohlin tupfte sich mit einem spitzenbesetzten Tuch den Schweiß von der Stirn. Ihm blieb nicht verborgen, daß Annekes Augen auf ihn gerichtet waren, denn er sagte mürrisch: »Dir liegt doch etwas auf der Zunge. Raus damit! Du hältst doch sonst auch nicht mit deinen Worten hinter dem Berg.«

Anneke zögerte kurz. Dann meinte sie: »Ihr seid noch sehr schwach.«

»Sieht man mir das etwa an?«

»Ihr kommt bleich wie eine Leiche daher und schwitzt so sehr, als hättet Ihr im Kuhstall der Monsbachs stundenlang den Kuhmist geschaufelt. Ich habe Euch vorhin im Wald gesehen. Ihr leidet unter Krämpfen und Schmerzen.«

»Die Krämpfe gehen vorbei.« Ohlin winkte ab. »Es handelt sich nur um eine zeitweilige Verstimmung in meinen Gedärmen. Manchmal glaube ich, der Rest des Giftes in meinem Körper versteckt sich in den hintersten Winkeln meines Fleisches und vollführt heimtückische Attacken auf meinen Magen.«

»Mir kommt es eher so vor, als würden Euch die Schmerzen die ganze Zeit über plagen. Ihr seid kaum in der Lage, einen Fuß vor den anderen zu setzen.«

»Sie hat recht«, mischte sich Karl ein.

»Dich hat niemand gefragt«, maßregelte Ohlin den Kutscher. »Aber wenn ihr beiden derart um meinen Zustand besorgt seid, werden wir im nächsten Dorf, das auf dem Weg liegt, eine weitere Rast einlegen. Wahrscheinlich seid ihr hungrig.«

Anneke und Karl nickten gleichzeitig.

Sie setzten die Fahrt fort. Anneke sorgte sich noch immer um Ohlins Konstitution, und er schien ihr das anzumerken, denn schon bald verzog er das Gesicht und meinte: »Du schaust mich so mitleidig an wie einen dreibeinigen Köter. Hör auf damit! Ich bin dem Tod noch einmal aus den Klauen gesprungen. Mit jeder Stunde spüre ich, wie ich an Kraft gewinne, und wenn wir in Münster ankommen, werde ich schon viel sicherer auf meinen Beinen stehen.«

Anneke war davon überzeugt, daß es ihm weitaus schlechter ging, als er ihnen hier eingestand. Aber sie wollte ihn nicht länger mit ihren Sorgen behelligen, und darum fragte sie: »Was werden wir tun ... dort in Münster.«

»Wir suchen das Jesuitenkolleg auf und werden Pater Vigan einige Fragen stellen.«

»Glaubt Ihr denn, daß er mit Euch reden wird?«

Ohlin hob die Schultern. »Selbst wenn er mich empfangen sollte, wird es schwer werden, diesem Jesuiten nützliche Informationen zu entlocken. Die Ordensbrüder sind mit allen Wassern gewaschen.«

Ein deutlich abfälliger Ton schwang in seinen Worten mit. »Ihr scheint keine großen Sympathien für die Jesuiten aufzubringen«, sagte Anneke.

»Warum sollte ich? Die Gesellschaft Jesu stellt die Speerspitze der katholischen Kirche in ihrem Kampf gegen den Protestantismus dar.«

»Aber hat nicht auch Luther für seinen Glauben gekämpft?« wandte Anneke ein. »Und ich habe davon gehört, daß die Jesuiten viele neue Schulen gründen, um mit den Menschen ihr Wissen zu teilen?«

»Was sie mit ihnen teilen wollen, ist ihre katholische Irrlehre. Der Orden ist mehr wie eine Armee aufgestellt. Die Brüder werden in die ganze Welt ausgesandt, um sich gegen unsere Religion zu stellen. Jeder von ihnen legt ein Gelübde ab, das ihn zu absolutem Gehorsam gegenüber dem Papst verpflichtet. Dieses Gelübde ist so formuliert, daß ein Jesuit sich wie ein toter Körper von der Vorhersehung und vom Willen des Heiligen Vaters führen lassen soll. Und dieser Wille sieht vor, alles zu unterdrücken, was nicht der katholischen Lehre entspricht.«

Anneke war es leid, über die Jesuiten zu disputieren, und zu ihrem Glück war das auch nicht länger nötig, denn bald darauf rief Karl ihnen zu, daß er einen Marktflecken ausmachen konnte. Wie Ohlin es gewünscht hatte, legten sie eine Rast in dem Weiler ein, der aus einer schlichten Kirche bestand, um die sich einige schäbige Katen scharten. Sie fanden hier jedoch auch ein Gasthaus vor, in dem sich Ohlin und Anneke niederließen, während Karl versuchte, für die schwitzenden Pferde Hafer und frisches Wasser zu beschaffen.

In der Gaststube war es nicht besonders sauber, und der Rauch aus der Küche schickte einen ranzigen Geruch in ihre Nasen. Außer ihnen und dem Wirt hielten sich nur noch drei Kleinkinder in der Schankstube auf, die in einer Ecke hockten und mit neugierigen Blicken verfolgten, wie der Wirt zwei Teller mit einem dampfenden Rübeneintopf sowie zwei Krüge Bier vor Anneke und Ohlin abstellte. Der Eintopf war mit Wurststücken gespickt und kräftig gewürzt, das Bier hingegen schmeckte schal.

Die harte körperliche Arbeit der vergangenen Tage hatte Anneke hungrig gemacht, und so verschlang sie hastig den Eintopf, während Magnus Ohlin recht lustlos mit dem Holzlöffel in seinem Teller rührte und nur wenige Bissen zu sich nahm. Sie fragte ihn, ob es ihm nicht schmecken würde, doch er entgegnete nur, er befürchte, sein angeschlagener Magen könne ihm auf der Weiterfahrt einen bösen Streich spielen, und daß er ohnehin keinen großen Appetit verspüre.

Nachdem Anneke ihren Teller geleert hatte, suchte sie den Abtritt auf dem Hof auf und überlegte, ob sie Ohlin bitten sollte, ihr seine Portion auch noch zu überlassen. Als sie zurückkehrte, hatte sich diese Frage bereits erledigt, denn zu Annekes Überraschung saß nun eines der Kinder, ein Mädchen von vielleicht drei Jahren, auf Ohlins Schoß und schnappte mit dem Mund nach dem Löffel, mit dem er sie fütterte. Ohlin tauchte den Löffel wieder in den Eintopf und ließ ihn vor dem Gesicht des Mädchens kreisen, das laut kicherte, als er gegen ihre Nase stupste, so daß ein wenig von dem Essen daran kleben blieb. Die Kleine wischte über ihr Gesicht und patschte mit der Hand auf Ohlins Stirn. Nun erbarmte er sich schließlich und schob den Löffel zwischen ihre Lippen.

Anneke setzte sich an den Tisch und verfolgte das heitere Treiben, das noch eine ganze Weile so weiterging. Es verwunderte sie, mit welcher Hingabe Ohlin seinen Spaß mit diesem Mädchen trieb. Die meisten anderen Männer, die sie kannte, sahen Kinder nur als mehr oder minder nützliche Arbeitskräfte im Haushalt an.

Bald war der Teller geleert, und das Mädchen kletterte von Ohlins Bein und lief lachend zurück zu den anderen Kindern.

Anneke schmunzelte. »Es scheint Euch nicht schwerzufallen, auch die jüngsten Frauen zu betören.«

»Dafür habe ich wohl ein Talent«, meinte Ohlin. »Vielleicht spürst du es ja auch schon.«

Sie lachte. »Es reicht aus, wenn Ihr mich als Eure Geschäftspartnerin betrachtet.«

»Dann würde ich nur ständig an den Doppelschilling erinnert, den mich jeder Tag kostet, den du an meiner Seite verbringst«, erwiderte er seufzend.

Sie tranken noch einen Krug Bier, dann stiegen sie in die Kutsche und nahmen wieder den Weg nach Münster auf. Während die Kutsche über die Straße polterte, blickte Anneke immer wieder zu Ohlin, der mit einer Hand gedankenverloren über seinen Bauch strich und auch nach der Rast noch immer einen elendigen Eindruck auf sie machte. Ihn mußte diese Reise sehr anstrengen, doch er schien fest entschlossen, den seltsamen Vorgängen, die sie hier zusammengeführt hatten, auf den Grund zu gehen.

Irgendwann fiel ihm auf, daß sie ihn regelrecht anstarrte, und er sagte: »Was geht dir durch den Kopf, wenn du mich so anschaust?«

Sie zögerte kurz. »Ich muß daran denken, daß ich mit einem Mann nach Münster reise, von dem ich nichts weiß. Zumindest so gut wie nichts.«

»Du bist neugierig?«

»Darf ich Euch eine Frage stellen?«

Ohlin vollführte eine einladende Handbewegung. »Nur zu.«

»Ihr steht als Justizrat in den Diensten der schwedischen Kongreßgesandten, aber Ihr kommt mir nicht vor wie ein Mann, der sich mit Gesetzen und Verträgen beschäftigt.«

»Und wie komme ich dir vor?«

»Ihr habt Euch vor mir wie ein Aufschneider aufgespielt, wie ein eitler Pfau, der jedem Weiberrock hinterherstellt.«

»Das hast du gut beobachtet.«

»Wer seid Ihr? Ein Mann des Adels, der das Geld seiner Familie verpraßt?«

Ohlin grinste. »Diese Frage erinnert mich an ein französisches Sprichwort. *Le marchand acquiert, l'officier conserve, le noble dissipe.*«

»Und was soll das bedeuten?«

»Der Kaufmann erwirbt, der Beamte bewahrt, der Adlige verschwendet.«

Bevor sie etwas darauf erwidern konnte, hob er schnell einen Finger und sagte: »Nein, ich entstamme keineswegs dem Adel, und ich bin auch gewiß nicht in der Lage, soviel Geld zu verprassen, wie du es dir vorstellen magst. Meine Eltern stammen aus der Bürgerschicht. Mein Glück war es allerdings, daß man mich in die Obhut meines Onkels gab, der sich aus ähnlich schlichten Verhältnissen zu einem angesehenen Diplomaten hochgearbeitet hatte. Er ermöglichte es mir, die Jurisprudenz an der Universität von Rostock zu studieren. Es stellte sich allerdings schnell heraus, daß ich mich mit seiner Disziplin und auch mit seinem politischen Geschick nicht messen konnte. Ich habe stets die angenehmeren Seiten des Lebens bevorzugt. Mir waren Wein, die Frauen und ein wenig Luxus wichtiger als Fleiß und Bildung.«

Er hustete und konnte nur mit Mühe ein Würgen unterdrücken. Ohlin schloß kurz die Augen, dann schaute er Anneke an und sagte: »Nun möchte ich etwas mehr über dich erfahren.«

Anneke runzelte die Stirn. »Über mich? Was sollte ich schon zu erzählen haben? Ich bin nur eine Dienstmagd, die von früh bis spät in der Schenke ihre Arbeit verrichtet.«

»Eine Dienstmagd, die mich überredet hat, sie nach Osnabrück zu schaffen, damit sie sich ein Buch kaufen kann. Das finde ich ungewöhnlich.«

»Lesen bereitet mir Freude.«

»Auch das ist ungewöhnlich«, meinte er.

»Es ist ...« Anneke stockte und wußte nicht recht, wie sie es ihm erklären sollte. »Ich fühle mich frei, wenn ich zwischen den Seiten blättere. Könnt Ihr nicht verstehen, daß jemand wie ich, deren ganzer Tag nur aus Arbeit besteht, davon träumt, etwas mehr von der Welt zu erfahren?«

»Ich hätte eher angenommen, junge Mädchen wie du träumen von einem galanten Ehemann und einem eigenen Haushalt.«

»Ein Haushalt, in dem ich bis an mein Lebensende schufte?« Anneke schnaufte unwirsch. »Meine Mutter wird es nicht leid, mir bei jedem Besuch neue Männer für eine mögliche Hochzeit vorzuschlagen, aber ich fürchte, an der Seite dieser rauhbeinigen Tölpel würde ich kaum ein besseres Los ziehen als unter der Fuchtel der Monsbach-Wirtin.«

»Hast du denn schon einmal bei einem Mann gelegen?« fragte Ohlin unvermittelt und verzog dabei keine Miene. In diesem Moment fuhr die Kutsche durch ein tiefes Schlagloch, und sie wurden so sehr hin- und hergeschüttelt, daß Anneke hoffte, ihm würde verborgen bleiben, wie verlegen sie für einen kurzen Augenblick gewesen war.

»Das geht Euch nichts an«, entgegnete sie kühl.

»Also nicht.« Er lächelte. »Du bist fürwahr ein tugendhaftes Mädchen.«

»Und daran werdet Ihr gewiß nichts ändern können.« Sie verschränkte trotzig die Arme vor der Brust. »Auch wenn Ihr wohl davon überzeugt seid, daß Euch keine Frau widerstehen kann, sei es nun eine Magd oder Eure Königin.«

Nun zeigte er eine überraschte Miene. »Was sagst du da?«

»Ist es nicht wahr, daß die schwedische Königin Euch in ihr Bett geholt hat?«

»Wie kommst du darauf?«

»Bevor ich Euch in Osnabrück aufgesucht habe, sprach ich mit schwedischen Gästen in der Schenke über Euch. Einer der Männer vertraute mir an, daß es kein großes Geheimnis ist, daß Ihr bei der jungen Königin gelegen habt.«

Ohlin schmunzelte. »Die üblichen Gerüchte also. Es stimmt sogar, daß ich meinen Onkel vor einigen Jahren bei mehreren Gelegenheiten an den Königshof begleitet habe und dort auf Königin Christina traf. Wahrscheinlich fand sie sogar Gefallen an mir, aber Anneke ... ist dir jemals ein Bildnis der Königin vor Augen gekommen?«

Anneke schüttelte den Kopf. Bevor der Mann in der Schenke die schwedische Königin erwähnt hatte, war ihr nicht einmal deren Name bekannt gewesen.

»Christina mag jung sein – sie ist tatsächlich nicht viel älter als du –, aber man kann sie nicht unbedingt als Schönheit bezeichnen«, meinte Ohlin. »Sie hat nur wenig Frauliches an sich, und wenn man sie nicht kennen würde, könnte man sie mit ihren groben Gesichtszügen auch für einen Mann halten. Es wird häufig gemunkelt, sie wäre eine Art Zwitterwesen. Wenn die Königin keine offiziellen Anlässe wahrnimmt, trägt sie sackartige Kleider und läßt die Haare ungepflegt vom Kopf fallen. Zudem reitet sie besser als die meisten Männer und flucht so derb, daß es manch einem die Schamesröte ins Gesicht treibt.«

Anneke sah ein, daß sie vielleicht etwas vorschnell über Ohlin geurteilt hatte, und bereute bereits ihre Worte. »Ihr habt also nicht mit ihr das Bett geteilt?«

»Das einzige, was ich mit ihr geteilt habe, sind meine Gedanken über das Leben und die Welt, denn die Königin ist ungewöhnlich klug und belesen. Schon als Kind beherrschte sie acht Sprachen, und sie umgibt sich an ihrem Hof mit zahlreichen Gelehrten aus ganz Europa. Sie hegt eine große Leidenschaft für alles Religiöse und ist doch eine Zweiflerin, die viele Lehren der protestantischen wie auch der katholischen Seite in Frage stellt.« Ohlin schaute Anneke herausfordernd an. »Du siehst, ich bin nicht der Unmensch, für den du mich hältst.«

Anneke war nicht gewillt, so schnell kleinbeizugeben. »Ihr seid vielleicht kein Unmensch, aber Ihr giert jedem Weiberrock hinterher, und man sieht es Eurer Frau auf den ersten Blick an, wie unglücklich sie mit Euch ist.«

Seine Miene wurde ernster. »Deine spitze Zunge entgleitet dir wieder einmal.«

Anneke gab ein abfälliges Zischen von sich. »Ihr tretet die Gefühle Eures Eheweibes mit Füßen.«

»Eine Ehe wird nur selten aus Liebe geschlossen, auch wenn du dir vielleicht etwas anderes erträumst«, entgegnete Ohlin. »Ich empfinde Respekt für Svante. Sie zu heiraten war die richtige Entscheidung zur richtigen Zeit.«

»Und gewiß betrug die Mitgift die passende Höhe.«

»Svantes Vater ist ein vermögender Freigraf, der seine Tochter einem Mann mit Einfluß zur Frau gegeben hat. Durch meinen Onkel konnte ich Kontakte zu den wichtigsten diplomatischen Kreisen und zum Hochadel bis hin zum Königshof knüpfen. Darum sind wir übereingekommen, daß eine Ehe zwischen Svante und mir eine durchaus passable Verbindung darstellt.«

»Ihr seid also nie in Eure Frau verliebt gewesen?«

Ohlin schüttelte den Kopf.

»Und aus diesem Grund glaubt Ihr, die Freiheit zu haben, es hinter dem Rücken Eurer Frau mit den Mägden und anderen Weibern treiben zu können.«

»Svante ist nicht dumm«, sagte er. »Sie weiß, daß ein Mann von Zeit zu Zeit seine Lust stillen muß, damit er nicht unleidlich wird, und darum akzeptiert sie diesen Umstand.«

Er spricht von seiner Frau wie von einer Bediensteten, überlegte Anneke. Gewiß gab es viele Männer wie Ohlin, die es mit der ehelichen Treue nicht allzu genau nahmen, aber wenn er von diesen Dingen sprach, klang es so selbstverständlich, als rede er über die tägliche Rasur.

»Auf mich hat Eure Frau einen sehr unglücklichen Eindruck gemacht«, meinte Anneke. »Und zu allem Übel habt Ihr Euch nun auch noch davongestohlen und laßt Eure Frau in Sorge um Euch zurück.«

»Wäre es dir lieber gewesen, weiterhin den stinkenden Kuhmist zu schaufeln?«

»Ihr versucht abzulenken.« Anneke verschränkte die Arme vor der Brust. »Warum habt Ihr kein Kind mit Eurer Frau?«

»Ein Kind?« stutzte Ohlin.

»Vorhin in der Schenke, als dieses Mädchen auf Eurem Schoß hockte, habt Ihr mich zum ersten Mal beeindruckt. Ihr mögt Kinder. Und Eurer Frau scheint es an einer Aufgabe zu fehlen. Habt Ihr nie daran gedacht, Kinder mit ihr zu zeugen?«

Ohlins Lippen wurden schmal. »Svante hat zwei Kinder zur Welt gebracht.«

Anneke schaute ihn nur fragend an.

»Sie sind tot«, sagte er leise. »Unsere Tochter Eida war erst ein Jahr alt, als sie an der Schwindsucht erkrankte. Sie starb einen Monat, bevor Svante unseren Sohn Kristoffer zur Welt brachte. Er lebte nur drei Wochen. Wir fanden ihn eines Morgens tot in seinem Bett. Ein gesundes Kind, das ganz einfach aufgehört hatte zu atmen. Seit diesem Tag hat Svante niemals wieder das Bett mit mir geteilt.« Er drehte sein Gesicht zum Fenster und schaute mit traurigen Augen hinaus. Anneke bemerkte, daß sich die Finger seiner rechten Hand in den Stoff des Mantels gekrallt hatten, und sie glaubte, daß es nun besser war, eine Weile zu schweigen.

Kapitel 15

Es dauerte nicht lange, bis Magnus Ohlin einschlief. Sein Kopf sank auf die Schulter, und selbst das heftige Schwanken der Kutsche weckte ihn nicht mehr auf.

Anneke betrachtete sein Gesicht. Ohlin zog im Schlaf eine mürrische Miene. Träumte er schlecht, oder hing ihm noch immer das Gespräch nach, das sie vorhin geführt hatten?

Konnte sie alles als Wahrheit hinnehmen, was er gesagt hatte? War diesem Mann überhaupt zu vertrauen? Anneke ahnte, daß er ihr so manches aus seiner Vergangenheit verschwiegen und sie hier und dort vielleicht sogar mit dreisten Lügen abgespeist hatte. Doch sie glaubte Ohlin, daß der Tod seiner Kinder ihm und vor allem seiner Frau arg zugesetzt hatte.

Wie schmerzvoll mochte es sein, seine Kinder zu beerdigen? Anneke kannte kaum eine Familie, die nicht einen solchen Verlust erlitten hatte. Ihre eigene Mutter hatte drei Kinder im Säuglingsalter zu Grabe getragen. Anneke erinnerte sich daran, daß die Mutter einmal zu ihr gesagt hatte, es sei gefährlich, seinen Kindern allzuviel Liebe entgegenzubringen, denn wenn der Tod sie mit sich nahm, könne dieser Schmerz einem die Seele vergiften. Wie es schien, hatten die Ohlins ihre Kinder so sehr ins Herz geschlossen, daß sie nun einen hohen Preis für diesen Verlust entrichten mußten.

Von draußen hörte sie die Peitsche knallen. Karl trieb die Pferde in einem so wilden Galopp über die Straße, daß Anneke sich am Fensterrahmen festklammern mußte, um nicht von ihrem Sitz geschleudert zu werden. Wahrscheinlich wollte Karl die Zeit wieder aufholen, die sie während der Rast im Dorf verloren hatten. Sie mußten vor der Dämmerung in Münster eintreffen, denn sonst liefen sie Gefahr, daß die Stadttore bereits geschlossen waren.

Diese Sorge erwies sich aber als unbegründet, denn es war noch heller Tag, als der Kutscher laut ausrief: »Münster! Ich sehe die Stadt vor uns.«

Anneke streckte ihren Kopf aus dem Fenster und konnte hinter der massiven Stadtbefestigung die Silhouette Münsters erkennen.

»Seid Ihr schon oft nach Münster gereist?« fragte Anneke Ohlin, der von Karls Rufen aus dem Schlaf gerissen worden war.

Er gähnte und rieb seine Stirn. »Gelegentlich. Aber es sind Monate vergangen, seit ich einen Fuß in die Stadt gesetzt habe.«

»Wie sind die Menschen dort?«

»Stur und dickschädelig wie alle Westfalen. Du wirst dich also unter ihnen wohl fühlen.«

Anneke quittierte Ohlins ironische Anspielung mit einem Naserümpfen. Sie fuhren nun auf einer geraden, gut ausgebauten Straße auf ein wuchtiges Stadttor mit gewölbter Steinmauer zu. Nur wenige Gefährte kamen ihren entgegen, darunter ein mit Fässern beladener Leiterwagen und ein Mann, der eine Handkarre zog, auf der sich mehrere verschnürte Ballen befanden. Zu beiden Seiten der Straße waren die Äcker und Gärten mit Flechtzäunen eingefaßt. Die Umgebung wirkte friedvoll. Anneke sah einen abgesteckten freien Platz, auf dem einige Männer versuchten, Metallringe auf einen Stock zu werfen. Andere lagen daneben im Gras und verfolgten träge das Spiel.

»Schau dir die vielen Gärten an«, sagte Ohlin. »Man hat den Eindruck, die Mahlzeiten der Leute hier würden ausschließlich aus Gemüse bestehen.«

»Wahrscheinlich fressen die Schweine das Gemüse«, erwiderte Anneke. »Und die Menschen die Schweine.«

»Schweine gibt es weiß Gott genug in Münster. Sie kommen einer rechten Plage gleich, weil man an jeder Hausecke über sie stolpert.«

»Die Stadt sieht größer aus als Osnabrück.«

»Sie ist auch größer, aber ebenso schmutzig. Viele Kongreßteilnehmer haben sich bitterlich darüber beschwert, daß sie von ihren Souveränen in diese recht unbedeutenden und ärmlichen Städte geschickt wurden, um über einen Frieden zu verhandeln.« Ohlin lachte. »Die Gesandten wurden bei ihrem Eintreffen mit Ehrengeschenken sowie einem Spalier von Bürgern und Stadtsoldaten begrüßt, doch kaum hatten sie ihre Quartiere bezogen, da klagten sie auch schon über die Enge und den Schmutz.«

»Wo wurden die Gesandten und ihr Gefolge denn untergebracht?« wollte Anneke wissen.

»Die Großmächte, deren Gefolge oft aus mehr als einhundert Köpfen besteht, haben zumeist Klöster, Adelshöfe oder Domkurien angemietet, die kleineren Vertretungen der Städte und Reichsstände sind in den einfachen Bürgerhäusern untergekommen. Wenn man bedenkt, daß rund zweitausend Menschen seit Beginn des Kongresses in Münster Quartier bezogen haben, wundert es nicht, daß es dem einen oder anderen zu eng wird.«

Die Kutsche erreichte ein Rondell, und Karl zügelte die Pferde. Ohlin stieg aus und sprach mit einem der Torwächter. Er reichte dem Mann ein Dokument, das dieser bedächtig auseinanderfaltete und so gewissenhaft studierte, als habe er vor, den Inhalt auswendig zu lernen. Dann endlich gab er ein Zeichen, daß sie das Tor passieren durften.

Die Hufe der Pferde klapperten laut über das Pflaster, als sie zwischen den dichten Häuserreihen eine langgestreckte Straße entlangfuhren. Magnus Ohlin reckte seinen Kopf aus dem Fenster und rief dem Kutscher zu: »Bring uns zum Prinzipalmarkt, Karl! Wir werden von dort aus laufen.«

Wie auch schon in Osnabrück versperrten die Karossen der Gesandten oftmals die Straßen, je näher sie dem Stadtkern kamen. Die Kutscher versuchten sich mit lauten Rufen und Flüchen ihren Weg zu bahnen, wodurch schon bald ein babylonisches Sprachengewirr vorherrschte. Hier im Zentrum der Stadt sah Anneke viele Steinhäuser, deren Dächer mit Ziegeln gedeckt waren und nicht mit Stroh wie die meisten Fachwerkbauten am Stadtrand.

Nun endlich stoppte die Kutsche. Ohlin öffnete die Tür. Anneke trat auf die Straße und reckte sich. Sie schaute an einer siebenstöckigen Häuserfront hinauf, wo an dem reichverzierten Giebel eine Löwenskulptur angebracht worden war. Stolz und mächtig thronte das Steintier dort oben, als wolle es über das Haus und seine Bewohner wachen.

Auch die nebenstehenden Häuser erstrahlten in nicht minderer Pracht. Anneke nahm an, daß hier die wohlhabenden Kaufleute lebten. Allerdings tummelten sich auch in dieser Umgebung mehr Hunde und Schweine als Menschen auf der Straße.

Ohlin wies Karl an, Kutsche und Pferde in einem Stall nahe dem Roggenmarkt unterzubringen, und winkte dann Anneke mit sich.

»Komm jetzt! Es ist nicht mehr weit bis zum Jesuitenkolleg.«

»Ich bin müde«, beklagte sich Anneke und streckte ihr Kreuz. »Warum können wir nicht zuerst eine Herberge aufsuchen?«

»Wenn die Dämmerung hereinbricht, werden die Jesuiten keine Besucher mehr empfangen. Also beeile dich!« Mit ausladenden Schritten lief er voran, und Anneke folgte ihm murrend.

Magnus hatte schon fast das Ende des Domplatzes erreicht, als ihm auffiel, daß Anneke zurückgeblieben war. Er wandte sich um und sah sie in der Mitte des Platzes stehen, wo sie den Dom betrachtete.

Er seufzte und fragte sich, warum er mit soviel Ungemach bestraft wurde. Nicht genug, daß er in diese seltsame Verschwörung hineingeraten war und daß noch immer soviel Gift in seinem Körper steckte, daß er von heftigeren Krämpfen geplagt wurde, als er jemals zugegeben hätte – nun mußte er sich auch noch mit dieser störrischen Magd herumplagen, durch deren Trödelei sie womöglich zu spät am Kolleg eintreffen würden, wenn die Tore bereits verschlossen waren.

Er lief auf sie zu und faßte ihren Arm. »Du bist nicht hier in Münster, um Bauwerke zu bestaunen«, schalt er sie und zog sie mit sich. Vom Domplatz aus passierten sie nur noch zwei weitere Straßen, dann hatten sie die weitflächige Anlage der Jesuiten erreicht, die aus einer eigenen Kirche, einem dreistöckigen Schulgebäude sowie einem langgestreckten Kolleg bestand.

Magnus schlug die Glocke am Torhaus an, und sie mußten nicht lange warten, bis ihnen ein junger Ordensbruder öffnete. Magnus nannte ihm seinen Namen und bat darum, zu Pater Gregor Vigan geführt zu werden, um mit dem Geistlichen über einen Mann namens Bernadi zu sprechen. Der Jesuit nickte nur und ließ Magnus und Anneke eintreten. Er führte sie an der Kirche vorbei zum Eingang des Kollegs und von dort in das Refektorium, wo sich an den langen Tischreihen nur einige Scholaren aufhielten, die sich flüsternd unterhielten, beim Eintritt der Gäste kurz aufschauten und sich dann wieder ihren Gesprächen widmeten.

Der junge Mann deutete auf eine freie Bank. »Bitte wartet hier! Ich werde Pater Gregor Eure Bitte mitteilen.« Er verschwand durch eine Tür. Magnus und Anneke setzten sich und schauten sich in dem schmucklosen Saal um, dessen Wände nur mit einigen schlichten Eisenkreuzen geschmückt waren.

»Glaubt Ihr, daß dieser Pater Gregor Euch empfangen wird?« fragte Anneke.

»Er ist in die Angelegenheit verwickelt, soviel steht fest«, meinte Magnus. »Ich vermute, es wird seine Neugier wecken, daß mir der Name Bernadi bekannt ist. Er wird gewiß herausfinden wollen, wer ich bin und was ich über diese Sache weiß.«

»Und Ihr hofft, daß Vigan Euch sagen wird, welche Verbindung zwischen Euch und diesen Vorgängen besteht.«

Magnus hob die Schultern. »Vielleicht kann er mir erklären, warum dir der Bote im Wald meinen Namen genannt hat. Ich werde sehr offen zu Vigan sein und ihm all das berichten, was wir herausgefunden haben.«

»Ich nahm an, Ihr traut den Jesuiten nicht«, gab Anneke zu bedenken.

»Zu manchen Zeiten muß man einen hohen Einsatz bringen, um ein Spiel zu gewinnen, doch das bedeutet nicht, daß in meinen Taschen keine weiteren Karten versteckt sind.«

Sie legte ihren Kopf schief und schaute ihn skeptisch an. Magnus ahnte, was Anneke über ihn denken mochte. Wahrscheinlich überlegte sie gerade, wie viele Karten er vor ihr verbergen mochte. Tatsächlich hatte er sie über einige Dinge im unklaren gelassen. Doch bevor sie einen solchen Verdacht aussprechen konnte, kehrte der junge Ordensbruder auch schon zurück und deutete auf Magnus. »Bruder Gregor ist bereit, mit Euch zu sprechen. Mit Euch allein.«

Magnus nickte und sagte zu Anneke: »Warte auf mich!«

Es schien ihr nicht zu gefallen, hier im Refektorium zu bleiben, doch sie fügte sich stillschweigend der Anweisung.

Magnus folgte dem Jesuiten eine Treppe hinauf in das zweite Obergeschoß und ließ sich in einen Raum führen, in dem ein magerer alter Mann auf ihn wartete und ihn mit enganliegenden Augen musterte. Die Einrichtung in dieser Kammer bestand nur aus zwei Stühlen und einem Betschemel, einem kleinen Tisch sowie einigen Bußwerkzeugen, die an der Wand befestigt waren.

Magnus verneigte sich. »Pater Gregor Vigan?«

Der Jesuit nickte und wies auf einen der freien Stühle. Ihm mußte sein skeptischer Blick auf die Bußwerkzeuge aufgefallen sein, denn als Magnus sich setzte, sagte Vigan: »Keine Sorge, diese Gerätschaften werden nur selten benutzt. Unser Ordensgründer Ignatius von Loyola zog es vor, die Entscheidung zur Strenge und zur Anwendung der Bußwerkzeuge jedem Bruder frei zu überlassen.« Vigan zupfte an seinem grauen Kinnbart. Der Jesuitenpater saß ein wenig gekrümmt da, doch sein strenger Blick blieb stets auf Magnus gerichtet. »Ich nehme aber an, daß Ihr nicht aus Osnabrück angereist seid, um mit mir über diese Gerätschaften zu sprechen.«

»Es mag Euch gewiß seltsam erscheinen, Bruder Gregor, daß ich den weiten Weg auf mich genommen habe, um Euch aufzusuchen.«

»Ihr seid Schwede. Gehört Ihr der Delegation Eures Landes an?«

»Ich berate die schwedischen Hauptgesandten in juristischen Fragen.«

»Wer von den beiden hat Euch zu mir geschickt? Oxenstierna oder Salvius?«

Magnus schüttelte den Kopf. »Es handelt sich um eine persönliche Angelegenheit. Ein Rätsel, für das ich keine Erklärung finde.«

»Und wie glaubt Ihr, sollte ich Euch helfen können, dieses Rätsel zu lösen?«

Magnus zögerte kurz, dann holte er das Papier hervor, das er bei dem toten Boten gefunden hatte, und reichte es Vigan. Der Jesuit warf nur einen kurzen Blick auf die verschlüsselte Nachricht, schien aber sofort zu erkennen, worum es sich handelte. Er räusperte sich und fragte: »Was soll das sein?«

»Es handelt sich um eine Nachricht, die bei einem Boten gefunden wurde, der sich auf dem Weg zu Euch befand. Der Brief wurde in Eurem Auftrag an einen Mann namens Bernadi aufgesetzt, und Ihr heißt darin einen bald eintreffenden Gast willkommen.«

Bei der Erwähnung dieses Gastes bemerkte Magnus ein Zucken in Vigans Mundwinkeln. Er hatte gehofft, daß er mit der Erwähnung der Depesche eine Reaktion hervorrufen würde. Daß der Pater nun jedoch regelrecht erschrokken wirkte, damit hatte er nicht gerechnet.

»Ihr habt den Text entschlüsselt?« fragte Vigan überrascht. »Aber wie, in Gottes Namen, ist Euch das gelungen?«

»Sagen wir, ich habe ein gewisses Talent für solche Dinge.«

Der Jesuit faltete eilig das Papier zusammen. »Ich weiß nicht, wie Ihr in den Besitz dieses Dokumentes gelangt seid, aber ich bin nicht bereit, mit Euch darüber zu sprechen. Verlaßt das Kolleg!« Vigans Gesicht wirkte bleich, und seine Stimme zitterte ein wenig.

»Es interessiert mich nicht, wer dieser geheimnisvolle Gast sein mag, den Ihr erwartet«, erwiderte Magnus. »Aber bevor der Bote dieser Nachricht starb, nannte er jemandem meinen Namen, und kurz darauf flößte man mir Gift ein, um mich aus dem Weg zu schaffen. Ich brauche Klarheit. Welche Verbindung besteht zwischen mir und diesen Vorgängen?«

»Was sagt Ihr da?« stutzte Vigan. »Der Bote ist tot?«

»Ich fand diese Nachricht bei seiner Leiche. Er wurde vor fünfzehn Tagen etwa drei Meilen von Osnabrück entfernt ermordet. Und ich befürchte, jemand hat ihm ein wichtiges Dokument entwendet, das womöglich an Euch gerichtet war, Pater.«

»Das kann nicht sein.« Vigans Augen verrieten das Unbehagen, das Magnus ihm bereitete. »Die Depesche, von der Ihr sprecht, ist wie erwartet hier eingetroffen.«

»Ihr seid dem Boten begegnet? Handelte es sich bei ihm um einen kräftigen Kerl mit einer auffällig schiefen Nase? Vielleicht wißt Ihr, ob er sich noch in Münster aufhält.«

Vigan musterte Magnus kurz und schien abzuwägen, ob er ihm trauen konnte. Dann seufzte er vernehmlich und sagte: »Der Mann, den Ihr da beschreibt …«

»Was ist mit ihm?«

»Er befindet sich hier im Kolleg.«

Kapitel 16

Im Refektorium war es still bis auf die Unterhaltung, die drei Scholaren am Nebentisch führten. Anneke spitzte die Ohren, um einige Wortfetzen des Gespräches aufzuschnappen. Die Männer redeten mit gedämpften Stimmen über Begriffe wie Grammatik, Rhetorik und Poetik, dazu fielen Namen wie Cicero, Seneca und Quintilius. Anneke besaß keinen blassen Schimmer, was das alles bedeuten mochte. Während sie ihre von der Arbeit zerschundenen Hände betrachtete, beneidete sie diese jungen Burschen darum, daß deren einzige Aufgabe darin bestand, sich möglichst viel Wissen anzueignen. Sie selbst machte es schon stolz, daß sie in der Lage war, in einem Buch zu lesen und die Buchstaben des Alphabets niederzuschreiben. Gleichwohl war ihr klar, daß eine Unmenge an Wissen auf dieser Welt existierte, das einer einfachen Magd wie ihr für immer verschlossen bleiben würde.

Hin und wieder bemerkte sie, daß die Scholaren verstohlene Blicke in ihre Richtung warfen. War es so selten, daß sich eine Frau in diesem Refektorium aufhielt? Anscheinend nicht, denn nun vernahm sie ein lautes Lachen. Aus dem Nebenraum, in dem sich wahrscheinlich die Küche befand, traten fünf Weiber, die Leinensäcke trugen. Es handelte sich wohl um Lohnarbeiterinnen, die sich um die Wäsche der Jesuitenbrüder kümmerten. Die Frauen verließen das Refektorium, und ihnen folgte ein korpulenter Mann, der auf Anneke zukam. Er stellte einen Krug Bier sowie einen Teller mit Schwarzbrot und einen kleinen Tiegel mit Schmalz vor ihr auf dem Tisch ab.

»Ich bin Josef, der Küchenmeister«, stellte er sich vor, als Anneke ihn fragend anschaute. »Mit ist zu Ohren gekommen, daß Ihr aus Osnabrück angereist seid. Ihr müßt gewiß hungrig und durstig sein.« Er setzte sich ihr gegenüber.

Anneke dankte ihm und trank von dem Dünnbier.

»Kostet das Brot!« meinte der Küchenmeister. »Unser gutes Pumpernickel hat schon vielen Reisenden Kraft geschenkt.«

Sie brach eine Ecke von der Scheibe ab und rieb damit durch das Schmalz. Das Brot war sehr fest gebacken und schwarz wie eine Krähenfeder, aber der kräftige Geschmack sagte ihr durchaus zu.

»Dieser Schwede, der Euch begleitet – ist das Euer Ehemann?« wollte Josef wissen.

Anneke schüttelte den Kopf und überlegte, ob sie dem Mann erklären sollte, warum sie sich in Ohlins Gesellschaft befand. »Ich bin nur seine Magd«, sagte sie schließlich.

»Der edle Herr reist mit seiner Magd nach Münster.« Der Küchenmeister grinste schief, und Anneke konnte seinem belustigten Tonfall entnehmen, welche Gedanken er verfolgte. Warum nur glaubte jeder Mensch, daß sie und Ohlin ein Liebespaar waren? Die Monsbacherin, die Magd Ebba oder dieser Küchenmeister – sie alle waren anscheinend fest davon überzeugt, daß sie mit Magnus Ohlin das Bett teilen wollte.

»So ist es«, erwiderte sie kurzangebunden.

»Und nun spricht er mit Pater Gregor.«

Anneke schluckte das Schwarzbrot hinunter, nahm noch einen Schluck Bier zu sich und fragte, nachdem sie sich mit dem Handrücken den Mund abgewischt hatte: »Kennt Ihr ihn gut, diesen Pater Gregor?«

Der Küchenmeister hob die Schultern. »Er ist mir des öfteren über den Weg gelaufen, aber ich habe nur selten ein Wort mit ihm gewechselt. Pater Gregor lebt seit etwa einem

Jahr hier im Kolleg, er läßt sich jedoch nicht allzu häufig im Refektorium blicken. Ich glaube, niemand weiß so recht, was er hier in Münster treibt. Man spricht davon, daß er ein weitgereister Mann sein soll und daß er unseren Orden an den Höfen in Italien und Frankreich vertreten hat. Zudem soll er ein enger Vertrauter unseres heiligen Vaters sein.«

»Ein Vertrauter des Papstes?« fragte Anneke. Dieser Küchenmeister war ein neugieriger Mann, aber er schien auch sehr geneigt zu sein, das Wissen, das er aufgeschnappt hatte, preiszugeben. Vielleicht war das eine gute Gelegenheit, mehr über diesen Vigan zu erfahren, als Ohlin bislang bekannt war.

»So heißt es.« Der Küchenmeister beugte sich näher zu ihr und raunte: »Man spricht davon, daß ihn der Papst persönlich nach Münster geschickt hat, aber niemand weiß aus welchem Grund.« Sein auffordernder Blick verriet Anneke, daß der Küchenmeister hoffte, daß Anneke ihm diese Frage beantworten oder ihm zumindest weitere Gerüchte zutragen würde. In diesem Punkt mußte sie ihn leider enttäuschen. Bevor sie ihm allerdings sagen konnte, daß sie so gut wie nichts über Pater Gregor und den Auftrag des Papstes wußte, zog eine Gestalt, die das Refektorium betrat, ihre ganze Aufmerksamkeit auf sich.

Anneke stockte der Atem. Der Mann schaute kurz zu ihr und wandte den Blick dann wieder ab. Sie hoffte, daß er ihr die Überraschung nicht angesehen und – vor allem – daß er sie nicht erkannt hatte. Er verzog keine Miene, durchquerte den Speisesaal und verließ den Raum durch die Tür auf der anderen Seite.

Erinnerte er sich an sie? Wahrscheinlich nicht. Immerhin hatten sie sich damals im Eingang der Monsbach-Schenke nur einen Augenblick lang gegenübergestanden. Sie hingegen hatte das Gesicht des Schiefnasigen nicht vergessen, und in ihrem Kopf tauchten noch einmal die Bilder auf, wie dieser Kerl den Boten im Wald kaltblütig getötet hatte.

»Mädchen, du bist plötzlich blaß wie eine Leiche«, meinte der Küchenmeister, der nach ihrer Hand griff. »Und du fühlst dich auch so kalt an.«

»Wer war dieser Mann?« flüsterte sie ihm zu.

Er stutzte. »Wer denn?«

»Der Kerl, der gerade an uns vorbeigelaufen ist.«

»Niemand aus dem Orden. Ein schwedischer Botenreiter, wenn ich mich nicht irre.«

»Warum hält er sich im Kolleg auf?«

»Er hat hier auf Pater Gregors Wunsch eine Kammer bezogen, wie ich hörte. Es ist nicht unbedingt üblich, daß wir Gäste aufnehmen, aber ...«

»Entschuldigt mich«, unterbrach Anneke ihn, sprang auf und folgte dem Schiefnasigen. Kaum war sie durch die Tür getreten, da überlegte sie, ob es nicht besser sei, zuvor Magnus Ohlin über diese unerwartete Begegnung in Kenntnis zu setzen. Er mußte erfahren, daß der Mörder, den sie suchten, sich im Kolleg aufhielt. Doch sie wollte den Mann auch nicht aus den Augen verlieren. Zwar hätte es ihr ein Gefühl der Sicherheit gegeben, ihren Begleiter an ihrer Seite zu wissen, aber bevor sie Ohlin aufsuchte, mußte sie in Erfahrung bringen, in welchem Raum sich der Schiefnasige aufhielt.

Anneke stieg eine Treppe hinauf, die in den ersten Stock führte. Nun sah sie ihn in einigen Schritten Entfernung vor sich auf dem Korridor. Anneke betete zu Gott, daß er sich nicht umdrehen würde.

Er ging einen Korridor entlang, der nach links abzweigte. Anneke verbarg sich hinter der Wand, lugte um die Ecke und beobachtete, wie der Schiefnasige eine Tür öffnete und in einer Kammer verschwand. Sie wartete kurz ab und wollte sich schon umdrehen, als er wieder auf den Korridor trat. Er hatte seinen Mantel abgelegt. Glücklicherweise kam er nicht auf sie zu, sondern schlug die entgegengesetzte Richtung ein.

Und er war gegangen, ohne die Tür abzuschließen.

Anneke mahnte sich zur Vorsicht, doch wie so oft gewann ihre Neugier die Oberhand. Also lief sie rasch auf die Kammertür zu und öffnete sie einen Spalt. Das Zimmer war verlassen. Nach einem kurzen Zögern huschte sie hinein. Es gab hier nur eine Strohschütte mit einer Decke darüber, die als Schlaflager diente, einen Tisch und einen Schemel sowie einen schmucklosen alten Schrank, dessen Holztür zahlreiche Gebrauchsspuren aufwies. Seinen Mantel hatte der Schiefnasige an einen Haken neben die Tür gehängt, und auf dem Tisch entdeckte Anneke die Ledertasche, die der Kurier im Wald mit sich geführt hatte.

Wieviel Zeit blieb ihr? Annekes Herz klopfte aufgeregt, aber sie langte dennoch nach der Tasche, klappte sie auf und schaute hinein. Sie war leer.

In diesem Moment wurde die Tür geöffnet, und der Schiefnasige glotzte sie überrascht an.

»Wer bist du und was tust du hier?« Seine Worte klangen wütend.

Welcher Teufel hat mich nur geritten, diese Kammer zu betreten, haderte Anneke mit ihrer Neugier. Sie brachte kein Wort hervor. Zwar öffnete sie den Mund, doch ihre Zunge war wie gelähmt.

Der Schiefnasige machte einen Schritt auf sie zu. Seine rechte Hand schloß sich um ihren Hals, bevor sie ihm ausweichen konnte. Der Griff war hart und schmerzhaft. Er zog ihren Kopf in seine Richtung, so daß sie seinem zornigen Blick nicht ausweichen konnte.

»Dein Gesicht kenne ich«, stieß er hervor. Er musterte sie aus schmalen Augen, als überlegte er, wo sie sich zuvor begegnet waren.

»Wer bist du?« rief er noch einmal.

Wie hätte sie ihm antworten sollen? Er drückte ihre Kehle so fest zusammen, daß sie nicht einmal ein Krächzen hervorbrachte. Anneke bekam keine Luft mehr und versuchte verzweifelt, ihn von sich zu drängen, doch der kräftige Mann zerrte sie mühelos mit sich und schlug ihren Hinterkopf so hart auf den Tisch, daß Sterne einen wilden Reigen vor ihren Augen tanzten.

»Rede endlich, oder ich prügele es aus dir heraus!«

Anneke sah, wie er die Linke über ihr Gesicht hob, bereit auf sie einzuschlagen. Sie kniff die Augen zu und erwartete einen schrecklichen Schmerz, doch plötzlich vernahm sie weitere Stimmen.

»Sörenstam, was tut Ihr da? Seid Ihr von allen guten Geistern verlassen?«

»Ich glaube nicht, daß das sein Name ist.«

Die zweite Stimme war Anneke bekannt.

»Herr Ohlin«, keuchte sie, als sich der Griff um ihren Hals lockerte. Sie drehte den Kopf zur Seite und sah Magnus Ohlin und einen Jesuiten in der Tür stehen.

Der Schiefnasige richtete sich auf. »Ihr seid Ohlin?«

»Laßt ab von diesem Mädchen!« wies der Jesuit Annekes Peiniger zurecht. Der Schiefnasige scherte sich nicht um die Worte des alten Mannes. Erst als Ohlin einen Schritt auf ihn zumachte, warf er Anneke zu Boden und stürzte zur Tür. Er packte den dürren Jesuiten und stieß ihn gegen den heraneilenden Ohlin, der nun ins Stolpern geriet. Nachdem Ohlin und der Jesuit sich aufgerappelt hatten, war der Schiefnasige bereits aus der Kammer gestürmt. Ohlin rannte auf den Korridor, doch kehrte schon bald darauf enttäuscht zurück.

»Er ist fort«, sagte der Schwede.

Anneke fühlte sich noch immer benommen. Ihr Hals schmerzte, und sie zitterte am ganzen Körper. Ohlin kam auf sie zu und nahm sie in den Arm. Anneke legte ihren

Kopf auf seine Schulter und spürte, wie die lähmende Angst in seiner Nähe langsam dahinschwand.

»Wie mir scheint, habt Ihr die Wahrheit gesprochen, Herr Ohlin«, sagte der Jesuit. »Der Mann hatte etwas zu verbergen.«

»Vielleicht ist es an der Zeit, daß Ihr offener mit mir seid, Pater Gregor«, meinte Ohlin.

»Was meint Ihr?«

»Wer ist der Gast, den Ihr erwartet?«

»Darüber kann ich nicht sprechen. Bei Gott, es ist unmöglich.«

Ohlin seufzte. »Dieser Sörenstam, oder wie auch immer sein Name sein mag, ist in etwas verwickelt, das Euch wie mich betrifft.« Er strich besänftigend über Annekes Haar. »Und wahrscheinlich hält sich noch weiteres Gesindel in Münster auf, das unser und vielleicht auch Euer Leben bedroht.«

Ove Dahlgren lauschte.

Ausgestreckt auf seiner schmalen Bettstatt hielt er die Augen geschlossen und konzentrierte sich auf die Geräusche in seiner Umgebung. Er machte ein entferntes Hundebellen aus, das Gurren einer Taube, die direkt neben seinem Fenster hocken mochte, und das Rauschen der Baumkronen in seiner Umgebung.

Dahlgren hatte gelernt, auf diese Weise seinen Geist zur Ruhe zu bringen, als er so lange Zeit in einer winzigen Zelle im Karzer von Stockholm gefangen gewesen war. Es war ihm mit dieser Methode gelungen, die Einsamkeit aus seinem Kopf zu vertreiben. Die Monate der Isolation, die er in der Finsternis auf einem stinkenden Strohlager ausgestanden hatte, hatten düstere, schwermütige Gedanken heraufbeschworen. Er wußte, daß viele Gefangene unter diesen Umständen ihren Verstand verloren hatten. Seinen Willen aber hatten sie nicht brechen können. Als man ihn zurück in das große Gewölbe gebracht hatte, wo er zusammen mit mehr als dreißig anderen Inhaftierten an die Steinwände gekettet worden war, hatte ihn jedes Wort, jedes Stöhnen und schon ein verhaltenes Husten aufschrecken lassen. Es hatte Wochen gedauert, bis er sich an den Verlust der Stille gewöhnt hatte, und noch heute verabscheute er den Lärm, der in seinen Ohren schmerzte.

Dahlgren verschränkte die Hände hinter dem Kopf und hörte die schrille Stimme seiner Vermieterin, die im Hinterhof auf ihren närrischen Sohn einredete. Dieser Bursche von vielleicht zwanzig Jahren gebärdete sich wie ein Kleinkind, sprach schleppend und grinste schief, wann immer Dahlgren ihm über den Weg lief.

Er schenkte dem Simpel kaum Beachtung, und er hielt sich auch von der mageren Wittib fern, in deren Haus er vor einigen Tagen eine Dachkammer bezogen hatte. Er entlohnte sie großzügig für das schlichte Zimmer, denn das Haus der Wittib lag nur wenige Schritte vom Kolleg der Jesuiten entfernt. Von seinem Fenster aus konnte er sogar einen Teil der Kirche und das Schulgebäude überblikken.

Dahlgren atmete entspannt ein und aus. Die Wittib verpaßte ihrem Sohn eine klatschende Ohrfeige, worauf dieser ein klägliches Jaulen anstimmte. Dann war es wieder ruhig auf dem Hof, bis er einige Momente später das Poltern eiliger Schritte vernahm. Jemand stieg die Treppe zu seiner Dachkammer hinauf, und im nächsten Moment schlug eine Faust drängend gegen die Tür.

»Öffnet mir! Rasch!« Dahlgren erkannte Kjell Ekholms Stimme, die sich vor Aufregung fast überschlug. Bedeutete das womöglich, daß der Gast bereits im Kolleg eingetroffen war? Dahlgren hätte dessen Ankunft erst in ein oder zwei Tagen erwartet, aber wenn die Reiter rasch vorangekommen waren, konnten sie gewiß schon heute Münster erreicht haben.

Er erhob sich und ging zur Tür. Kaum hatte er sie aufgeschlossen, drängte auch schon Kjell Ekholm in seine Kammer. Dahlgren fiel auf, daß Ekholm ohne Hut und Mantel auf die Straße gelaufen war. Was, in Gottes Namen, mochte ihn so sehr zur Eile getrieben haben?

»Er ist hier«, rief Ekholm. »Hier in Münster.«

Dahlgren schloß schnell die Tür und ermahnte Ekholm, die Stimme zu senken. Die Wittib war eine neugierige Frau, und wahrscheinlich spitzte sie schon am Treppenabsatz die Ohren.

»Ruhig«, raunte Dahlgren und legte einen Finger vor den Mund. Er wartete einen Moment ab, dann fragte er: »Wovon sprichst du? Wer ist in Münster?«

»Magnus Ohlin.«

»Ohlin? Bist du dir dessen gewiß?«

Ekholm nickte entschlossen. »Sie hat ihn mit seinem Namen angesprochen.«

»Wer? Von wem redest du?«

»Ich habe eine Frau dabei überrascht, wie sie meine Kammer im Kolleg durchstöbert hat. Als ich sie zur Rede stellen wollte, tauchten Ohlin und Vigan auf.«

»Und du bist einfach davongerannt?«

Ekholm kratzte verlegen seinen Hinterkopf. »Ich ... ich habe die Frau wohl ein wenig grob behandelt. Darum lief ich fort, bevor sie mich überwältigen konnten.«

»Hast du dort etwas Wichtiges zurückgelassen?«

Ekholm zögerte. Dann sagte er kleinlaut: »In meinem Mantel befand sich die Nachricht, die ich für Euch verschlüsselt habe.«

Dahlgren atmete tief ein, dann schlug er Ekholm mit der flachen Hand ins Gesicht. »Du Tölpel!«

»Der Brief ist chiffriert, und das Original habe ich verbrannt«, verteidigte sich Ekholm. »Ohne den Schlüssel ist das Papier wertlos für Ohlin.« Er ballte die Hand zur Faust. »Verdammt, Dahlgren, Ihr habt behauptet, Eure Vertraute hätte Ohlin aus dem Weg geschafft. Warum ist er dann hier?«

»Ich weiß es nicht.« Dahlgren rieb angestrengt seine Stirn. »Wir müssen herausfinden, ob Ohlin von dem Gast erfahren hat. Und wir müssen in Erfahrung bringen, wer die Frau ist, die du in der Kammer überrascht hast.«

»Eine Schankmagd.«

Dahlgren schaute überrascht auf. »Du kennst sie?«

»Zunächst wollte es mir nicht einfallen, doch als ich die Straße entlanglief, wußte ich plötzlich wieder, wo ich dieses Gesicht schon einmal gesehen hatte. Ich bin dem Mädchen in einer Schenke begegnet, die ich nach dem Mord an Sörenstam aufgesucht habe.«

»Könnte sie von der Tat wissen?«

Ekholm hob unschlüssig die Schultern. »Ihre Verbindung zu Ohlin muß einen Grund haben.«

Dahlgren wandte sich um, trat einige Schritte grübelnd in der Kammer auf und ab und setzte sich auf den Schemel. Auf dem Tisch befand sich das Leinenbündel, in dem der Dolch der Falken eingewickelt war. Dahlgren legte seine Hand auf den Stoff. Es war bedauerlich, daß Ekholm sich nun nicht mehr im Kolleg bereithalten konnte. Trotz allem würden die Jesuiten die Ankunft des Gastes nicht vor ihnen geheimhalten können.

»Trägst du den Schlüssel zum Hofportal des Kollegs noch bei dir?«

»Gewiß.« Ekholm zog unter seinem Hemd ein Lederband mit einem Schlüssel hervor.

»Gut.« Dahlgren nickte. »Ich glaube nicht, daß Ohlin weiß, wer alsbald im Kolleg eintreffen wird. Wir werden ihn dennoch aus dem Weg schaffen. Und auch diese Frau.«

Kapitel 17

Anneke hockte sich auf einen der Schemel, tastete ihren Hinterkopf ab und fühlte eine anschwellende Beule. Ihr war ein wenig schwindelig, und die Haut an ihrem Hals brannte so sehr, als hätte man eine Fackel darangehalten.

Auf der Fensterbank stand ein Krug Wasser. Magnus Ohlin füllte eine Schale, tauchte ein Tuch hinein und reichte es ihr. Anneke nickte dankbar und tupfte mit dem kühlen Stoff ihren Hals und den Hinterkopf ab.

Sie waren allein in der Kammer des Schiefnasigen. Gregor Vigan war gegangen, um im Kolleg nach dem Rechten zu sehen und um in Erfahrung zu bringen, ob der falsche Bote das Gebäude wirklich verlassen hatte.

»Was hast du dir nur dabei gedacht?« meinte Ohlin kopfschüttelnd, während er damit begonnen hatte, die Kammer zu durchsuchen. Er warf einen Blick in die Ledertasche, hob die Strohmatratze an und wandte sich dann dem Mantel zu, der neben der Tür hing.

Anneke zögerte, dann sagte sie mit krächzender Stimme: »Er tauchte plötzlich im Refektorium auf. Wie hätte ich Euch auf die Schnelle Nachricht geben sollen? Ich wollte wissen, was er hier treibt. Also folgte ich ihm.«

»Bis in seine Kammer?«

Anneke zwang sich zu einem Lächeln. »Ihr habt wohl recht, wenn Ihr meint, daß ich ein sehr neugieriger Mensch bin.«

»Fürwahr, das bist du.« Er kramte noch immer in den Taschen des Mantels.

Sie seufzte. »Ich hätte niemals geglaubt, daß ich einmal so

erleichtert sein würde, Euch zu sehen. Als der Kerl mir die Kehle zudrückte und Ihr plötzlich in der Tür standet, hätte ich Euch um den Hals fallen können.«

»*Deinen* Hals sollten wir besser mit Vorsicht behandeln.« Ohlin streckte einen Finger aus und berührte die Haut unter ihrem Kinn, was sofort einen Schmerz hervorrief. Anneke zuckte zurück.

»Das sind ein paar häßliche Schrammen, aber die werden in einigen Tagen verschwunden sein.« Ohlin nahm die Hand fort und beschäftigte sich wieder mit dem Mantel. Bald darauf wurde seine Suche endlich von Erfolg gekrönt, denn er zog ein Papier hervor.

»Was steht darauf geschrieben?« wollte Anneke wissen.

Ohlin faltete den Zettel auseinander und runzelte die Stirn. »Ausschließlich Zahlen. Einmal mehr ein verschlüsselter Text, und ich befürchte, es handelt sich um eine äußerst komplizierte Chiffre.«

»Könnt Ihr sie lösen?«

»Ich bin mir nicht sicher.« Er ließ das Papier rasch unter seinem Wams verschwinden, denn der Kammer näherten sich Schritte.

Gregor Vigan kehrte mit betretener Miene zurück und berichtete, daß mehrere Ordensbrüder beobachtet hatten, wie der Bote aus dem Kolleg gestürmt und davongerannt war.

»Er hat mir gegenüber behauptet, sein Name sei Jasper Sörenstam. Aber auch das war wohl nur eine Lüge.« Vigan sprach leise, und Anneke merkte seinem Tonfall an, wie sehr es ihn erschüttert hatte, daß er einem Betrüger aufgesessen war.

»Glaubt Ihr mir nun, daß ich Euch die Wahrheit berichtet habe?« meinte Ohlin.

»Wenn dieser Kerl ein reines Gewissen besessen hätte, wäre er nicht vor uns geflohen. Weiß der Himmel, welcher Lump meine Gastfreundschaft mißbraucht hat.«

»Hat er in dieser Kammer gewohnt?« wollte Anneke wissen.

»In der Depesche, die er mit sich führte, wurde ich gebeten, den Überbringer der Nachricht bis zum Eintreffen des Gastes im Kolleg unterzubringen.« Vigan ließ sich ermattet auf einen Stuhl sinken und fuhr sich durch das schüttere graue Haar. »Aus welchem Grund wollte dieser Mann mich täuschen? Ihr sagt, er hat einen Botenreiter getötet?«

Ohlin nickte. »Ich vermute, er hat es getan, um in die Nähe des Gastes zu gelangen, den Ihr erwartet. Vielleicht hat er es auf dessen Leben abgesehen.«

»Grundgütiger!« stöhnte Vigan auf.

Ohlin trat näher an den Jesuiten heran. »Pater, seid Ihr sicher, daß Ihr nicht endlich das Geheimnis um Euren Gast lüften wollt? Um wen immer es sich dabei auch handeln mag – er befindet sich hier in Münster in großer Gefahr.«

»Das kann ich nicht tun. Ich habe einen Eid geschworen.« Vigan schüttelte verzagt den Kopf. »Aber ich versichere Euch, Herr Ohlin, daß mir Euer Name nie zuvor zu Ohren gekommen ist und daß ich nicht weiß, warum Ihr in diese Angelegenheit verwickelt wurdet.«

»Das werde ich nur herausfinden können, wenn ich die nächsten Tage im Kolleg bleibe. Es wäre auch zu Eurem Schutz, Pater.«

»Ihr wollt hierblieben?« Der Jesuit hob abwehrend die Hände. »Das kann ich nicht zulassen. Nicht im Hinblick darauf, was geschehen wird.«

Anneke richtete sich auf. »Mir scheint, der Küchenmeister Josef ist äußerst interessiert an den Geschehnissen im Kolleg. Vielleicht sollten wir ihn über diese Vorgänge in Kenntnis setzen. Wie lange, glaubt Ihr, würde es dauern, bis die Gerüchte, daß Ihr in geheime Machenschaften verstrickt seid und einen Gast erwartet, dessen Identität verborgen bleiben soll, im gesamten Kolleg und noch darüber hinaus verbreitet wären. Einen Tag? Zwei? Oder gar nur Stunden?«

Zufrieden nahm Anneke zur Kenntnis, daß Ohlin ihre kleine Drohung mit einem anerkennenden Blick quittierte. Gregor Vigan hingegen zog ein ärgerliches Gesicht. »Das würdet Ihr nicht wagen«, sagte er.

»Warum nicht?« meinte Ohlin. »Was hätten wir zu verlieren?«

Vigan überlegte einen Moment lang, dann gab er klein bei. »Ich bin auf Euer Schweigen angewiesen. Darum gestatte ich Euch, die nächsten beiden Nächte in dieser Kammer zu verbringen. Sollte mein Gast in dieser Zeit eintreffen, werdet Ihr ihm jedoch fernbleiben. Das muß ich verlangen.«

»Nennt diesem Gast meinen Namen«, sagte Ohlin. »Um wen immer es sich auch handeln mag, vielleicht kann er etwas Licht in die verworrene Angelegenheit bringen.«

Vigan blickte von Anneke zu Ohlin und schien noch einmal abzuwägen, ob er den beiden wirklich trauen konnte. Schließlich sagte er: »Ich werde Eurer Bitte nachkommen.«

Ohlin nickte zufrieden. »Das ist ein Anfang.«

Der Morgen dämmerte unter schweren Regenwolken herauf. Magnus erwachte mit einem widerlich sauren Geschmack im Mund und heftigen Krämpfen in seinen Eingeweiden. Er erhob sich schwerfällig von seiner Strohmatratze und schaute zu Anneke, die sich auf der gegenüberliegenden Seite der Kammer ebenfalls aufrichtete. Pater Gregor hatte einige Decken für sie heranschaffen lassen, auf denen sie einigermaßen komfortabel die Nacht verbracht hatte. Sie war mit ihrem Lager allerdings so weit von Magnus abgerückt, wie es in der Kammer möglich war, und er fragte sich, ob Anneke tatsächlich befürchtete, er würde in der Nacht über sie herfallen. Sie hatte kein einziges Kleidungsstück abgelegt und strich nun ihren Rock und das zerknitterte Hemd glatt. Zumindest trug sie ihr Haar offen, und auch wenn Anneke noch recht müde und mürrisch daherkam, fiel ihm auf, wie hübsch sie ausschaute, wenn ihr gewelltes dunkles Haar nicht unter der Haube verschwand, sondern ihr bis auf die Schultern fiel.

Während Anneke sich an der Schüssel wusch und ihre Zähne mit Salz und einem Tuch säuberte, kleidete Magnus sich an und bat sie dann, ihm bei seiner Rasur behilflich zu sein. Er hatte sich Seife und ein Messer bringen lassen. Für gewöhnlich erledigte er die Rasur alleine, doch seit dem Giftanschlag und den damit einhergehenden morgendlichen Krämpfen zitterten seine Hände so sehr, daß er es vorzog, fremde Hilfe in Anspruch zu nehmen.

Es überraschte ihn, wie sicher sie das Messer über seine Wange führte, ohne auch nur einen Kratzer zu hinterlassen. Doch nicht nur für diesen Dienst konnte er Anneke ein Lob aussprechen.

»Ich bin stolz auf dich«, meinte Magnus, während sie vor ihm stand. Er betrachtete ihren Hals. Der brutale Angriff des Schiefnasigen hatte dort bräunliche Würgemale hinterlassen.

»Ist das so?« fragte sie, ohne sich von ihrer Aufgabe ablenken zu lassen.

»Natürlich. Ich habe es dir zu verdanken, daß Vigan uns nicht fortgeschickt hat. Deine Drohung, diesem schwatzhaften Küchenmeister zu berichten, was hier vor sich geht, hat Pater Gregor regelrecht in Angst und Schrecken versetzt. Er hätte uns niemals den Aufenthalt im Kolleg gestattet, wenn er nicht befürchten würde, daß wir sein Geheimnis preisgeben. Es scheint ihm wirklich viel daran gelegen zu sein, seine Machenschaften geheimzuhalten.«

»Wenn Ihr so zufrieden mit mir seid, dann wäre es doch an der Zeit für meinen ersten Lohn.« Zum ersten Mal an diesem Morgen lächelte sie, und ihre Miene hellte sich weiter auf, als er nach der Rasur tatsächlich in seiner Börse nach einem Doppelschilling fischte und ihn ihr zuwarf. Zudem überließ er ihr noch ein hellblaues Seidentuch, das sie um ihren Hals binden konnte, um die Flecken zu verbergen.

Im Refektorium nahmen sie eine Morgensuppe und einen Becher verdünnten Wein zu sich. Magnus erschnupperte skeptisch das süßliche Aroma und prüfte den Geschmack, indem er nur seine Zungenspitze in den Wein tauchte. Seit dem Anschlag auf sein Leben achtete er peinlich genau darauf, was er zu sich nahm – vor allem, wenn es ihm von fremden Händen gereicht wurde.

An dieser Mahlzeit konnte er nichts Ungewöhnliches feststellen, und so stärkte er sich, wenngleich er nur wenig aß, da ihm die Schmerzen in seinem Bauch den Appetit nahmen.

Bald darauf verließen sie das Kolleg, um Karl aufzusuchen. Die schwülwarme Luft und ein entferntes Donnern kündigten ein Gewitter an. Noch regnete es aber nicht. Sie beeilten sich und überquerten den Domvorplatz. Als sie den Prinzipalmarkt erreichten, schwoll der Donner an, und ein Schauer prasselte auf sie hinab. Trotz des Regens blieb Anneke in der Nähe der Lambertikirche stehen und schaute zum Turm hinauf. Sie deutete auf die achteckige Kuppelspitze, an der drei eiserne Verschläge befestigt waren, und wollte wissen: »Was sind das für Käfige?«

»In ihnen befanden sich einstmals die Gebeine der Männer, die in Münster vor mehr als hundert Jahren für kurze Zeit ein heidnisches Königreich errichtet hatten«, erläuterte Magnus. »Hat man dir nie von den Wiedertäufern erzählt?«

Anneke schüttelte den Kopf. »Waren es Ketzer?«

»Die Täufer selbst sahen ihren Auftrag wohl als heilig an. Die Wiedertäufer wollten einen Gottesstaat errichten und verboten jeglichen Zierat und Bilderwerk. Münster sagte sich von den Obrigkeiten und von der Kirche los, doch das Regiment dieser radikalen Reformatoren endete nach sechzehn Monaten in einem Meer von Blut, als der Bischof es mit Waffengewalt niederschlagen ließ.«

»Ihr sagt, es handelte sich um Reformatoren, also waren diese Täufer Protestanten wie Ihr und ich.«

»Nicht ganz«, sagte Magnus. »Die Lehre Luthers hat die Kirche reformiert und sie auf einen neuen Weg gebracht. Doch der Protestantismus ist und war niemals eine Einheit. Die Reformierten streiten mit den Lutheranern, und beide Parteien mißtrauen wiederum den Calvinisten und anderen Gruppierungen.«

Anneke schaute noch immer zum Kirchturm hinauf, doch Magnus zog sie nun mit sich, denn es regnete mittlerweile so heftig, daß sie unter einem Bogengang Schutz suchen mußten, bevor sie sich zum Roggenmarkt begeben konnten, wo Karl in einem Stall die Pferde und die Kutsche untergebracht hatte.

Sie fanden Karl schnarchend auf einer Strohschütte neben dem Pferdegatter. Magnus weckte den Kutscher, berichtete ihm, daß Anneke und er die Nacht im Jesuitenkolleg verbracht hatten, dann schickte er ihn aus, einen Krug Wein heranzuschaffen.

Nachdem Karl sich auf den Weg gemacht hatte, ließ Magnus sich mit Anneke auf dem Stroh nieder. Sie rückte ihre Haube zurecht und meinte vorwurfsvoll: »Wenn Ihr weiterhin soviel Wein in Euch hineinschüttet, werdet Ihr zur Mittagszeit bereits betrunken sein.«

»Im Gegenteil«, widersprach er. »Der Wein macht meinen Kopf nur klarer. Das Nachdenken fällt mir leichter, wenn ich ein wenig beschwipst bin.«

Anneke verzog das Gesicht und schien ihm nicht recht glauben zu wollen. »Und was genau denkt Ihr zu unternehmen, jetzt, wo wir im Kolleg untergekommen sind?« fragte sie.

»Wir warten darauf, daß Pater Gregors Gast eintrifft«, antwortete Magnus. »Vigan wird uns von ihm fernhalten wollen, aber vielleicht bietet sich mir dennoch die Gelegenheit, in Erfahrung zu bringen, um wen es sich bei dieser geheimnisvollen Person handelt. Der Gast muß der Schlüssel zu all dem sein, was geschehen ist.«

»Habt Ihr denn eine Ahnung, wer es sein könnte?«

Magnus zögerte. »Ich vermute, daß die seltsamen Vorgänge in einem Zusammenhang mit dem Kongreß stehen. Und mit einem möglichen Friedensschluß. Vielleicht gibt es auch eine Verbindung zu den Entschädigungen, die das schwedische Heer einfordert.«

Anneke schaute ihn nur fragend an, und darum erklärte er ihr: »Der Oberbefehlshaber des schwedischen Heeres ist ein General namens Carl Gustav Wrangel. Ihm wurde dieser Posten erst vor wenigen Monaten anvertraut. Für viele einflußreiche Männer ist der Krieg ein lohnendes Geschäft, und Wrangel macht kein Geheimnis daraus, daß für ihn noch nicht genügend Profit aus diesem Feldzug herausgesprungen ist. An dem Tag, an dem du mich in Osnabrück aufgesucht hast, habe ich erfahren, daß Wrangel versucht, einflußreiche Personen zu bestechen, die dafür Sorge tragen sollen, daß er und seine Generäle sich auch weiterhin am Krieg und an den Plünderungen bereichern können.«

»Und Ihr glaubt, dieser Oberbefehlshaber paktiert mit den Jesuiten?«

»Ein Jesuit wie Gregor Vigan stellt nur einen Mittelsmann dar. Er handelt im Auftrag anderer mächtiger Personen.«

»Aber wißt Ihr denn, wen dieser Wrangel bestochen hat, um seine Ziele zu erreichen?«

»Nein.« Die Lüge kam ihm leicht über die Lippen. Anneke mußte nicht erfahren, daß er mitangehört hatte, wie der Gesandte Johan Oxenstierna mit seinem Sekretär über das Angebot gesprochen hatte, das ihnen aus dem Heerlager überbracht worden war.

»Vielleicht ist dieser Wrangel auf dem Weg nach Münster«, spekulierte Anneke. »Könnte er der Gast sein, den Pater Gregor erwartet?«

Magnus schüttelte den Kopf. »Wrangel würde sich nicht so weit von der Armee entfernen, nur um in Münster ein vertrauliches Gespräch zu führen. Aber es könnte sich um einen Abgesandten aus Wrangels Generalstab handeln.« Er deutete auf seine Wamstasche, in der er den Brief bei sich trug, den er im Mantel des falschen Boten gefunden hatte. »Mir bleibt nur die Hoffnung, daß aus dieser Depesche ein wenig mehr Klarheit zu erlangen ist. Wenn es mir denn gelingen sollte, diese Chiffre zu lösen.«

Anneke löste das Tuch von ihrem Hals. »Ist das so schwierig?« fragte sie.

»Bislang verzweifle ich daran.« Er hatte sich am gestrigen Abend vor dem Einschlafen noch lange mit dem Papier beschäftigt und im matten Schein eines Talglichtes versucht, dem chiffrierten Text einen Sinn einzuhauchen. Doch er hatte nicht den Ansatz einer Lösung gefunden.

Magnus lenkte sich von diesen ernüchternden Gedanken ab, indem er Anneke dabei betrachtete, wie sie mit dem Tuch, das er ihr geschenkt hatte, ihr Gesicht und das Dekolleté trocken tupfte. Sein Blick fiel auf den Ansatz ihrer Brüste, und er merkte wieder einmal, wie sehr dieses Mädchen ihn zu reizen wußte.

Ein plötzlicher Schmerz im Bauch riß ihn aus dieser Überlegung. Magnus stöhnte auf und krümmte sich. Anneke wurde darauf aufmerksam, zog ein mitleidsvolles Gesicht und fragte: »Kann ich Euch helfen?«

Er spürte, wie das Kneifen schon wieder nachließ, aber trotzdem winkte er Anneke zu sich.

»Komm näher«, bat er. Anneke beugte sich zu ihm, und er konnte nicht widerstehen, sie zu küssen. Er preßte seine Lippen auf ihren Mund und drängte sich an sie heran, doch schon im nächsten Moment stieß sie ihn unsanft zurück, und er sank auf das Stroh.

»Ihr Männer seid wie besessen davon, eine Frau besitzen zu wollen«, fauchte sie ihn an. Ihre Augen funkelten. »Es wäre besser, Ihr verzichtet auf den Wein. Er benebelt Euren Geist.«

Er setzte sich auf. »Sei mir nicht gram, Anneke.«

»Untersteht Euch, mir zu nahe zu kommen.«

Magnus schalt sich einen Narren. Nicht zum ersten Mal in seinem Leben hatten ihn die Verlockungen des Fleisches in Schwierigkeiten gebracht. Zu seiner Erleichterung kehrte in diesem Augenblick Karl zurück und stellte einen Krug Wein und zwei Holzbecher auf den Boden.

Anneke rückte mit einem wütenden Schnauben von Magnus ab. Er senkte reumütig den Blick und fragte sich noch einmal, welcher Teufel ihn geritten haben mochte. Hier in Münster war ihr Leben in Gefahr, und er hatte nichts Besseres zu tun, als zu versuchen, diese störrische Magd zu verführen.

Magnus überlegte, mit welchen Worten er sie besänftigen könnte, doch ihm fiel nichts Gescheites ein. Also hielt er einfach den Mund und schenkte sich den Wein ein.

Kapitel 18

Wenngleich Anneke froh war, der harten Hand der Monsbach-Wirtin und deren anstrengenden Strafaufgaben entkommen zu sein, wurde ihr doch recht schnell klar, daß ihr auch der Müßiggang nicht zu gefallen wußte.

Sie war gegen Mittag mit Ohlin aus der Stadt in das Kolleg zurückgekehrt und hockte nun schon seit Stunden mit ihm untätig in der Kammer. Während Ohlin auf dem Tisch vor sich einige Papiere ausgebreitet hatte und sich bemühte, aus den verschlüsselten Zahlenreihen Buchstaben und Worte hervorzubringen, hockte sie auf ihrem Lager und ärgerte sich darüber, daß sie ihr Gebetbuch in der Schenke zurückgelassen hatte. Hier hätte sie endlich die Zeit und Ruhe gehabt, sich eingehend damit zu beschäftigen, doch statt dessen saß sie nur untätig herum und lauschte dem kratzenden Geräusch, das Ohlins Feder auf dem Papier hinterließ.

Sie betrachtete ihn und fragte sich, ob sie ihm noch immer böse sein sollte. Sein Kuß hatte sie wütend gemacht. Gerade erst hatte sie sich einzureden versucht, daß Ohlin nicht der selbstverliebte Parvenu war, als der er sich so gerne aufspielte. Sie hatte nicht gelogen, als sie ihm gesagt hatte, daß sie ihm am liebsten in die Arme gefallen wäre, als er rechtzeitig aufgetaucht war und sie aus der Gewalt des Schiefnasigen befreit hatte. Ohlin konnte charmant sein. Außerdem hatten ihn die Worte über den Verlust seiner Kinder ihr näher gebracht.

Der Kuß im Stall schien dieses Vertrauen jedoch zu widerlegen und bestätigte die Befürchtung, die Lucia Monsbach ihr mit auf den Weg gegeben hatte. Ohlin war aus keinem besseren Holz geschnitzt als Seybert. Immerhin hatte ihn ihre Zurechtweisung beschämt. Und als wolle er seinen Fehler wiedergutmachen, hatte er auf dem Rückweg zum Kolleg sogar zugestimmt, den Dom aufzusuchen, von dessen prachtvoller Halle Anneke durchaus beeindruckt war. Ohlin hatte sie durch die Seitenschiffe zu einer reichverzierten astronomischen Uhr geführt, die sich hoch wie ein Haus erstreckte und mit zahlreichen geschnitzten Figurengruppen, Symbolen und Kalendarien geschmückt war. Ohlin hatte ihr erklärt, daß mit den astronomischen Angaben dieses Uhrwerks die Daten der christlichen Feste viele hundert Jahre exakt vorausberechnet werden konnten. Anneke hatte kaum den Blick von dieser wundersamen Gerätschaft lösen können. Erst nach einer Weile hatten sie sich in eine der Bankreihen gekniet, und Anneke hatte zu Gott gebetet, daß er sie in dieser Stadt vor Männern wie dem Schiefnasigen behüten möge – und in den Nächten auch vor Magnus Ohlin.

Der Gang durch die Stadt und der Aufenthalt im Dom hatte Anneke abgelenkt, doch hier im Kolleg langweilte sie sich. Sie schaute wieder zu Ohlin, der ein vernehmliches Seufzen von sich gab. Augenscheinlich kam er mit seinen Bemühungen kaum voran, die Zahlenreihen zu entschlüsseln.

Anneke erhob sich und trat auf ihn zu.

»Eure Spielereien scheinen nicht von Erfolg gekrönt«, meinte sie.

Ohlin schaute zu ihr auf und runzelte die Stirn. »Spielereien? Du glaubst, ich verschwende meine Zeit mit Spielereien? Anneke, solch eine Verschlüsselung ist die Alchemie der Sprache, und der Kampf, sinnvolle Worte aus diesen scheinbar zusammenhanglosen Zahlenreihen hervorzubringen, ist eine sehr alte Wissenschaft.«

Er wirkte regelrecht aufgebracht. Dieses für sie unverständliche Spiel mit Zahlen und Buchstaben kam für ihn anscheinend einer regelrechten Passion gleich. Neugierig geworden, beugte sie sich über das Papier und die Notizen, die er gemacht hatte.

»Erklärt es mir«, sagte sie.

»Wie bitte?«

»Ich will es verstehen. Erläutert mir, was Ihr hier tut. Wie entsteht aus diesen Zahlenreihen ein lesbarer Text?«

Ohlin gab ein abfälliges Zischen von sich. »Das wäre zu kompliziert für dich. Eine Magd wie du würde diese Vorgänge nicht begreifen.«

Damit wollte Anneke sich nicht zufriedengeben. »Versucht es zumindest«, meinte sie. »Ich merke Euch an, daß Ihr gerne über diese Dinge sprecht, also ist es doch egal, ob ich das alles verstehe.«

Er überlegte, und bevor er eine Antwort geben konnte, sagte Anneke: »Außerdem habt Ihr etwas gutzumachen.«

»Der Kuß?« Er lachte und zwinkerte ihr zu. »Den solltest du besser nicht zu ernst nehmen, Anneke, aber bevor du dich wieder schmollend auf deine Decken verkriechst, will ich versuchen, dich sanfter zu stimmen. Hol dir einen Schemel und setz dich zu mir.«

Anneke griff nach dem Hocker und ließ sich neben ihm nieder.

Ohlin deutete auf die säuberlich niedergeschriebenen Zahlenreihen. »Was du hier siehst, ist das Ergebnis des jahrhundertealten unablässigen Kampfes zwischen Verschlüßlern und Entschlüßlern. Beide Seiten bedienen sich der Mathematik und der Linguistik, also den Lehren der Zahlen und der Sprache. Während eine Partei um Geheimhaltung bemüht ist, setzt die andere alles daran, dies zu verhindern. Die Stärke solcher Verschlüsselungen kann Kriege entscheiden und die Schicksale ganzer Völker beeinflussen.«

Anneke fiel es schwer zu verstehen, warum sich jemand

die Mühe machte, eine Nachricht in Zahlen zu zerlegen, die scheinbar keinen Sinn erkennen ließen, und darum fragte sie: »Warum werden solch wichtige Nachrichten nicht vor neugierigen Augen verborgen? Mit ein wenig Überlegung ließe sich doch sicherlich ein findiges Versteck ausmachen.«

»Das, wovon du sprichst, nennt sich Steganographie. Vor allem in alten Zeiten wurden Nachrichten ganz einfach verborgen. Die Methoden unserer Vorfahren waren dabei äußerst einfallsreich. Man scherte einem Boten die Haare, schrieb die Nachricht auf seine Kopfhaut und ließ die Haare wieder wachsen, was natürlich einen nicht geringen Zeitaufwand erforderte. In späteren Zeiten stellten kluge Männer Geheimtinte her, mit der man zum Beispiel die Schale eines Eis beschrieb. Die Tinte hinterließ auf der Schale keine Spuren, doch wenn die Schale entfernt wurde, konnte die Botschaft auf der Oberfläche des gehärteten Eiweißes gelesen werden. Und es gab noch viele andere Methoden.«

»Interessant«, meinte Anneke.

Ohlin nickte. »Doch auch die beste Idee, eine Botschaft zu verbergen, hat einen entscheidenden Nachteil. Wenn ein solches Versteck durchschaut wird, liegt die Nachricht offen vor den Augen der Personen, vor denen sie geheimgehalten werden sollte.«

»Und darum versucht man, nicht die Botschaft an sich, sondern den Sinn des Textes zu verbergen.«

»Das hast du gut erkannt«, lobte Ohlin sie. »Man kann Wörter durch andere Wörter ersetzen, um bestimmte Begriffe zu verschlüsseln. So etwas wird häufig für militärische Befehle während einer Schlacht angewandt. Will man jedoch einen längeren Text verschlüsseln, spricht man von Chiffren, das heißt, man tauscht nun nicht mehr Wörter gegen Wörter aus, sondern jeden einzelnen Buchstaben durch einen anderen Buchstaben, Zahlen oder Symbole. Die einfachste Variante einer Chiffre wäre es, das Alphabet nach dem Zufallsprinzip zu mischen und jeden Buchstaben durch einen anderen zu ersetzen. Der geschriebene Text wäre völlig unverständlich, und es gäbe Tausende mögliche Kombinationen der Buchstabenanordnung. Solch eine Form der Verschlüsselung wandten bereits die Römer unter Cäsar an. Auch der Brief, den wir bei dem toten Boten im Wald gefunden haben, wurde auf diese simple Weise chiffriert.«

»Und Ihr seid in der Lage, solch eine Verschlüsselung zu lösen? Ihr habt den Text innerhalb weniger Stunden in seinen Ursprung übersetzt? Wie ist das möglich?«

»Vielleicht besitze ich ein besonderes Talent.«

»Ein Talent?« meinte Anneke skeptisch.

Ohlin zuckte mit den Schultern. »Ich habe mich schon in meiner Jugend mit diesen linguistischen Rätseln beschäftigt – und mit Zahlenspielen, die auf der Häufigkeitsanalyse basieren.«

»Was soll das schon wieder sein?«

»Nun, es gibt Berechnungen darüber, wie häufig jeder Buchstabe in einer jeweiligen Sprache verwendet wird. Im Deutschen ist das *e* der Buchstabe, der am meisten benutzt wird, danach folgen das *n*, das *i* und das *s*. Je länger der chiffrierte Text, desto einfacher ist es, ihn zu entschlüsseln. Ich zähle die einzelnen Buchstaben und stelle so fest, welche von ihnen am häufigsten vorkommen. Ein weiterer Hinweis sind die sogenannten Biagramme, also Zweierkombinationen für Buchstaben. Die häufigsten Biagramme im Deutschen sind *er*, *en* und *ei*. Dann suche ich nach Wörtern wie *die* oder *der*. Wenn die ersten Buchstaben korrekt entschlüsselt wurden, ist es mit ein wenig Sprachgefühl nicht mehr schwer, auch die restlichen Wörter zu ermitteln.«

In Annekes Kopf schwirrten all die Begriffe herum, von denen sie nie etwas gehört hatte und die sie sich nur schwerlich merken konnte. Sie nahm eines der Papiere, die vor Ohlin lagen, zur Hand. »Aber dieser Text scheint Euch Schwierigkeiten zu bereiten. Liegt es daran, daß er nur aus Zahlen besteht?«

Ohlin seufzte. »Man kann davon ausgehen, daß wichtige Nachrichten mit weitaus größerem Aufwand verschlüsselt werden, als belanglosere Dokumente wie etwa der Brief von Pater Gregor, den der Bote bei sich trug und dessen Chiffre recht einfach zu lösen war.« Er schaute mit einem sorgenvollen Stirnrunzeln auf die Zahlenreihen vor sich. »In diesem Text steht jede Zahl für einen Buchstaben. So weit, so gut. Doch um die Chiffre zu erschweren, wurden den Buchstaben, die häufig im Deutschen vorkommen, mehrere Zahlen zugeordnet. Ich gehe davon aus, daß das *e* vielleicht durch siebzehn verschiedene Zahlen ersetzt wurde, das *n* von zehn Zahlen, das *i* durch acht und so weiter. Dadurch läßt sich eine Analyse der Häufigkeit nicht mehr durchführen.«

»Aber dann gibt es doch auch keine Möglichkeit, diese Chiffre zu entschlüsseln.«

Ohlin lächelte hintergründig. »Es gibt aber auch hier noch immer Spuren, die man verfolgen kann. Jeder Buchstabe einer Sprache besitzt seinen eigenen Charakter und seine ganz eigene Beziehung zu den übrigen Buchstaben des jeweiligen Alphabets. Alles in allem stellt eine solche Chiffre jedoch ein sehr komplexes Rätsel dar, dessen Lösung viel Zeit in Anspruch nehmen wird.«

»Und wie kommt Ihr voran?« wollte Anneke wissen.

»Kaum«, erwiderte er niedergeschlagen. »Dieser Text ist im Grunde viel zu kurz, um eine Analyse durchzuführen. Es handelt sich wahrscheinlich um kaum mehr als einhundert Worte. Ich fürchte, ich bin nicht in der Lage, die Chiffre zu entwirren. Das ist um so betrüblicher, da jemand, der sich so viel Mühe gemacht hat, diesen Text zu verbergen, uns gewiß etwas Aufschlußreiches mitzuteilen hätte.« Er schlug mit der Hand auf den Tisch. »Wenn ich nur im Besitz des Schlüssels wäre. Der Aufstellung des Alphabets und der dazugehörigen Zahlen.«

»Habt Ihr den Mantel des Schiefnasigen gründlich durchsucht?«

»Jede Tasche und jeden Saum habe ich überprüft, ohne etwas zu finden. Aber es ist auch nicht zu erwarten, daß jemand eine so wichtige Notiz bei sich trägt. Natürlich habe ich auch hier in der Kammer jeden Winkel durchstöbert, aber ich bin auf kein Versteck gestoßen.«

Anneke nahm einen der Zettel zur Hand, auf dem Ohlin seine Notizen niedergeschrieben hatte. Seine Handschrift war sehr unleserlich, und sie konnte nur wenige Buchstaben erkennen. Sie hatte nicht alles verstanden, was er ihr erklärt hatte, doch sie hatte begriffen, daß man über ein besonderes Talent verfügen mußte, um diese verwirrenden Rätsel zu lösen.

»Wo habt Ihr all diese Dinge gelernt«, fragte Anneke.

»Ich habe dir erklärt, daß ich bereits als junger Bursche ...«

»Auch ein Jüngling braucht einen Lehrer«, fiel sie ihm ins Wort. »Und ich glaube kaum, daß solche Kenntnisse in einer normalen Schule vermittelt werden.«

Er versuchte sich nichts anmerken zu lassen, doch Anneke glaubte, an einem leichten Zucken seiner Mundwinkel zu erkennen, daß sie mit ihrer Vermutung recht hatte, daß Ohlin schon in frühen Jahren zu einer Art Spion ausgebildet worden war.

»Das geht dich nichts an«, sagte er kühl.

Anneke schnaufte abfällig. »Ein weiteres Geheimnis also. Dieser schiefnasige Kerl versucht etwas vor uns zu verbergen, ebenso wie der Jesuit Vigan. Und auch Ihr gebt mir ein Rätsel auf. Ich habe die Nase voll von all diesen Heimlichkeiten.«

»Finde dich damit ab. Es ist nicht deine Aufgabe, dieses Rätsel zu lösen.«

»Warum bin ich dann noch hier? Schickt mich doch zurück, wenn ich zu nichts mehr nützlich bin. Das spart Euch Geld, und ich falle Euch dann nicht mehr auf die Nerven.«

»Vielleicht sollte ich das wirklich tun«, knurrte er. Anneke befürchtete einen Augenblick lang, sie hätte ihn auf eine Idee gebracht, die nicht ihre Absicht gewesen war. Beide schwiegen betreten. Im nächsten Moment zog jedoch ein Hufklappern auf dem Pflaster zwischen Kirche und Kolleg ihre Aufmerksamkeit auf sich.

Ohlin erhob sich, trat an das Fenster und klappte es auf. »Schau dir das an«, sagte er.

Anneke stellte sich neben ihn und blickte nach draußen. Im Dämmerlicht konnte sie vor dem Kolleg fünf Männer erkennen, die von ihren Pferden absaßen und die Tiere einigen herbeigeeilten Knechten übergaben.

»Wie es scheint, ist Vigans Gast eingetroffen«, raunte Ohlin.

Anneke betrachtete die Männer genauer. Ihre Mäntel waren verdreckt, sie mußten einen weiten Weg zurückgelegt haben. Sie alle trugen breitkrempige Hüte, was es unmöglich machte, von hier oben ihre Gesichter zu erkennen.

Aus dem Eingangsportal trat nun Pater Gregor auf die Reisenden zu. Der Jesuit verbeugte sich tief und sprach einige Worte, die aber zu leise waren, um sie verstehen zu können. Vigan drängte seine Gäste rasch in das Kolleg, dann folgte er ihnen.

»Was tun wir jetzt?« fragte Anneke.

»Abwarten«, erwiderte Ohlin. Anneke war jedoch davon überzeugt, daß er mit dem Gedanken spielte, die Kammer zu verlassen, um herauszufinden, um wen es sich bei dem mysteriösen Gast und seinen Begleitern handeln mochte.

Wenn Ohlin tatsächlich eine solche Idee ins Auge gefaßt

haben sollte, wurde dieses Vorhaben schon bald verhindert, als sie einen Schlüssel im Schloß der Tür zu ihrer Kammer klappern hörten.

»Verdammt!« rief Ohlin, lief zur Tür und rüttelte am Knauf. Er schlug dreimal kräftig gegen das Türblatt und sagte dann: »Man hat uns eingeschlossen.«

»Wahrscheinlich will Vigan mit allen Mitteln verhindern, daß wir seinem Gast zu nahe kommen.« Anneke setzte sich wieder an den Tisch. Ohlin folgte ihr zerknirscht und machte sich daran, ein Papier zu beschreiben. Während er die Feder führte, lugte er immer wieder zu der verschlüsselten Botschaft. Zunächst glaubte Anneke, er habe es sich nun plötzlich in den Kopf gesetzt, die Chiffre auf die Schnelle zu lösen, doch dann erkannte sie, daß er die Zahlenreihen nur kopierte.

Als er seine Arbeit beendet hatte, faltete er den Zettel zweimal und reichte ihn ihr.

»Nimm das hier an dich und verstecke es!«

Anneke runzelte die Stirn. »Ich glaube kaum, daß ich eine große Hilfe wäre, diesen Text zu entschlüsseln.«

»Das wage ich auch nicht zu hoffen«, sagte Ohlin. »Aber falls mir etwas zustößt und du zurück nach Osnabrück gelangen solltest, möchte ich, daß du dieses Papier dem Gesandten Salvius überbringst und ihm schilderst, was hier geschehen ist. Vielleicht wird jemand anderes früher oder später die Nachricht entschlüsseln können und begreifen, was hier vor sich geht.«

Anneke wußte zunächst nicht, wo sie den Zettel verbergen sollte, dann streifte sie eine ihrer Gamaschen ab, schob das Papier in den Schuh und zog ihn wieder an. »Was soll Euch denn zustoßen?« fragte sie mit einem unheilvollen Gefühl.

»Das werden wir sehen.« Ohlin kramte in einer Wamstasche, holte zwei kleine Werkzeuge hervor und stellte sich an die Tür. Er beugte sich zum Schloß und hantierte dort mit den beiden Metallstäbchen herum. Sie hörte, wie er einen gepreßten Fluch in seiner Heimatsprache ausstieß, doch dann hatte er Erfolg. Er grinste und öffnete die Tür. Anneke konnte sich nicht erklären, wie er diese Tür ohne Schlüssel so schnell hatte aufschließen können. Anscheinend war das Entschlüsseln chiffrierter Botschaften keineswegs die einzige Begabung des Schweden.

»Na also«, sagte Ohlin und zog die Tür auf. Er wollte auf den Korridor treten, doch im nächsten Moment hielt er inne, da ihm Pater Gregor gegenüberstand.

»Wie ich sehe, habt Ihr mir die Mühe abgenommen, die Tür aufzuschließen«, sagte Vigan. Ohlin antwortete nicht, und so fügte Vigan an: »Ihr hättet Euch die Mühe sparen können. Ich habe meinen Gast inzwischen von Eurer Anwesenheit unterrichtet, und er wünscht, mit Euch zu sprechen.«

»Er will mit mir sprechen?« fragte Ohlin ungläubig.

Vigan nickte und zog eine unwirsche Miene. »Mir gefällt das nicht, aber ich beuge mich diesem Wunsch.« Er drehte sich um und trat den Korridor entlang. Ohlin gab Anneke ein Zeichen mitzukommen, und so folgten sie dem Jesuiten in das Obergeschoß, wo sie durch einen Vorraum eine größere Kammer betraten.

In einem breiten Kamin prasselte ein Feuer und warf ein flackerndes Licht auf die fünf Gestalten, die ihre schmutzigen Mäntel und Hüte abgelegt hatten. Vier der Männer waren großgewachsen und wirkten sehr kräftig. Vor allem ein bulliger Kerl mit einer ledernen Augenklappe, der die anderen Männer wohl um Haupteslänge überragte, kam Anneke wie ein Riese vor. Alle vier waren mit Degen und Pistolen bewaffnet, nur die fünfte Person in ihrer Mitte, ein zierlich gebauter Knabe, trug keine Waffen bei sich.

Als Anneke und Ohlin eintraten, stand dieser Jüngling

halb von ihnen abgewandt und wechselte einige Worte mit seinem Nebenmann. Nun drehte er sich zu ihnen um, und als er Ohlin sah, lächelte er. Ohlin hingegen gab nur ein japsendes, überraschtes Geräusch von sich und kniete nieder.

Anneke blieb stehen und versuchte zu begreifen, was hier vor sich ging. Der kniende Ohlin senkte demütig den Kopf, während der Jüngling einen Schritt auf ihn zumachte und freudig dessen Namen ausrief. Dann faßte er Ohlin am Arm und forderte ihn auf, sich zu erheben. Anneke stockte der Atem, als der junge Mann Magnus Ohlin schließlich auf den Mund küßte. Ohlin ließ es geschehen, obwohl Anneke ihm anmerkte, wie unangenehm ihm diese Situation war. Auch Gregor Vigan schaute mit einem Ausdruck der Verlegenheit zur Seite.

Anneke hingegen blickte dem Jüngling ins Gesicht, und plötzlich kam ihr etwas in den Sinn, das Ohlin ihr während der Fahrt nach Münster gesagt hatte.

Sie hat wenig Frauliches an sich. Man könnte sie gar für einen Mann halten, und es wird gemunkelt, sie wäre eine Art Zwitterwesen.

Konnte es sein ... Anneke legte erstaunt eine Hand vor den Mund, denn von einem Moment zum anderen war sie davon überzeugt, daß es sich bei diesem zierlichen Burschen nicht um einen Mann handelte.

Sie stand der Königin von Schweden gegenüber.

Kapitel 19

Die unerwartete Begegnung mit der schwedischen Königin hatte Anneke aufgewühlt, doch ihre Anspannung war gering im Vergleich zu der von Magnus Ohlin, der nach der Rückkehr in ihre Kammer so unruhig wurde, als habe sich ein Dutzend Flöhe in seine Hose geschlichen. Er setzte sich an den Tisch, stand nach wenigen Augenblicken auf, um ein paar Schritte mit verschränkten Armen durch den Raum zurückzulegen, ließ sich wieder auf dem Schemel nieder, atmete schnaufend aus und sprang erneut hoch.

»So bleibt doch endlich einmal still sitzen«, sagte Anneke. »Ihr steckt mich noch an mit Eurer Unrast, Herr Ohlin.«

»Ich soll ruhig sein?« brach es aus ihm hervor. »Wundert es dich etwa, daß ich aufgebracht bin?« Er deutete mit dem Finger nach oben. »Nur für den Fall, daß du es vergessen haben solltest: Im Stockwerk über uns befindet sich die Königin von Schweden. Allein der Gedanke, daß sie vier Tage über ungesicherte Straßen und durch Wälder geritten ist, in denen sie in die Hände umherziehender Soldaten, Marodeure oder anderer Banditen hätte fallen können …«

»Immerhin befinden sich vier Leibwächter in ihrer Begleitung«, meinte Anneke. »Und die scheinen es mit so manchem Spießgesellen aufnehmen zu können.« Anneke dachte dabei vor allem an den Hünen mit der Augenklappe, der so groß und kräftig gebaut war wie ein Bär.

Ohlin verzog das Gesicht. »Einen Dreck gebe ich auf die Kerle. Der Königin droht in Münster Gefahr. Dieser falsche Bote hat sich nicht ohne Grund das Vertrauen Pater Vigans erschlichen. Gott weiß, wie viele Halunken in dieser Stadt der Königin nach dem Leben trachten.« Ohlin rieb angestrengt über seine Stirn.

»Warum ist sie überhaupt nach Münster gekommen?« wollte Anneke wissen.

Er zuckte die Achseln. »Ich habe keine Ahnung.«

Anneke mußte daran denken, wie vertraut Ohlin und die schwedische Königin während ihres Gespräches auf sie gewirkt hatten. Diese seltsame, flachbrüstige Frau, die in ihren schmutzigen Hosen und dem braunen Lederwams wie ein Mann auftrat, hatte die meiste Zeit über Magnus' Hand gehalten und ihn ab und an auf die Wange geküßt. Ohlin hatten diese überschwenglichen Zuneigungen vor all den Umstehenden augenscheinlich beschämt. Mehrmals war er regelrecht zurückgezuckt, wenn sich ihm das Gesicht mit den groben Zügen und der markanten Nase genähert hatte, um ihn mit weiteren Zärtlichkeiten zu überschütten. Sogar die Stimme dieser Königin Christina klang zumeist so tief wie die eines Mannes, auch wenn sie hin und wieder schwankte und dann zurück in die höhere Tonlage einer Frau rutschte. Anneke erinnerten diese wechselnden Töne an den Stimmbruch eines dreizehnjährigen Knaben.

Zu Annekes Verdruß hatte sie nicht verstehen können, worüber Ohlin und die Königin geredet hatten. Die beiden hatten die ganze Zeit über in ihrer schwedischen Muttersprache gesprochen. Auch Pater Vigan hatte das wohl nicht gefallen, denn der Jesuit hatte ein verkniffenes Gesicht gezogen und des öfteren ein vernehmliches Räuspern anklingen lassen, ohne daß er damit die vertraute Unterhaltung zwischen den beiden unterbrechen konnte.

Alles in allem hatte Ohlin gewiß eine halbe Stunde lang mit der Königin geredet, und nun wollte er also tatsächlich allen Ernstes behaupten, daß er nicht wußte, warum diese Person sich in Münster aufhielt? Anneke glaubte ihm kein Wort.

»Ihr verheimlicht mir etwas«, warf sie ihm vor.

Ohlin lächelte – zum ersten Mal, seit sie zurück in ihre Kammer gebracht worden waren. »Ich hätte jedes Recht, dir den Inhalt dieses Gespräches zu verheimlichen, meine liebe Anneke, aber in diesem Fall ist das unnötig. Die Königin hat mich mit Belanglosigkeiten überschüttet. Sie hat mich über den neuesten Tratsch am Stockholmer Hof unterrichtet und mich über meine Zeit in der schwedischen Gesandtschaft ausgefragt. Ich habe ihr dann in aller Offenheit erläutert, warum ich nach Münster gekommen bin, doch selbst mein Bericht über den Mord an dem Boten und den Anschlag auf mein Leben hat sie nicht sonderlich beunruhigt. Sie scheint aus einem Grund hier eingetroffen zu sein, der sie für alle Gefahren blind werden läßt.« Ohlin zog eine bittere Miene. »Es ist unglaublich. Kaum jemand in Schweden besitzt Kenntnis von ihrer Reise. Selbst der Kanzler Oxenstierna glaubt, sie habe sich auf einen Landsitz im Norden Schwedens zurückgezogen, um ein Fieber auszukurieren.« Er schlug mit der flachen Hand so kräftig auf den Tisch, daß das Zinngeschirr klirrte. »Stur und unberechenbar, so war sie immer schon.«

Derart aufgebracht und wütend hatte Anneke Ohlin bislang noch nicht erlebt. Dieser seltsamen Königin war es gelungen, ihn regelrecht in Rage zu bringen, und sie hatte es geschafft, Anneke zu verwirren, denn in ihrem ganzen Leben war sie noch nie einer Person begegnet, bei der es ihr so schwerfiel, diese einem Geschlecht zuzuordnen.

»Was ist sie?« fragte sie deshalb. »Eine Anomalie? Ein Mißgriff der Natur? Etwa ein Zwitterwesen?«

»Du solltest sie nicht als Anomalie bezeichnen«, meinte Ohlin und fuhr sich mit den Fingern durch das Haar. »Ihr männliches Auftreten und Gebaren mag ein wenig wunderlich erscheinen, aber sie ist gewiß eine Frau.«

Anneke blieb skeptisch. Woher wollte Ohlin das so

genau wissen? War er der Königin vielleicht doch näher gekommen, als er es zugeben wollte?

Wahrscheinlich konnte er diesen Gedanken aus ihrem Gesicht ablesen, denn er hob abwehrend die Hände und sagte: »Es ist nicht so, daß ich Christina je ohne Kleidung vor mir gesehen hätte, aber mir wurde von einem durchaus aufschlußreichen Vorfall berichtet, der dir eine Antwort auf deine Frage gibt.«

»Ach ja?«

Ohlin nickte. »Vor einigen Jahren wurde Christina während einer Fahrt über eine holprige Straße aus ihrer Kalesche geschleudert. Ihr Rock wirbelte dabei so hoch, daß sie mit entblößtem Geschlecht auf der Straße zu liegen kam. Christina soll über diesen Vorfall aber nur gespottet haben, daß sie nicht böse sei, daß jeder sie so gesehen habe, wie sie von Gott erschaffen wurde, denn nun wüßten die Leute endlich, daß sie keine Mannsperson und auch kein Zwitter sei, so wie es häufig vermutet werde.«

»Wenn sie also eine Frau ist, warum täuscht sie dann vor, ein Mann zu sein?«

»Sie ist die Königin von Schweden«, entgegnete Ohlin. »Christina wurde nach dem unerwarteten Tod ihres Vaters zur Thronfolgerin und damit gewissermaßen zum Eigentum des Staates. Damals war sie erst sechs Jahre alt. Man zog sie wie einen Jungen auf, und Christina gefiel es wohl so sehr, das Gefühl der Minderwertigkeit ihres Geschlechtes abzulegen, daß sie einen unüberwindlichen Widerwillen gegen alles Frauliche entwickelt hat. Zudem ist sie äußerst intelligent und eine gelehrige Schülerin. Keine andere Frau und kaum ein Mann besitzt mehr Wissen über Politik, Staatswissenschaft, Kriegskunst und Geschichte. Und sie spricht mittlerweile neun Sprachen.«

»Aber trägt sie denn niemals Kleider?« fragte Anneke.

»Nur zu offiziellen Anlässen. Man merkt ihr an, wie unwohl sie sich zwischen den adligen Damen fühlt, die festgeschnürt, mit üppigen, hervorquellenden Brüsten in ihren wallenden Kleidern stecken und auf ihren hohen Schuhen umherstolzieren. Christina zieht es vor, ihre Zeit mit den Pferden zu verbringen. Sie reitet, schießt und fechtet besser als viele Männer. Das habe ich am eigenen Leib zu spüren bekommen.«

Anneke bemerkte ein gewisses Funkeln in Ohlins Augen, als er über die Königin sprach. Er bewunderte diese junge Frau, die also nicht nur von ihrer äußeren Erscheinung her wie ein Mann auftrat.

»Ihr habt mir erzählt, Euer Onkel hätte Euch am schwedischen Hof eingeführt«, sagte Anneke. »Ich hatte angenommen, Ihr hättet Euch nur selten dort aufgehalten, aber wenn man Euch über die Königin reden hört, und sieht, wie sie Euch vorhin begrüßt hat, scheint Ihr ein häufiger Gast am Königshof gewesen zu sein.«

Ohlin zuckte die Achseln. »Es waren nicht so viele Aufwartungen, wie du vielleicht annimmst, aber ich habe meine Zeit im königlichen Schloß gut genutzt. Es zahlt sich immer aus, Freunde und Vertraute in diesen einflußreichen Kreisen zu gewinnen.«

»Vor allem, wenn einem die Königin zur Vertrauten wird.«

»Königin Christina hat schnell einen Narren an mir gefressen, ohne daß ich viel dafür tun mußte«, verriet er mit einem Zwinkern. »Ich habe sie ganz einfach stets wie einen Mann behandelt. Eine direkte Sprache, einige spielerische Herausforderungen, mit denen ich ihren Ehrgeiz angestachelt habe, und dazu viele intensive Gespräche über Philosophie, Astronomie und Religion – das hat genügt, um zu ihrem Günstling zu werden.«

Ohlins Ausführungen wurden plötzlich unterbrochen, als durch das offene Fenster ein Klappern und das Getrappel von Pferdehufen zu hören waren. Anneke und er schauten auf die Gasse zwischen dem Kolleg und der Petrikirche, wo auf der schmalen Einfahrt eine Kutsche eintraf.

»Und wer mag nun dieser Gast sein?« sagte Ohlin spöttisch. »Etwa der deutsche Kaiser?«

Anneke machte die Umrisse von drei Personen aus, die aus der Kutsche stiegen und von einem Fackelträger begrüßt wurden, der sie ebenso eilig wie zuvor die Königin und ihre Leibwächter in das Kolleg geleitete.

»Diese Herrschaften könnten der Grund für Christinas Reise sein«, meinte Ohlin und schloß das Fenster, nachdem die leere Kutsche weitergefahren war. »Vielleicht empfängt Christina einen der Gesandten aus Münster.«

»Habt Ihr die Männer erkennen können?« wollte Anneke wissen.

Ohlin schüttelte den Kopf. »Aber das läßt sich ändern, wenn ich der Königin einen unerwarteten Besuch abstatte.«

»Ihr wollt die Königin *jetzt* aufsuchen? Glaubt Ihr denn, daß sie Euch sehen will, falls sie wirklich eine Unterredung mit diesen Herrschaften führt?«

»Vergiß nicht, daß ich ein enger Vertrauter für Christina bin. Mag könnte sagen, sie hegt schwesterliche Gefühle für mich.« Ohlin holte die beiden kleinen Metallstäbe hervor, mit denen er heute schon einmal das Schloß geöffnet hatte, und trat zur Tür.

»Ich glaube nicht, daß sie verschlossen ist«, sagte Anneke, die keinen Schlüssel klappern gehört hatte, als sie zurück in ihre Kammer geführt worden waren.

Ohlin stutzte und prüfte ihre Vermutung. Er drückte den Griff hinunter, und tatsächlich ließ sich die Tür öffnen. Unter dem Balken erschien nun allerdings ein unüberwindliches Hindernis. Mit einem maliziösen Grinsen und verschränkten Armen machte sich dort der hünenhafte Gardist breit, der ob seiner Größe selbst unter dem hohen Türbalken den Kopf einziehen mußte, und versperrte Ohlin den Weg. Der wechselte einige schwedische Worte mit dem Riesen, senkte aber bald darauf resigniert den Kopf, als der Gardist zurücktrat und hinter sich die Tür zuzog.

»Ich nehme an, der Koloß war nicht damit einverstanden, daß Ihr Euch den Räumen der Königin nähert«, vermutete Anneke.

Ohlin, der neben diesem Bären wie ein zu kurz geratener Knabe ausgesehen hatte, machte ein enttäuschtes Gesicht. »Der Name dieses Kolosses ist Roald, wie ich erfahren habe. Er hat die Anweisung erhalten, mir die Hände und Füße zu fesseln, wenn ich versuchen sollte, die Türschwelle zu überqueren.«

»Ein Befehl der Königin?« fragte Anneke.

»Es scheint so«, meinte Ohlin kleinlaut.

Anneke kicherte. Ohlins selbsternannte Schwester – oder sollte man besser von einem Bruder sprechen? – wußte sehr genau, wann sie Ohlin um sich haben wollte und wann nicht.

Ohlin ließ sich ernüchtert auf dem Schemel nieder und schenkte sich Wein in den Becher nach. Anneke hatte nicht den Eindruck, daß er in der Stimmung für eine Plauderei war, und so wartete sie einfach ab, bis nach etwa einer Stunde auf der Gasse erneut Geräusche und Stimmen zu hören waren. Sie eilten ans Fenster und sahen, wie die Kutsche vorfuhr und die drei Männer in das Gefährt einstiegen. Der Kutscher ließ die Peitsche knallen, und der Wagen polterte über das Pflaster auf die Ausfahrt zu.

Ohlin schloß das Fenster. »Es ist zu dunkel«, klagte er. »Ich konnte keines der Gesichter erkennen.« Nachdenklich zupfte er an seinem Kinnbart und murmelte: »Verdammt, wer mag das nur gewesen sein?«

»Fabio Chigi«, raunte Ove Dahlgren. In diesem Moment, als sich sämtliche Vermutungen und Befürchtungen bestätigten, die wie ein drohendes Gewitter heraufgezogen waren, verspürte Dahlgren mehr Euphorie als Enttäuschung. Nun endlich hatte er Gewißheit, daß Königin Christina tatsächlich bereit war, einen ungeheuerlichen Verrat an ihrem Volk und an Gott zu begehen. Dahlgrens Hand fuhr unter seinen Mantel und befühlte den Knauf des Dolches. Das Traumbild erfüllte sich. Der Rabe kreuzte den Weg mit dem des Falken.

Nicht alles war nach Plan verlaufen. Kjell Ekholm hatte den Boten der Königin getötet und dessen Identität angenommen, um das Vertrauen des Jesuitenpaters Vigan zu gewinnen und um in Erfahrung zu bringen, wo die Königin untergebracht werden sollte. Das überraschende Eintreffen Magnus Ohlins und dieses Mädchens hatte ihr Vorhaben erschwert, denn Ekholm hatte überstürzt das Weite suchen müssen, doch zumindest war er nun mit den Räumlichkeiten des Kollegs vertraut, und er hatte zudem schon vor seiner Flucht einen Schlüssel entwendet, mit dem sie die Tür zum Hof öffnen konnten.

»Glaubt Ihr wirklich, daß es sich um den Nuntius gehandelt hat?« Kjell Ekholm stand gebeugt und schnaufend vor Dahlgren. Er war der Kutsche vom Kolleg aus durch die halbe Stadt gefolgt und dann eiligen Schrittes zurückgekehrt. Es hatte sich ausgezahlt, daß Ekholm und er die Toreinfahrt des Kollegs seit Ohlins Ankunft keinen Moment aus den Augen gelassen hatten. Wie sie es erwartet hatten, waren zuerst die fünf Reiter eingetroffen, und bald darauf war die Kutsche vor dem Kolleg der Jesuiten vorgefahren. Natürlich hatten sie weder die Gesichter der Reiter noch der Männer in der Kutsche erkennen können, doch nachdem Ekholm ihm berichtet hatte, daß die Kutsche zum Minoritenkloster gefahren war, bestand für Dahlgren kein Zweifel mehr daran, daß der Verdacht, über den der Diakon Laurelius mit ihm vor einigen Wochen gesprochen hatte, mit jedem Wort der Wahrheit entsprach. Das Minoritenkloster war der Wohnsitz des päpstlichen Nuntius – eines Mannes, dem es vom Heiligen Vater strikt untersagt worden war, mit den protestantischen Gesandten dieses Kongresses persönlich das Wort zu wechseln. Doch nun hatte der Nuntius Fabio Chigi fast eine Stunde lang eine Unterredung mit der Königin des mächtigsten protestantischen Staates geführt.

»Mach dich bereit«, sagte Dahlgren zu Ekholm. »Die Königin wird keine Gelegenheit bekommen, ihren Verrat zu vollenden.«

Ekholm holte den Schlüssel hervor, schaute aber dennoch skeptisch drein. »Es ist kein Problem, in das Kolleg zu gelangen. Die Königin wird allerdings von mindestens vier Gardisten geschützt.«

»Man erwartet uns nicht, das wird unser Vorteil sein«, machte Dahlgren ihm Mut. »Wir haben es in den zahlreichen Bataillen während des Krieges häufig mit einer Vielzahl von Gegnern aufgenommen, und Gott hat uns seinen Schutz gewährt. Er wird uns führen, Kjell.« Er klopfte seinem Kameraden aufmunternd auf die Schulter. Ekholm nickte knapp. Dahlgren zog ihn mit sich, und geduckt liefen sie durch die Nacht auf das Kolleg zu.

Kapitel 20

Bald nachdem die Kutsche abgefahren war, hörte Magnus Schritte hinter der Tür. Pater Vigan trat zu ihnen in die Kammer, gefolgt von Roald, dem Hünen. Magnus fiel auf, daß der Jesuit zufriedener und gelöster wirkte als bei ihrer letzten Begegnung. Welches Ziel Vigan auch verfolgen mochte – nach der Aufwartung der nächtlichen Besucher war er diesem anscheinend sehr viel näher gekommen.

»Bitte folgt mir«, sagte Vigan. Er nickte auch in Annekes Richtung. »Die Königin wünscht Euch zu sprechen.« Vigan und Roald nahmen die beiden in ihre Mitte und führten sie in das obere Stockwerk.

Im Vorraum zum Quartier der Königin empfing sie ein weiterer Gardist, der sich ihnen als Hauptmann Elisson vorstellte. Dieser Elisson wirkte drahtig und kräftig – ein Eindruck, der sich noch verstärkte, als sich seine Hand wie eine Eisenzwinge um Magnus' Arm schloß.

»Ich bürge mit meinem Leben dafür, daß die Königin auf dieser Reise nicht in Gefahr gerät«, zischte Elisson. »Und es gefällt mir nicht, daß Ihr Euch hier im Kolleg herumtreibt.«

Magnus befand, daß Elisson ein wenig zur Übertreibung neigte. Seit der Ankunft der Königin hatte er schließlich keinen Schritt mehr ohne einen bewaffneten Begleiter getan. Doch er erwiderte gelassen: »Ich glaube, der Königin gefällt es durchaus, daß ich mich hier herumtreibe, wie Ihr es nennt.«

Elissons Finger drückten noch kräftiger zu. Sein Blick aus schmalen Augen verriet Magnus, daß der Hauptmann nicht zu Späßen aufgelegt war. Trotzdem zog er nun die Hand von Magnus fort und öffnete die Türflügel zu Christinas Zimmer.

»Was hat er gesagt?« fragte Anneke leise, als sie eintraten, denn Elisson hatte schwedisch mit ihm gesprochen.

»Daß er für unseren Schutz Sorge tragen will, indem er weiterhin einen seiner Männer für unsere Sicherheit abstellen wird«, sagte Magnus. Diese Antwort mußte Anneke genügen, denn nun standen sie bereits Christina gegenüber, die in ihrer Kammer auf einem Schemel Platz genommen hatte und die Füße in einen Bottich mit Wasser tauchte.

Magnus fühlte sich an ihre erste Begegnung erinnert, die mehr als fünf Jahre zurücklag. Er hatte der Königin keine offizielle Aufwartung gemacht, sondern war von seinem Onkel Salvius in einen Pferdestall nahe dem Stockholmer Schloßes geführt worden, wo die Königin schmutzig und mit zerzausten Haaren nach einem Ausritt mit nackten Füßen auf einer Holzbank hockte und die Nase in einen ihrer Stulpenstiefel steckte. Ihr Blick war zu Magnus gewandert, wobei sie die Nase kraus gezogen und gesagt hatte: »Da stinkt es schlimmer als aus dem Maul meines Pferdes«, worauf Magnus einen Spruch aus den Episteln des Horaz erwidert hatte: *»Quo semel est imbuta recens, servabit odorem testa diu.«* Was soviel hieß wie: »Lange wird mein neues Geschirr noch nach dem riechen, womit es zuerst gefüllt wurde.«

Die Königin hatte ihn verwundert angeschaut, und Magnus war nicht verborgen geblieben, daß sein Onkel neben ihm merklich zusammengezuckt war und den Atem angehalten hatte. Dann jedoch hatte Christina schallend gelacht und ausgerufen: *»Homo sum, humani nihil a me alienum puto.«* – »Mensch bin ich, nichts was menschlich ist, acht' ich mir als fremd.« Mit diesem Satz des Terenz hatte sie

Magnus zu sich gewinkt und einen Becher Wein mit ihm geteilt, während der erleichterte Johan Adler Salvius ihn vorgestellt hatte.

Königin Christina schaute nun zu ihnen auf. »Kommt näher«, sagte sie. »Es gibt etwas Wichtiges zu erledigen.« Sie zeigte auf Hauptmann Elisson, der daraufhin einen Folianten zur Hand nahm und damit auf Magnus und Anneke zukam. Magnus konnte an der goldbesetzten Prägung auf dem Ledereinband erkennen, daß es sich bei dem Buch um die Heilige Schrift handelte.

»Ihr werdet einen Schwur ablegen«, sagte die Königin auf deutsch, damit auch Anneke sie verstehen konnte. »Darum legt Eure Hand auf die Bibel und bezeugt vor Gott, daß Ihr über meinen Aufenthalt in Münster schweigen werdet. Alles, was Ihr in diesem Kolleg gesehen und gehört habt, wird ein Geheimnis bleiben. Solltet Ihr dieses Versprechen brechen, wird Gott über Euch zu richten wissen.«

»Und was geschieht, wenn ich mich weigere, einen solchen Schwur abzulegen?« fragte Magnus. Obwohl ihm klar war, daß er Christina durchaus provozierte, überraschte es ihn, wie energisch sie mit entschlossener Miene vor ihn trat und ihm zornig in die Augen starrte. Zu manchen Zeiten hatte es ihn gereizt, Christina herauszufordern, denn ein cholerisches Temperament brachte ihr Blut nur allzu schnell in Wallung. Wie sie sich jetzt mit geballten Fäusten vor ihm aufbaute, erinnerte sie ihn an einen Kater vor dem Sprung.

Nun mischte sich auch Elisson ein. »Wenn Ihr diesen Schwur nicht leistet, werden wir Euch als Gefangene mit nach Schweden nehmen und Euch im Karzer von Stockholm in Ketten legen lassen.«

Anneke hob ihre Hand. »Ich habe nie gesagt, daß ich mich weigere.«

Elisson streckte die Bibel näher zu Magnus hin und forderte ihn mit einem nachdrücklichen Nicken auf, den Schwur zu leisten. Magnus zögerte weiterhin.

»Würde es Euch gefallen, mich in Ketten zu sehen, Majestät?« fragte er Christina.

»Ich würde es bedauern, aber Euer Schweigen wäre mir jedes Opfer wert.« Die Königin verzog keine Miene. Magnus kannte Christina gut genug, um zu wissen, daß sie ihrer Drohung Taten folgen lassen würde, und darum legte er seufzend seine Schwurfinger auf die Heilige Schrift.

Elisson räusperte sich. »Schwört Ihr vor Gott, daß Ihr niemals ...« Er stockte, weil aus dem Vorraum ein Poltern und lautes Fluchen zu hören war.

»Was zur Hölle ...?« Der Hauptmann legte den Folianten fort und wandte sich zu Roald um, der neben der Königin bereits den Degen blank gezogen hatte und seinen massigen Körper wie eine schützende Wand vor sie schob.

Elisson stürzte zur Tür, die in diesem Moment auch schon aufgestoßen wurde. Einer der Gardisten zerrte mit wütender Miene eine Frau in das Zimmer, deren Arm er auf den Rücken gedreht hatte.

»Wer ist das?« wollte Elisson wissen.

»Ich habe sie auf dem Korridor überrascht, als sie sich heranschlich. Sie trug eine Waffe bei sich.« Der Gardist riß ihren Arm herum, und die Frau schrie auf. »Die Furie wehrt sich wie ein wildes Tier. Sie hat mich gekratzt und gebissen.«

Magnus ging einen Schritt auf die Frau zu und umfaßte grob ihr Kinn. Auch sie trug Männerkleidung, doch im Gegensatz zu Christina ließ ihr hübsch geschnittenes Gesicht keinen Zweifel daran aufkommen, daß eine Frau in dieser Hose und diesem Wams steckte. Das Gesicht war ihm nicht unbekannt. Es handelte sich um die Magd aus Oxenstiernas Haushalt. Die Frau, die ihm das Gift in den Wein gemischt hatte.

Sie schaute ihn erstaunt an. Gewiß verwunderte es sie, ihm hier zu begegnen. Der Gedanke an die Schmerzen, die er durchgestanden hatte, ließ seine Finger fester zudrücken. Die Frau jaulte auf, dann spuckte sie ihm so unvermittelt ins Gesicht, daß es Magnus nicht mehr gelang, sich schnell genug abzuwenden. Er wollte sie ohrfeigen, doch bevor er seine Hand gegen die Furie erheben konnte, rief die Königin ihnen zu: »Laßt sie auf der Stelle los!«

Der Gardist zögerte kurz, dann folgte er dem Befehl der Königin und entließ die Frau aus seinem Griff. Diese rückte fauchend von ihm ab und neigte ihr Haupt vor Christina. »Ich danke Euch, Majestät, daß Ihr mich aus der Gewalt dieses Holzkopfes befreit habt.«

Die Königin nickte und lächelte. »Ich freue mich, Euch hier zu sehen, Malin.«

»Ihr kennt diese Frau?« fragte Pater Vigan, der das Geschehen bislang stumm verfolgt hatte.

Christina faßte nach der Hand der Frau. »Sie ist ganz gewiß nicht hier eingedrungen, um mir Schaden zuzufügen. Malin Sörenstam ist eine meiner besten Agentinnen. Ich selbst habe sie bereits Wochen vor meiner Abreise nach Deutschland geschickt, denn niemand, der in meinen Diensten steht, versteht sich besser darauf, an Informationen zu gelangen, die vor meinen Augen verborgen bleiben sollen. Und ich habe sie angewiesen, mit mir an diesem Ort zusammenzutreffen.«

Magnus wischte sein Gesicht mit einem Tuch ab. Seine Wut über die Unverschämtheit dieses Weibes kochte noch immer in ihm, doch ihr Name ließ ihn aufhorchen, und er runzelte die Stirn. »Sörenstam?« Er wandte sich zu Vigan um. »Das war der Name des Boten, der Euch die Depesche der Königin überbracht hat.«

»Jasper Sörenstam«, bestätigte Vigan. »So hat er sich mir vorgestellt.«

»Jasper Sörenstam ist mein Bruder«, sagte die Frau. »Wo hält er sich auf? Hier im Kolleg?«

Vigan zögerte einen Moment, bevor er antwortete: »Ich befürchte, Euer Bruder wurde auf dem Weg von Osnabrück nach Münster getötet.«

»Was sagt Ihr da?« Malin Sörenstams Hände zitterten ein wenig, doch im nächsten Moment trat sie aufgebracht auf Vigan zu. »Ihr müßt Euch irren.«

Vigans Augen wanderten von Magnus zu Anneke und zurück. »Herr Ohlin und dieses Mädchen haben die Leiche des Boten mit eigenen Augen gesehen. Er wurde von einem Mann ermordet, der sich unter dem Namen Sörenstam mein Vertrauen erschlichen hat.«

Malin Sörenstams Augen verengten sich, und sie fixierte Magnus verächtlich. »Ich glaube Ohlin kein Wort«, sagte sie. »Der Verräter spielt ein falsches Spiel mit uns.« Sie baute sich vor Magnus auf. Er befürchtete schon, sie würde ihm noch einmal ins Gesicht spucken, doch statt dessen spie sie ihm nur weitere bittere Worte entgegen.

»*Ihr* seid nach Münster gekommen, um die Königin zu töten. Ihr und Euer Mentor Ove Dahlgren. Sagt uns, habt Ihr Dahlgren bereits in das Kolleg geschafft?«

Magnus bemerkte, daß Königin Christina, Vigan, Elisson und selbst Anneke ihn mit zweifelnden Blicken musterten. Die Anschuldigungen, die Malin Sörenstam gegen ihn vorbrachte, waren lächerlich, und doch zögerte er mit einer Erwiderung, denn ihn beschäftigte eine andere Frage.

Wer, zum Himmel, war Ove Dahlgren?

Die Korridore des Kolleggebäudes lagen in tiefer Dunkelheit vor ihnen. Dahlgren setzte seine Schritte sehr vorsichtig, weil er befürchtete, jeden Augenblick über eine Stufe zu stolpern oder gegen eine Wand zu stoßen. Kjell Ekholm, der ja einige Tage im Kolleg verbracht hatte und mit der

Umgebung vertrauter war, lief voran und leitete ihn durch das Refektorium zu der Treppe, die zum Obergeschoß führte, auf dem Königin Christina untergebracht worden war.

Bislang hatten sie diesen Weg ohne Schwierigkeiten zurückgelegt. Während der Nacht war es im Kolleg wie ausgestorben. Niemand hatte sie bemerkt, und Dahlgren blieb zuversichtlich, daß ihnen erst dann Gefahr drohte, wenn sie auf die Leibwächter der Königin trafen.

Als sie eine Biegung erreichten, blieb Ekholm plötzlich abrupt stehen und drängte Dahlgren zurück.

»Eine Wache«, raunte Ekholm. Auf diesem Korridor gab es mehrere Fenster, durch die das fahle Mondlicht zumindest die Umrisse der Umgebung erkennen ließ. »Der Mann hat am Ende des Korridors seinen Posten bezogen.«

»Bist du sicher, daß es eine Wache ist?« flüsterte Dahlgren.

Ekholm lugte noch einmal um die Biegung. »Er trägt eine Waffe bei sich.«

Dies war also ihr Ziel. Dahlgren zog langsam seinen Degen hervor und sagte: »Lock ihn heran!«

Ekholm nickte nur, dann hustete er verhalten, aber doch so vernehmlich, daß es bis zum Ende des abzweigenden Ganges zu hören sein würde.

Zunächst geschah nichts. Ekholm hustete noch einmal, und Dahlgren hörte nun Schritte. Er wartete ab, bis die Wache sich ihnen genähert hatte, bevor er Ekholm ein Zeichen gab.

Sie liefen auf den Mann zu. Ekholm griff nach dem Waffenarm und preßte eine Hand auf den Mund der überraschten Wache, während Dahlgren seinen Degen in die Seite des Mannes trieb. Die Wache gab ein Zischen von sich. Dahlgren zog den Degen aus dem Körper und stach noch einmal unterhalb des Brustkorbs zu. Der Mann wand sich verzweifelt, doch als Ekholm seine Kehle mit einem Messer durchtrennte, erlahmte sein Widerstand sofort. Blutend brach er auf dem Boden zusammen, und sie zogen ihn rasch hinter die Biegung, denn Dahlgren hatte eine Bewegung an der Tür zu den Räumen der Königin bemerkt.

Noch immer zitterte und stöhnte die Wache. Ekholm preßte weiterhin eine Hand auf den Mund des Mannes, drehte ihn auf die Seite und rammte ihm den Dolch hinter das Schlüsselbein bis ins Herz. Dies, so hatten sie im Krieg gelernt, war die sicherste Methode, einen Menschen zu töten. Die Wache bäumte sich kurz auf, dann rührte der Mann sich nicht mehr.

»Jöran«, rief jemand hinter der Biegung. »Jöran, wo steckst du?«

Dahlgren griff nach dem Hut der Wache und setzte ihn sich auf. Er und der Tote besaßen in etwa die gleiche Statur. Vielleicht würde dieser Mann sich im Halbdunkel täuschen lassen.

»Wo treibst du dich rum?« fragte die zweite Wache, als Dahlgren hervortrat, und schob seine Waffe zurück in die Scheide. Als er bemerkte, daß er getäuscht worden war, hatte Dahlgren ihn auch schon mit dem Degen durchbohrt.

Er drängte den Gardisten gegen die Wand und riß die Waffe hoch bis zum Brustkorb. Die Wache stieß einen erstickten Schrei aus. Dahlgren griff in die Haare des Mannes und schlug dessen Kopf mehrere Male so hart gegen die Steinwand, bis sein Opfer keinen Ton mehr von sich gab.

Ekholm kam auf Dahlgren zugeeilt. Er hielt in jeder Hand einen Dolch und fragte heiser: »Und nun?«

Dahlgren zeigte zur Tür am Ende des Korridors, die halb geöffnet war. Sie liefen darauf zu, doch bevor sie dort angelangt waren, tauchte ein wahrer Koloß im Eingang auf.

»Was, verdammt ...?« brummte der Riese. Dahlgren wollte mit dem Degen auf ihn losgehen, doch da preschte auch schon die Faust des Hünen auf seinen Kopf zu. Mit einer geschickten Bewegung gelang es Dahlgren, dem Schlag auszuweichen. Die Faust streifte seine Schulter. Selbst diese verunglückte Attacke des Kolosses traf ihn wie ein Hammerschlag und holte ihn fast von den Beinen. Dahlgren taumelte gegen die Wand, bekam aber mit, wie Kjell Ekholm dem Hünen die beiden Dolche in den Bauch stieß. Der Riese jaulte auf, legte dann seine Pranken um Ekholms Hals und hob ihn hoch, so daß dessen Beine über dem Boden zappelten. Ekholm schnappte würgend nach Luft, und seine Arme ruderten hektisch umher.

Dahlgren umfaßte den Griff seines Degens mit beiden Händen und bohrte ihn mit aller Kraft in den massigen Leib des Kolosses. Das Jaulen des Gardisten ging in ein wütendes, schmerzverzerrtes Knurren über. Er entließ Ekholm aus seinem Griff und sackte auf die Knie. Sofort stürzte Dahlgren sich auf den Hünen und riß ihn mit sich zu Boden. Er bekam einen der Dolche zu fassen und stach in einem schnellen Stakkato auf den Hals und die Brust des Riesen ein. Dessen Kraft erlahmte nun, doch Dahlgren haderte mit dem Lärm, den der Kampf verursacht hatte.

Die Königin würde gewarnt sein.

Kapitel 21

Die Schreie und das Gepolter hatten das Wortgefecht zwischen Magnus Ohlin und Malin Sörenstam unterbrochen. Alle Augen wandten sich zu der Tür zum Vorraum, von wo der Lärm zu ihnen gedrungen war. Annekes Aufmerksamkeit hingegen war noch immer auf die fremde Frau gerichtet, mit der Magnus Ohlin einen hitzigen Streit geführt hatte und von der er bespuckt und ein Verräter genannt worden war. Danach hatten die beiden das Wortgefecht in ihrer Muttersprache weitergeführt, so daß Anneke noch immer darüber rätselte, welche Vorwürfe die Frau, die behauptete, die Schwester des ermordeten Boten zu sein, gegen Ohlin vorbrachte.

In der Kammer der Königin sprach nun niemand mehr. Aus dem Vorraum war ein lautes Stöhnen zu hören. Hauptmann Elisson zog seinen Degen blank.

»Geht zurück, Majestät«, wies Elisson die Königin an, die mit erschrockener Miene einen Schritt rückwärts zur schmalen Tür an die Hinterseite des Raumes machte. Anneke, Magnus Ohlin und Malin Sörenstam folgten ihr.

Die Tür zum Vorraum schwang auf und krachte gegen die Wand. Der Hüne Roald taumelte in das Zimmer. Sein massiger Körper blutete aus zahlreichen Wunden. Er gab einen jämmerlichen Laut von sich, dann fiel er zu Boden. Hinter ihm sah Anneke zwei weitere Männer in den Raum stürmen. Sie fuhr zusammen, als sie den Schiefnasigen erkannte, der mit seinem Degen sofort auf Hauptmann Elisson losging, während der andere Kerl dem wie zur Salzsäule erstarrten Pater Vigan die Degenspitze in den Bauch trieb.

Vigans Augen weiteten sich vor Schreck und Schmerz. Der Angreifer zog den Degen aus seinem Leib, und sein Blick fiel auf die Königin.

Anneke stockte der Atem. Die Augen des Mannes ließen erkennen, daß er zu allem entschlossen war. Er würde jeden niederstrecken, der versuchte, ihn daran zu hindern, zu der Königin zu gelangen, das war gewiß.

Magnus Ohlin trat schützend vor Anneke und breitete die Arme aus. Am liebsten hätte sie sich in ihrer Hilflosigkeit an ihn geklammert, doch bevor der Mann auf sie losgehen konnte, stellte sich ihm Hauptmann Elisson in den Weg, der elegant seinen Degen führte und es mit beiden Meuchlern gleichzeitig aufnahm.

»Schafft die Königin fort!« rief der Hauptmann. »Rasch!«

Ohlin hatte sich inzwischen Vigan gegriffen und stützte den blutenden Pater, der seine Hand auf die Wunde preßte.

»Die Schlüssel ... an meinem Gürtel«, krächzte Vigan. Seine Worte waren im Lärm der aufeinanderscheppernden Klingen kaum zu verstehen. Ohlin tastete Vigans Hüfte ab und zog einen Metallring hervor, an dem mehrere Schlüssel klimperten.

»Welcher davon öffnet die Tür?« rief Ohlin. Vigan legte mit schmerzverzerrtem Gesicht einen Finger auf einen der Schlüssel. Ohlin zögerte nicht, schloß die Hintertür auf und drängte die Königin und Malin Sörenstam aus der Kammer, während Anneke noch immer aufgeregt verfolgte, wie Elisson standhaft jeden Fußbreit Boden verteidigte. Ohlin rief nach dem Hauptmann, doch der brüllte nur: »Geht!«, und im nächsten Moment stöhnte er laut auf, als der Schiefnasige mit einem Hieb seinen Oberschenkel traf. Elisson sank in die Hocke, doch er führte weiter unerschrocken seinen Degen gegen die beiden Mordgesellen.

Ohlin, der noch immer Pater Vigan festhielt, schob Anneke durch die Tür auf einen Korridor und folgte ihr. Er verschloß die Tür, die aber nicht allzu stabil wirkte. Ihre Verfolger würde dieses Hindernis nicht lange aufhalten. Anneke half Ohlin, Pater Vigan über den Korridor zu schleppen, bis sie Malin Sörenstam und die Königin erreichten, die an einer Treppe auf sie warteten.

»Was ist mit Elisson?« wollte die Königin wissen, die ihre Hände an die Wand drückte, als suche sie dort einen Halt.

Ohlin schüttelte den Kopf. »Er hat sie aufgehalten, damit wir entkommen konnten.«

»Wohin sollen wir nun gehen?« fragte Malin Sörenstam.

»Wir müssen Alarm schlagen und die Ordensbrüder wecken«, meinte Ohlin.

»Nein!« stieß Pater Vigan hervor, der noch immer seine Hand auf die blutende Wunde preßte. »Niemand darf wissen, daß sich die Königin hier aufhält. Ihr müßt sie aus dem Kolleg schaffen.«

»Das ist Unsinn«, sträubte sich Ohlin, doch Königin Christina legte eine Hand auf seinen Arm und sagte: »Pater Gregor hat recht, Magnus. Mein Aufenthalt in Münster muß ein Geheimnis bleiben.«

»Diese Männer wollen Euch töten.«

»Das ist mir nicht entgangen«, gab sie zurück.

Mit zerknirschter Miene fügte sich Ohlin. »Also gut«, meinte er und schleppte Vigan die Treppe hinunter. Hinter sich hörten sie ein lautes Krachen. Wahrscheinlich hatten die beiden Männer Hauptmann Elisson inzwischen niedergestreckt und brachen nun die Tür auf. Ein Schaudern durchlief Anneke.

Als sie das Erdgeschoß erreicht hatten, bat Vigan Ohlin darum, innezuhalten.

»Ich bin nur eine Last für Euch«, sagte der Jesuit. »Schafft mich ins Refektorium! Dort werden sie mich nicht finden. Und dann verlaßt das Kolleg durch die Tür zum Hinterhof.«

»Pater Vigan …« Die Stimme der Königin verriet, daß es ihr nicht gefiel, den hilflosen Jesuiten zurückzulassen.

»Er hat recht«, meinte hingegen Malin Sörenstam. »Wir können ihn nicht weiter mit uns schleppen.«

Magnus nickte, und so trugen sie Vigan in das Refektorium, wo sie ihn unter einem der Tische ablegten. Der Pater beschrieb Ohlin den Weg zur Tür, die auf den Hinterhof führte, dann schlug er das Kreuz über sie, bat um Gottes Beistand und schickte sie fort. Anneke sorgte sich um Vigan. Wenn er in die Hände der Meuchler fiel, würde er völlig wehrlos sein.

Ohlin zog sie am Arm mit sich, und sie eilten den Weg entlang, den Vigan beschrieben hatte. Ohlin trug noch immer den Schlüsselring bei sich und fluchte laut, als er an der Tür nicht sofort den passenden Schlüssel fand, der das Schloß öffnete. Anneke lauschte. Noch war alles still um sie herum, doch es dauerte gewiß nicht mehr lange, bis die stampfenden Stiefel ihrer Verfolger zu hören sein würden.

»Na endlich«, sagte Ohlin, als er die Tür aufdrücken konnte. Er winkte sie alle nach draußen, verließ als letzter das Gebäude und schloß die Tür ab.

Sie liefen in die sternenklare Nacht. Nach all den Schrekken empfand Anneke die kühle Brise, die über ihr Gesicht strich, als regelrecht befreiend. Sie wünschte sich, einfach stehenzubleiben und die Augen in den Himmel zu richten, doch Ohlin trieb sie über den Hofplatz, und erst als sie den Schutz einer schmalen Gasse erreichten, konnten sie einen Moment lang verschnaufen.

»Sind sie uns gefolgt?« wollte Malin Sörenstam wissen.

Ohlin lugte vorsichtig aus der Gasse. »Sie haben unsere Spur verloren. Zumindest für kurze Zeit.«

»Wer sind diese Männer?« stieß Anneke atemlos hervor. »Und warum wollen die uns töten?«

Malin Sörenstam schaute zuerst sie, dann Ohlin an und meinte: »Fragt Euren Begleiter.«

»Unsinn!« gab Ohlin zurück. »Wenn ich mit diesen Kerlen im Bunde stehen würde, warum hätte ich dann die Königin aus dem Kolleg geschafft?«

»Er spricht die Wahrheit«, schaltete sich Königin Christina ein.

»Ihr schuldet uns eine Antwort«, setzte Ohlin nach. »Was wißt Ihr über diese Mordgesellen?«

Malin Sörenstam überlegte kurz, dann sagte sie: »Der ältere der beiden heißt Ove Dahlgren; der Mann mit der schiefen Nase ist uns als Kjell Ekholm bekannt.«

Kjell Ekholm. Anneke schluckte trocken. Nun endlich hatte der Mörder aus dem Wald einen Namen bekommen.

»Wen meint Ihr mit ›uns‹?« hakte Ohlin nach. »Aus welchem Grund wird die Königin verfolgt?«

Malin Sörenstams Lippen wurden schmal. »Ich habe bereits zuviel verraten. Begnügt Euch mit diesen Namen! Es steht Euch nicht zu, mehr über diese Angelegenheit zu erfahren.«

Ohlin wechselte einen Blick mit der Königin, die aber voll und ganz Malin Sörenstams Meinung zu teilen schien.

»Was sollen wir jetzt tun?« wollte Anneke wissen.

»Wir müssen vor allem für die Sicherheit der Königin sorgen«, erwiderte Ohlin.

»Ausgerechnet Ihr«, raunte Malin Sörenstam. Ihre Augen funkelten angriffslustig, und sie wirkte so angespannt, als erwarte sie jeden Moment, daß Ohlin eine Waffe hervorzog und auf die Königin losging.

Ohlin scherte sich jedoch nicht um diese Bemerkung und wandte sich Königin Christina zu. »Majestät, Ihr habt einflußreiche Freunde in Münster, die für Eure Sicherheit garantieren können. Wir müssen Euch zu ihnen schaffen.«

»Das ist nicht möglich«, erwiderte die Königin.

Ohlin runzelte die Stirn. »Was ist mit den Männern, die Euch heute im Kolleg aufgesucht haben? Handelte es sich bei denen um Gesandte des Kongresses? Sie werden Euch doch gewiß aufnehmen.«

Die Königin schüttelte entschieden den Kopf. »Wenn bekannt würde, daß ich mich in Münster aufhalte und mit diesen Herren gesprochen habe, würde das einen Skandal auslösen, der mich und diese ehrenwerten Freunde in große Schwierigkeiten bringt.«

»Wollt Ihr mir nicht anvertrauen, wer diese Herren waren?«

Sie schwieg.

»Und was sollen wir dann mit Euch tun?« fragte Ohlin.

»Schafft mich zu Salvius.«

»Johan Adler Salvius hält sich in Osnabrück auf«, warf Malin Sörenstam ein.

Die Königin nickte. »Er ist der einzige, dem ich vertraue.«

»Habt Ihr eine Kutsche hier in Münster?« wandte sich Malin Sörenstam an Ohlin.

»Ja, aber in Gottes Namen, Ihr könnt doch nicht …«

»Vielleicht ist es wirklich das beste, wenn wir die Königin aus dieser Stadt schaffen.«

»Wir?« Ohlin lachte bitter auf. »Eine zweifelhafte Person wie Ihr werdet die Königin gewiß nicht auf einer solchen Reise begleiten.«

Malin Sörenstam verschränkte die Arme vor der Brust. »Große Worte für einen Verräter an der Krone.«

»Hört auf!« fuhr Christina dazwischen. Sie trat neben die beiden und faßte sie bei den Händen. »Ich würde jedem von Euch, ohne zu zögern, mein Leben anvertrauen, und darum sollten wir keine Zeit mit sinnlosem Hader vertun. Bringt mich nach Osnabrück zu Salvius!«

Einen Moment lang starrten sich Ohlin und Malin Sörenstam noch wie zwei angriffslustige Hunde in die Augen.

Anneke hätte es nicht verwundert, wenn sie ein Knurren von einem der beiden vernommen hätte. Schließlich aber verschränkte Ohlin die Arme und sagte zur Königin: »Ich möchte verstehen, warum diese Männer darauf aus sind, Euch zu töten. Woher wissen die von Eurer doch so geheimen Reise nach Münster, und warum verfolgt man Euch?«

»Es würde zu lange dauern, das erklären zu wollen«, mischte sich Malin Sörenstam ein. Anneke kam es eher so vor, als wolle sie die Königin zurückhalten, bevor die ihre Geheimnisse an Ohlin preisgab.

Die Königin nickte. »Wir haben keine Zeit, um darüber zu reden.«

Ohlin nahm dies mit einem Brummen hin. »Es ist eine lange Fahrt nach Osnabrück«, meinte er. »Wir werden die Zeit dafür finden.« Er lugte aus der Gasse, und nachdem er sich vergewissert hatte, daß ihre Verfolger sich nicht in der Nähe aufhielten, winkte er die Frauen mit sich.

Der unerwartete Angriff auf die Königin und die überhastete Flucht zerrten an Magnus' Kräften. Zwar ließ er es sich, während er mit den drei Frauen über den Domplatz zum Prinzipalmarkt eilte, nicht anmerken, doch das Gift, das noch immer für Krämpfe in seinem Gedärm und für eine ständige Übelkeit sorgte, schwächte ihn so sehr, daß es ihm schwerfiel, den Laufschritt beizubehalten. Während der ruhigen Stunden, die er mit Anneke im Kolleg verbracht hatte, war die Nachwirkung des Giftes für ihn erträglich gewesen, nun aber ließ ihn die Erschöpfung keuchen, und er preßte eine Hand auf den schmerzenden Bauch.

War er in diesem Zustand überhaupt in der Lage, die anstehenden Entscheidungen zu treffen, um das Leben der Königin zu schützen? Doch welche Wahl blieb ihm denn? Er konnte das Schicksal Christinas nicht in die Hände dieser unberechenbaren Malin Sörenstam legen oder gar

Anneke überlassen. Also riß er sich zusammen und lief weiter voran.

Endlich erreichten sie das Stallgebäude. Das Tor war verschlossen. Magnus hämmerte mit der Faust mehrere Male lautstark gegen das Holz und rief so laut Karls Namen aus, daß am gegenüberliegenden Haus die Fensterläden aufgeklappt wurden und eine alte Frau keifte, sie sollten Ruhe geben.

Mehrere Momente vergingen, bis Magnus den Kutscher endlich geweckt hatte und der ihm müde und mit zerknirschter Miene öffnete und eine Lampe anhob.

»Die Nacht ist vorüber, Karl. Spann die Pferde an, wir werden Münster verlassen«, rief Magnus und schob die Frauen in den Stall.

»Wie spät ist es?« fragte Karl und rieb seine Augen.

»Es hat vor kurzem zur vierten Morgenstunde geschlagen.«

Karl gab einen mißmutigen Ton von sich. »Dann dauert es ohnehin noch eine Weile, bis die Tore geöffnet werden.«

»Und wenn schon«, drängte Magnus. »Bereite alles vor! Wir müssen so schnell wie möglich aus der Stadt abreisen.«

Karl nickte und wollte sich an die Arbeit machen, doch dann wandte er sich noch einmal um und deutete auf die Königin und Malin Sörenstam.

»Werden die uns begleiten?«

Magnus hatte sich auf der Flucht durch die Stadt bereits eine Erklärung zurechtgelegt. Da die Königin ohnehin wie ein junger Bursche ausschaute, sollte sie auch weiterhin als Mann auftreten, und so sagte er Karl nur, daß es sich bei den beiden um den Sohn eines Grafen und dessen Schwester handele, die sie nach Osnabrück begleiten würden, um der schwedischen Gesandtschaft eine wichtige Nachricht zu überbringen.

»Ein Grafensohn also«, raunte Karl und maß Christina

mit skeptischem Blick. Erst da fiel Magnus auf, daß die Königin kein Schuhwerk trug. Der Angriff im Kolleg hatte ihr keine Zeit mehr gelassen, in ihre Stiefel zu schlüpfen. Zu allem Übel spuckte sie nun auch noch aus und kratzte ihr Hinterteil, was seine kleine Lügengeschichte nicht unbedingt glaubhafter machte. »Hat nicht die besten Manieren für einen Adelsmann«, meinte der Kutscher.

»Geh an deine Arbeit«, erwiderte Magnus knapp, worauf Karl nur die Schultern zuckte und sich auf den Weg zu den Pferden machte.

Magnus entzündete eine weitere Lampe und stieg in die Kutsche. Er klappte die hintere Sitzbank hoch und holte aus einem Fach eine Holzschatulle hervor. In diesem Kästchen hatte er vor der Abreise aus Osnabrück eine Pistole, ein Pulverhorn sowie einige Bleikugeln verstaut. Einen Moment lang verschnaufte er einfach, schloß die Augen und wartete ab, bis die Krämpfe in seinem Bauch ein wenig abgeklungen waren, dann nahm er die Waffe zur Hand, füllte das Pulver und eine Kugel in den Lauf und drückte dazu einen gefetteten Stofflappen hinein, um die Ladung abzudichten. Er hoffte, daß es ihm erspart bleiben würde, die Pistole benutzen zu müssen. In seinem ganzen Leben hatte er noch nie auf einen Menschen geschossen.

Magnus vernahm ein Geräusch hinter seinem Rücken. Er wandte sich um. Anneke hatte sich zu ihm in die Kutsche gesetzt und betrachtete besorgt die Waffe in seiner Hand. »Ich wußte nicht, daß Ihr eine Pistole mit Euch führt.«

Magnus prüfte den Hahn und legte die schußbereite Pistole zurück in die Schatulle.

»Wir haben vieles nicht gewußt, Anneke.«

Sie nickte, hob eine Hand und schaute auf ihre zitternden Finger.

»Heute habe ich zum ersten Mal um mein Leben gebangt«, sagte sie leise. »Ich habe mir seit so langer Zeit

Aufregung und Abenteuer herbeigesehnt, aber wie mir scheint, wird es mir jetzt ein wenig zuviel davon.«

Er faßte ihre Hand und lächelte sie an. »Du bist ein tapferes Mädchen.«

Anneke nahm sein Lob ohne eine erkennbare Regung hin und blickte aus dem Kutschenfenster zu Malin Sörenstam, die inzwischen ihre Stiefel ausgezogen hatte, um sie der Königin zu überlassen.

»Diese Frau«, sagte Anneke. »Warum ist sie so wütend auf Euch? Warum hat sie Euch ins Gesicht gespuckt?«

Magnus überlegte kurz, ob er Anneke darauf antworten sollte, und er befand, daß sie nach den Vorfällen der heutigen Nacht ein wenig Offenheit verdient hatte.

»Sie scheint davon überzeugt zu sein, daß ich einen Verrat gegen die Königin verübt habe und an einer Verschwörung gegen sie beteiligt bin.«

»Und ... hat sie recht damit?«

»Natürlich nicht«, erwiderte er empört. »Ich bin mir keiner Schuld bewußt.«

»Und Ihr mißtraut dieser Frau, das merkt man Euch an.«

»Dazu habe ich allen Grund. Sie war es, die in mein Haus eingedrungen ist und das Gift in meinen Wein gefüllt hat.«

»Ach du lieber Himmel!« entfuhr es Anneke. »Seid Ihr Euch dessen gewiß?«

»Ich habe sie an jenem Tag in meiner Kammer überrascht. Trotzdem frage ich mich, ob sie mich töten wollte, um die Königin zu schützen oder weil sie selbst mit den Meuchlern im Bunde steht.«

Anneke machte ein skeptisches Gesicht. »Aber wenn sie tatsächlich den Tod der Königin wünscht, warum hat sie ihre Absichten dann nicht in dem Moment offenbart, als der Anschlag ausgeführt wurde. Sie hätte unsere Flucht verhindern können.«

»Genau das ist mir auch schon durch den Kopf gegangen.« Er lächelte matt. »Und wahrscheinlich denkt diese Malin Sörenstam das gleiche über mich.« Magnus zögerte, dann fragte er Anneke: »Habe ich denn dein Vertrauen?«

Sie senkte den Blick und dachte wohl über diese Frage nach. »Ihr habt Euch schützend vor mich gestellt, als diese Männer auf uns losgingen. Hättet Ihr Euch nicht besser um das Wohl der Königin kümmern sollen?«

»Es war eine spontane Reaktion«, sagte er lächelnd. »Du bist mir in den vergangenen Tagen ans Herz gewachsen, Anneke.« Er schaute zur Königin. »Nichtsdestotrotz trage ich nun eine Verantwortung, die eine große Bürde für mich ist. Wie konnte ich ahnen, daß wir in eine solch verzwickte Situation geraten? Ich werde tun, was in meiner Macht steht, um Christina heil aus dieser Stadt zu schaffen und ihr Leben zu schützen.« Er ließ Annekes Hand los, die nun nicht mehr zitterte. »Du bist mir noch eine Antwort schuldig. Vertraust du mir?«

Sie zögerte, dann beugte sie sich vor und küßte seine Wange.

»Nun bin ich wirklich überrascht«, sagte er.

»Das war ebenfalls eine spontane Reaktion«, entgegnete Anneke. »Auch auf die Gefahr hin, daß ich damit Eurer Eitelkeit diene: Ja, ich vertraue Euch. Und ich fühle mich sicher, wenn Ihr in meiner Nähe seid.«

Ohne ihm die Möglichkeit einer Erwiderung zu geben, stieg Anneke aus der Kutsche und trat davon.

»Vielleicht habe ich auch dafür ein Talent«, raunte Magnus und legte einen Finger an seine Wange – dorthin, wo sie ihn geküßt hatte.

Kapitel 22

Mit dem sechsten Glockenschlag stand die Kutsche zur Abfahrt bereit. Karl öffnete das große Tor, und das erste Tageslicht fiel in den Stall. Nun endlich konnten sie aufbrechen.

Anneke stieg als letzte in die Kutsche ein. Sie setzte sich neben Magnus Ohlin, der angespannt aus dem Fenster schaute. Malin Sörenstam und die Königin saßen ihnen gegenüber und wechselten leise einige schwedische Worte. Die Königin machte auf Anneke einen fahrigen Eindruck. Ihre Hände spielten nervös mit einem Knopf an ihrem Wams. Wenn sie sprach, schwankte ihre Stimme und fiel häufiger als zuvor von einer hohen in eine tiefe Tonlage. Trotzdem versuchte sie, Anneke mit einem verhaltenen Lächeln aufzumuntern. Anneke erwiderte diese Geste, wurde aber im nächsten Moment bereits wieder abgelenkt, als ein Pfiff ertönte und sich die Kutsche in Bewegung setzte.

Zu dieser frühen Stunde hielten sich nur wenige Menschen auf den Straßen auf, und so erreichten sie ohne Verzögerung das Stadttor. Magnus Ohlin hatte ihnen geraten, sich zurückzulehnen, damit ihre Köpfe nicht am Fenster zu sehen waren. Es war möglich, daß die Männer, die sie angegriffen hatten, sich am Tor postiert hatten, um darüber zu wachen, wer die Stadt verließ. Ohlin hatte sich kurz mit Malin Sörenstam darüber beraten, ob es klüger wäre, eine der Pforten auf der gegenüberliegenden Seite der Stadt zu passieren, doch um von dort zurück auf die Straße nach Osnabrück zu gelangen, hätten sie einen Umweg von mehr als einer Stunde auf sich nehmen müssen.

Nun also stand ihnen ein entscheidender Moment bevor. Das Tor befand sich bereits in Sichtweite.

Anneke lehnte sich gerade einmal so weit zurück, daß sie noch immer aus dem Fenster blicken konnte, während die Pferde auf das Torhaus zutrabten. Sie erschrak, als sie kaum zehn Schritte entfernt den Schiefnasigen erkannte, der an einer Hauswand lehnte und aufmerksam die Kutsche im Auge behielt.

Ehe sie etwas sagen konnte, raunte Ohlin ihr zu: »Keine Angst. Ich habe ihn ebenfalls gesehen.«

»Hat er uns erkannt?« fragte sie bang.

»Das wird sich zeigen. Umkehren können wir jetzt nicht mehr.«

Sie brachten zügig das Torwerk hinter sich. Nachdem sie die Schanzgräben überquert und die Landstraße erreicht hatten, ließ Karl die Pferde im Galopp voranpreschen, so daß die Kutsche wie schon während der Hinfahrt so heftig polterte und schlingerte, daß sie hin- und hergeschleudert wurden. Sie hatten jedoch noch keine Viertelmeile zurückgelegt, als Ohlin dem Kutscher zurief, er solle anhalten.

»Was habt Ihr nun wieder vor?« zischte Malin Sörenstam. Als Ohlin sich bückte und die Pistole aus der Schatulle hervorholte, fuhr ihre Hand unter das Wams, und sie richtete plötzlich einen Dolch auf Ohlins Kehle.

»Keine Sorge«, beruhigte Ohlin sie. »Die Pistole ist eine reine Vorsichtsmaßnahme, für den Fall, daß wir verfolgt werden sollten.« Er schob den Dolch von sich und öffnete die Tür. »Ich werde mich auf den Bock setzen und die Gegend im Auge behalten.«

Als er ausstieg, warf er Anneke einen Blick zu, der ihr wohl sagen sollte, daß es besser war, Malin Sörenstam nicht unbeobachtet zu lassen.

Die Kutsche fuhr wieder an. Anneke behagte es nicht, daß Ohlin sie mit den beiden Frauen allein ließ. Wenn Malin Sörenstam wirklich nicht zu trauen war, wie sollte sie die Königin dann vor ihr beschützen? Anneke fiel auf, daß die Königin immer trauriger zu werden schien, je weiter sie sich von Münster entfernten, und ihr blieben auch nicht die Tränen verborgen, die sich in Christinas Augenwinkel bildeten und über ihre Wange krochen. Rasch nahm Anneke das Tuch zur Hand, das Ohlin ihr geschenkt hatte, und wollte es der Königin reichen. Sie hatte ihre Hand jedoch noch nicht ganz ausgestreckt, da drängte Malin Sörenstam sie auch schon zurück.

»Aber Malin«, sagte die Königin verhalten. »Sie will doch nur nett sein.«

Malin Sörenstam hielt Annekes Handgelenk fest und schaute ihr so grimmig in die Augen, als hätte sie eine geladene Pistole auf die Königin gerichtet. »Was hast du mit Ohlin zu schaffen?« fragte sie schroff. »Warum bist du mit ihm nach Münster gekommen?«

»Fragt Ohlin selbst!« erwiderte Anneke. Ihr Tonfall klang schnippisch, und das war ihre volle Absicht.

Malin Sörenstam verstärkte den Druck ihrer Finger. Erst als die Kutsche einen Augenblick später heftig geschüttelt wurde und die Peitsche des Kutschers wie wild auf die Pferde einschlug, entließ sie Anneke aus ihrem Griff.

Anneke klammerte sich an ihrem Sitz fest. Die Kutsche nahm an Fahrt auf und jagte in halsbrecherischer Geschwindigkeit über die Straße.

»Was hat das zu bedeuten?« wollte die Königin wissen. »Warum fahren wir so schnell?«

Anneke streckte den Kopf aus dem Fenster und schaute sich um. Der Fahrtwind trieb ihr Tränen in die Augen, aber dennoch konnte sie erkennen, warum Karl die Pferde so unerbittlich vorantrieb. Hinter ihnen galoppierten zwei Reiter auf die Kutsche zu, die sie wohl schon bald einholen würden.

Anneke ließ sich zurück auf den Sitz fallen. »Wir werden angegriffen«, brachte sie hervor, obwohl ihr der Schreck die Kehle zuschnürte.

Während Magnus in der einen Hand die Pistole hielt, klammerte er sich mit der anderen an einen Griff an der Seite des Bocks fest, um nicht von der Kutsche zu stürzen, wenn sie durch das nächste Schlagloch polterte. Ein Blick über die Schulter verriet ihm, daß die beiden Reiter den Abstand zur Kutsche weiter verringert hatten.

»Treib die Pferde an, Karl!« rief er laut, obwohl er wußte, daß sich der Kutscher und die Tiere bereits völlig verausgabten. Keuchend ließ Karl immer schneller die Peitsche knallen und hielt die Pferde mit wütenden Flüchen in einem rasenden Galopp.

»Wer sind diese Kerle?« stieß Karl hervor, während er weit ausholte und die Peitsche schwang.

»Banditen«, erwiderte Magnus. »Mordgesellen, die es nicht nur auf unsere Geldbörsen abgesehen haben.« Er löste nun doch seine Hand kurz vom Griff, um den Hahn der Pistole zu spannen.

»Heilige Maria!« fluchte Karl. Die Angst um sein Leben schien noch einmal neue Kräfte in ihm freizusetzen. Doch alle Anstrengung reichte nicht aus, und schon bald waren die Reiter bis auf einen Steinwurf herangekommen. So nah, daß Magnus ihre Gesichter erkennen konnte. Es handelte sich ohne Zweifel um die Männer, die sie im Kolleg überfallen hatten. Ove Dahlgren und Kjell Ekholm, das waren die Namen gewesen, die Malin Sörenstam erwähnt hatte.

Als die beiden Reiter die Hinterräder der Kutsche erreichten, ritt Ekholm rechterhand vorbei, dort, wo Karl auf dem Bock saß, Dahlgren hingegen näherte sich Magnus auf der linken Seite. Er sah, daß Dahlgren mit einer Pistole auf ihn zielte, allerdings zögerte der, denn der holprige Ritt ließ seine Hand wohl zu sehr schwanken. Magnus reagierte schneller. Er richtete seine Pistole auf Dahlgren und betätigte den Abzug. Mit einem ohrenbetäubenden Krachen löste sich der Schuß. Magnus' Hand wurde hochgeschleudert, und einen Moment lang war nur Rauch um ihn herum. Als sich der Nebelschleier lüftete, konnte er sehen, wie Dahlgren aus dem Sattel rutschte und hart auf die Erde schlug. Das Pferd, das nun keinen Reiter mehr trug, brach zur Seite aus und galoppierte davon. Sein Schuß hatte Dahlgren getroffen. Das war ein Gedanke, der eine regelrechte Euphorie in Magnus auslöste.

Wie ein Echo seines Schusses dröhnte nun ein weiterer Knall in seinen Ohren. Magnus wandte sich um, und in diesem Moment sackte Karl neben ihm zusammen. Sein Hut war halb zur Seite gerutscht. Blut lief über das Gesicht des Kutschers. Im Filzstoff des Hutes prangte ein zerfranstes Loch, aus dem Rauchfäden aufstiegen. Anscheinend hatte ein Geschoß seinen Kopf zerschmettert. Karl gab gurgelnde Laute von sich, zuckte wie ein Aal und krallte seine Hand in Magnus' Wams. Magnus blieb keine Zeit, sich um Karl zu kümmern, denn inzwischen war Kjell Ekholm von seinem Pferd gesprungen und klammerte sich an der Kutsche fest. Behende kletterte er auf den Bock und ging mit einem Dolch auf Magnus los.

Magnus nutzte Karls Körper als Deckung und duckte sich. Er hörte Ekholm keuchen, dessen erste Attacke ins Leere ging, da Karl in genau diesem Moment bei einem Schwanken der Kutsche zur Seite rutschte. Als Ekholm erneut ausholte, um auf ihn einzustechen, hob Magnus den Arm, um den Angriff abzuwehren, doch die Spitze des Dolches prallte schmerzhaft auf seine Hüfte. Magnus schrie auf, bekam aber nun endlich Ekholms Waffenarm zu fassen. Dessen häßliches Gesicht befand sich direkt über ihm. Während die Kutsche schlingerte, wurde Magnus tiefer auf den Bock gedrückt, und Ekholm preßte den anderen Arm auf Magnus' Kehle. Magnus bekam keine Luft mehr und ließ vor Schreck den Arm des Angreifers los, so daß dieser nun ausholte, um noch einmal auf ihn einzustechen. Ekholm wollte den Dolch in Magnus' Kehle stoßen, doch plötzlich jaulte er auf und ließ von Magnus ab.

Ekholm fuhr herum. Magnus stellte erstaunt fest, daß ein Messer im Nacken des Meuchlers steckte. Er schaute an Ekholm vorbei und sah Malin Sörenstam, die aus dem Innenraum der Kutsche geklettert war und ihn im letzten Augenblick vor dem sicheren Tod bewahrt hatte. Nun aber schwebte sie in Gefahr, denn Ekholm versuchte, sie mit seinem Dolch anzugreifen.

Obwohl sich Malin Sörenstam festklammern mußte, um nicht vom Bock zu stürzen, wich sie der ungelenken Attacke ohne Mühe aus, und sie brachte es sogar fertig, Ekholm mit ihrer rechten Hand einen Stoß zu verpassen, so daß er auf die schwankende Kutsche zurücktaumelte. Magnus winkelte sein Bein an und trat so fest gegen die Kniekehlen des Angreifers, daß Ekholm das Gleichgewicht verlor und vom Bock fiel. Er rutschte über die Speiche und suchte verzweifelt Halt an den Pferden. Es gelang ihm, sich hochzustemmen, doch inzwischen war Malin Sörenstam ganz auf den Bock geklettert, zog aus ihrem Wams einen zweiten Dolch hervor und fuhr Ekholm damit über das Gesicht, so daß der Schnitt eine blutige Spur von der Stirn bis zum Kinn hinterließ. Der Schwede starrte erschrocken, verlor den Halt und fiel zurück auf die Speiche, von wo er nun unter die noch immer in voller Fahrt befindliche Kutsche geriet. Das Gefährt buckelte wie ein störrisches Pferd, und als Magnus sich aufrichtete und nach hinten schaute, erkannte er einen verrenkten Körper, der im Straßenstaub zurückblieb.

Malin Sörenstam hatte sich unterdessen die Zügel gegriffen und brachte die Pferde zum Stehen, die durch den anstrengenden Galopp in dichte Schweißschwaden gehüllt waren.

»Sind wir außer Gefahr?« fragte sie.

Magnus nickte. »Sie waren nur zu zweit. Dem einen habe ich eine Kugel durch den Leib geschossen, bevor der andere Kerl auf mich losging.« Er beugte sich zu Karl, der leblos neben ihm zusammengebrochen war, und zog ihm vorsichtig den Hut vom Kopf. Der zerschmetterte Schädel sah gräßlich aus. Er suchte nach dem Puls des Kutschers, doch fühlte dort nichts mehr.

»Wir sollten nach dem Mann sehen, der unter die Kutschenräder geraten ist«, meinte Malin Sörenstam. Magnus nickte. Sie kletterten vom Bock und trafen mit Anneke und der Königin zusammen, die inzwischen die Kutsche verlassen hatten und mit blassen, verschreckten Gesichtern die Leiche des Kutschers betrachteten.

»Oh, Jesus«, stöhnte Anneke, dann wandte sie den Blick von dem Toten ab. Magnus berührte ihre Schulter und raunte: »Es ist vorüber. Bei Gott, es ist vorbei.«

Malin Sörenstam lief bereits auf Kjell Ekholm zu. »Bleibt bei der Kutsche!« wies Magnus die beiden Frauen an. Er folgte Malin Sörenstam, und nun erst wurde er sich des Schmerzes bewußt, der von seiner Hüfte ausging, von dort, wo Ekholm ihn mit dem Dolch verletzt hatte. Er drückte eine Hand auf die Stelle und humpelte auf Malin Sörenstam zu, die sich bereits über den gekrümmten Körper von Kjell Ekholm beugte.

Er lebte noch. Seine Kleidung mochte die schlimmsten Verletzungen verhüllen, doch die Räder der Kutsche hatten seine Oberschenkel zermalmt, den Unterleib zertrümmert und die Bauchdecke platzen lassen. Ekholm schaute sie ausdruckslos an, öffnete den Mund und röchelte. Als er hustete, spie er einen Schwall blutigen Schleim aus.

Magnus beugte sich über ihn und drehte den Kopf zu sich. »Warum?« wollte er wissen. »Warum wolltet ihr die Königin töten?«

Ekholm krächzte und schnappte nach Luft. Mit brüchiger Stimme brachte er hervor: »Sie wird uns alle ... verraten ... sie ...« Wieder flossen Blut und andere gallige Säfte aus seinem Mund und verhinderten weitere Worte. Zu allem Übel setzte Malin Sörenstam nun noch einen Dolch an seine Kehle.

»Nicht!« versuchte Magnus sie zurückzuhalten, doch mit einer schnellen Bewegung durchtrennte sie Ekholms Halsschlagader. Der riß den Mund auf und starb, noch ehe er einen weiteren Ton hervorgebracht hatte.

»Warum habt Ihr das getan?« rief Magnus – erschrocken über die Kaltblütigkeit, mit der Malin Sörenstam Ekholm das Leben genommen hatte.

Ausdruckslos wischte sie den Dolch am Ärmel des Toten sauber. »Es war besser so für ihn. Sein Leiden mußte ein Ende finden.« Sie erhob sich und schaute zur Straße. »Ich werde nach dem anderen Mann suchen.« Sie lief etwa fünfzig Schritte zurück, blieb oftmals stehen, um sich umzuschauen, und kam dann wieder auf Magnus zu, der noch immer neben dem Toten kniete und dessen Wamstaschen durchsuchte.

»Es ist keine Spur von Dahlgren zu entdecken«, sagte Malin Sörenstam. »Weder von ihm noch von seinem Pferd. Ihr sagt, Euer Schuß habe ihn getroffen?«

Magnus nickte.

»Vermutlich hat er sich in ein Gebüsch geschleppt und verblutet dort.« Malin Sörenstam betrachtete Ekholms Leiche. Aus der geplatzten Bauchdecke quoll das Gedärm hervor, das sich, begleitet von üblen Gerüchen, neben dem Toten ausbreitete.

»Was machen wir mit dem Kerl?« fragte Magnus.

Malin Sörenstam rümpfte angewidert die Nase. »Mit uns nehmen können wir die Leiche in diesem Zustand nicht. Er würde uns womöglich auseinanderreißen. Laßt ihn uns an den Straßenrand schleppen.«

»Zuvor sollten wir seinen Mantel, sein Wams und die Stiefel an uns nehmen«, meinte Magnus.

»Warum wollt Ihr Euch die Mühe machen und Eure Finger an diesen stinkenden Eingeweiden beschmutzen?«

»Ich werde jede Tasche und jeden Saum seiner Kleidung überprüfen, bevor uns womöglich weitere Hinweise auf die Absichten dieses Mannes entgehen.« Magnus machte sich daran, Ekholm die Stiefel auszuziehen, dann streifte er den Mantel und das Wams ab. Malin Sörenstam verzichtete darauf, ihm zur Hand zu gehen. Sie betrachtete ihn nur stumm und schien wenig davon angetan zu sein, daß er weiter nach diesen Hinweisen suchte.

Gemeinsam schleppten sie die malträtierte Leiche zum Waldrand und liefen zur Kutsche zurück. Magnus musterte Malin Sörenstam mit flüchtigen Blicken. Ihr Verhalten war ein Rätsel für ihn. Sie hatte ihm während des Kampfes auf der Kutsche zweifellos das Leben gerettet, dennoch fiel es ihm schwer, ihr dafür seinen Dank auszusprechen. Es ärgerte ihn noch immer, daß sie Kjell Ekholm getötet hatte, bevor der ihm hatte sagen können, aus welchem Grund Königin Christina verfolgt wurde. Der Mann hatte von einem Verrat gesprochen – einem Verrat, den Christina begehen würde.

Je länger Magnus über diese Dinge grübelte, desto mehr schien es ihm, als schütze Malin Sörenstam nicht nur die Königin, sondern vor allem das Geheimnis, das Christina umgab.

Das Geräusch drang wie aus weiter Ferne zu ihm. Ein Rascheln entführte ihn aus der Dunkelheit. Ove Dahlgren sträubte sich dagegen, ins Licht zurückzukehren. Er wollte die Augen geschlossen halten und dem Wind lauschen, den Stimmen der Vögel und seinem eigenen Atem. Erst als etwas Hartes über sein Gesicht kratzte, zuckte Dahlgren zusammen und richtete sich ein Stück auf. Ein greller Schmerz zwang ihn zurück. Er versuchte, die Pein herauszuschreien, doch seine Stimme blieb tonlos. Alles um ihn herum drehte sich, und die Welt entschwand abermals.

Als er erneut aufwachte und die Augen aufschlug, stand die Sonne bereits hoch am Himmel und hatte den Zenit wohl schon überschritten. Dahlgren erinnerte sich an die schrecklichen Schmerzen und richtete sich nun sehr viel vorsichtiger auf. Aus den Augenwinkeln sah er, wie ein Fuchs davonlief. Von seiner linken Schulter ausgehend raubte ihm ein Schmerz fast die Besinnung. Es fühlte sich an, als habe ein Wolf seine Zähne dort tief in das Fleisch gegraben. Er drehte langsam den Kopf und erkannte, daß der Mantelstoff zerfetzt und blutbesudelt war. Ein Geschoß hatte seine Schulter durchschlagen. Der Geruch verbrannten Fleisches stieg in seine Nase. Zunächst wußte er nicht, wo er sich befand und was ihn in diese hilflose Lage gebracht hatte. Dann aber erinnerte er sich daran, daß er die Kutsche verfolgt und daß jemand auf ihn geschossen hatte. Er war vom Pferd gestürzt und anschließend von der Straße in das Unterholz getaumelt, wo er zwischen Brombeergrün und Schlehendorn zusammengebrochen war.

Dahlgren blieb noch eine Weile auf dem Waldboden liegen, atmete tief ein und aus und versuchte seine Kräfte zu sammeln. Dann richtete er sich auf und zog sich mit dem unverletzten Arm an einem Ast auf die Beine. Er stand erstaunlich sicher, obwohl die Schmerzen, die dieser Bewegung folgten, Sterne vor seinen Augen tanzen ließen.

Die Straße lag nicht weit entfernt. Dahlgren setzte vorsichtig seine Schritte, immer darauf bedacht, sich einen Halt zwischen den Bäumen zu suchen.

Als er die Straße erreichte, stellte er zu seiner Überraschung fest, daß sein Pferd auf der gegenüberliegenden Seite friedlich graste. Dahlgren stolperte auf den Falben zu und setzte einen Fuß auf den Steigbügel. Es brauchte mehrere Versuche, bis es ihm gelang, sich hochzustemmen. Er ignorierte den Schmerz, bis er im Sattel saß. Kraftlos und keuchend führte er das Pferd zurück auf die Straße. Die Kutsche war verschwunden, aber Dahlgren entdeckte auf dem Boden einen breiten Blutfleck. Von dieser Lache aus reichte eine Spur bis an den Waldrand. Offensichtlich hatte jemand einen blutenden Körper über den Boden geschleift. Er folgte dieser Spur und stieß auf Kjell Ekholms Leiche. Sein treuer Begleiter bot einen gräßlichen Anblick. Man hatte ihm bis auf das Hemd und die Hose die Kleidung ausgezogen. Seine Kehle war durchtrennt worden, und von den Rippen bis zu den Knien war sein Körper so zerquetscht, als wäre er zwischen zwei Mühlsteine geraten. Ekholms tote Augen stierten in die Baumkronen.

Dahlgren wandte sich von der Leiche ab. Nun war er also auf sich allein gestellt. Seine Hand fuhr unter das Wams, dorthin, wo noch immer der Dolch der Falken steckte. Trotz seiner Verletzung war er nicht gewillt, sein Ziel aus den Augen zu verlieren. Solange Gott ihn am Leben erhielt, würde er nichts unversucht lassen, die Königin zu finden.

Er schaute zur Straße. In welche Richtung mochte die Kutsche gefahren sein? War sie nach Münster zurückgekehrt, oder hatte sie den Weg nach Osnabrück fortgesetzt?

Dahlgren schloß die Augen und suchte nach einer Eingebung – ein Gefühl oder eine Stimme, die ihm den Weg weisen würde. Alles blieb stumm. Er seufzte, trat dem Pferd in die Rippen und trabte auf den Ort zu, wo er die Königin am ehesten vermutete und wo er zudem Hilfe finden würde.

Osnabrück.

Kapitel 23

Anneke konnte es nicht fassen, daß Königin Christina eingeschlafen war. Gewiß, sie alle hatten in der vergangenen Nacht kein Auge zugetan, doch Anneke fühlte sich nach der Flucht aus dem Kolleg und dem Angriff auf die Kutsche noch immer so aufgewühlt und angespannt, daß es für sie völlig unmöglich war, auch nur kurz in das Reich der Träume zu entschwinden.

Sie beugte sich zu Christina und hörte sie leise schnarchen. Das ständige Ruckeln der Kutsche schien ihren Schlaf nicht zu stören. Auch wenn ihr Kopf immer wieder von der einen zur anderen Seite geworfen wurde, schnaubte sie geräuschvoll in einem gleichmäßigen Takt. Anneke bewunderte die Gelassenheit der Königin. Vor allem der Blick zur gegenüberliegenden Sitzbank, auf die Ohlin und Malin Sörenstam den toten Kutscher Karl gehievt hatten, sorgte dafür, daß ihr ein unangenehmer Schauer nach dem anderen über die Haut lief.

Die Leiche war halb auf die Seite gesunken. Ein Arm hing schlaff nach unten. Zu Annekes Erleichterung hatte Ohlin zumindest den zertrümmerten Schädel des Kutschers mit dem Mantel verhüllt. Trotzdem versuchte sie so gut es ging, den Blick von der Leiche abzuwenden.

»Hast du Angst vor den Toten?« fragte Königin Christina unvermittelt. Anneke hatte nicht bemerkt, daß sie aufgewacht war.

»Majestät?«

Sie deutete auf die Leiche. »Fürchtest du dich vor diesem Kadaver?«

»Wer befindet sich schon gerne in der Nähe von Verstorbenen?« erwiderte Anneke. »Zumal wenn ihnen der halbe Kopf fehlt.«

»Und sie einen strengen Geruch von sich geben«, meinte die Königin. Sie zog ein angewidertes Gesicht. »Leben deine Eltern noch, Anneke?«

»Nur meine Mutter. Der Tod meines Vaters liegt inzwischen mehr als zehn Jahre zurück«, sagte Anneke.

»Hast du die Leiche deines Vaters gesehen?«

Anneke fragte sich, welches Interesse die Königin an diesen Dingen hatte, aber sie antwortete wahrheitsgemäß: »Ich erinnere mich noch gut daran, wie man ihn in unserem Haus aufgebahrt hatte. Er sah selbst im Tode noch so lebendig aus, daß ich glaubte, er würde jeden Moment die Augen aufschlagen und mich in die Arme schließen.«

»Auch ich habe früh meinen Vater verloren«, sagte die Königin. »Vielleicht hast du davon gehört.«

Anneke nickte. Natürlich kannte sie die Geschichten, die man sich über den großen Schwedenkönig Gustav Adolf erzählte, der seine Armee auf deutschen Boden geführt und auf dem Schlachtfeld für den Protestantismus sein Leben gelassen hatte.

»Mein Vater sah alles andere als frisch aus, als man ihn zurück nach Schweden brachte«, sagte die Königin. »Zwar war er einbalsamiert worden, aber der bombastische Trauerzug durch die deutschen Lande hatte sich über Monate hingezogen. Und als seine Leiche endlich zurück nach Stockholm geschafft worden war, ließ meine Mutter Maria Eleonora seinen offenen Sarg in ihre Kammer schaffen und befahl, daß man ihn nicht eher beisetzen solle, bis sie mit ihm begraben werden konnte.«

Anneke lauschte aufmerksam dieser recht persönlichen Schilderung der Königin, die über das groteske Verhalten ihrer Mutter so ungerührt sprach, als wäre das Geschehene nur eine völlig belanglose Anekdote aus ihrer Kindheit.

»Verzeiht, Majestät, aber das klingt, als hätte Eure Mutter den Verstand verloren.«

Christinas Miene zeigte keine Reaktion. »Sie hat meinen Vater abgöttisch geliebt. Ich erinnere mich daran, daß sie jedesmal in Tränen ausbrach, wenn er ohne sie das Land verließ. Als die Nachricht seines Todes eintraf, hat sie stundenlang nur geschrien. Und du mußt wissen, meine Mutter hatte eine kräftige Stimme. Sein Verlust trieb sie in den Wahnsinn. Sie ließ die goldene Kapsel, in der das Herz meines Vaters verwahrt wurde, über ihrem Bett anbringen und verhängte die Fenster der Totenkammer mit schwarzen Tüchern. Jeden Morgen mußte ich sie an den Sarg begleiten und mitansehen, wie sie ihn streichelte und herzte, während seine Leiche immer schwärzer wurde und vertrocknete.« Christina griff nach dem Wasserschlauch, der neben ihr lag, trank und schaute versonnen drein. »Ich habe meinen Vater nicht minder verehrt und geliebt, aber es widerte mich an, die maßlose Trauer meiner Mutter mitzuverfolgen. Mich zog es schon damals zu meinen Büchern und zu den Pferden. Ich haßte es, in dieser dunklen Kammer eingesperrt zu sein, in der es nur Trauer und Tränen gab. Meine Mutter hat es wohl auf eine seltsame Weise genossen, dieses Leiden zu zelebrieren, aber mir graute vor den Stunden in der Leichenkammer.«

Magnus Ohlin hatte Anneke erzählt, daß die Königin nur wenige Jahre älter war als sie. Der Tod des Schwedenkönigs lag fünfzehn Jahre zurück. Anneke rechnete sich aus, daß Christina nicht älter als sechs oder sieben Jahre alt gewesen sein konnte, als sie dieser Tortur des Trauerns ausgesetzt worden war. Konnten diese einschneidenden Erlebnisse mit der Grund dafür sein, daß sie zu dieser sperrigen Person geworden war, die mehr einem Mann denn einer Frau glich?

»Was ist mit der Leiche Eures Vaters geschehen?« fragte Anneke.

»Er fand erst neunzehn Monate nach seinem Ableben zur letzten Ruhe, als der Kanzler Oxenstierna sich dem Befehl meiner Mutter widersetzte und den Sarg in der Riddarholmskirche beisetzen ließ. Meine Mutter verschaffte sich allerdings schon bald darauf Zugang zum Grabgewölbe und versuchte, zu der Leiche hinabzukriechen. Nach diesem Vorfall ließ der Kanzler die Gruft bewachen, um diese Peinlichkeiten zu verhindern. Meine Mutter hat ihm das niemals verziehen. Einige Jahre später floh sie nach Dänemark.« Königin Christina seufzte. »Seit dieser Zeit können mir die Toten keine Angst mehr machen.« Sie langte nach Karls Handgelenk und hob den Arm an. »Ihre Seelen haben das Fleisch zurückgelassen und sind emporgestiegen zu Gott oder hinab ins Purgatorium, wenn sie denn zu viele Sünden auf sich geladen haben.« Sie ließ die Hand los, die nach unten fiel und bei jedem Schwanken der Kutsche über den Boden rutschte.

Einen Moment lang befürchtete Anneke, daß die Königin sie auffordern würde, es ihr gleichzutun und ebenfalls den Toten zu berühren. So überzeugt Christina auch sein mochte, daß dieser Leib nurmehr totes Fleisch war, verspürte Anneke in dessen Nähe trotzdem großen Ekel und eine lähmende Angst.

Zum Glück wurde die Kutsche nun langsamer und hielt schließlich an. Anneke hörte, daß Malin Sörenstam und Magnus Ohlin einige Worte miteinander wechselten, dann kletterten die beiden vom Bock und öffneten die Kutschentür. Malin Sörenstam steckte den Kopf ins Innere und rümpfte angewidert die Nase.

»Himmel, welch ein Gestank«, stöhnte sie. Anneke und die Königin nutzten den Halt, um aus der Kutsche zu steigen und die frische Luft einzuatmen.

Magnus Ohlin klammerte sich mit schmerzverzerrtem Gesicht an einem der Räder fest, während er die andere Hand auf seine Hüfte drückte. Malin Sörenstam beäugte Ohlin kühl, ließ aber auch eine gewisse Sorge erkennen.

»Es gibt ein Problem«, sagte sie. »Herr Ohlin hat es nicht für nötig gehalten, uns zu sagen, daß er bei dem Angriff auf die Kutsche eine Stichwunde erlitten hat.«

»Du liebe Zeit«, rief die Königin und trat auf Ohlin zu. Sie kniete sich vor ihn und wollte die Wunde in Augenschein nehmen, doch Ohlin, dem Christinas Fürsorge äußerst peinlich zu sein schien, wich sofort zurück.

»Bitte nicht, Majestät«, sagte er.

»Die Wunde muß behandelt werden«, meinte Malin Sörenstam. »Sonst wird sie sich entzünden.«

Ohlin verzog das Gesicht. »Euch kann es doch nur recht sein, wenn ich Euch nicht mehr im Weg wäre.«

»Sturer Esel«, zischte sie.

»Ich hätte einen Vorschlag zu machen«, mischte sich Anneke ein. Alle Augenpaare richteten sich auf sie. »Wir werden bald die Schenke meines Dienstherrn erreichen. Dort könnten wir eine Rast einlegen und Herrn Ohlins Wunde versorgen.«

»Unsinn«, knurrte Ohlin. »Wir haben keine Zeit zu verlieren. Die Königin muß zu Johan Adler Salvius nach Osnabrück gebracht werden. Jede Verzögerung gefährdet ihr Leben.«

Malin Sörenstam blickte die Straße hinunter. »Wir sind nicht länger auf der Flucht. Dahlgren ist tot oder zumindest so schwer verletzt, daß er uns nicht mehr folgen kann. Warum sollen wir also keine Rast einlegen?«

»Wir würden Osnabrück nicht mehr vor Einbruch der Dämmerung erreichen und müßten die Nacht in der Schenke verbringen«, klagte Ohlin.

»Und wenn schon«, sagte die Königin. »Ich finde, das ist eine hervorragende Idee. Anneke und ich sind es leid, den Gestank in der Kutsche zu ertragen.« Sie lächelte Ohlin an. »Ihr werdet Euch doch gewiß nicht dem Wunsch Eurer Königin widersetzen wollen.«

Ohlin seufzte und gab sich geschlagen, äußerte aber noch letzte Bedenken. »Und der Tote? Wie sollen wir es erklären, daß wir eine Leiche mit uns führen?«

»Sagt den Wirtsleuten, wir wären von Wegelagerern überfallen worden«, schlug Anneke vor. »Banditen oder marodierende Soldaten, die den Kutscher getötet und Euch verletzt haben, bevor wir ihnen entkommen konnten.«

»Wird man uns das glauben?« fragte Malin Sörenstam.

»Ich bin der Wirtin bereits begegnet«, erwiderte Ohlin. »Sie würde uns jeden Unsinn glauben, wenn wir Ihr diese Behauptungen nur großzügig genug vergüten.« Er schaute zu Christina. »Also bleibt Ihr weiterhin der Sohn des Grafen, der der schwedischen Gesandtschaft eine Nachricht überbringt.«

»Eine Rolle, die mir inzwischen sogar gefällt«, sagte die Königin, und ihre Stimme war nun wieder so tief wie die eines Mannes. Sie schob den Hut tiefer ins Gesicht und rülpste laut. Anneke schmunzelte. Niemand, weder Seybert, Lucia, Lene oder Wendel, würde diesen ungehobelten Burschen für eine Frau halten.

»Dort ist es. Seht Ihr die Schenke?« Anneke deutete auf die Gebäude, die hinter dem Waldhain auftauchten. Sie saß inzwischen neben Malin Sörenstam auf dem Bock, nachdem der verletzte und entkräftete Ohlin neben der Königin in der Kutsche Platz genommen hatte.

Malin Sörenstam rümpfte die Nase. »Nicht unbedingt ein angemessenes Quartier für eine Königin.«

»Nicht für eine Königin«, stimmte Anneke ihr zu, »aber

sehr wohl für einen Jüngling des Kleinadels, der sich auf der Reise nach Osnabrück befindet.«

Als sich die Kutsche dem Hofplatz der Schenke näherte, trat Lene aus dem Stallgebäude. Auf ihrem Gesicht zeigte sich zunächst ein Staunen, dann eine große Erleichterung, als sie Anneke auf dem Kutschbock erkannte.

Anneke lachte und winkte Lene zu, woraufhin diese sofort auf das Haus zustürzte und ausrief: »Sie ist zurück! Anneke kommt heim!«

Noch bevor Malin Sörenstam die Pferde auf dem Hof zum Stehen brachte, hatten sich bereits Seybert und Lucia und auch Wendel vor der Schenke versammelt und verfolgten neugierig, wie Anneke vom Bock sprang und auf Lene zulief.

»Da bist du endlich wieder«, meinte Lene und drückte Anneke an sich.

»Bist also nicht traurig, daß du dein Bett wieder mit mir teilen mußt?« Sie nahm Lenes Kopf in ihre Hände und küßte sie auf die Stirn.

Königin Christina und Magnus Ohlin hatten unterdessen die Kutsche verlassen. Die Königin legte einen Arm um Ohlin und stützte ihn, als er auf die Monsbachs zuhumpelte.

»Was ist Euch geschehen?« wollte Seybert wissen.

»Ein Überfall«, behauptete Ohlin. »Als wir eine Rast eingelegt hatten, fiel ein halbes Dutzend abgerissener Mordgesellen, das bis an die Zähne mit Messern und Pistolen bewaffnet war, über uns her. Sie haben den Kutscher erschossen und mich an der Hüfte erwischt. Zum Glück ließen sie von uns ab, nachdem sie das Gepäck unserer Begleiter gestohlen haben.«

Anneke befand, daß Ohlin einen überzeugenden Lügner abgab. Aber würden Seybert und Lucia diese Geschichte wirklich glauben? Beide runzelten die Stirn, doch dann rief

Lucia klagend aus: »Um Gottes willen! Man hat Euch doch hoffentlich nicht Eure Geldbörse geraubt. Schließlich müßt Ihr mich noch dafür bezahlen, daß Ihr die Dienste unserer Magd in Anspruch genommen habt.«

»Sorgt Euch nicht.« Ohlin klopfte auf sein Wams. »Die Börse war gut versteckt. Ihr sollt die vereinbarte Summe erhalten, und zudem werden wir die Nacht in Eurem Haus verbringen.«

»Eure Wunde muß versorgt werden«, sagte Seybert und deutete auf den Blutfleck an Ohlins Hüfte. »Wie viele Zimmer soll ich herrichten lassen?«

»Nur eines.« Ohlin wies auf seine Begleiter. »Dieser Bote der schwedischen Kanzlei und seine Schwester werden in meiner Kammer schlafen.« Malin Sörenstam trat neben Ohlin, faßte unter seinen Arm und half ihm, die Schenke zu betreten.

Lucia packte Anneke grob am Arm. »Wir beide sprechen später miteinander«, raunte die Monsbacherin, dann folgte sie den anderen in die Gaststube.

»Genau das herzliche Willkommen, das ich von deiner Mutter erwartet habe«, seufzte Anneke in Lenes Richtung, doch die hatte sich inzwischen abgewandt und ging auf die Kutsche zu.

»Nicht, Lene!« versuchte Anneke sie aufzuhalten, doch die Monsbach-Tochter schaute bereits neugierig durch das Kutschenfenster und stieß einen spitzen Schrei aus, als sie die Leiche erblickte.

»Ich hätte dir diesen Anblick gerne erspart«, meinte Anneke und zog Lene zurück, die erschrocken ihre Hände vor das Gesicht preßte. Erst als sie sich abgewandt hatte, ließ sie ihre Finger so langsam sinken, als befürchte sie, ein böser Blick könnte ihr folgen und sie verzaubern.

»Bei allen Heiligen, Anneke«, keuchte sie. »Wie schaffst du es nur, immer wieder in solche Schwierigkeiten zu geraten?«

Anneke strich Lene eine widerspenstige Haarlocke aus der Stirn und versuchte sie aufzumuntern. »Wahrscheinlich habe ich wohl ein Talent dafür«, sagte sie mit einem Lächeln.

Nachdem nicht wenige Münzen aus Magnus Ohlins Börse in die Taschen der Monsbachs gewandert waren, richteten die Wirtsleute ihren Gästen das größte Zimmer im Obergeschoß her – einen Raum, in dem bereits zwei Betten aufgestellt waren, die ausreichend Platz für drei Personen boten. Weder Lucia noch Seybert äußerten gegenüber Anneke auch nur ein Wort des Zweifels über Ohlins Geschichte.

»Von morgen an wirst du deine gewohnten Arbeiten wieder aufnehmen«, brummte Lucia Monsbach, während sie auf ein Holztablett eine Kanne mit frischem Wasser und ein Salbentöpfchen stellte und dazu saubere Tücher legte. Anneke und sie waren zum ersten Mal seit ihrer Rückkehr allein, und wie es schien, hatte Ohlins großzügige Entlohnung ihre Dienstherrin milde gestimmt. Kein Vorwurf kam über die schmalen Lippen der Monsbacherin, und darum hoffte Anneke, daß mit den gewohnten Arbeiten nicht die Strafaufgaben gemeint waren, die sie vor der Reise nach Münster verrichtet hatte.

Anneke nickte nur. Lucia Monsbach schaute sie ausdruckslos an. »Bring das zu diesem spendablen Herrn.« Sie drückte Anneke das Tablett in die Hand. »Aber sag ihm, daß ich für die Salbe einen weiteren Doppelschilling berechne.«

»Natürlich«, meinte Anneke nur und war froh, sich nicht länger mit ihrer Dienstherrin in der Küche aufhalten zu müssen.

Sie trug das Tablett die Treppe hinauf und betrat die Kammer, in der Magnus Ohlin, Malin Sörenstam und die Königin auf ihren Betten hockten. Ohlin preßte eine Hand auf die Hüfte und schien noch immer große Schmerzen zu haben.

Malin Sörenstam wies Anneke an, das Tablett auf einem Schemel abzustellen. »Na endlich«, meinte sie. »Es wird Zeit, daß wir die Wunde versorgen.« Sie wollte sich an Ohlins Hosenbändern zu schaffen machen, doch der drängte ihre Finger fort.

»Nicht vor den Augen der Königin«, sagte er.

Christina lachte auf. »Seit wann seid Ihr so schamhaft geworden, Magnus?«

»Seit ich mich mit drei Frauen in dieser Kammer aufhalte und mich völlig wehrlos fühle.«

»Ziert Euch nicht wie eine keusche Ordensschwester«, sagte Malin Sörenstam und schnürte rigoros die Bänder auf. »Hebt Euer Gesäß an«, verlangte sie und nestelte am Saum seiner Beinkleider. Magnus fluchte gepreßt, gab aber jeden Widerstand auf. Malin zog ihm die Beinlinge mit einem Ruck bis zu den Knien hinunter. Rasch legte Ohlin eine Hand auf sein Geschlecht. Er wirkte so verlegen, daß Anneke ein Kichern nicht unterdrücken konnte und sich dadurch einen ärgerlichen Blick von ihm einfing.

Malin Sörenstam tauchte einen Lappen in das Wasser, wischte das Blut von der Wunde ab und betrachtete die Verletzung. »Der Schnitt geht nicht tief«, meinte sie. »Aber ich werde ihn trotzdem nähen müssen.« Als Ohlin das Gesicht verzog und aufstöhnte, fügte sie an: »Dankt Gott, daß dieser Kerl seinen Dolch nicht eine Handbreit näher zu Euren Hoden geführt hat. Euer Ruf als Verführer der Frauen hätte fortan gewiß gelitten.«

»Welche Verschwendung«, scherzte die Königin, doch Ohlin, der noch immer krampfhaft bemüht war, mit den Händen seine Blöße zu bedecken, war anscheinend nicht nach Lachen zumute.

»Ich will nicht, daß Ihr meine Wunde behandelt«, sagte er

zu Malin Sörenstam und deutete mit dem Kinn zu Anneke. »Sie soll das machen.«

»Das kann ich nicht.« Anneke hob abwehrend die Hände. »Ich habe noch nie eine Wunde genäht und würde Euch gewiß mehr schaden als nutzen.«

»Ihr vertraut mir noch immer nicht.« Malin Sörenstam schaute Ohlin vorwurfsvoll an.

»Ich will glauben, daß Euch das Wohl der Königin am Herzen liegt«, sagte Ohlin. »Mich hingegen möchtet Ihr vielleicht aus dem Weg schaffen. Ihr seid eine Giftmischerin. Womöglich streut Ihr heimlich giftige Kräuter in meine Wunde, um das Werk zu vollenden, das Euch in Osnabrück mißlungen ist.«

Sie runzelte die Stirn. »Ich weiß nicht, wovon Ihr sprecht.«

»Wollt Ihr abstreiten, daß Ihr den Schierlingsamen in meinen Wein gefüllt habt, an dem Tag, als Ihr unter einem falschen Vorwand in mein Haus eingedrungen seid?«

Sie verschränkte trotzig die Arme vor der Brust. »Es ist wahr, ich habe Euer Haus unter einem falschen Vorwand betreten, und ich habe mich in Eure Kammer geschlichen, wo Ihr mich überrascht habt. Ich habe Euch verprügelt – aber ich hatte niemals die Absicht, Euch zu töten.«

»Das ist eine Lüge«, knurrte Ohlin.

»Ich glaube ihr.« Die Königin erhob sich, trat zu Malin Sörenstam und nahm ihre Hand. »Ich kenne Malin seit Jahren. Sie ist keine heimtückische Giftmörderin. Ihr müßt Euch irren.«

Ohlin schnaufte abfällig. »Wer sonst sollte mir das Gift verabreicht haben?«

»Jemand aus Eurem Haushalt?«

»Aus meinem Haushalt?«

Malin Sörenstam nickte. »Bedenkt, wie einfach es für mich war, unter falschem Namen eine Anstellung im Haushalt eines der schwedischen Hauptgesandten zu erlangen. Gibt es jemanden unter Eurem Gesinde, der Euch im nachhinein auffällig erscheint und der vielleicht ein besonderes Interesse daran gezeigt hat, Euer Vertrauen zu erlangen?«

»Teufel auch! So jemanden gibt es«, stöhnte Ohlin, und sein Gesicht wurde fahl, als er den Namen aussprach, der auch Anneke sofort in den Sinn gekommen war.

»Ebba. Es könnte Ebba sein.«

Kapitel 24

Ove Dahlgren war kaum bei Besinnung. Er dämmerte in einem Delirium des Schmerzes dahin, klammerte sich verzweifelt an den Hals seines Pferdes und spürte jede Bewegung in seiner zertrümmerten Schulter wie ein Beben. Zweimal war er auf die Straße gestürzt und hatte befürchtet, der Tod würde ihn von der Welt holen. Doch der allmächtige Gott bewahrte ihm die Lebenskraft. Lange hatte Dahlgren gekrümmt auf der Erde gelegen und nach Luft gejapst wie ein alter Hund, bevor er trotz der unerträglichen Schmerzen erneut aufgestiegen war und den Weg fortgesetzt hatte.

Dahlgren konnte nicht mehr abschätzen, wie viele Stunden er so auf dem Rücken des Falben kauerte, während der in einem gleichmäßigen Takt seine Hufe setzte. Irgendwann passierte er eine Dorfschenke und überlegte kurz, ob er sich in die Obhut der Wirtsleute begeben sollte, um neue Kraft zu schöpfen. Vielleicht hätte er diesen Gedanken tatsächlich in die Tat umgesetzt, wenn sich jemand auf dem Hofplatz befunden und ihn bedrängt hätte, in seinem Zustand eine Rast einzulegen. Doch weder vor dem Haupthaus noch bei den Ställen ließ sich ein Mensch blicken, und so trabte sein Pferd einfach daran vorbei.

Das letzte Stück des Weges wurde zu einer Tortur. Dahlgrens Kehle war ausgetrocknet. Seine Beine fühlten sich taub an, die Wunde in seiner Schulter brannte hingegen so gräßlich, als habe jemand eine glühende Kohlenpfanne darüber ausgeschüttet. Er verlor den Glauben daran, daß er in diesem Zustand Osnabrück erreichen würde. Das Verlangen, die Augen zu schließen und zu sterben, erschien ihm als schier übermächtige Verlockung.

Als jedoch die Dämmerung hereinbrach, konnte er in der Ferne eine Stadt ausmachen. Osnabrück. Dahlgren dankte Gott, zog seinen Mantel so weit über die verletzte Schulter, daß die Wunde verdeckt wurde, und führte die Stute zum Stadttor.

Dem Wächter an der Pforte warf er eine Münze zu, worauf dieser ihn mit einem dümmlichen Grinsen unbehelligt passieren ließ. Es fiel Dahlgren schwer, sich in Osnabrück zu orientieren. Nur wenige Menschen waren zu dieser Stunde noch auf den Straßen anzutreffen. Zwei Betrunkene kreuzten seinen Weg, schenkten ihm aber keine Beachtung. Einzig eine junge Frau, die ein Butterfaß in den Armen trug, bedachte ihn mit sorgenvollen Blicken. Dahlgren erreichte den Domplatz und ließ sich von hier den Weg zur Lohstraße weisen. Die Hand, die er in die Mähne des Pferdes krallte, zitterte heftig. Seine Kräfte verließen ihn nun endgültig. Vor seinen Augen verschwammen die Häuserreihen und schienen von einem Nebel verschluckt zu werden, doch Dahlgren hielt sich zumindest noch so lange im Sattel, bis er das Haus von Magnus Ohlin erreicht hatte.

Während der langen Stunden auf der Straße hatte er darüber gegrübelt, was ihn hier in der Stadt erwarten würde. Er wußte nicht, ob Ohlin bereits in Osnabrück eingetroffen war, ob er sich mit der Königin in seinem Haus aufhielt, ob die Kutsche vielleicht erst am nächsten Morgen die Stadt erreichen würde oder vielleicht sogar den Weg zurück nach Münster eingeschlagen hatte. Nun aber wurden alle Fragen belanglos. Dahlgren legte sein Schicksal in Gottes Hand, ließ sich aus dem Sattel gleiten und wankte auf die Haustür zu. Hier würde er auf die einzige Person treffen, der er nach Ekholms Tod noch vertrauen konnte und die ihm Hilfe zukommen lassen würde.

Dahlgren schlug dreimal schnell hintereinander mit dem Eisenring gegen das Holz. Er wartete kurz, und als niemand darauf reagierte, wiederholte er das Klopfen. Nun endlich hörte er eine Stimme und Schritte.

Eine junge Frau, wahrscheinlich eine Magd, öffnete ihm und verzog bei seinem Anblick das Gesicht, als wäre er mit der Lepra geschlagen. »Wer seid Ihr, und was schlagt Ihr spät am Abend noch ein derartiges Getöse?«

»Laß mich ein!« verlangte Dahlgren.

Die Frau wich einen Schritt zurück. »Auf keinen Fall! So wie Ihr da taumelt, müßt Ihr sturzbetrunken sein.« Sie gab ihm einen Stoß mit der Hand, der ihn auf die Knie sacken ließ, dann wollte sie ihm die Tür vor der Nase zuschlagen. Dahlgren stemmte seine Hand gegen das Holz, doch er wäre zu entkräftet gewesen, die Magd daran zu hindern, die Tür zu schließen, wenn sie nicht eine andere Stimme aufgehalten hätte.

»Wer ist da an der Tür, Ebba?«

Dahlgren schaute auf und sah das vertraute Gesicht neben der Magd auftauchen. Svante legte erschrocken eine Hand vor den Mund, als sie ihn erkannte und sah, in welch erbärmlichem Zustand er sich befand.

»Wohl einer dieser Trunkenbolde, der vergessen hat, in welchem Haus sich sein Bett befindet«, sagte die Magd. Ihre Stimme klang so verächtlich, als wolle sie auf ihn ausspucken.

»Meine Sonne«, krächzte Dahlgren und streckte flehend eine Hand nach Svante aus.

Das Mädchen wollte ihn mit dem Fuß zurückdrängen, damit sie die Tür schließen konnte, doch Svante zog sie zurück und schlug ihr mit der flachen Hand auf den Kopf.

»Untersteh dich, du dumme Gans!« schimpfte sie und drängte die Magd zur Seite. Svante kniete sich zu ihm und streichelte seine Wange. Dann wandte sie sich zu der Magd um und winkte sie eilig heran. »Er ist ein Freund, Ebba. Hilf mir, ihn ins Haus zu schaffen.«

Es war Dahlgren kaum möglich, den Kopf zu bewegen, aber er neigte ihn immerhin so weit zur Seite, daß er aus den Augenwinkeln die Wunde betrachten konnte.

Er lag ausgestreckt auf der Bettstatt in Svantes Kammer. Sie und die Magd hatten ihm das Wams und sein Hemd ausgezogen, dann hatte Svante mit einem feuchten Tuch die Wunde gesäubert und die groben Stoffreste entfernt, die sich in den Durchschuß gebrannt hatten.

Das Geschoß hatte seine Schulter zertrümmert und einen gräßlichen Wust aus zersplitterten Knochen, zerfransten Hautfetzen und blutverklebtem Fleisch hinterlassen. Dahlgren glaubte nicht, daß sein linker Arm jemals wieder zu gebrauchen sein würde. Aber war das noch von Belang?

Svante betrat die Kammer. In ihrem Arm hielt sie ein Dutzend blühende Rosen, das sie in eine Vase steckte und auf den Fenstersims neben dem Bett stellte. Ein schwacher, aber angenehmer Blütenduft legte sich über den Geruch von Blut und Schweiß. Dahlgren dankte Svante diese Aufmerksamkeit mit einem Lächeln.

»Bring uns die Verbände und braue den Sud aus den Kräutern, die ich dir genannt habe«, sagte Svante zu der jungen Magd, die beflissentlich nickte und wohl äußerst erleichtert war, die Kammer verlassen zu dürfen. Während sie Svante bei der Behandlung seiner Wunde zur Hand gegangen war, hatte ihr Mienenspiel keinen Zweifel daran aufkommen lassen, wie sehr sein Zustand sie anwiderte.

Das Mädchen schloß die Tür hinter sich. Svante setzte sich zu ihm auf das Bett. Endlich waren sie allein.

»Der Kräutersud wird Euch stärken«, meinte Svante, und es klang überzeugend. Dahlgren wußte, daß dies keine Floskel war. Schon als junges Mädchen hatte Svante sich hervorragend auf die Wirkung heilender wie auch todbringender Pflanzen verstanden. Im Hof ihres Elternhauses hatte sie neben ihren prachtvollen Rosen auch mehrere Kräuterbeete gepflegt, die in größerer Vielfalt als manch ein Klostergarten bestückt gewesen waren. Sie hatte dort unter anderem Minze, Odermenig, Ebenraute, Quendel und Mäusedorn gepflanzt – Kräuter, mit denen sich Krämpfe, Entzündungen oder Katarrhe lindern ließen –, aber auch Pflanzen wie Fingerhut, schwarzer Nachtschatten, gefleckter Schierling, Stechapfel und Bilsenkraut hochgezogen. Als er sie einmal gefragt hatte, warum sie die gefährlichen Kräuter anbaue, hatte sie ihm nur zur Antwort gegeben, daß Gott diese Pflanzen nicht in die Natur gegeben hätte, wenn sie nicht von Nutzen für die Welt wären.

Nur er, ihr Lehrer, war von Svante in ihr Interesse für diesen sehr besonderen Teil ihres Gartens eingeweiht worden, und Dahlgren wiederum hatte ihr Vertrauen damit vergolten, daß er sie seine Überzeugungen gelehrt und sie mit der Lehre der Prädestination und Gottes heiligem Plan vertraut gemacht hatte. Svante hatte seine Worte wie eine Saat aufgenommen, und in ihrem Herzen war eine neue Pflanze gewachsen, die weder tötete noch heilte, sondern die blühende Erkenntnis entfaltete, daß Gott auch sie eines fernen Tages zu seinem Werkzeug machen würde.

Svante strich vorsichtig ein wenig Salbe auf die Wunde und schaute ihn fragend an.

»Ein Pistolenschuß«, sagte Dahlgren. Seine Stimme klang noch immer krächzend. Er zögerte kurz, dann fügte er an: »Ich vermute, es war dein Mann, der die Waffe auf mich gerichtet hat.« Dahlgren war sich dessen nicht sicher. Er hatte Magnus Ohlin niemals zu Gesicht bekommen, aber der Kerl, der auf dem Bock der Kutsche gesessen und auf ihn geschossen hatte, war nicht wie die Gardisten gekleidet gewesen. Und da Ohlin am Tag zuvor im Kolleg aufgetaucht war, erschien es ihm logisch, daß er der Königin zur Flucht verholfen hatte.

»Ich habe versucht, ihn aufzuhalten«, sagte Svante leise. »Die Dosis des Giftes war zu gering.« In ihren Augen schimmerten Tränen. »Ich wollte nicht, daß er stirbt.«

»Gräme dich nicht.« Es mißfiel ihm, sie so niedergeschlagen zu sehen. Svante trug keine Schuld daran, daß Ohlin von der Reise der Königin erfahren hatte.

»Warum kann nicht alles wieder so sein wie damals in Järköping«, meinte Svante.

Dahlgren berührte ihren Arm und zwang sich zu einem Lächeln. Er hatte Svante zwei Jahre lang im Haus ihrer Eltern in Järköping unterrichtet. An drei Tagen in der Woche hatte er Svante in ihrer Kammer oder in einem Gartenpavillon neben Mathematik, Grammatik und Geschichte auch die Pflichten erläutert, die Gott den Menschen auftrug, um die wahre Lehre seiner Worte zu verteidigen und sich den papistischen Irrlehren zu widersetzen.

Svante war seinen Ausführungen stets mit höchster Konzentration gefolgt. Obwohl dieses blasse, zierliche Mädchen noch fast ein Kind gewesen war, hatte sie schneller begriffen, was Gott von den Menschen verlangte, als jeder andere seiner Schüler. Und sie hatte sich auch nicht von ihm abgewandt, als man ihn im Karzer von Stockholm für seine Überzeugungen in Ketten gelegt hatte.

»Ihr wart immer mehr als ein Lehrer für mich«, sagte sie nun. »Dank Euch habe ich verstanden, wie nah uns Gott ist.«

»Nur denen, die bereit sind, seine Worte mit Feuer und Schwert zu verteidigen.« Dahlgren schloß kurz die Augen. »Wirst du den letzten Schritt mit mir gehen, meine Sonne?«

»Was meint Ihr damit?«

»Es ist möglich, daß dein Mann bald hier eintreffen und die Verräterin in dieses Haus führen wird. Königin Christina darf nicht nach Schweden zurückkehren.«

Ihr Blick schweifte kurz ins Leere, dann nickte sie. »Sagt mir, was ich tun soll!«

»Dein Mann darf auf keinen Fall Verdacht schöpfen. Wer weiß davon, daß ich mich hier aufhalte?«

»Die Köchin hatte das Haus bereits vor Eurem Eintreffen verlassen«, erwiderte Svante. »Sie verbringt die Nacht bei ihrer Familie in der Neustadt. Das einzige Problem …«

In diesem Moment klopfte es an der Tür, und die Magd trat mit gefalteten Tüchern und einem Zinnpokal ein. Sie reichte Svante den Pokal, legte die Tücher auf dem Tisch ab und bedachte Dahlgren einmal mehr mit einem recht furchtsamen Blick.

Svante dankte der Magd und schickte sie fort. Als das Mädchen die Kammer verlassen hatte, schaute Dahlgren besorgt zur Tür und dann zu Svante, die offenbar seinen Gedanken folgen konnte.

»Ich werde eine Lösung finden«, sagte sie leise.

Kapitel 25

Die Nacht war sternenklar. Nun, wo der Sommer allmählich in den Herbst überging, wurden die Nächte kühler, doch Anneke genoß den auffrischenden Wind, der über ihr Gesicht strich, und die beruhigende Stille, die nur ab und an durch den Ruf eines Waldkauzes unterbrochen wurde. Sie hatte sich auf der Holzbank am Brunnen niedergelassen und eine Weile ihren Gedanken nachgehangen. Wenn sie die Augen schloß, rauschten viele Bilder durch ihren Kopf. Die Reise nach Münster, das Jesuitenkolleg, die überstürzte Flucht und der Angriff auf die Kutsche – all dies war mit intensiven Gefühlen verbunden, und auch wenn viele der Empfindungen mit Angst und Schmerz einhergingen, verspürte sie doch eine tiefe Melancholie, wenn sie die Augen öffnete und über die Schulter zur altvertrauten Schenke hinüberblickte. Entstand unweigerlich ein Band zu den Personen, mit denen man die Gefahr teilte? In den vergangenen Tagen hatte Anneke zum ersten Mal um ihr Leben gebangt, und sie hatte mitangesehen, wie Menschen gestorben waren. Doch trotz allem hätte sie die aufregende Zeit nicht missen wollen, und der Gedanke, daß Königin Christina, Malin Sörenstam und Magnus Ohlin ohne sie abreisen und für immer aus ihrem Leben verschwinden würden, machte sie traurig.

Mittlerweile fröstelte es sie immer mehr. Sie wollte aufstehen und ins Haus gehen, doch als Magnus Ohlin um die Hausecke getreten kam und auf den Brunnen zusteuerte, blieb sie still sitzen.

Der Schwede zog einen Eimer an der quietschenden Winde nach oben, krempelte die Ärmel seines Hemdes auf und wusch sich die Hände und die Unterarme. Anneke verfolgte im Mondlicht jede seiner Bewegungen. Ihr war klar, daß sie Ohlin schon bald schmerzlich vermissen würde, auch wenn sie so lange Zeit eine schlechte Meinung über ihn gehabt hatte. Sie mußte daran denken, wie er sie aus dem Würgegriff von Kjell Ekholm befreit und sich, ohne zu zögern, schützend vor sie gestellt hatte, als die Königin im Kolleg angegriffen worden war.

Erst nach einer Weile bemerkte Ohlin, daß sie ihn beobachtete. »Was machst du hier?« fragte er.

»Nach all der Aufregung suche ich die Ruhe der Nacht«, meinte Anneke. Sie schaute in die Richtung, aus der Ohlin gekommen war. »Und Ihr? Habt Ihr die Leiche des Kutschers in den Stall geschafft?«

Er nickte. »Ich habe den Knecht angewiesen, Karl aus der Kutsche zu tragen und ihn im Stall niederzulegen. Die Wirtin hat uns eine Leinendecke zur Verfügung gestellt, die wir über den Toten ausgebreitet haben.«

»Was soll mit der Leiche geschehen?«

»Wir lassen sie zunächst hier zurück. Es wäre nicht klug, in Osnabrück Aufsehen zu erregen, wenn wir die Identität der Königin geheimhalten wollen.«

»Er kann doch nicht ewig dort im Stall liegenbleiben.«

»Natürlich nicht. Karl war zwar nicht verheiratet, aber sein Bruder lebt in Osnabrück. Ich werde ihn über diesen tragischen Vorfall in Kenntnis setzen, sobald ich Königin Christina zu Salvius geschafft habe.«

Ohlin knöpfte sein Hemd auf. Anneke konnte den Verband an seiner Hüfte erkennen.

»Tut es noch weh?« wollte sie wissen.

»Es ist auszuhalten. Diese Malin Sörenstam scheint ein Händchen für die Behandlung solcher Verletzungen zu haben.«

Anneke wies zum Haupthaus. »Ihr habt sie mit der Königin alleingelassen. Anscheinend ist Euer Mißtrauen ihr gegenüber verschwunden.«

Ohlin tauchte seine Hände in den Eimer und rieb sich das Wasser über den Hals und die Brust. »Ich mag sie nicht«, sagte er. »Aber ich glaube ihr, daß sie um das Wohl der Königin ehrlich besorgt ist.«

»Also glaubt Ihr auch, daß nicht sie das Gift in Euren Wein gefüllt hat.«

Ohlin setzte sich zu ihr. »Warum sollte sie mich in diesem einen Punkt belügen? Und je länger ich es mir durch den Kopf gehen lasse, desto überzeugter bin ich davon, daß Ebba ein falsches Spiel mit mir getrieben hat. Sie hat es vom ersten Tag an darauf angelegt, mich zu locken und in ihr Bett zu ziehen.«

»Nicht, daß Ihr Euch lange dagegen gesträubt hättet.« Anneke lachte leise.

»Treibe nicht deinen Spott mit mir«, sagte er betont ernst. »Ich habe niemals abgestritten, daß ich für die Reize der Weiber äußerst empfänglich bin. Aber mir wird jetzt klar, daß Ebba sich mir nur aus dem Grund hingegeben hat, um mein Vertrauen zu erlangen. Und mich quält der Gedanke, daß ich Svante mit einer solch gewissenlosen Person in Osnabrück zurückgelassen habe. Ich bete darum, daß es mir vergönnt ist, meine Frau wohlbehalten wiederzusehen.«

»Das kann ich verstehen«, meinte Anneke.

»Himmel, es drängt mich, mir ein Pferd zu nehmen und unverzüglich die letzten Meilen bis Osnabrück hinter mich zu bringen. Doch mit dieser Verletzung ist das kaum möglich.«

Anneke legte ihre Hand auf seinen Arm und fühlte die kühle Feuchtigkeit des Brunnenwassers. »Beruhigt Euch bitte! Welchen Nutzen sollte Ebba davon haben, Eurer Frau ein Leid anzutun?«

»Es ist die Ungewißheit, die mich quält.«

In der Dunkelheit hörte sie ihn angespannt schnaufen. Es verwunderte sie, daß Ohlin sich derart empfindsam um seine Frau sorgte, denn damals in Ohlins Haus waren ihr die beiden wie Fremde vorgekommen.

»Malin Sörenstam hat mit mir gesprochen«, sagte Ohlin. »Sie will, daß du sie morgen in der Früh zu ihrem Bruder führst.«

»In den Wald?« Ein kalter Schauer lief über Annekes Rücken, wenn sie nur daran dachte, sich noch einmal der Senke zu nähern, in der sie die Leiche zurückgelassen hatte. »Ich hatte gehofft, diesen Ort für immer meiden zu können.«

»Erfülle ihr bitte diesen Wunsch, Anneke. Es wird die letzte Aufgabe für dich sein.« Er drehte sich zu ihr um und betrachtete sie. Anneke wich seinen Augen nicht aus. »Es ist an der Zeit, daß ich mich bei dir bedanke«, sagte er leise. »Für deinen Mut und deine Entschlossenheit. Wenn du mich nicht in Osnabrück aufgesucht hättest, wäre Königin Christina wohl in Münster getötet worden. Wahrscheinlich wird niemand je von dieser Eskapade erfahren, und darum möchte ich, daß du zumindest weißt, wie stolz ich auf dich bin.«

Seine Worte rührten sie. Plötzlich gelang es ihr nicht mehr, die Tränen zurückzuhalten, die nun über ihre Wangen liefen und selbst im matten Mondlicht nicht vor Ohlin zu verbergen waren. »Darf ich einen Arm um deine Schulter legen?« fragte er vorsichtig. »Oder muß ich befürchten, mir damit eine Ohrfeige einzuhandeln?«

Anneke schüttelte den Kopf. Sie rückte zu ihm und legte ihren Kopf auf seine Schulter. Ohlin nahm sie in den Arm und hielt sie fest. Seine Nähe tat gut.

»Warum weinst du?« wollte er wissen.

»Weil nun alles zu Ende geht. Ihr brecht morgen nach

Osnabrück auf. Ich bleibe hier zurück, und jeder Tag wird wieder wie der andere sein. Die gleichen Pflichten, die es zu erledigen gilt, und dieselben Gesichter um mich herum. Mir graut davor.«

Er lächelte. »Sei doch froh, daß du mich endlich loswirst. Denk nur an die Gefahren, denen ich dich ausgesetzt habe.«

»Eigentlich habe ich immer auf jemanden wie Euch gewartet, auf einen Mann, der mich von hier fortbringt und mir eine neue, aufregende Welt zeigt.«

»Diese aufregende neue Welt ist ein Trugschluß«, meinte Ohlin seufzend. »Niemand der hohen Herrschaften, der darin lebt, zeigt dir sein wahres Gesicht. Wir alle tragen Masken und jeder unserer Schritte in der Öffentlichkeit wird von einem schwer überschaubaren System von Regeln und ungeschriebenen Normen gelenkt. Du würdest daran verzweifeln.«

Anneke konnte ihm nicht folgen. Was meinte er damit? Doch bevor sie ihn fragen konnte, löste er sich von ihr und erhob sich. Sein Blick ging zum Haus, zu dem Fenster, hinter dem ein schwaches Licht flackerte. Dort hatten die Monsbachs ihre Gäste untergebracht.

»Was habt Ihr vor?« wollte Anneke wissen.

Ohlin deutete zum Fenster. »Es ist an der Zeit, daß ich unter die Maske der Königin schaue. Zu viele Fragen sind unbeantwortet geblieben.« Er küßte ihren Handrücken, dann ging er fort.

Als Magnus in die Kammer eintrat, lag die Königin bäuchlings auf dem Bett. Ihre Hosenbeine waren bis über die Knie geschoben. Malin Sörenstam saß zu ihren Füßen und strich mit einer Pfauenfeder, die sie wohl aus seinem Hut gezogen hatte, über Christinas Waden. Das Bild erinnerte Magnus an die Tage, die er mit Christina am Stockholmer Hof verbracht hatte. Auch dort hatte sie viel Zeit in ihren

Gemächern verbracht, wo sie häufig mit ihren Kammerfrauen und Verehrern geturtelt und gescherzt hatte. Für die Königin war es nie von Bedeutung gewesen, ob sie die Zärtlichkeiten eines Mannes oder einer Frau genoß, und darum überraschte es Magnus auch nicht, daß sie nun mit einem Lächeln ihre Hand zu ihm ausstreckte und ihn bat: »Kommt zu uns! Ihr könnt meine Arme streicheln.«

»Mir steht nicht der Sinn nach einer *ménage à trois*, Majestät«, lehnte er ab. »Laßt uns offen miteinander reden.«

Die Königin richtete sich ein wenig auf. »Worüber denn?« fragte sie

Magnus zog einen Schemel heran und setzte sich. »Ich suche nach Antworten.« Er schaute zu Malin Sörenstam, die recht nüchtern dreinblickte. »Wer ist Ove Dahlgren? Und verschont mich mit dem Vorwurf, ich würde im Auftrag dieses Mannes handeln. Den Namen Dahlgren habe ich nie zuvor gehört.«

»Dann ist es wohl besser, er bleibt ein Unbekannter für Euch«, meinte Christina.

Magnus schüttelte entschieden den Kopf. »Dahlgren ist dafür verantwortlich, daß ich vergiftet wurde und daß man mit einem Messer auf mich eingestochen hat. Er bedroht das Leben der Königin und hat wahrscheinlich einen Spion in meinen Haushalt geschickt. Ich sorge mich um meine Frau, und darum glaube ich, daß ich jedes Recht habe, mehr über den Mann zu erfahren.«

»Magnus hat bewiesen, daß er sein Leben für mich geben würde, Malin«, meinte die Königin. »Ihr solltet ihm von Dahlgren berichten.«

Malin Sörenstam verzog das Gesicht. Magnus hatte den Eindruck, als würde sie es vorziehen, sich eher die Zunge herausschneiden zu lassen, bevor sie ihr Wissen an ihn preisgab, doch nach einem Moment des Zögerns erklärte sie: »Ove Dahlgren ist ein religiöser Eiferer. Er steht in

Schweden einer Gemeinschaft vor, die sich ›Die Falken Gottes‹ nennt. Der schwedische Geheimdienst hat in Erfahrung gebracht, daß diese im Grunde recht unbedeutende Gemeinschaft nicht viel mehr als drei Dutzend Anhänger zählt. Doch die ›Falken Gottes‹ sind bereit, ihr Leben für ihre fehlgeleiteten Überzeugungen hinzugeben, und das macht sie gefährlich.«

»Welche Ziele verfolgen diese Eiferer?« wollte Magnus wissen.

»Ihre selbstzerstörerische Gottestreue ist aus einem radikalen Calvinismus hervorgegangen. Während jedoch der Calvinismus die Lehre vertritt, daß durch die göttliche Gnadenwahl einige Menschen zur Seligkeit, andere hingegen zur Verderbnis bestimmt worden sind, sehen sich die ›Falken‹ als eine Elite, die von Gott erwählt worden ist, über seine Bestimmung zu wachen und diese mit Waffengewalt zu verteidigen.«

»Der Falke ist das Symbol der Aggressivität und des Kriegerischen«, sagte Magnus. »Ist das der Grund, warum sich diese Gemeinschaft ›Die Falken Gottes‹ nennt?«

»Vielleicht. Aber in den Dokumenten der ›Falken‹ findet sich immer wieder die lateinische Anmerkung *Post tenebras spero lucem.* Ein mit einer Haube verhüllter Falke symbolisiert die Hoffnung auf das die Dunkelheit erhellende Licht. Man kann ihre Ziele am ehesten mit den Lehren der Monarchomachen vergleichen, die im vergangenen Jahrhundert großen Anteil an dem Aufstand der Calvinisten in den Nordprovinzen der spanischen Niederlande hatten. Diese Monarchenbekämpfer fassen die Taufe und das Abendmahl als einen Eid auf, Gott Gehorsam zu geloben und gegen jede Obrigkeit, die Gottes Wort mißachtet, Widerstand zu leisten.«

Magnus schaute zu Christina. »Und das schließt wohl selbst den Mord an Königen mit ein.«

Malin Sörenstam nickte. »Die ›Falken Gottes‹ verachten den Katholizismus und mißtrauen ebenso den gemäßigten protestantischen Lehren.«

»Was wißt Ihr noch über diesen Dahlgren?«

»Nur das, was in den Akten des Geheimdienstes über ihn zu finden ist. Er stammt aus der Hafenstadt Kalmar, wo sein Vater die Stellung eines Assessors am Gericht innehatte. Ove Dahlgren schloß sich in jungen Jahren dem Militär an und folgte der schwedischen Armee auf ihrem deutschen Feldzug. Etwa vier Jahre später kehrte er nach Schweden zurück. Man nimmt an, daß er fortan als Lehrer beschäftigt wurde und die Kinder mehrerer wohlhabender Familien unterrichtete. Zu dieser Zeit müssen sich auch seine wirren Ideen entwickelt haben, mit denen er einige Gefolgsleute um sich scharen konnte. Die ›Falken Gottes‹ wurden rasch auffällig, als sie in der Umgebung von Kalmar mehrere Kirchen in Brand steckten. Bald darauf wurden die meisten dieser Fanatiker aufgespürt und gefangengesetzt. Dahlgren und einem Dutzend seiner Gefolgsleute wurde der Prozeß gemacht. Man legte sie im Karzer von Stockholm in Ketten. Erst Jahre später gelang es Dahlgrens Vater, die Freiheit für seinen Sohn zu erwirken. Wenn er allerdings angenommen hatte, sein Sohn wäre durch die Kerkerhaft geläutert worden, so sah er sich getäuscht, denn Ove Dahlgren machte sich umgehend daran, unter seinen ehemaligen Schülern neue Anhänger für seine Überzeugungen zu rekrutieren. Einer dieser Gefolgsleute war der Sohn des Grafen Laurelius, der dem Königshof als Diakon diente. Unglücklicherweise muß dieser Laurelius einige Dokumente zu Gesicht bekommen haben, aus denen er erfuhr, daß Königin Christina nach Münster aufbrechen würde. Wahrscheinlich war er es also, der Ove Dahlgren von diesen Plänen unterrichtet hat.«

Magnus kamen die Worte in den Sinn, die Kjell Ekholm

hervorgebracht hatte, bevor Malin Sörenstam ihn getötet hatte. Er hatte von einem Verrat gesprochen – einem Verrat der Königin. War das der Grund gewesen, daß Malin Sörenstam ihn so rasch zum Schweigen gebracht hatte? Was verheimlichten sie und die Königin noch vor ihm?

»Warum wollte Dahlgren Christina töten? Doch gewiß nicht nur, weil sie Schweden verlassen hat. Ihr habt mir noch immer nicht den Grund für diese Reise nach Münster verraten. Was hat Dahlgren so provoziert, daß er den Tod der Königin plante?«

Christina schaute Malin Sörenstam fragend an. Die schüttelte kaum wahrnehmbar den Kopf, doch die Königin ignorierte ihren Rat und sagte: »Der Grund meines Aufenthaltes in ...«

»Ihr solltet mit diesen Angelegenheiten nicht hausieren gehen«, fiel ihr Malin Sörenstam ins Wort, was einen ärgerlichen Blick Christinas zur Folge hatte. Die Agentin ließ sich von dieser Reaktion allerdings nicht beirren und fügte rasch an: »Auch wenn Ohlin kein Verräter ist, gibt es keinen Grund, ihn in Euer Vorhaben einzuweihen.«

»Die Situation hat sich verändert. Alles hat sich verändert«, meinte Christina. Sie schien kurz zu überlegen, dann löste sie von ihrem Hals eine Kette, an der ein silbernes Kreuz hing. »Wir wurden im Kolleg unterbrochen, bevor Ihr Euren Eid der Verschwiegenheit leisten konntet. Da uns die Heilige Schrift abhanden gekommen ist, möchte ich, daß Ihr dieses Kreuz küßt und vor Gott schwört, daß Ihr niemals über das sprechen werdet, was ich Euch nun offenbaren will.«

Magnus nahm das Kreuz an, führte es an seine Lippen und sagte: »Ich schwöre das bei allem, was mir lieb und teuer ist. Gott soll mich niederstrecken und mich in die Verdammnis führen, wenn ich diesem Eid zuwiderhandle.«

»Gut.« Christina nickte zufrieden, während Malin Sörenstam noch immer angespannt wirkte.

»Warum seid Ihr nach Münster gereist?« fragte Magnus.

Christina faltete ihre Hände und lächelte. »Ich kam in dieses Land, um die heilige Taufe zu empfangen.«

»Die Taufe?« fragte Magnus nach. Er verstand nicht, worauf sie hinauswollte.

»Die heilige *katholische* Taufe, Magnus.«

Magnus stutzte, doch Christinas Augen verrieten ihm, daß es kein Scherz war. »Ihr seid die Königin des mächtigsten protestantischen Staates«, empörte er sich. »Schweden steht als ein Symbol für die Bewahrung der Reformation. Euer Vater hat sein Leben dafür gegeben.«

»Hat er es wirklich für den Protestantismus gegeben?« entgegnete Christina. »Oder ging es ihm vor allem darum, politische Macht zu erringen und den deutschen Kaiser in die Schranken zu weisen?«

»Ihr laßt Euch verführen von den lockenden Worten der Jesuiten an Eurem Hof.« Magnus rieb angestrengt über seine Stirn. »Doch der Katholizismus ist Götzendienst. Er widerspricht dem Willen Gottes und der Heiligen Schrift.«

»Muß ich mir das von einem Mann sagen lassen, der sich nie einen Deut um die Gebote Gottes geschert hat?« Christina richtete anklagend einen Finger auf ihn.

Magnus hob die Hand. »Ich habe Euch gegenüber niemals einen Hehl daraus gemacht, daß ich ein Zweifler bin«, wehrte er sich. »Aber ich hege *keinen* Zweifel daran, daß dieses Vorhaben Euch und dem schwedischen Volk großen Schaden zufügen wird. Eine solche Konversion, zu diesem Zeitpunkt, wäre nicht nur ein religiöses, sondern vor allem ein politisches Dilemma. Ihr würdet Schweden der Lächerlichkeit preisgeben und seine starke Position bei den Friedensverhandlungen zunichte machen.« Er schaute zu Malin Sörenstam, die sich bislang mit ihrer Meinung zurückgehalten hatte, und fragte sie: »Wie denkt Ihr über diese Taufe?«

»Ich bin eine überzeugte Protestantin und gewiß nicht angetan von den Plänen der Königin«, meinte sie. »Glaubt mir, ich habe versucht, es ihr auszureden, doch letztendlich zählt nur ihre Entscheidung. Sie ist die Königin.«

»Aber warum?« wandte Magnus sich wieder Christina zu. Sein Unverständnis wandelte sich in Ärger über Christinas Vorhaben. »Was fasziniert Euch am Katholizismus? Warum setzt Ihr dafür Eure Zukunft und Euer Leben aufs Spiel?«

»Weil ich ein Beispiel geben will«, sagte Christina. »Meine Tat wird Schweden der Freiheit näher bringen. Ich wende mich nicht gegen den Protestantismus, sondern gegen die lutherische Orthodoxie Schwedens. Ich will, daß mein Volk in einem Land lebt, in dem allen christlichen Religionen Respekt entgegengebracht wird. Meinem Vater war es laut den Gesetzen möglich, schwedische Katholiken aufgrund ihres Glaubens hinrichten zu lassen. Mein Traum aber ist es, daß das Luthertum, der Calvinismus, der Katholizismus und alle anderen Religionen eine Heimat im schwedischen Volk finden.«

Magnus seufzte. »Man wird Euch den Thron und die Heimat nehmen, wenn die Welt von dieser Konversion erfährt.«

»Ich weiß«, sagte sie leise. »Aber ich wäre bereit, die Krone niederzulegen. Das schwedische Volk erwartet von mir, daß ich heirate und einem Thronfolger das Leben schenke. Dieser Gedanke widert mich an. Ich werde mich niemals einem Mann hingeben. Wie herrlich müßte es sein, diesem barbarischen Land eines Tages den Rücken zu kehren und in Rom auf dem Territorium des Papstes zu leben.« Sie lächelte. »Doch ich hätte gewartet, bis ich diesen Schritt öffentlich gemacht hätte. Niemand außer meinen engsten

Vertrauten weiß von diesen Plänen. Und der Nuntius des Papstes hat mir zugesichert, daß ich ganz allein darüber entscheiden werde, wann die Welt von meiner Konversion erfahren soll.«

»Der Nuntius des Papstes? Fabio Chigi? Also war er der Besucher, den Ihr im Kolleg empfangen habt.«

Christina nickte. »Papst Innozenz hat verlangt, daß Chigi die Taufe bezeugen soll. Der Gesandte konnte Münster während der Verhandlungen allerdings nicht verlassen, also bin ich zu ihm gereist, damit wir uns über das weitere Vorgehen beraten können. Wir kamen überein, daß die Taufe am folgenden Tag vollzogen werden sollte. Eine schlichte, geheime Zeremonie in der Kirche der Jesuiten. Wie Ihr aber wißt, wurden diese Pläne durchkreuzt.«

»Man könnte auch sagen, Ihr wurdet vor einer großen Dummheit bewahrt«, raunte Magnus. Seine Bemerkung wurde von der Königin mit einem abschätzigen Blick quittiert.

»Dieser Zwischenfall wird mich nicht aufhalten, Magnus«, fuhr sie ihn an. »Früher oder später werde ich konvertieren.« Ihr schneidender Tonfall rief Magnus in Erinnerung, daß er hier einer Königin gegenübersaß.

»Es wundert mich nicht, daß dieser Ove Dahlgren alles darangesetzt hat, Eure Pläne zu durchkreuzen. Von seinem Standpunkt aus begeht Ihr einen ungeheuren Frevel gegen das Schicksal, das Gott dem schwedischen Volk vorherbestimmt hat.« Magnus wandte sich an Malin Sörenstam. »Wie hat Dahlgren überhaupt von dem Vorhaben der Königin erfahren?«

»Meinem Bruder Jasper ist ein Brief in die Hände gefallen, den Dahlgren an den Diakon Laurelius abgeschickt hatte. Bei einer Überprüfung stellte sich dessen Verbindung zu den ›Falken Gottes‹ heraus. Erst unter der Folter brachte Laurelius ein Geständnis hervor und verriet, daß

Dahlgren über die Absichten der Königin unterrichtet worden war.«

»Und obwohl Ihr von dieser Gefahr Kenntnis hattet, seid Ihr nach Münster gereist?« fragte Magnus die Königin.

Sie hob nur wie unbeteiligt die Schultern. »Immerhin befanden sich stets vier Gardisten in meiner Nähe. Und wer wußte schon mit Gewißheit, ob Dahlgren mir tatsächlich folgen würde?«

Allein eine solche Vermutung wäre ein Hinderungsgrund gewesen, überlegte Magnus. Und welchen Schutz die Gardisten wert gewesen waren, hatte er am eigenen Leib zu spüren bekommen. Christinas Eifer war für ihn nur schwer zu verstehen. Ihr Verlangen nach dieser Taufe mußte wirklich groß sein. Doch das alles erklärte nicht, warum Malin Sörenstam ihn verdächtigt hatte, die Ermordung der Königin zu unterstützen.

»Aus welchem Grund wurde ich mit dieser Angelegenheit in Verbindung gebracht?« fragte er darum. »Ich kenne keinen Ove Dahlgren, ich habe niemals zuvor etwas von den ›Falken Gottes‹ gehört, und ich wußte nicht, daß Königin Christina den Wunsch hegt, zum katholischen Glauben zu konvertieren.«

Malin Sörenstam räusperte sich und antwortete: »Mein Bruder stieß in den Unterlagen des Laurelius auf eine chiffrierte Depesche. Es stellte sich heraus, daß für diesen Text eine Verschlüsselung angewandt worden war, die nur Ihr benutzt. Ich beschloß daraufhin, meinen Bruder nach Osnabrück zu begleiten und mit einer gefälschten Empfehlung in die Dienste des Grafen Oxenstierna zu treten, um mehr über Euch in Erfahrung zu bringen.«

»Und mich in meinem Haus niederzuschlagen«, raunte Magnus.

»Was blieb mir denn in diesem Moment anderes übrig?«

Magnus brummte abfällig und verschränkte die Arme vor

der Brust. »Ich habe jedenfalls keine verschlüsselte Depesche an Dahlgren oder einen seiner Gefolgsleute geschickt. Was hätte ich ihm auch mitteilen sollen?«

»Bei diesem Brief handelte es sich nur um die kurze Notiz, daß eine Nachricht von Dahlgren sein Ziel erreicht hatte und daß er in Osnabrück jede erdenkliche Unterstützung erhalten würde.«

»Das ist doch unsinnig«, ereiferte sich Magnus.

»Unsinnig oder auch nicht«, meinte Malin Sörenstam. »Es ist jedoch anzunehmen, daß eine Person aus Eurem Haushalt Euren Chiffreschlüssel angewandt hat, um eine Depesche an Dahlgren abzusenden. Sei es nun jemand aus Eurem Gesinde oder aber Eure Ehefrau.«

Magnus erhob sich und richtete drohend einen Finger auf Malin Sörenstam. »Haltet Eure Zunge im Zaum! Ich dulde es nicht, daß Ihr solche haltlosen Verdächtigungen gegen mein Eheweib aussprecht.«

Malin Sörenstam blieb ruhig auf dem Bett sitzen, wartete einen Moment ab und sagte dann: »Ich wollte Euch nicht provozieren, Herr Ohlin. Es liegt mir nur daran, alle Möglichkeiten abzuwägen.«

»Das ist keine Möglichkeit, sondern Unfug. Ich lebe mit Svante seit fünf Jahren zusammen. Sie ist es, die momentan der größten Gefahr ausgesetzt ist, denn sie ahnt nicht, daß ihre Magd Ebba eine gefährliche Giftmischerin und Meuchlerin ist.« Er schaute von Malin Sörenstam zu Königin Christina und ballte die Fäuste, um seiner Überzeugung Nachdruck zu verleihen.

»Es ist Ebba«, sagte er wütend. »Und ich werde sie zur Rechenschaft ziehen lassen.«

Kapitel 26

Früh am Morgen des nächsten Tages machte Anneke sich auf den Weg, Malin Sörenstam zu der Leiche ihres Bruders zu führen. Seltsamerweise war die Angst, zu der Senke zurückzukehren, verschwunden. Die unangenehme Vorstellung, sich dem verwesenden Körper zu nähern, wurde verdrängt von den widersprüchlichen Gefühlen und Phantasien, die Anneke seit ihrem nächtlichen Gespräch mit Magnus Ohlin plagten.

Sie konnte sich nicht erklären, was mit ihr geschehen war. Wie hatte es dieser Kerl fertiggebracht, sich in ihren Kopf zu schleichen? Die halbe Nacht hatte sie wachgelegen und sich vorgestellt, daß nicht Lene, sondern Ohlin neben ihr läge. Daß sie über seinen Kopf und seine Schultern streicheln und ihn vielleicht sogar küssen würde. Irgendwann hatten diese frivolen Gedanken, die ihren ganzen Körper kribbeln ließen, sie sogar dazu verleitet, Lenes Arm zu berühren, worauf diese nur im Schlaf gezuckt und Anneke sich schnell umgedreht hatte.

Magnus Ohlin – sie wollte seinen Namen und sein Gesicht aus ihrem Kopf vertreiben, doch das gelang ihr auch nun nicht, während sie Malin Sörenstam gedankenverloren und schweigend durch das Unterholz führte.

Sie passierten den Bach, an dem Anneke damals das Gebetbuch aufgeschlagen hatte, bevor sie auf die beiden Reiter aufmerksam geworden war. Anneke blieb kurz stehen, um sich zu orientieren. Sie rief sich in Erinnerung, in welche Richtung sie gelaufen war, als sie den Schuß gehört hatte, dann winkte sie Malin mit sich, und bald darauf erreichten sie ihr Ziel. Schon von weitem erkannte Anneke die Stiefelspitze, die aus der Blätterschicht ragte. Sie wandte sich um und ließ Malin Sörenstam allein weitergehen. Anneke legte keinen Wert darauf, die Leiche noch einmal zu betrachten.

Sie mußte an das Gesicht des Toten denken, dessen Augen von den Krähen herausgerissen worden waren, an das eingefallene, aufgedunsene Fleisch und die schwarze Zunge, die aus seinem Mund gerutscht war. Seit sie mit Ohlin die Leiche aufgesucht hatte, waren an die zehn Tage vergangen, und die Zeit würde den Toten gewiß nicht ansehnlicher gemacht haben.

Aus sicherer Entfernung verfolgte sie, wie Malin Sörenstam sich zu ihrem Bruder hockte. Ab und an streckte Malin die Finger nach der Leiche aus, dann schlug sie die Hände vor das Gesicht und weinte leise.

Ihre Augen waren noch naß von den Tränen, als sie zu Anneke zurückkehrte. Malin schaute sie traurig an und sagte: »Ich werde jemanden aus Osnabrück schicken, der ihn in die Stadt schafft. Ich will nicht, daß er noch länger hier liegt. Mein Bruder soll ein Begräbnis bekommen, das eines Christenmenschen würdig ist.«

Sie schlugen den Weg zurück zur Schenke ein. Zunächst verfielen sie wieder in das übliche Schweigen, doch es gab eine Frage, die Anneke auf der Seele brannte, und nachdem sie bereits den Großteil der Strecke zurückgelegt hatten, wollte sie endlich eine Antwort. Vielleicht war ihre Neugier vermessen, aber da Ohlin, Malin Sörenstam und die Königin schon bald nach Osnabrück abreisen würden und sie nun hier mit Malin allein war, war dies wohl die beste Gelegenheit.

»Darf ich Euch eine Frage stellen?«

»Gewiß«, erwiderte Malin Sörenstam.

Plötzlich fiel es Anneke schwer, die richtigen Worte zu

finden. »Ohlin und die Königin ... am schwedischen Hof ... haben sie ... hat er ...«

»Du willst wissen, ob Ohlin mit der Königin das Bett geteilt hat.«

Anneke nickte verlegen.

»Natürlich hat er mit ihr das Bett geteilt«, sagte Malin. »In ihren Mußestunden verbringt die Königin viel Zeit in ihrem Bett, und zumeist fordert sie ihre Hofdamen oder einen der Günstlinge auf, sie dort zu unterhalten. Aber ich glaube, es sind nicht die Plauderstunden, die dich interessieren.«

»Nun ja ...«

»Er hat nicht auf die Art bei ihr gelegen, wie du es dir vielleicht vorstellst. Ich kenne die Königin sehr gut. Sie verabscheut den Gedanken an die körperliche Vereinigung mit einem Mann. Vielleicht auch deshalb, weil sie sich selbst wie ein Mann fühlt.« Malin Sörenstam hielt inne, faßte Anneke am Arm und zog sie zu sich heran. »Du bist in ihn vernarrt.«

»Was sagt Ihr da?« brachte Anneke hervor.

»Ohlin hat dir den Kopf verdreht.« Malin Sörenstam zeigte eine bedauernde Miene.

»Das bildet Ihr Euch ein«, sagte Anneke, doch selbst in ihren eigenen Ohren klangen diese Worte wenig überzeugend. »Ich war nur neugierig. Ohlin bedeutet mir nichts.«

»Nimm dich vor ihm in acht. Zwischen den Beinen der Königin hat er nicht gelegen, aber zwischen vielen anderen. Sein Ruf eilt ihm voraus.« Malin schmunzelte hintergründig. »Man sagt, er giere nach jedem Weiberrock wie der Teufel nach den Seelen. Es soll nur wenige halbwegs ansehnliche Hofdamen oder Kammerfrauen am Königshof geben, die nicht seinen Komplimenten erlegen sind. Natürlich haben einige dieser Weiber seine Qualitäten auch sehr bereitwillig in Anspruch genommen.«

Malin Sörenstams Worte enttäuschten Anneke. Das hatte sie nicht hören wollen, und wieder fragte sie sich, warum es sie überhaupt so sehr verletzte, wenn die Schwedin von Magnus Ohlins losem Sittenwandel erzählte.

Da sie befürchtete, daß sich eine verlegene Röte auf ihren Wangen abzeichnete, blieb sie stets ein paar Schritte hinter ihrer Begleiterin zurück, während sie den Weg fortsetzten.

Als sie die Schenke erreichten, waren die Pferde schon angezäumt und tänzelten vor der Hofeinfahrt. Magnus Ohlin öffnete Königin Christina die Kutschentür und winkte sie eilig heran.

»Warum diese Hast?« wollte Malin Sörenstam wissen. »Ihr hattet doch wohl nicht vor, ohne mich abzufahren.«

Ohlin deutete auf das Haupthaus. »Zwei schwedische Soldaten sind vorhin eingetroffen. Ich will nicht, daß sie auf die Königin aufmerksam werden. Es ist besser, wir brechen sofort auf.«

»Die werden mich nicht erkennen«, raunte Christina. »Oder schaue ich etwa aus wie die Königin von Schweden?«

»Wir sollten kein Risiko eingehen.« Ohlin drückte die Kutschentür zu, nachdem die Königin eingestiegen war. Sie lehnte sich aus dem Fenster und reichte Anneke die Hand zum Abschied.

»Lebewohl, meine Gute. Die Reise mit dir hat mir sehr viel Freude bereitet. Vielleicht sollte ich dich an meinen Hof holen und eine Dame aus dir machen.«

Anneke fühlte sich geschmeichelt, auch wenn sie vermutete, daß es sich bei dieser Bemerkung nur um eine Floskel handelte.

»Ich glaube, ich bin hier gut aufgehoben, Majestät«, erwiderte sie, worauf die Königin sofort einen Finger auf ihren Mund legte.

»Denk daran: Hier bin ich nur der Sohn eines Grafen. Keine Königin.«

»Wie Ihr meint, Majes... mein Herr.« Anneke wandte sich zu Ohlin um, der ihr lächelnd in die Augen schaute und damit erneut eine kribbelnde Erregung verursachte. »Ich habe deine Dienstherrin mehr als großzügig entlohnt«, sagte er. »Die nächsten Tage wird sie also hoffentlich bei guter Laune sein und dich nicht zu sehr schinden.« Seine Miene wurde ernster. »Was mich ärgert ist, daß jemand die Stiefel von Kjell Ekholm entwendet hat. Ich hatte sie gestern mit seinem Mantel und seinem Wams neben Karls Leichnam abgelegt, doch nun sind die Stiefel verschwunden.«

»Ist dieses Schuhwerk denn so wichtig für Euch?« fragte Anneke.

»Im Grunde nicht mehr. Ich hätte nur gerne jeden Winkel, jeden Saum und jede Falte von Ekholms Kleidung nach versteckten Hinweisen abgesucht. Doch seit meinem Gespräch mit der Königin sind ohnehin alle Geheimnisse gelüftet worden.«

»Dann wißt Ihr nun, warum sie nach Deutschland gekommen ist?«

Er seufzte. »Ja. Und diese Offenbarung hat mir den Schlaf geraubt.« Ohlin faßte Annekes Hände. Sie hielt kurz den Atem an und zitterte leicht, als er einen kleinen Schritt nach vorn machte und so nah an sie herantrat, daß sich ihre Knie fast berührten.

»Ich würde dich gerne wiedersehen«, flüsterte er ihr zu.

Anneke zögerte und rief sich Malin Sörenstams mahnende Worte in Erinnerung. Wollte sie für Magnus Ohlin zu einem Spielzeug werden, selbst wenn sie an diesem Spiel vielleicht Gefallen finden würde?

»Besser nicht«, erwiderte sie leise.

Ohlin nahm dies mit unbewegter Miene und einem Nikken hin. Ihre Finger lösten sich voneinander. Er stieg auf den Kutschbock. Annekes Augen folgten ihm.

»Ich bilde mir das alles also nur ein?« raunte Malin Sörenstam und verzog spöttisch den Mund, bevor sie Ohlin auf den Bock folgte. Kurz darauf setzte sich die Kutsche in Bewegung und rollte auf die Straße zu. Eine Zeitlang blieb Anneke noch in der Hofeinfahrt stehen. Erst als die Kutsche hinter einer Biegung verschwand, senkte sie den Kopf und trat zur Schenke, wo die Monsbacherin schon nach ihr rief.

Der Ofen, in dem die Glut seit der vergangenen Nacht geschwelt hatte, schickte eine trockene Hitze aus. Anneke perlte der Schweiß von der Stirn, als sie in der Küche den Brotteig kräftig mit dem Handballen knetete und kleine runde Laibe daraus formte.

Ein angenehm säuerlicher Geruch stieg ihr in die Nase und dazu der Duft nach Kümmel. Lucia Monsbach, die die Glut im Ofen geprüft hatte, wandte sich zu ihr um und summte eine Melodie. Anneke hatte sie selten so gelöst und gutgelaunt erlebt. Anscheinend hatte Magnus Ohlin sie tatsächlich so großzügig entlohnt, daß auch die Menschen in der Umgebung der Monsbacherin davon profitieren konnten.

Der Gedanke an Magnus Ohlin ließ sie kurz mit ihrer Arbeit innehalten. Er fehlte ihr, obwohl kaum zwei Stunden vergangen sein mochten, seit die Kutsche abgefahren war. Anneke schloß kurz die Augen und rief sich sein Gesicht in Erinnerung.

Ein Klaps auf ihre Finger riß sie jäh aus allen Träumereien.

»Schlaf heute nacht, aber nicht hier in der Küche«, schimpfte Lucia Monsbach, die Anneke aber nicht lange gram war, sondern nun selbst zum Teig griff und ihn beherzt knetete. Die gute Stimmung ihrer Dienstherrin hätte für ein angenehmes Tagwerk sorgen können, doch kurz darauf näherte sich bereits wieder ein Unheil in Gestalt des zerknirschten Seybert. Der Schankwirt trat in die Küche und faßte Annekes Arm. »Komm! Ich habe eine andere Aufgabe für dich«, sagte er.

»Sie ist hier noch nicht fertig«, wandte die Monsbacherin schnippisch ein, doch Seybert schien nicht in der Stimmung zu sein, seiner Frau Folge zu leisten.

»Ich brauche sie im Stall«, sagte er. »Oder möchtest du an ihrer Stelle gehen?«

Die Monsbacherin bekreuzigte sich. »Gott bewahre! Das soll sie erledigen. Schließlich hat sie uns die Misere eingebrockt.«

Seybert brummte nur und zog Anneke mit sich. Sie durchquerten die Gaststube, in der die beiden schwedischen Soldaten noch immer vor ihren Bierkrügen hockten. Dann lief sie auch schon mit Seybert auf das Stallgebäude zu, und Anneke fragte sich bang, was es dort für sie zu erledigen gab. Hatte es mit Karls Leiche zu tun? Diese schlimme Befürchtung trat auch prompt ein, als Seybert auf das Stalltor deutete und sagte: »Du wirst einen Eimer Wasser und ein Tuch herbeischaffen und dem Toten das Blut abwaschen.«

Anneke verzog das Gesicht. Die Vorstellung, den zertrümmerten Schädel des Kutschers berühren zu müssen, verursachte ihr ein Grausen. »Das werde ich nicht tun«, sagte sie.

Seybert quittierte ihre Weigerung mit einer schmerzhaften Ohrfeige. »Herr Ohlin hat uns aufgetragen, die schlimmsten Spuren dieser Gewalttat aus dem Gesicht seines Kutschers zu entfernen, bevor er die Leiche abholen läßt.«

»Er wollte gewiß nicht, daß ich diese Aufgabe erledigen muß«, meinte Anneke.

»Aber *ich* will, daß du dich darum kümmerst.« Er holte zu einem weiteren Schlag aus, doch Anneke wich zurück und befolgte mit einem wütenden Schnauben seine Anweisung.

Sie pumpte Wasser in einen Eimer, nahm ein Wolltuch zur Hand und trat in den Stall, wo die Leiche neben dem Kuhgatter auf dem Boden lag. Eine Decke aus Sackleinen war über den Körper ausgebreitet worden. Anneke schauderte bei dem Gedanken, das Tuch zur Seite zu ziehen.

Plötzlich machte sie im matten Licht eine Bewegung aus. Jemand duckte sich hinter einer der Kühe. Anneke blinzelte, doch dann erkannte sie, wer sich da vor ihr versteckte.

»Komm hervor«, rief sie. »Ich habe dich gesehen.«

Wendel erhob sich langsam und blickte ihr mürrisch ins Gesicht. In seinen Händen hielt er ein Paar Stulpenstiefel.

Ohlin hatte vor seiner Abreise davon gesprochen, daß die Stiefel von Kjell Ekholm gestohlen worden waren. Und dieser Dieb stand nun vor ihr.

Sie stellte den Eimer ab und machte einen Schritt auf Wendel zu. »Die Stiefel gehören dir nicht«, sagte sie.

Der Knecht hob nur die Schultern und nahm ihre Bemerkung gleichgültig hin. »Und wenn schon! Meine Füße passen hinein, also nehme ich sie mir.«

»Gib sie her!« verlangte Anneke.

Wendel wich trotzig zurück. »Nein.«

»Sei nicht dumm! Seybert wird dich prügeln, wenn er erfährt, daß du die Stiefel an dich genommen hast.«

»Du mußt es ihm ja nicht verraten.«

Anneke wollte dieser lächerlichen Situation ein Ende setzen und langte nach dem Schuhwerk. Sie bekam eine der Stulpen zu fassen und riß den Stiefel an sich, doch so leicht gab Wendel nicht nach. Beide zogen und zerrten, dann glitt Annekes Hand von dem Leder ab. Wendel stolperte auf die Stallwand zu und schlug ungeschickterweise mit dem Schuhwerk gegen einen Holzpfeiler. Als er zum Stehen kam und einen Blick auf den Stiefel warf, blaffte er Anneke an: »Du törichtes Weibsstück! Sieh nur, was du angerichtet hast. Nun ist er kaputt.«

»Zeig her«, sagte Anneke und betrachtete den beschädigten Absatz. Seltsam, das Holz war an einer glatten Kante abgesprungen, so als wäre der Absatz nicht gebrochen, sondern nur verschoben. Zudem schien er hohl zu sein.

Ein Versteck.

Anneke steckte zwei Finger in den Hohlraum des Absatzes und ertastete ein Papier. Sie holte einen schmalen Zettel hervor und faltete ihn auseinander. Einige Augenblicke schaute sie unschlüssig auf die Buchstaben und Zahlen, dann stockte ihr der Atem, als ihr klar wurde, was sie gefunden hatte.

»Hurenfurz und Ziegendreck!« entfuhr es ihr.

»Fluch nicht vor dem Toten«, schalt Wendel sie, doch Anneke ignorierte ihn und lief aus der Scheune. Sie eilte in die Schenke und zog sich in ihre Kammer zurück, wo sie ungestört war.

Ohlins Abschrift der verschlüsselten Nachricht, die er in Ekholms Mantel gefunden hatte, steckte noch immer in ihrem Schuh. Sie zog das Papier hervor und nahm aus ihrem Versteck unter dem Bretterboden einen Kohlestift zur Hand. Dann legte sie beide Zettel nebeneinander auf das Bett und betrachtete das Papier, von dem sie glaubte, daß es der Schlüssel für die chiffrierte Nachricht sein konnte. Auf dem Zettel waren alle Buchstaben des Alphabets notiert worden. Unter jedem dieser Buchstaben befanden sich unterschiedlich viele Ziffern – genauso wie Ohlin es ihr in Münster erläutert hatte. Alles, was sie nun noch tun mußte, war, den Zahlen auf der Abschrift die Buchstaben zuzuordnen, die sie aus den Reihen des Codeschlüssels ablesen konnte.

Annekes Hand zitterte und verkrampfte, während sie sich zwang, die Buchstaben trotz ihrer Aufregung und der mangelnden Übung so lesbar wie möglich niederzuschreiben. Nachdem sie etwa ein Viertel der Zahlenreihen entschlüsselt und auf das Papier gekritzelt hatte, konzentrierte sie sich auf den Text und versuchte ihn zu lesen. Sie schaute die Buchstaben immer wieder an, und doch wollten sie keinen rechten Sinn ergeben. Anneke befürchtete schon, daß ihr ein falscher Codeschlüssel in die Hände gefallen war, dann aber fiel ihr ein, daß der Verfasser ja ein Schwede gewesen war. Wahrscheinlich hatte er die Nachricht in seiner Muttersprache verfaßt.

Anneke seufzte und fluchte leise. Was nützte ihr dieser Schlüssel, wenn sie die Sprache nicht verstehen konnte?

Plötzlich kamen ihr die beiden schwedischen Soldaten in der Schankstube in den Sinn. Gewiß würden die ihr sagen können, was in dieser Nachricht geschrieben stand.

Anneke schrieb die nächsten Buchstaben nieder. Als sie etwas mehr als die Hälfte des Textes entschlüsselt hatte, lief sie rasch die Treppe hinab und stellte ernüchtert fest, daß die Schweden den Tisch bereits verlassen hatten. Sie eilte auf den Hof und sah, daß die Soldaten ihre Pferde losgebunden hatten und aufsitzen wollten.

»Wartet!« rief Anneke und stürmte auf die Schweden zu.

»Haben wir etwa unsere Zeche geprellt?« meinte einer der beiden, der bereits auf den Rücken seines Schimmels gestiegen war.

»Ich bitte um einen Gefallen.« Anneke zeigte das Papier. »Wäre einer von Euch Herren so freundlich, mir diese Worte ins Deutsche zu übertragen?«

Der andere Soldat, der neben seinem Pferd stand, nahm ihr das Papier aus der Hand und faltete es auseinander. Ihm stand die Dummheit ins Gesicht geschrieben, und es wunderte sie nicht, daß er nur die Stirn runzelte und den Zettel seinem Kameraden reichte, der skeptisch die Buchstaben betrachtete.

»Hast du das geschrieben?«

Anneke nickte.

»Dir würde ein wenig Übung in der Schreibkunst gut zu Gesicht stehen«, meinte er.

»Könnt Ihr es lesen?«

Der Schwede räusperte sich. Dann las er die schwedischen Worte vor, wobei er immer wieder stockte.

»Was bedeutet das im Deutschen?« wollte Anneke wissen. Ihre Anspannung wuchs.

»Laß mich überlegen.« Er kratzte seine Stirn und grübelte einen Moment. »Hier steht: ›Meine Sonne, ich lasse Dich wissen, daß ich Münster wohlbehalten erreicht habe. Dir sei ...‹« Er führte das Papier näher an seine Augen und stierte angestrengt darauf. »›... zudem noch einmal versichert, daß Du mit Deinem Opfer eine heilige Pflicht erfüllt hast. Das Gift, das Du Deinem Ehemann verabreicht hast, wird die Seelen Deiner toten Kinder erquicken und sie ...‹« Der Schwede faltete den Zettel. »Mehr steht hier nicht geschrieben.«

Anneke legte verstört eine Hand vor den Mund und wiederholte in ihrem Kopf noch einmal die Worte und die böse Erkenntnis, die sie offenbarten. Magnus Ohlin irrte sich. Ebba hatte ihn nicht vergiftet. Diese Nachricht war eindeutig an Svante Ohlin gerichtet. Magnus wollte die Königin in seinem Haus unterbringen, unwissend, daß es für seine Frau ein leichtes sein würde, Christinas Speisen oder ihrem Wein tödliche Kräuter beizumischen.

»Du schaust blaß aus mein Kind«, meinte der Schwede. »Mit scheint, diese Zeilen sind dir nicht gut bekommen.« Er gab ihr den Zettel zurück. Anneke griff nach dem Papier und lief zum Stall. Ihr blieb keine Wahl. Auch wenn die Kutsche schon vor Stunden abgefahren war und Osnabrück bald erreichen würde, mußte sie versuchen, Magnus Ohlin zu warnen. Anneke langte nach dem Sattel, der an der Wand hing, und warf ihn der Stute Charlotta über den Rücken. Als sie den Riemen unter dem Bauch des Pferdes festschnallte, kam Anneke in den Sinn, daß sie nie zuvor eine solch weite Strecke geritten war, und sie betete darum, daß Charlotta sie nicht abwerfen möge. Als wäre das alles nicht schon Sorge genug, wurde nun auch noch das Scheunentor aufgestoßen, und Seybert trat mit finsterer Miene auf sie zu. Anneke schluckte. Er mußte gesehen haben, wie sie über den Hof gelaufen war.

Der Schankwirt baute sich drohend vor ihr auf. »Habe ich dir nicht eine Aufgabe zugeteilt? Was treibst du dich dort draußen herum?« Er deutete auf Karls Leiche. »Um den hast du dich jetzt zu kümmern. Nicht um unsere Gäste.«

»Mein Herr, bitte«, flehte Anneke. »Ich muß der Kutsche folgen.«

Er schaute sie so verständnislos an, als habe sie ihm gesagt, daß sie zur Sonne emporsteigen wolle. »Bist du von allen guten Geistern verlassen?«

»Jemand schwebt in großer Gefahr.«

»*Du* allein schwebst in großer Gefahr, wenn meine Frau erfährt, was du hier treibst.« Sein Blick wanderte über ihren Körper, und die altbekannte Gier tauchte in seinen Augen auf. »Aber das muß sie ja nicht«, säuselte Seybert und griff nach Anneke. Er schlang die Arme um sie und preßte sie an sich.

»Nein, nicht!« rief sie und versuchte vergeblich, sich aus der Umklammerung zu befreien.

Seine Zunge tanzte feucht auf ihrem Gesicht. »Gib mir endlich, was ich schon so lange von dir haben will, Mädchen. Dann werde ich vergessen, daß du deine Pflicht vernachlässigt hast.«

Seine Hand, die er grob zwischen ihre Beine drückte, ließ keinen Zweifel daran, was er begehrte. Anneke überlegte panisch, wie sie Seybert entkommen konnte.

»Küßt mich, wenn Ihr wollt«, stieß sie hervor. Seybert zögerte zunächst, wohl verwundert über diese unerwartete

Aufforderung. Dann stülpte er seinen Mund über ihre Lippen und drängte seine Zunge zwischen ihre Zähne.

Anneke zögerte nicht lange und biß zu. Fest genug, damit er jaulend zurücksprang und sie aus seinem Griff entließ.

»Du Teufel!« kreischte er. Die Worte waren kaum zu verstehen. Aus seinem Mund tropfte Blut. Anneke holte nun mit dem Fuß aus und trat Seybert kräftig zwischen die Beine. Ihr Dienstherr öffnete den Mund, doch der Schmerz schien ihm die Luft zu einem Schrei zu nehmen. Er taumelte zwei Schritte zurück, dann fiel er auf sein Hinterteil und stöhnte elendig, während er sich auf der Erde krümmte.

Plötzlich tauchte Lene in der Tür auf. Sie blickte erschrokken von ihrem Vater zu Anneke und wieder zu Seybert, dessen Stöhnen inzwischen in ein langgezogenes Jaulen übergegangen war.

»Ach du lieber Himmel!« entfuhr es Lene.

Anneke zog die Stute aus dem Stall und faßte den Knauf des Sattels. »Hilf mir!« rief sie Lene zu. Die eilte zu ihr, faltete ihre Hände und hob Annekes Fuß an, damit sie auf Charlotta zu sitzen kam.

»Das wird mein Vater dir niemals verzeihen«, heulte Lene auf.

»Du gute Lene«, sagte Anneke. Sie löste das Tuch, das Magnus Ohlin ihr vor ein paar Tagen geschenkt hatte, von ihrem Hals und warf es Lene zu. Dann trat sie der Stute in die Rippen. Das Tier lief in so zügigem Galopp auf die Straße zu, daß Anneke die Haube vom Kopf rutschte. Sie krallte ihre Finger um die Zügel, um nicht von Charlottas Rücken zu fallen, und wandte sich noch einmal kurz um. Seybert humpelte mit drohend erhobener Faust aus der Scheune und stieß Lene rüde zur Seite. Auch Wendel lief herbei. Anneke fiel auf, daß er bereits die gestohlenen Stiefel trug.

Lene hat recht, fuhr es ihr durch den Kopf. Seybert wird mir das nicht verzeihen. Ihre Zeit in der Monsbach-Schenke hatte ein Ende gefunden. Sie würde nicht mehr zurückkehren können. Anneke seufzte, drängte diesen Gedanken fort und trieb Charlotta eilig voran.

Kapitel 27

Nach der Ankunft in Osnabrück suchte Magnus umgehend das Haus des Gesandten Salvius an der Domsfreiheit auf. Zwar drängte es ihn danach, sich endlich Gewißheit über Svantes Wohlergehen zu verschaffen, doch seine erste und wichtigste Pflicht war es noch immer, für die Sicherheit der Königin zu sorgen.

Magnus bat die Königin, in der Kutsche zu verweilen, während er mit Johan Adler Salvius sprechen würde. Er klopfte an die Tür des stattlichen Wohnhauses, wurde von einem Pagen eingelassen und kehrte schon wenige Minuten darauf zerknirscht zur Kutsche zurück.

»Welche Laus ist Euch über die Leber gelaufen?« wollte Malin Sörenstam wissen, die ihm wohl ansah, wie sauer es ihm aufstieß, daß es ihm auch jetzt noch nicht gelungen war, die Verantwortung für den Schutz der Königin an Salvius zu übergeben.

»Ich habe nur mit einem Sekretär gesprochen«, sagte Magnus. »Salvius ist bedauerlicherweise kurz vor unserem Eintreffen zum kursächsischen Quartier aufgebrochen und wird erst in den Abendstunden zurückerwartet.«

»Können wir ihm eine Nachricht zukommen lassen?«

»Damit er das Gespräch abbricht?« Magnus schüttelte den Kopf. »Das würde nur für Spekulationen sorgen, und was wir vor allem vermeiden wollen, ist unnötiges Aufsehen.«

Malin Sörenstam seufzte vernehmlich. »Eine andere Möglichkeit wäre es, Johan Oxenstierna über Christinas Eintreffen zu unterrichten und ihn für ihren Schutz Sorge tragen zu lassen. Oder aber ich warte mit der Königin in Salvius' Haus auf dessen Rückkehr.«

»Auf keinen Fall!« Christina reckte ihr Gesicht aus dem Fenster der Kutsche. Ein empörter Blick wanderte von Magnus zu Malin. »Oxenstierna darf nicht von meiner Anwesenheit erfahren. Ich hätte noch nicht meine Stiefel ausgezogen, da wäre schon ein Bote mit einer Nachricht an seinen Vater auf dem Weg. Und ich werde auch nicht stundenlang in Salvius' Haus ausharren.«

»Aber was sollen wir dann tun?« fragte Magnus ratlos.

»Wir bleiben zusammen«, schlug Christina vor. »Nehmt mich mit in Euer Haus.«

»Ihr wißt, daß das zu gefährlich wäre, Majestät.«

»Schickt Euer Gesinde fort! Ich halte mich ja nur bis zum Abend in Eurem Haus auf, und Malin wird mir nicht von der Seite weichen.«

Magnus war nicht wohl bei dem Gedanken, die Königin in sein Haus zu schaffen. Wenn Ebba tatsächlich mit den ›Falken Gottes‹ im Bunde stand, stellte sie eine nicht zu unterschätzende Gefahr für die Königin dar. Andererseits juckte es Magnus in den Fingern, die Magd endlich zur Rede zu stellen, und vor allem mußte er endlich in Erfahrung bringen, ob Svante nichts Schlimmes zugestoßen war.

»Was meint Ihr?« wandte er sich an Malin Sörenstam, die den Vorschlag kurz abwog und dann sagte: »Es wäre wohl das Beste, wenn Ihr Euer Haus zunächst alleine aufsucht. Sollte die Sicherheit der Königin gewährleistet sein, beziehen wir dort bis zum Abend Quartier.«

Auf ein Nicken der Königin hin lief Magnus über die Domsfreiheit zur Lohstraße. Mit jedem Schritt nahm seine Sorge um Svante zu. Die Angst, Ebba könnte ihr etwas angetan haben, lastete schwer auf ihm, und bei dem Gedanken an den Verrat der Magd ballte er seine Fäuste so fest, daß ihm die Fingernägel die Handteller blutig kniffen.

Seine Anspannung löste sich erst ein wenig, als er in der Lohstraße kräftig an die Tennentür seines Hauses klopfte und Svante ihm nach einigen qualvollen Momenten öffnete.

Nun erst fielen die Sorgen von ihm ab. Zwar wirkte Svante regelrecht erschrocken, als sie ihn vor sich sah, aber seine Befürchtungen waren nicht eingetroffen. Sie stand ihm wohlbehalten gegenüber. Rasch trat er ein, küßte ihre Hand und lachte erleichtert auf.

Svante starrte ihn aus ihren großen, grünen Augen an und zog ihre Hand fort. »Du bist zurück«, krächzte sie. »Zurück aus Münster.«

Er nickte. »Ich habe dir Sorgen bereitet, meine liebe Frau. Es war dumm und rücksichtslos von mir, in meinem Zustand eine solche Reise anzutreten, ohne zuvor mit dir darüber zu sprechen. Du hast allen Grund, mir gram zu sein, doch ich bitte dich, mir noch einmal zu verzeihen.« Er wollte weiter auf die Diele treten, doch Svante stellte sich ihm in den Weg, als hätte sie vor, ihn aufzuhalten. Ihr Atem ging in ein Schnaufen über.

»Ist alles in Ordnung mit dir?« fragte er. Warum nur verhielt sich Svante so seltsam? Fürchtete sie sich vor ihm? Ihr Blick wanderte kurz zur Tür ihrer Kammer im Obergeschoß. Dann raunte sie: »Es geht mir gut.«

»Wo hält sich das Gesinde auf?« wollte Magnus wissen. »Sind Agnes und Ebba im Haus?«

Svante schüttelte den Kopf. »Agnes kümmert sich um ihre kranke Mutter. Und Ebba habe ich aufgetragen, die Ziegen auf den Weiden vor der Stadtmauer grasen zu lassen. Sie wird erst am Abend wieder hier eintreffen.«

»Schick sie fort, wenn sie zurückkehren sollte, bevor ich unsere Gäste herbeigeholt habe.«

»Gäste?« Svante runzelte die Stirn. »Was sind das für Gäste? Und warum soll ich Ebba fortschicken?«

Magnus überlegte, ob er Svante über seinen Verdacht

gegen Ebba aufklären sollte, ob er ihr gar verraten sollte, daß er die schwedische Königin in ihr Haus brachte, doch er beschloß, damit noch zu warten, bis sie in Ruhe sprechen konnten, und so erwiderte er: »Vertraue mir, Svante! Laß nur niemanden in dieses Haus, solange ich fort bin!« Ihm fiel plötzlich ein, daß Svante Malin Sörenstam bereits begegnet war und sie für eine Giftmischerin hielt. Aus diesem Grund erklärte er ihr: »Svante, es wird dich verwundern, daß ich die Frau, von der wir annahmen, daß sie mir den Schierling in den Wein gefüllt hat, hierherbringe. Aber ich bin mittlerweile fest davon überzeugt, daß wir uns in ihr getäuscht haben.«

Sie schaute ihn nun fragend an, entgegnete aber nichts darauf. Magnus wollte zur Tür gehen, doch Svante hielt ihn zurück. »Magnus«, sagte sie, »ist das der einzige Gast, der dich begleitet?«

Er schüttelte den Kopf. »Sie sind zu zweit. Bitte stell mir jetzt keine weiteren Fragen. Es wird die Zeit kommen, da ich dir über all das, was geschehen ist, Rede und Antwort stehen werde, aber nicht heute.« Er zog sie ein Stück zu sich heran und küßte ihre Stirn. Sie hielt still, senkte aber den Blick.

»Ich hatte große Angst um dich«, meinte er. »Jetzt endlich ist diese Last von meinen Schultern genommen worden.« Er wandte sich um und trat zur Tür.

»Du humpelst«, sagte Svante.

Magnus legte eine Hand auf seine Hüfte, dorthin wo Malin Sörenstam den Verband angelegt hatte.

»Das ist eine lange Geschichte«, meinte er nur und verließ das Haus.

Dahlgren spürte, wie das Fieber in seinen Körper kroch. Er zitterte vor Kälte und brachte kaum die Kraft auf, den Schweiß fortzuwischen, der ihm von der Stirn in die Augen lief. Seine Hand war schwer wie ein Schmiedehammer. Jede Bewegung schmerzte. In seinem Kopf schwirrten Trugbilder umher. Er glaubte sich im Karzer von Stockholm, seine Arme und Beine in Ketten, dann schien es ihm, als stiege ihm der Geruch der Schlachtfelder in die Nase. Ein Gemisch aus Pulver, Blut und Schweiß. Schließlich wurde sein Verstand wieder klarer, der Wahn verflüchtigte sich, und seine Blicke wanderten nervös in der Schlafkammer der Ohlins umher.

Er vernahm entfernte Stimmen. Das Schlagen einer Tür. Kurz darauf trat Svante zu ihm in die Kammer. Sie stürzte auf das Bett zu, und aus ihren Augen war Verstörung und Angst zu lesen.

»Ihr müßt fort von hier!« rief sie und schlug seine Decke zurück.

Dahlgren versuchte sich aufzurichten. Der grelle Schmerz in seiner Schulter zwang ihn zurück. »Was ist geschehen?« zwängte er hervor.

»Magnus ist in Osnabrück eingetroffen. Er wird die Königin zu uns führen. Alles entwickelt sich so, wie Ihr es vorhergesehen habt. Aber ich muß Euch aus der Kammer schaffen.« Sie faßte seine Hand und half ihm, sich aufzusetzen. Svantes Worte verliehen ihm neue Kraft. Er hatte gehofft, daß Ohlin die Königin zu ihnen bringen würde, jedoch kaum daran zu glauben gewagt.

»Wohin?« fragte er mit matter Stimme. »Wohin bringst du mich?«

»Hinauf in die Dachkammer. Dort wird Euch niemand finden. Ich töte die Königin mit dem Schierlingssamen.«

»Keinen Schierling«, widersprach Dahlgren eindringlich. »Sie darf nicht durch deine Hand sterben.« Er legte Svante einen Arm um die Schulter und ließ sich auf die Beine ziehen. Der Schmerz in seiner Schulter explodierte, und er schrie bitterlich auf. Svante klammerte sich an ihn, damit er nicht fiel.

Nach Luft ringend, stieß er hervor: »Verabreiche ihr ein Kraut, das ihre Sinne verwirrt! Dann kann ich meinen Auftrag vollenden und mich Gottes Urteil stellen.«

»Wir werden diesen Weg zusammen gehen«, sagte Svante und schleppte ihn zur Tür.

Magnus lenkte die Kutsche durch das große Dielentor über die Tenne und zügelte die Pferde vor dem Stallgebäude auf dem Hinterhof. Er kletterte vom Bock und sah Svante mit verschränkten Armen im Hoftor stehen. Sie verfolgte unbewegt, wie er die Tür der Kutsche öffnete und den beiden Gästen beim Ausstieg die Hand reichte. Obwohl sie Malin Sörenstam schon einmal begegnet war, schenkte sie ihr kaum Beachtung, sondern behielt Königin Christina im Auge. Ahnte sie vielleicht, daß dieser junge Bursche eine Frau war? Magnus glaubte nicht, daß Svante der Königin von Schweden schon einmal gegenübergestanden hatte, aber möglicherweise hatte sie Bilder von ihr zu Gesicht bekommen.

Malin Sörenstam und die Königin begrüßten Svante und folgten ihr ins Haus. Svante fragte, ob ihnen nach der Reise an einer Mahlzeit gelegen sei. Beide Frauen nahmen das Angebot gerne an.

»Ist die Kammer hergerichtet?« fragte Magnus. Auf Svantes Nicken hin führte er Malin Sörenstam und Königin Christina die Treppe hinauf und geleitete sie in die Schlafkammer, wo sich die Königin sofort seufzend auf das Bett fallen ließ und ihre Stiefel abstreifte. Magnus fiel auf, daß Svante frische Decken auf das Bett gelegt und eine Vase mit blühenden Rosen bereitgestellt hatte.

Christina zog eine Rose hervor und schnupperte an der Blüte. »Sprich deiner Frau meinen Dank aus, Magnus. Sag ihr, ich komme mir hier wie eine Königin vor.«

»Diesen Hinweis sollte ich wohl besser vermeiden«,

meinte Magnus. »Aber ich werde ihr mitteilen, daß Ihr Euch in unserem Haus sehr wohl fühlt.«

»Was ist mit dieser Magd?« wollte Malin Sörenstam wissen. »Droht uns hier auch keine Gefahr?«

»Sie ist vor die Tore der Stadt geschickt worden und kehrt erst in einigen Stunden zurück. Sollte sie dennoch früher eintreffen, wird sie mir Rede und Antwort stehen müssen.«

»Sie darf nicht in die Nähe der Königin gelangen.«

»Wenn mir Ebba tatsächlich in die Finger kommt, werde ich sie in den Keller einschließen und erst wieder herauslassen, wenn Christina aus Osnabrück abgereist ist. Selbst wenn bis dahin mehrere Tage vergehen sollten.«

Magnus ließ die beiden Frauen allein und begab sich zu Svante in die Küche. Seine Frau hatte bereits zwei Zinnpokale mit Wein gefüllt und bereitete in einer großen Herdpfanne Apfelpfannkuchen zu. Er schloß sie kurz von hinten in die Arme, was sie mit der gewohnten Kühle geschehen ließ, wenngleich sie sich in seiner Nähe wie so oft versteifte.

»Du kümmerst dich vortrefflich um unsere Gäste«, raunte er in ihr Ohr. Sie fuhr stumm mit ihrer Arbeit fort, wirkte aber doch fahrig und nervös und ließ sogar die Schöpfkelle aus der Hand fallen, als sie den Teig in die Pfanne geben wollte.

An ihrer Haube klebte Blut. Magnus berührte die Stelle mit einer Fingerkuppe. »Woher stammt das?«

Ihr Atem stockte, als er ihr den Finger vor Augen hielt. »Ich habe ein Huhn geschlachtet«, erklärte sie nach einem Moment des Zögerns.

Üblicherweise hätte Magnus sie nun ein weiteres Mal ermahnt, daß eine solche Arbeit Sache des Gesindes sei, doch heute zog er es vor, auf diesen Vorwurf zu verzichten.

Magnus setzte sich an den Tisch und betrachtete seine Frau. So erleichtert er auch gewesen war, Svante wohlbehalten angetroffen zu haben, so sauer stieß ihm die Distanz auf, die sich wie so oft zwischen ihnen aufbaute. Wie konnten sie seine Eskapaden derart kalt lassen? Er war heimlich nach Münster abgereist, in einem Zustand, der ihr große Sorgen bereiten mußte. Nun war er zurück und humpelte, weil jemand ihn mit einem Dolch verletzt hatte. Und als wäre das alles noch nicht verwunderlich genug, brachte er zwei fremde Personen in ihr Haus, darunter die Frau, von der sie angenommen hatten, daß sie für den Giftanschlag auf ihn verantwortlich war.

Aber Svante hatte nicht eine einzige Frage gestellt. Sie zeigte keine Wut, kein Unverständnis, keine Verwunderung, nur Kälte. Es wäre ihm lieber gewesen, wenn sie ihn lauthals beschimpft und endlich ihre Gefühle gezeigt hätte.

War dies der Grund, warum seine Gedanken so häufig zu Anneke zurückkehrten? Sie fehlte ihm. Er vermißte ihre Widerworte, den spöttischen Ausdruck, der sich so häufig auf ihrem Gesicht zeigte, und auch ihre Neugier auf alles, was ihr fremd war.

»Ich glaube, daß Ebba meinen Wein vergiftet hat«, sagte er nun. Vielleicht gelang es ihm, Svante mit dieser Offenheit aus ihrer Lethargie zu wecken.

Sie wandte sich um. »Ebba?«

»Sie hat den Wein aufgetragen. Und sie ... nun ja, sie hat versucht, mich zu verführen.« Was ihr auch gelungen ist, fügte er im stillen hinzu, aber er sprach es nicht aus.

Svante ließ den Pfannkuchen auf einen flachen Teller gleiten, stülpte die Pfanne darüber und wendete ihn. »Du nimmst also an, sie wollte dich vergiften, weil sie in dich verliebt ist?«

»Nein ... sie ...« Er brach ab, zögerte und sagte nur: »Das alles ist sehr viel komplizierter.«

Svante zog die Stirn kraus.

»Ist dir etwas an Ebba aufgefallen?« wollte er wissen. »Etwas Merkwürdiges?«

Svante dachte kurz nach, dann sagte sie: »Sie ist in den vergangenen Tagen oft in den Keller gelaufen, auch wenn sie dort keine Aufgaben zu erledigen hatte. Es könnte sein, daß sie dort etwas versteckt hat.«

»Dann sollten wir besser einmal nachschauen.« Magnus erhob sich und trat zur Tür, die in den Keller führte. Svante entzündete mit einem Kienspan ein Talglicht und stieg mit ihm die Treppe hinunter.

Der Keller maß kaum fünf mal fünf Schritte und führte zu einem kleinen Raum, wo sie ihre Vorräte aufbewahrten. Die Tür zu dieser Kammer war mit einem Riegel und einem Schloß gesichert. Magnus schaute sich um. Rechts von ihm befand sich ein Verschlag, der mit Holzscheiten gefüllt war, daneben stand ein Regal, an dem ein Beil und eine Schaufel lehnten. Sein Blick fiel auf die Tür zum Vorratsraum. Auch diese Kammer konnte Ebba als Versteck gedient haben, denn sie hatte stets Zugriff auf den Schlüssel gehabt.

Verdammt, natürlich hatte er diesen Schlüssel vergessen. Magnus drehte sich zu Svante um, weil er sie bitten wollte, ihm den Schlüssel zu bringen, doch da prallte ein harter Gegenstand wuchtig gegen seine Stirn, und ihm wurde schwarz vor Augen.

Kapitel 28

Annekes Sorge, der Torwächter an der Heger Pforte könnte ihr Schwierigkeiten bereiten, erwies sich als unbegründet. Der junge Bursche winkte sie gähnend durch das Tor, während er mit der anderen Hand gelangweilt nach Essensresten zwischen seine Zähnen stocherte.

Anneke rang sich ein scheues Lächeln ab, doch im Grunde fühlte sie sich so niedergeschlagen, daß sie am liebsten aufgeschrien hätte. Es gab einfach zu viele Betrübnisse, die ihr den Kopf schwermachten. Sie wußte nicht, ob sie rechtzeitig in Osnabrück eintraf, um Magnus Ohlin und die Königin vor Svante zu warnen. Nachdem sie Seybert den schmerzhaften Tritt zwischen die Beine verpaßt hatte, stand es wohl außer Frage, zur Monsbach-Schenke zurückzukehren; und zu guter Letzt hatte Charlotta kurz vor ihrer Ankunft in Osnabrück so heftig gebuckelt, daß Anneke auf die Straße gestürzt war und nur noch humpelnd vorankam, weil ihr Knie geschwollen war und bei jedem Auftreten ein stechender Schmerz durch den Oberschenkel fuhr.

Nachdem Anneke das Tor passiert hatte, versuchte sie gar nicht erst, wieder aufzusteigen. Es wäre auch ohne ein geschwollenes Knie schon schwierig gewesen, auf den Rücken der Stute zu gelangen. So führte sie Charlotta also am Zügel durch die Straßen und Gassen. Glücklicherweise versperrte keine Karosse ihren Weg, so daß sie schon bald die Lohstraße erreichte, wo sie Charlotta an einen Baum band und vor die Haustür der Ohlins trat. Sie schaute die Fassade hinauf und versuchte eine Bewegung an einem der Fenster auszumachen. Es war niemand zu sehen. Das Haus wirkte wie tot.

Anneke klopfte an die Tür. Ohne Erfolg. »Herr Ohlin«, rief sie laut. Eine Antwort blieb aus. Vielleicht, so machte sich ein Hoffnungsschimmer in ihr breit, waren Magnus Ohlin und die Königin überhaupt nicht in die Lohstraße gefahren. Wäre es ohnehin nicht viel vernünftiger gewesen, als erstes Ziel das schwedische Gesandtschaftsquartier anzusteuern? Wahrscheinlich verweilten sie dort noch immer, und alles würde sich zum Guten wenden.

»Seltsam«, murmelte eine Stimme direkt hinter ihr. Anneke wandte sich um und sah ein altes Weib, das einen großen Korb mit Rübenscheiben in den Armen hielt und ebenfalls zum Haus der Ohlins schaute.

»Was meint Ihr?« wollte Anneke wissen.

Die Alte zeigte auf das Haus. »Wundert mich, daß dich niemand hört. Ist nicht lang her, da fuhr hier eine Kutsche auf die Tenne.«

»Habt Ihr gesehen, ob danach noch jemand das Haus verlassen hat?«

Die Alte schüttelte den Kopf. »Kann nicht sein. Hab hier im Haus gegenüber am Fenster zur Straße meine Rüben geschnitten. Wäre jemand auf die Straße getreten, hätte ich das bemerkt.«

Anneke stieß einen tiefen Seufzer aus. Ihre neugewonnene Zuversicht wurde von einem Moment zum anderen zerstört. Magnus, die Königin und Malin Sörenstam mußten sich also noch im Haus befinden. Warum reagierte dann niemand auf ihr Klopfen? Hinderte Svante Ohlin sie daran? Hatte sie ihnen womöglich bereits ein Gift verabreicht? In Annekes Kopf tauchte plötzlich ein schreckliches Bild auf. Sie stellte sich vor, daß Ohlin und die beiden Frauen gekrümmt und leblos auf den Dielenbrettern lagen, mit toten Augen, die ins Leere starrten.

Sie brauchte Gewißheit und humpelte darum bis zum Eingang der nebenliegenden Gasse. Vor einigen Tagen war sie von dort schließlich schon einmal über die Mauer in den Hinterhof der Ohlins gelangt.

Anneke erreichte den Apfelbaum, dessen Äste über die Mauer ragten, kletterte so rasch hinauf, wie es ihr lädiertes Knie erlaubte, und ließ sich auf der anderen Seite auf den Boden fallen. Das Knie protestierte heftig, doch Anneke rappelte sich auf und zog das Bein nach, als sie durch den Garten des Nachbarhauses hinkte und sich durch die Hecke zwängte.

Von hier aus konnte sie im Hof der Ohlins die Kutsche sehen. Die Pferde waren noch nicht ausgespannt worden und tänzelten unruhig auf der Stelle. Sie lief geduckt auf das Gefährt zu, lugte durch das Seitenfenster in die leere Kutsche und betrat dann das Stallgebäude, das ebenfalls verlassen war.

Anneke begab sich zurück zu den Pferden, legte ihre Hände auf das von kaltem Schweiß überzogene Fell und betrachtete bang die Rückseite des Hauses. Wenn sie Gewißheit darüber erlangen wollte, ob sich Ohlin und die Königin im Haus aufhielten, und wenn sie die Schweden vor der Gefahr, die ihnen durch Svante drohte, warnen wollte, mußte sie versuchen, dort hinein zu gelangen.

Doch ihre Beine waren wie gelähmt. Als Kind hatte sie sich vor den Hexen gefürchtet, obwohl sie immer auch ein wenig daran gezweifelt hatte, ob die Geschichten von den Teufelsdienerinnen wirklich der Wahrheit entsprachen. Ihre Angst vor Svante war hingegen greifbar. Es war die Angst vor dem Bösen.

»Trinkt, mein Herr.«

Dahlgren öffnete den Mund und ließ sich von Svante einen bitteren Kräutersud einflößen. Seine Augen irrten flackernd durch die staubige Dachkammer, in der er auf einer Decke an einer breiten Eichenholztruhe lehnte. Er verschluckte sich, hustete und stöhnte laut auf, als dieses unbedachte Zucken den Schmerz in seiner Schulter neu entfachte.

»Ohlin«, krächzte er mühsam, denn seine Stimme wollte sich kaum durch die geschwollene Kehle zwängen. »Was ist ... mit Ohlin?«

Svante nahm das feuchte Tuch fort, das auf seiner zertrümmerten Schulter lag und betrachtete mit sorgenvoller Miene die Wunde. »Er wird die Königin nicht schützen können. Sie und ihre Begleiterin werden schon bald von dem Mehl des Schwarzen Bilsenkrautes, das ich in ihren Wein und ihre Speisen gemischt habe, so betäubt sein, daß sie einen Traum nicht mehr von der Wirklichkeit unterscheiden können.«

Dahlgren nickte matt. Er hatte nie an Svante gezweifelt. »Bring mir den Dolch!« Dahlgren hob langsam die Hand und deutete auf das Bündel, das auf der Truhe neben dem schmalen Dachfenster lag. Svante erhob sich, griff danach und wickelte die Waffe aus dem Stoff. Sie betrachtete den Dolch mit dem Falkenemblem so ehrfürchtig, als hielte sie eine kostbare Reliquie in ihren Händen. Ihr Blick schweifte kurz zum Fenster, und als sie sich ihm wieder zuwandte, wirkte sie erstaunt, ja regelrecht überrascht.

»Was ... was hast du dort gesehen?« wollte er wissen.

»Ein Mädchen«, antwortete sie. »Auf dem Hof treibt sich ein Mädchen herum, das Magnus schon einmal in dieses Haus gebracht hat. Wahrscheinlich sucht sie nach ihm.« Svante überlegte einen Moment, dann steckte sie den Dolch in ihre Schurztasche und trat zur Tür. »Auch sie wird uns nicht aufhalten.«

Anneke lief zum Haus und lehnte sich an die Steinwand. Sie verhielt sich ruhig, lauschte nach Stimmen oder anderen Geräuschen aus dem Haus, doch außer dem Meckern einer Ziege aus dem Garten des Nachbarhauses blieb alles still.

Sie machte einen Schritt zur Seite und spähte durch das Küchenfenster. Hinter den braunen Butzenscheiben konnte sie nicht viel erkennen, doch ihr wäre es aufgefallen, wenn sich dort jemand bewegt hätte.

Sie drehte sich herum und wollte zur Dielentür schleichen, aber schon im nächsten Moment fuhr sie erschrocken zusammen.

Vor ihr stand Svante Ohlin.

Trotz ihres wie rasend klopfenden Herzens zwang sie sich zur Ruhe. Wenn Svante Ohlin bemerkte, wie sehr sie sich vor ihr fürchtete, würde das nur ihr Mißtrauen erregen.

»Herrje, Ihr habt mich überrascht, gnädige Frau«, brachte Anneke hervor.

»Was lungerst du hier herum?«

Anneke fiel auf, wie sehr Svante Ohlin sich verändert hatte. Dies war nicht mehr die blasse Frau, die einen so schwermütigen und lethargischen Eindruck vermittelt hatte. Ohlins Ehefrau wirkte entschlossen und hart. Ihre hellen Augen fixierten Anneke abschätzig.

»Herr Ohlin hat mich zu sich bestellt«, behauptete Anneke. »Er sprach von einer dringenden Angelegenheit, die keinen Aufschub duldet. Ich habe an die Vordertür geklopft, und als mir dort nicht geöffnet wurde, bin ich in den Garten gelaufen, um nachzuschauen, ob sich Herr Ohlin im Stall aufhält.«

Svante Ohlin verschränkte die Arme vor der Brust. »Er wird dich nicht gehört haben, weil er in den Keller gestiegen ist.« Sie wies auf die offene Tür. »Komm nur herein. Ich bringe dich zu ihm.«

Anneke ahnte, daß es eine Dummheit war, Svante in das Haus zu folgen, doch was sollte sie anderes tun? Wie ein Feigling davonrennen und Magnus und die Königin ihrem Schicksal überlassen? Dazu war es nun zu spät. Also folgte sie Svante nach kurzem Zögern.

Ohlins Ehefrau führte sie in die Küche, wo sie eine schmale Holztür öffnete und auf die Steintreppe deutete, die in einen dunklen Kellerraum hinabführte.

»Geh nur hinunter, er schichtet dort das Holz auf«, meinte Svante und winkte sie heran.

Anneke machte einen Schritt auf die Tür zu, doch plötzlich sträubte sich alles in ihr, Svante Ohlin den Rücken zuzuwenden und dort hinunterzusteigen.

»Ruft ihn bitte hinauf«, sagte Anneke recht unsicher. Einen Moment lang standen die beiden Frauen sich reglos gegenüber, dann zog Svante aus ihrer Schurztasche einen Dolch hervor und ging damit auf Anneke los. Anneke war darauf vorbereitet gewesen, daß Svante sie in eine Falle locken wollte, doch es überraschte sie, daß Ohlins Frau eine Waffe bei sich führte. Ihr blieb keine andere Wahl, als auf die Treppe auszuweichen. Ungelenk stolperte sie in den Keller. Sie befürchtete, daß Svante Ohlin ihr nachsetzen würde, doch die schlug nur die Tür zu, und sofort darauf hörte sie einen Schlüssel klappern.

Sie war gefangen.

Anneke blickte sich um. Im Halbdunkel fiel ihr eine Tür auf, die mit einem Riegel verschlossen war. Daneben befand sich in einem Verschlag ein Haufen Brennholz. Sie wollte sich der verriegelten Tür zuwenden, doch ihre Augen blieben an dem Holzstapel hängen. Zwischen den Scheiten lugte etwas Seltsames hervor. Sie beugte sich hinunter, berührte die merkwürdige Form und schrie spitz auf, als sie begriff, daß es sich um die kalte Hand einer Leiche handelte.

Sie hat ihn getötet, schoß es Anneke durch den Kopf. Diese Teufelin hat Magnus Ohlin umgebracht. Ein Zittern durchlief sie von den Füßen bis in die Fingerspitzen, und sie sackte schluchzend auf die Knie.

Kapitel 29

Gebete hatten Ove Dahlgren oft geholfen, schwierige Abschnitte seines Lebens oder auch einzelne Momente, in denen er große Wagnisse eingegangen war, zu bestehen. Sie hatten ihm die Kraft gegeben, die blutigen Schlachten des Krieges zu überleben, und sie hatten ihm auch geholfen, die Jahre im Karzer von Stockholm hinter sich zu bringen, ohne dort im Verlies den Verstand zu verlieren.

Nun half ihm das Vaterunser dabei, das er zischend hervorstieß, trotz seiner Verletzung auf die Beine zu kommen und die letzte und wichtigste Aufgabe seines Lebens zu beenden. Dahlgren wankte zur Tür der Dachkammer und krallte sich an einem Eisenhaken fest, um nicht zusammenzubrechen. Er stieß mit einem schwachen Tritt die Tür auf, so daß er die schmale Treppe überblicken konnte, auf der in diesem Augenblick Svante hinaufstürmte und ihm keuchend den Dolch der Falken reichte.

»Was ist mit dem Mädchen?« fragte er.

»Ich habe sie in den Keller gesperrt.«

»Gut.« Dahlgren reckte sein Kinn zu der Tür der Kammer, in der sich die Königin aufhielt. Er holte tief Luft, um die Kraft zum Sprechen aufzubringen. »Ich werde ... diese Stufen ... nicht mehr hinabsteigen können. Schau nach der Königin. Wenn sie bereits benommen ist, bring sie ... zu mir.« Er deutete auf die breite, eisenbeschlagene Eichentruhe. »Hier soll sie für ihre Blasphemie gerichtet werden.«

Svante trat auf die erste Stufe, dann aber wandte sie sich um und fragte: »Was wird danach sein? Was geschieht mit Euch?«

Einen Augenblick lang schaute er sie nur traurig an. Es betrübte Dahlgren, daß ihre Zusammenführung nur von so kurzer Dauer gewesen war. Er hatte Svante bereits begehrt, als sie noch seine Schülerin gewesen war. Er wußte nicht, ob auch sie mehr als die gewöhnliche Zuneigung zu einem Mentor für ihn empfunden hatte, denn sie hatten über dieses Dilemma niemals ein Wort verloren. Auch damals hatten ihn die Gebete davor bewahrt, von seinen sündigen Gelüsten und unreinen Gedanken übermannt zu werden.

Heute würde sich ihr Weg für immer trennen. Dahlgren spürte, daß sein Leben mit der Erfüllung der heiligen Pflicht ein Ende finden würde. Der Tod konnte für ihn nur Erlösung bedeuten.

Er überlegte kurz, ob er Svante anvertrauen sollte, wie dankbar er ihr war und was sie all die Jahre für ihn bedeutet hatte, doch nach einem Moment des Zögerns sagte er nur: »Geh schon!«

Svante nickte und trat nach unten. Es dauerte nicht lang, da tauchte sie wieder auf der Treppe auf. Im Arm hielt sie eine zweite Person umklammert, die mit gesenktem Kopf so träge ihre Schritte setzte, als wäre sie betrunken. Dahlgren wäre es lieber gewesen, wenn die Königin in den letzten Momenten ihres Lebens die Konsequenzen ihrer Sünde begriffen hätte. Doch darauf konnte er keine Rücksicht mehr nehmen. Nun kam es nur noch darauf an, das Urteil zu vollstrecken.

Der Schrei löste Magnus aus der Benommenheit. Er schlug die Augen auf. Um ihn herum war es dunkel. Sein Kopf schmerzte. Als er die Hand an den Schädel legte, ertastete er eine Beule oberhalb seiner Stirn.

Jemand hatte ihn niedergeschlagen. Svante! Er hatte mit Svante den Keller betreten. Sie mußte ihn mit einem Stein oder einem Knüppel niedergestreckt und in die Vorratskammer gesperrt haben.

Er setzte sich auf und glaubte die Stimme zu erkennen, die nun mehrmals hintereinander ein tränenersticktes »Oh, nein« ausrief.

»Anneke«, krächzte er. »Anneke, bist du das?«

Einen Moment lang war es still, dann vernahm er ihre Worte direkt vor der Tür.

»Herr Ohlin. Ihr lebt.«

»Anneke«, rief er. »Schieb den Riegel zurück!«

Ein scharrendes und quietschendes Geräusch erklang, dann schwang die Tür auf, und im matten Licht sah er Anneke vor sich. Sofort fiel sie ihm in die Arme.

»Herr Ohlin«, keuchte sie atemlos. »Herr Ohlin ... Eure Frau ... Svante ... ich bin gekommen, um Euch zu warnen.«

»Hat sie dich hier eingesperrt?« wollte er wissen.

Anneke nickte.

»Aber warum bist du überhaupt hier?«

»Ich ... ich habe den Schlüssel zu den Zahlen gefunden, die Euch in Münster in die Hände gefallen sind. Es war nicht schwierig, damit einen Text hervorzubringen Ihr habt mir ja gezeigt, wie ich vorgehen muß. Die Nachricht war an Eure Frau gerichtet.«

»An Svante?« Magnus schluckte trocken. Nun gab es also keinen Zweifel mehr daran, daß seine Frau mit den ›Falken Gottes‹ im Bunde stand. Er schämte sich der Blindheit, mit der er geschlagen gewesen war. Blind genug, um die Königin einer solchen Gefahr auszusetzen.

»Und ich Narr«, klagte er, »war so überzeugt davon, Ebba hätte mich verraten.«

Anneke zog ihn mit sich zu dem Verschlag, in dem das Holz aufgehäuft worden war. Einige der Scheite waren zur Seite gerutscht. Unter ihnen lugte Ebbas Kopf hervor.

»Darum habe ich geschrien«, sagte Anneke. »Ich habe

zunächst nur die Hand gesehen und glaubte, auf Eure Leiche gestoßen zu sein.«

Magnus beugte sich zu Ebba und legte eine Hand auf ihre kalte Wange. Er öffnete ihren Mund und erkannte selbst im Halbdunkel, daß die Zunge geschwollen und verfärbt war.

»Gift«, raunte er. »Svante hat sie vergiftet.«

»Wie auch Euch zuvor«, meinte Anneke. »Sie wollte verhindern, daß Ihr nach Münster reist und die Pläne dieser Meuchler durchkreuzt.«

»Die Königin!« brachte er heiser hervor. Sein Blick fiel auf die Kellertür. Er lief die Treppe hinauf, doch der Ausgang war verschlossen.

Anneke hatte ein Beil vom Boden aufgehoben und streckte es ihm hin. »Vielleicht könnt Ihr die Tür damit einschlagen.«

»Das würde zu lange dauern.« Magnus kramte statt dessen aus seiner Wamstasche die beiden Metallstifte hervor. Seine Hände zitterten vor Anspannung, doch er zwang sich zur Ruhe und tastete mit den Stiften die Bolzen ab. Kurz darauf löste sich die Verriegelung. Magnus drückte die Tür auf und wandte sich zu Anneke um.

»Gib mir das Beil!«

Sie reichte es ihm. Magnus stürmte mit dem Beil in der Hand in die Küche. Anneke folgte ihm dichtauf. Sie liefen auf die Tenne. Magnus hastete die Treppe zum Obergeschoß hinauf und scherte sich nicht um die peinigenden Stiche, die seine Wunde an der Hüfte aussandte. Er hatte den Treppenabsatz noch nicht erreicht, als er vom Dachstuhl her Stimmen und ein Zetern vernahm.

Magnus hastete mit ausgreifenden Schritten in die Dachkammer und hielt abrupt inne, als er sah, wie Svante die Königin, die träge wie eine Puppe in ihren Armen hing, auf eine Truhe zudrängte. Neben ihr stand ein Mann, dessen linke Schulter mit einem blutbefleckten Verband bedeckt war.

Die Augen des Mannes zuckten zu Magnus. Sein Blick drückte Wut aus und den Willen, sich durch nichts von seiner Tat abhalten zu lassen.

Dahlgren, schoß es durch Magnus' Kopf. Dahlgren ist in mein Haus eingedrungen.

»Nein!« rief Magnus aus. Er sprang auf Dahlgren zu, der sich zu ihm umdrehte. Der Falke führte einen Dolch in seiner Hand, der nun in Magnus' Richtung schnellte. Es gelang Magnus, der Waffe rechtzeitig auszuweichen und einen ungelenken Schlag mit dem Beil auszuführen, der Dahlgrens Hand hart genug streifte, damit er den Dolch fallen ließ. Doch Magnus taumelte, und dies nutzte Dahlgren, indem er nach Magnus' Hals griff und die Finger so fest um dessen Kehle schloß, daß ihm die Luft wegblieb. Er starrte in Dahlgrens wutverzerrtes, von Schweiß überzogenes Gesicht. Die Verletzung an der Schulter mußte den Mann fast umgebracht haben. Woher nahm er nun noch die Kraft, ihm derart zuzusetzen?

Zwar gelang es Magnus nicht, Dahlgren einfach abzuschütteln, doch er hob den Arm und schlug mit der Faust auf den blutbefleckten Verband an Dahlgrens Schulter. Sein Gegner jaulte auf und entließ Magnus aus dem Griff. Svante kreischte. Magnus kümmerte sich nicht darum, holte mit dem Beil aus und ließ es mit aller Kraft auf Dahlgrens Schädel niederfahren. Er stolperte gegen den Körper, und im Fallen rissen Magnus und Dahlgren auch Svante und die Königin mit zu Boden. Staub wirbelte auf. Magnus vernahm ein gurgelndes Geräusch und einen Schrei. Er gelangte auf die Knie und zog die Königin von Svante fort. Auch Anneke lief nun zu ihnen, faßte Christina an den Armen und schleppte sie aus dem Knäuel der Leiber.

»Schaff sie aus dem Haus!« rief Magnus ihr zu.

»Und Ihr?« fragte Anneke.

Er wies zur Tür. »Mach schon!«

Anneke zögerte nicht länger, faßte die benommene Königin um Hüfte und Schulter und brachte sie fort. Magnus erhob sich und verfolgte erschüttert, wie Svante auf den sterbenden Dahlgren zukroch, dem er mit dem Beil eine klaffende Wunde in den Schädel geschlagen hatte. Svante umschloß Dahlgrens Kopf mit ihren Händen und herzte und küßte ihn so verzweifelt, daß ihr Gesicht von seinem Blut verschmiert wurde.

Das Bild widerte Magnus an. »Laß ab von diesem Mörder«, brachte er heiser hervor, und erst als er seine Forderung noch einmal lauter wiederholte, wandte Svante ihm ihr Gesicht zu, auf dem die Tränen helle Streifen im Blut hinterließen.

»Er ist ein Märtyrer.« Ihre Stimme schwankte. »Gott hat ihn uns geschickt.« Dahlgren gab erneut ein Gurgeln von sich. Seine Pupillen hatten sich soweit verschoben, daß in seinen Augen nur noch das Weiße zu sehen war. Svante, die sich noch immer an ihn klammerte, zog ein Tuch hervor und drückte es auf den blutigen Spalt, der sich von Dahlgrens Stirn eine Handbreit über den Schädel zog.

Magnus wich einen Schritt zurück. »Ich verstehe das alles nicht«, sagte er. »Was hast du mit diesem Teufel zu schaffen?« Nun bewegte er sich doch wieder auf sie zu und faßte ihren Arm. »Komm zur Besinnung, Svante. Dieser Mann hat deinen Kopf vergiftet.« Er wollte sie von dem Sterbenden fortzerren, doch Svante wand sich aus seinem Griff, und zu spät erkannte er, daß sie nach Dahlgrens Dolch gegriffen hatte. Die Klinge fuhr durch die Luft und glitt über Magnus' Ärmel. Er stolperte zurück. Svante richtete sich auf und kam mit der Waffe auf ihn zu.

»Du bist das Gift«, rief sie wütend. »Du hast den Tod über uns gebracht und uns die Kinder genommen.«

Magnus schüttelte den Kopf. »Unsere Kinder sind nicht durch meine Schuld gestorben. Niemand trägt die Schuld dafür.«

Svante gab ein verächtliches Zischen von sich. Der Dolch zuckte vor, und Magnus streckte schnell seine Hände aus, um sich zu schützen. Die Spitze bohrte sich in seinen rechten Handteller. Er stöhnte auf.

»Ich trage deine Sühne«, schimpfte Svante und drängte ihn durch die Tür. »Gott hat uns die Kinder genommen, weil du gegen seine Gebote verstoßen hast. Du beschmutzt das heilige Sakrament der Ehe, und du bist ein Lügner. Du zweifelst an der Macht Gottes und verspottest seinen Namen.«

Noch einmal griff sie ihn an. Er versuchte, mit der linken Hand nach der Waffe zu greifen, doch damit handelte er sich nur einen weiteren schmerzhaften Stich ein. Svantes Gesicht war haßverzerrt. Erst jetzt wurde Magnus klar, daß er tatsächlich Schuld auf sich geladen hatte. Er hatte sich nach dem Tod der Kinder kaum um Svante gekümmert, und sie waren sich fremd geworden. Warum hatte er nicht bemerkt, daß der Verlust der Kinder Svantes Geist so arg verwirrt hatte? Nun zahlte er den Preis für seine Ignoranz.

»Nimm Vernunft an und wirf den Dolch fort«, forderte er sie auf. »Du willst mich nicht töten. Zweimal hättest du mir schon das Leben nehmen können, doch weder als du mir das Gift verabreicht, noch als du mich im Keller überwältigt hast, wolltest du meinen Tod.«

Einen Moment lang glaubte er, daß Svante tatsächlich bereit war, auf ihn zu hören. Sie senkte den Blick, ihre Hand zitterte, doch im nächsten Augenblick heulte sie auf und machte einen Schritt auf ihn zu. Sie hob den Dolch über ihren Kopf und griff ihn an.

Magnus wich ihr geschickt aus, packte Svantes Arm und drängte sie an die Wand. Ihr heißer Atem fuhr über sein Gesicht. Er schlug ihre Hand dreimal hart gegen das Holz, dann ließ sie den Dolch fallen.

Svante stieß ihn von sich. Während Magnus den Dolch

aufhob, taumelte sie aus der Kammer auf die Treppe zu. Sie blieb stehen und griff in ihre Schurztasche. Ausdruckslos stierte sie auf ihre Hand, in der sie einige Körner hielt. Als Magnus begriff, was sie vorhatte, war es bereits zu spät. Er stürmte auf sie zu, um sie davon abzuhalten, das Gift zu schlucken, doch sie hatte die Hand schon zum Mund geführt, und er konnte hören, wie ihre Zähne die todbringenden Körner zermahlten.

»Svante, nein!« rief er und wollte sie greifen, doch sie ließ sich nach hinten fallen und stürzte über das Treppengeländer auf die Tenne. Ein dumpfer Laut war zu hören, als sie auf dem festgestampften Lehmboden aufschlug.

Magnus eilte die Treppe hinab und hockte sich zu ihr. Aus Svantes Nase floß Blut, und ihr Körper zuckte unter der Qual des Giftes, das sie ersticken ließ. Sie gab ein kurzes Würgen von sich. Ihre Hand suchte die seine. Magnus umschloß ihre Finger. Svante bewegte den Mund, doch ihre Lippen blieben stumm. Bald darauf flackerten ihre Augenlider, und sie starb.

Kapitel 30

Ein Page öffnete ihm die Tür. Magnus trat in die Kammer, in der Salvius ihn erwartete, doch er blieb stehen, kaum daß er die Türschwelle passiert hatte.

Das Zimmer diente Johan Adler Salvius als eine Art Empfangsraum, in dem er mit seinen Gästen im kleinen Kreis Gespräche führte. Neben einem Schreibpult befand sich hier noch ein Tisch mit vier Stühlen, an dem der Gesandte auch des öfteren zu speisen pflegte.

Salvius, der am Fenster das letzte Tageslicht nutzte, um ein Schriftstück zu überfliegen, schaute zu Magnus auf und betrachtete mit einem Stirnrunzeln dessen bandagierte Hände.

»Es wäre wohl nicht angeraten, dir meine Hand zum Gruß zu reichen«, spottete der Gesandte. Er rollte das Papier zusammen und schob es in eine lederne Hülle. »Du bist also zurück aus Münster. Wie ist es dir ergangen? Schlecht schaust du aus. Mir ist zu Ohren gekommen, du hättest deine Frau in großer und berechtigter Sorge zurückgelassen, weil du am Tag vor deiner überstürzten Abreise kaum einen Fuß vor den anderen setzen konntest.«

Magnus schluckte. »Svante ist tot.«

»Tot?« Jeder Spott in Salvius' Zügen erstarb. »Was, um Himmels willen, ist geschehen?«

»Ein Sturz. Sie starb vor wenigen Stunden.«

»Ein Sturz?« fragte Salvius erstaunt. »Aber wo …«

»In meinem Haus.« Magnus holte tief Luft. Jedes Wort brachte aufs neue die gräßlichen Bilder der vergangenen Stunden hervor. Er wollte sie fortzwingen und in den hintersten Winkel seines Kopfes verbannen, dorthin, wo sie ihn nicht mehr quälen konnten, doch es gelang ihm nicht.

»Und trotz dieses schrecklichen Vorfalls suchst du mich auf, um mir Bericht zu erstatten?« Der stämmige Gesandte deutete auf Magnus' Hüfte. »Mir ist aufgefallen, daß du humpelst.«

»Man hat auf dem Weg nach Osnabrück versucht, mich zu töten, aber die Wunde ist kaum der Rede wert.«

Salvius rieb nachdenklich sein Kinn und bat Magnus dann an den Tisch. »Setz dich zu mir, Magnus. Ich nehme an, du hast mir viel zu erzählen.«

Magnus schüttelte den Kopf. »Jemand anderes wird sich Euch erklären.«

»Und wer soll das sein?«

Magnus tat einen Schritt zur Seite und machte Königin Christina Platz, die nun hinter seinem Rücken hervortrat und dabei den Kopf gesenkt hielt. Sie wirkte wie ein Kind, das einen großen Unfug getrieben hatte und sich nun dem Urteil des gestrengen Vaters stellen mußte. Ihr Gesicht war von einer auffälligen Blässe überzogen, und noch immer taumelte sie ein wenig. Magnus hatte einen Arzt für Christina rufen lassen, und nachdem der ihr ein Brechmittel verabreicht hatte, waren ihre Sinne wieder einigermaßen klar geworden.

Als Salvius die Königin erkannte, wirkte sein Gesicht plötzlich ebenfalls leichenblaß. Der Gesandte legte eine Hand auf den Tisch, um sich abzustützen. Wahrscheinlich waren ihm die Knie weich geworden.

»Majestät«, brachte er hervor. »Ihr seht mich bestürzt.«

Christina lächelte ihn an. »Ich grüße Euch, mein werter Freund.«

Der verwirrte Salvius vollführte eine elegante Verbeugung.

»Die Königin hat Euch viel zu berichten«, sagte Magnus

und zog einen der Stühle für Christina heran. Sie setzte sich, und er klopfte Salvius aufmunternd auf die Schulter. »Nicht alles davon wird Euch gefallen.«

Es regnete, als Magnus die schwedische Gesandtschaft verließ. In der Nähe suchten die Männer und Frauen Schutz unter den Arkaden, in den Hauseingängen und unter Bäumen, doch Magnus begrüßte die Kühle, die dieser Guß mit sich brachte. Seit Svantes Tod fühlte er sich wie betäubt, und erst der Regen, der von der Krempe seines Hutes auf sein Gesicht tropfte, machte seinen Kopf ein wenig freier, so daß er wieder einen klaren Gedanken fassen konnte. Es fiel ihm schwer, mit der Trauer um Svante umzugehen. Er verachtete sie für das, was sie getan hatte. Svante hatte Ebba getötet, und sie war dafür verantwortlich, daß Königin Christina fast in seinem Haus ermordet worden wäre. Dennoch fühlte auch er sich schuldig. Fünf Jahre lang hatte er mit Svante Seite an Seite gelebt, und auch wenn ihr Umgang seit geraumer Zeit nicht mehr dem Verhältnis von Eheleuten entsprochen hatte, quälte ihn die Frage, ob er nach dem Tod ihrer Kinder einen unverzeihlichen Fehler begangen hatte. Er hatte es zugelassen, daß Svante sich mehr und mehr in ihre eigene Welt zurückzog, und nicht bemerkt, wie sehr sie ihn für diese Ignoranz verachtet hatte.

Magnus erreichte die Lohstraße, trat auf die Tenne seines Hauses und zog den durchnäßten Mantel aus. Vor sich sah er einige dunkle Flecken auf dem Lehmboden – Svantes Blut, das inzwischen getrocknet war.

Er schaute hinauf zur Dachkammer, wo sich Ove Dahlgrens Leiche befand. Magnus hatte die Tür abgeschlossen. An die zwei Stunden hatte Dahlgren noch stöhnend mit gespaltenem Schädel vor der Eichentruhe gekauert und immer wieder unverständliche Wortfetzen hervorgebracht. Eine Zeitlang hatte Magnus sich zu ihm gehockt, das klägliche Ende des Mannes verfolgt und sich immer wieder gefragt, welche Verbindung zwischen Dahlgren und Svante bestanden haben mochte. Erst kurz bevor Magnus mit Christina das Haus verlassen hatte, um Salvius aufzusuchen, war Dahlgren endlich gestorben. In einer der folgenden Nächte würden sie seine Leiche unauffällig fortschaffen und verscharren lassen. Niemand mußte davon erfahren, was an diesem Tag hier geschehen war.

Magnus begab sich in den ersten Stock und suchte nach Anneke. Er fand sie in der Kammer, wo sie Svante auf einem Bett niedergelegt hatten. Anneke hatte der Toten das Blut aus dem Gesicht gewaschen, ihr Haar gekämmt und die Hände auf dem Bauch gefaltet.

Als er eintrat, legte Anneke eine Decke zusammen und breitete sie über Svantes Beine aus. Sie hatte ihn noch nicht bemerkt, und darum räusperte er sich und sagte: »Ich danke dir noch einmal für deine Hilfe, Anneke.«

Sie nickte und lächelte verhalten. Magnus hockte sich an das Kopfende des Bettes und fragte nach dem Zustand von Malin Sörenstam, die von dem Arzt einer ähnlichen Prozedur wie die Königin unterzogen worden war.

»Sie schläft«, sagte Anneke. »Der Arzt hat sie noch einmal erbrechen lassen und ihr einen übelriechenden Sud eingeflößt. Wahrscheinlich hatte sie mehr von diesen betäubenden Kräutern geschluckt als die Königin.«

Magnus betrachtete seine tote Frau. Anneke hatte Svante die Augen geschlossen. Wie sie da lag, wirkte ihre Miene wie erlöst, so als habe ihr der Tod Zufriedenheit gegeben.

»Ich verstehe es immer noch nicht.« Anneke zupfte die Rüschen an Svantes Hemdkragen zurecht. »Warum hat mich Jasper Sörenstam zu Euch geschickt?«

»Wahrscheinlich hat Kjell Ekholm ihn vor seinem Tod verhöhnt.« Magnus hatte lange über die Vorfälle nachgedacht, und diese Erklärung ergab für ihn den meisten Sinn.

»Malin und Jasper Sörenstam haben angenommen, ich würde mit den ›Falken Gottes‹ im Bunde stehen. Ekholm muß den sterbenden Sörenstam damit verspottet haben, daß er einem fatalen Irrtum aufgesessen war. Da Ekholm glaubte, daß Sörenstam so gut wie tot war, wird er ihm gesagt haben, daß nicht ich, sondern Svante die ›Falken‹ unterstützt hat.«

»So könnte es gewesen sein«, meinte Anneke. »Darum trug er mir auf, zu Euch zu gehen. Leider starb er, bevor er mir den Grund dafür verraten konnte. Uns allen wäre viel Ungemach erspart geblieben, wenn er nur wenige Momente länger gelebt hätte.«

»Die Königin ist außer Gefahr. Das ist alles, was zählt.«

»Was geschieht nun mit Christina?« wollte Anneke wissen.

»Sie bleibt vorerst im Haus des Salvius. Niemand wird von ihrem Aufenthalt in Osnabrück erfahren. Salvius bereitet ihre Heimfahrt vor. In einigen Tagen wird sie zur Küste aufbrechen, wo eine Karavelle vor Anker liegt, die sie nach Schweden bringen soll.« Das alles klang so logisch und simpel, und doch hatte es einer zähen Überzeugungsarbeit bedurft, die Königin von dem Vorhaben abzubringen, nach Münster zurückzukehren, um noch einmal mit dem Nuntius des Papstes zusammenzutreffen. Salvius hatte vehement auf Christina eingeredet und versucht ihr klarzumachen, wie immens die Position Schwedens bei der entscheidenden Phase der Friedensverhandlungen gefährdet sein würde, wenn auch nur die Spur eines Gerüchtes aufkäme, die schwedische Königin hätte deutschen Boden betreten, um dem Protestantismus abzuschwören.

Christina indes hatte ihr Vorhaben entschlossen verteidigt, aber letztendlich eingesehen, daß die Zeit für diesen Schritt noch nicht gekommen war. Sie willigte ein, an den schwedischen Hof zurückzukehren, doch zugleich hatte sie

Salvius versichert, daß ihre Konversion nur aufgeschoben sei, bis Schweden einen sicheren Frieden erlangt habe. Salvius hatte dies mit einem abfälligen Brummen zur Kenntnis genommen. Er und auch Magnus wußten nur zu gut, mit welcher Sturheit Christina ihren Willen durchzusetzen versuchte.

Magnus bemerkte, daß Anneke den Blick auf ihn richtete. Er nahm ihre Hand. Sie wandte die Augen nicht von ihm ab. »Was wird nun aus dir?« fragte er.

Sie zuckte unschlüssig die Achseln. »In der Monsbach-Schenke kann ich mich nicht mehr blicken lassen. Seybert würde mich prügeln wie einen Hund und mich dann zum Teufel jagen.«

Seine Finger strichen über ihre Hand. Es tat gut, diese Wärme zu spüren. Zwar beschämte es ihn, ausgerechnet an Svantes Totenbett bei Anneke Trost zu finden, doch er wollte ihre Nähe nicht missen. In den vergangenen Tagen war etwas zwischen ihnen entstanden, das ihm nach dieser schweren Zeit neue Kraft geben konnte. Davon war er überzeugt.

Magnus zögerte einen Moment, dann sagte er: »Ich würde dich gerne bei mir haben, Anneke.«

»Als Eure Magd?« fragte sie erstaunt.

»Würde dir das genügen?«

»Würde es Euch ... würde es dir genügen?«

Es fiel ihm schwer, eine Antwort darauf zu finden. Behutsam legte Magnus eine Hand hinter Annekes Kopf und küßte sanft ihre Stirn. »Gib mir Zeit«, bat er.

Epilog

Wie schon am Tag zuvor, als Königin Christina mit ihren Begleitern in Stralsund eingetroffen war, zog Anneke auch an diesem Morgen der Anblick des belebten Hafens in den Bann. Sie schmeckte die salzige Luft auf der Zunge, und ihr Blick folgte den unzähligen Vögeln, die kreischend das halbe Dutzend Schiffe umschwärmten, das hier im Hafen vor Anker lag. Die Masten, Sprieten und Wanten der wuchtigen Galeonen und Karavellen schaukelten träge auf dem Wasser, während es auf der Mole sehr geschäftig und hektisch zuging. Zahlreiche Matrosen und Hafenarbeiter liefen umher und streckten ihre Arme nach der Fracht aus, die mit Lastkränen aus den Laderäumen auf das Festland geladen wurde, oder rollten Fässer über die Mole. Zwischen ihnen tauchten immer wieder Kaufleute und Offiziere auf, die wild mit den Händen herumfuchtelten und lautstark Anweisungen ausriefen.

Das einzige Schiff, das bereits die Segel gesetzt hatte, war die *Fama,* die Karavelle, die Christina zurück nach Stockholm bringen würde. Magnus hatte Anneke anvertraut, daß Johan Adler Salvius darauf verzichtet hatte, den Kapitän der *Fama* darüber in Kenntnis zu setzen, welch außergewöhnlicher Passagier auf seinem Schiff reisen würde. Christina blieb also auch auf dieser Reise der junge Edelmann. Selbst die fünf Gardisten, die Salvius in Osnabrück zu Christinas Schutz abgestellt hatte und die sie bis nach Stockholm begleiten würden, hatte man darüber im unklaren gelassen, daß die schwedische Königin in ihre Obhut gegeben worden war.

Sie waren am Tag zuvor mit zwei Kutschen in der Hafenstadt angekommen und hatten die Nacht in einer Herberge verbracht. Die Reise auf den holprigen Wegen hatte sich als anstrengend erwiesen, doch Anneke bereute nicht einen Moment, daß sie Magnus' Bitte gefolgt war, die Königin und ihn an die Ostseeküste zu begleiten. Für sie gab es in Magnus' Haus in der Lohstraße in diesen Tagen ohnehin nicht viel zu tun. Nach Svantes Tod schien alles von einer gewissen Trägheit befallen zu sein. Magnus verhielt sich still und zurückhaltend, schien oft in Gedanken versunken zu sein, behielt diese aber zumeist für sich. Anneke akzeptierte das. Ihr reichte es, ihn in ihrer Nähe zu wissen. Oft dachte sie an den Moment zurück, als sie im Keller die Leiche unter den Holzscheiten entdeckt und geglaubt hatte, daß Magnus getötet worden war. In diesem Augenblick hatte sie begriffen, welchen Schmerz ihr sein Verlust bereiten würde, und sie dankte Gott an jedem Tag dafür, daß Magnus lebte und daß er sie bei sich behalten wollte.

Vor der Abreise nach Stralsund war Magnus nach Lengerich geritten und hatte die Stute Charlotta den Monsbachs zurückgebracht. Magnus hatte zudem zum wiederholten Mal seine Geldbörse geöffnet und so mit Lucia Monsbach eine rasche Einigung darüber erzielt, daß Anneke aus den Diensten der Wirtsleute entlassen wurde. Seybert, so hatte er Anneke berichtet, war die ganze Zeit über recht schweigsam gewesen, und als er mit Magnus an die Tür getreten war, hatte sein Gang einer watschelnden Ente geähnelt, wobei er bei jedem Schritt das Gesicht verzogen hatte. Danach hatte Magnus Annekes Mutter aufgesucht und auch von ihr das Einverständnis erhalten, daß Anneke fortan in seinem Haushalt arbeiten würde.

In den Tagen, die sie nun in Osnabrück verbracht hatte, war es für Anneke stets eine willkommene Abwechslung gewesen, wenn sie von Königin Christina in das Quartier der Gesandten geladen worden war. Die energische und tatendurstige Königin hatte sich sehr in ihrer Kammer gelangweilt und sich als Gefangene bezeichnet, denn Johan Adler Salvius wachte streng darüber, daß Christinas Aufenthalt ein Geheimnis blieb. Eine gute Nachricht war hingegen aus Münster eingetroffen. Christina hatte einen Botenreiter zum Jesuitenkolleg ausschicken lassen, der ihr nach seiner Rückkehr eine Depesche überbrachte, in der Pater Vigan ihr mitteilte, daß er zwar noch ans Bett gefesselt war, aber seine Verletzung zufriedenstellend verheilte. Anneke erfuhr, daß der Jesuit Christina in seinem Brief gebeten hatte, nach Münster zurückzukehren, um ihr Vorhaben zu beenden. Welche Absicht die Königin verfolgt hatte, darüber schwiegen sowohl Christina als auch Malin Sörenstam und Magnus eisern. Magnus hatte ihr nur verraten, daß die Königin eine Antwort auf den Weg geschickt hatte, in der sie Vigan auf einen späteren Zeitpunkt vertröstete.

Auch die genesene Malin Sörenstam hatte sich oft zu ihnen gesellt. Bei Wein, Pasteten und Zuckergebäck führten sie dann belanglose Plaudereien, und Malin Sörenstams grimmige Blicke verrieten Anneke, daß es die Schwedin wohl ein wenig eifersüchtig machte, wenn Christina einer Magd soviel Aufmerksamkeit schenkte.

Anneke, Malin und die Königin warteten mit den Gardisten nahe der Kutsche auf Magnus, der den Hafenmeister aufgesucht hatte, um die nötigen Formalitäten zu klären. Nun sah Anneke ihn über die Mole treten, gefolgt von zwei stämmigen Matrosen, die auf sein Zeichen hin den Sarg vom Dach der Kutsche hievten, um ihn auf die *Fama* zu schaffen. Malin Sörenstam hatte darauf bestanden, daß ihr Bruder Jasper in Schweden seine letzte Ruhe finden sollte, und als die beiden Matrosen den Sarg davontrugen, hatte Anneke das Gefühl, daß für sie nun endgültig dieses Kapitel beendet war, das vor einem Monat im Wald bei Lengerich seinen Anfang genommen hatte, als sie den Mord an Jasper Sörenstam beobachtet hatte.

Der Moment des Abschieds war gekommen. Königin Christina schloß Anneke in die Arme und bedeckte ihr Gesicht mit Küssen.

»Meine tapfere Anneke«, sagte die Königin. »Ich danke dir für alles, was du für mich getan hast.«

»Gottes Segen für Euch«, erwiderte Anneke.

Christina preßte ihre Lippen auf Annekes Mund, und sie spürte, wie ihr verlegen das Blut in die Wangen schoß. Erst recht, als die Königin sich Magnus zuwandte und nun Malin Sörenstam neben sie trat und ihr zuraunte: »Sie hat ein Faible für dich.«

»Glaubt Ihr?« fragte Anneke.

»Bilde dir nur nichts darauf ein. Sie verschenkt ihr Herz schneller, als ein Hase im Lauf einen Haken schlägt. Es wird nicht viel Zeit vergehen, bis sie am schwedischen Hof eine neue Favoritin erwählt.«

»So wird es sein.« Anneke reichte der mißmutigen Malin Sörenstam die Hand und beugte ihre Knie. Christina, Malin und die Gardisten betraten über eine breite Planke das Deck der *Fama*. Magnus stellte sich hinter Anneke und legte seine Arme um ihre Hüfte. Bald darauf tauchte Christina hinter der Reling des Vorderdecks auf und hob die Hand. Anneke seufzte. Sie würde die Königin vermissen.

Die gekräuselten Wellen plätscherten um die Pferdehufe, während Magnus und Anneke gemächlich über den Strand ritten. Magnus' Brust und seine Arme gaben ihr soviel Halt im Sattel, daß sie mit beiden Händen die Augen gegen die Sonne abschirmen und der Karavelle hinterherschauen konnte, die am Horizont nurmehr als kleiner Punkt auszumachen war und einen nördlichen Kurs eingeschlagen hatte.

»Wie ist es dort in Schweden?« wollte sie wissen.

»Was meinst du?« fragte Magnus.

»Das Land. Die Menschen. Ist es dort anders als hier?«

»Wälder«, sagte er, »Schweden ist ein Reich von Wäldern, Äckern, mehr Wäldern, ein wenig Weideland und weitere Wälder, an deren Rändern dann und wann recht selten kleine hölzerne Siedlungen auftauchen. Die Menschen, denen du dort begegnest, sind Bauern – schmutzige, langhaarige Landmänner, aber geduldig und gastfreundlich wie kaum eine zweites Volk auf Erden.«

Anneke drehte ihm ihr Gesicht zu. »Wirst du dorthin zurückkehren?«

Er zögerte kurz. »Die Friedensverhandlungen werden wohl bald ein Ende finden. Vielleicht schon im nächsten Jahr. Ich würde lügen, wenn ich behaupte, daß es mich nicht zurück nach Schweden zieht.«

Anneke spürte seinen Atem auf ihrer Stirn. Dann beugte er sich zu ihrem Ohr und flüsterte so leise, als gäbe es an diesem menschenleeren Strand jemanden, der sie belauschen würde: »Und es würde mich glücklich machen, wenn du mich begleitest.«

Wollte sie das? Wollte sie sich tatsächlich voll und ganz in die Hände dieses Mannes begeben, dem der Ruf eines Weiberhelden und Hasardeurs anhing und der auch in den vergangenen Tagen stets ein wenig unberechenbar für sie geblieben war?

Anneke blickte über das Meer. Die *Fama* war nun nicht mehr zu erkennen, und doch würde sie noch mehrere Tage das Meer befahren, bevor sie den Hafen von Stockholm erreichte. Eine Entfernung, die Anneke vor einigen Wochen noch unüberwindlich vorgekommen war.

»Dann also Schweden«, sagte sie und lehnte den Kopf an Magnus' Schulter.

Nachwort

Wie jeder Roman ist auch dieses Buch eine Mischung aus Fakten und Fiktion. Viele Personen und Begebenheiten sind meiner Phantasie entsprungen, den historischen Hintergrund habe ich hingegen versucht, so authentisch wie möglich wiederzugeben.

Die ›Falken Gottes‹ haben nie existiert. Ove Dahlgren ist ebenso wie die Magd Anneke und Magnus Ohlin eine erfundene Figur. Angelehnt sind die Motive der ›Falken Gottes‹ an der Lehre der sogenannten Monarchomachen (griech.: Monarchenbekämpfer), die in der Taufe und im Abendmahl Gott Gehorsam gelobten und den Eid ablegten, gewaltsam gegen jede Obrigkeit Widerstand zu leisten, die sich in ihren Augen gegen Gottes Willen richtete.

Zum Ziel der fanatischen Eiferer wurde in meinem Roman Königin Christina von Schweden. Auch wenn die Königin natürlich nicht im Jahr 1647 heimlich nach Münster und Osnabrück gereist ist, um die katholische Taufe zu empfangen, sind ihre Motive nicht aus der Luft gegriffen. Schon in jungen Jahren faszinierte Christina die Vorstellung eines toleranten und konfessionslosen Christentums, und sie fühlte sich mit der Zeit immer stärker zum Katholizismus hingezogen.

In dem Spielfilm *Königin Christine* aus dem Jahr 1933 wird die Monarchin von Greta Garbo dargestellt. So sehr die klassisch-kühle Schönheit der Garbo auch für die Kinoleinwand taugen mochte, wird sie der Verkörperung des historischen Vorbildes kaum gerecht. Christina empfand einen starken Widerwillen gegen alles Frauliche, für ihre

offensichtliche Bisexualität fand man im siebzehnten Jahrhundert weder einen Namen noch eine Erklärung. Die hochgebildete Königin zeichnete sich durch ihre Verschwendungssucht, aber auch durch ihre Toleranz gegenüber allen christlichen Religionen aus. Es paßt in das Bild dieser ungewöhnlichen Freidenkerin, daß sie – die Königin des mächtigsten protestantischen Staates – am 6. Juni 1654 dem Thron entsagt und nach ihrer Abdankung wenige Monate später in Brüssel heimlich zum katholischen Glauben übertritt. Christina verläßt Schweden und wird im Dezember 1655 von Papst Alexander VII. (dem früheren Nuntius Fabio Chigi) in Rom aufgenommen. Die anfängliche Begeisterung des Papstes für die prominente Konvertitin schlägt jedoch aufgrund von Christinas rüpelhaftem Benehmen und ihrer Vorliebe für derbe Scherze bald in Empörung um. Im Jahr 1658 soll Papst Alexander gegenüber dem Gesandten von Venedig geklagt haben, Christina sei »eine Frau, als Barbarin geboren, barbarisch erzogen und den Kopf voller barbarischer Gedanken«.

Auch wenn Christina die Nerven des Papstes beizeiten wohl arg strapaziert, wird sie bald als die »nordische Minerva« bezeichnet. In ihrem Wohnsitz, dem Palazzo Riario, baut sie eine der größten Kunstsammlungen der Welt auf, die unter anderem aus Gemälden, Skulpturen, Wandteppichen, Fresken und einer riesigen Bibliothek besteht. 1680 beginnt sie mit der Niederschrift ihrer Memoiren. Neun Jahre später stirbt sie in Rom und wird im Petersdom beigesetzt.

Zu einem weiteren wichtigen Thema dieses Buches wurde die angespannte Beziehung zwischen den schwedischen Hauptgesandten des westfälischen Friedenskongresses, Johan Oxenstierna und Johan Adler Salvius, die sich aufgrund von Standesfragen und unterschiedlichen politischen Auffassungen nicht ausstehen konnten. Daß die beiden sich so

sehr mißtrauten, daß sie gegenseitig Spione einsetzten, um an verborgene Informationen zu gelangen, beruht allerdings auf meiner ganz eigenen Spekulation, so wie auch der Bestechungsversuch frei erfunden ist, den der Oberbefehlshaber Carl Gustav Wrangel unternimmt, um sich das Wohlwollen Johan Oxenstiernas zu sichern.

Trotz aller Schwierigkeiten und Widerstände wurden nach fast vier Jahren langwieriger Verhandlungen am 14. Oktober 1648 im Rathaus von Münster die Friedensverträge unterzeichnet, die dem Dreißigjährigen Krieg ein Ende setzten. Die militärischen Erfolge des schwedisch-französischen Sommerfeldzuges hatten den deutschen Kaiser einsehen lassen, daß er den Krieg verloren hatte. Schwedens territoriale Forderungen wurden erfüllt, Katholiken und Protestanten erhielten eine volle Gleichstellung, und es wurde bestimmt, daß die deutschen Reichsstände für die Kosten der Abdankung des schwedischen Heeres aufkommen mußten, die auf fünf Millionen Reichstaler festgelegt wurden. Der Frieden schuf eine neue Grundlage für die Beziehungen der europäischen Staaten, die bis in die Zeit der Französischen Revolution Bestand hatte.

Eine große Hilfe bei der Arbeit an diesem Roman war das Buch *Die Verwüstung Deutschlands* von Peter Englund, eine wahre Fundgrube an Informationen über das Leben im siebzehnten Jahrhundert. Weitere wichtige Quellen waren *Christina von Schweden – Die rätselhafte Monarchin* von Verena von der Heyden-Rynsch, *Der Westfälische Frieden* von Fritz Dickmann, *Münster im Modell,* herausgegeben vom Verein Münster-Museum e. V., *Osnabrück und der Westfälische Frieden* von Gerd Steinwascher, die *Chronik der Stadt Osnabrück* sowie das Buch *Geheime Botschaften – Die Kunst der Verschlüsselung* von Simon Singh.

Zu guter Letzt geht mein Dank an die Personen, die mir mit Rat und Tat zur Seite standen. Dr. Gerd Dethlefs vom Westfälischen Landesmuseum und Dr. Hermann Queckenstedt vom Bistum Osnabrück haben geduldig meine Fragen beantwortet und mich auf wichtige Quellen aufmerksam gemacht. Pascal Rupp, Susanne Bökamp und Jessica Krienke waren die ersten kritischen Leser des Manuskriptes. Und natürlich haben auch Dr. Uwe Heldt von der Literaturagentur Mohrbooks und Reinhard Rohn vom Aufbau-Verlag einen großen Anteil am Gelingen dieses Buches.

Weitere Informationen über »Die Falken Gottes« und meine anderen Romane finden sich im Internet unter www.michael-wilcke.de.